KB186463

소설

감격시대

감격시대 1

1판 1쇄 펴냄 2019년 4월 5일
지은이 김태환
펴낸이 김한준
편집 KBiL
펴낸곳 엘컴퍼니
주소 서울시 강남구 학동로 23길 58
전화 02-549-2376
팩스 0504-496-8133
이메일 lcompany209@gmail.com
출판등록 2007년 3월 18일 (제2007-000071호)
ISBN 979-11-85408-24-8 (04810)
978-11-85408-23-1 (세트)

소설

감격시대

제1권 일제의 멸망과 조선의 함성

엘컴퍼니

작가의 말

미국의 원자폭탄이 인류역사상 최초로 히로시마에 투하되어 일제(日帝)가 무조건항복하고 조선(朝鮮)이 다시 일어섰습니다. 이 땅 백성들의 감동과 환희와 감격은 절정에 달했습니다.

해방 직후, 조선민족(朝鮮民族)의 지도자들, 일제에 대항하여 처절하게 독립투쟁 해 온 위대한 영웅들이 고국으로 돌아오고 있었습니다. 중국에서의 김구(金九), 미국에서의 이승만(李承晩), 소련에서의 김일성(金日成), 국내에서의 여운형(呂運亨) 박헌영(朴憲永) 등등 항일독립투쟁(抗日獨立鬪爭)에 목숨을 바치며 빛나는 승리를 쟁취한 영웅들을 모든 조선인(朝鮮人)들이 환희와 감동으로 우러르며 맞이하고 있었습니다.

만주(滿洲)와 조선을 중심으로 동북아시아에서 거대한 땅덩어리와 전리품(戰利品)을 놓고 미국과 소련과 중국이 쟁탈전을 벌리기 시작했습니다. 특히 세계적 강대국으로 새로이 등장한 미국의 세계전략과 소련의 철혈독재자 스탈린의 야망 등, 긴박한 상황이 숨 가쁘게 소용돌이 치고 있었습니다.

여기에 대응하여, 천시(天時)를 타고 일어나 미소(美蘇)의 동북아시아 전략을 이용하면서 미국과 소련의 군사력을 동원하여 조국의 독립을 성취하며, 해방정국(解放政局)의 주도권을 장악하려는 민족지도자들과 좌우(左右) 정치세력들의 전략전술은 긴장감 넘치면서 흥미진진하기도 했습니다.

이 책은 이렇게 흥미진진하고 감격스러운 스토리를 알기 쉽고 재미있게 글로 그려놓은 역사소설입니다.

고대에 고구려 신라 백제가 통일을 성취시킨다는 명분아래 외세를 끌어들여 서로 싸웠습니다. 비록 삼국통일을 이루었다고는 하나 많은 강토(疆土)를 잃었습니다. 조선시대(朝鮮時代)(李朝) 당파싸움으로 백성을 도탄에 빠트리고 마침내는 나라를 망쳤습니다. 그 이래 우리 민족의 고질병으로 분열과 대립투쟁이 많이 지적되어 왔습니다. 뭉치지 못하고 결국 자멸해버리는 분열성향이 민족의 자존심마저 흩뜨려 놓기에 이르렀습니다.

수천 년 역사와 찬란한 문화를 자랑하는 우리 민족이 나라를 잃고 국권(國權)을 상실하였습니다. 그것도 강한 침략성을 태생적으로 갖고 있는 일본에게 백성과 영토를 빼앗겼습니다. 참으로 통탄스러운 일이었으며, 하나의 민족이 역사적으로 멸망해가는 절대절명(絶對絶命)의 순간이 아닐 수 없었습니다.

그러나 우리는 비록 나라는 빼앗겼으나, 민족정신을 잃지는 않았습니다. 독립투쟁을 계속하였습니다. 국권(國權)을 상실하고 망국(亡國)

을 당한 이후에, 조선민족은 다시 정신을 차리고 일제(日帝)와 싸우면서 독립 투쟁을 전개하여 왔습니다. 민족지도자들은 앞에 서서 백성들을 지도하고 이끌어 나갔습니다.

마침 일제가 중국 침략을 계속하자, 조선민족은 대륙에서 중국의 지원을 받으며 조선민족의 존재를 과시하고 일본과의 직접적인 투쟁을 계속해 나갔습니다. 이 필사적 독립투쟁을 끝까지 이끌어온 민족지도자가 바로 백범(白凡) 김구(金九)입니다.

한편 제2차 세계대전에서 일제와 전쟁하고 있던 연합국, 전후(戰後) 처리에서 결정권을 갖게 될 강대국에 대한 외교적 노력은 전후 독립투쟁에서 또 하나의 중요한 민족적 과제였습니다. 미국 중국 소련 등 세계적 강대국에 대한 외교 노력이 독립투쟁의 또 다른 핵심이었습니다. 중국에서는 김구, 미국에서는 이승만, 소련에서는 김일성 등 지도자들이 친선 외교 면에서 독립투쟁을 전개해가고 있었습니다. 그 결과는 조선의 독립과 건국에 결정적 기여를 했다고 할 것입니다.

한편 국내에서의 대일항쟁(對日抗爭)은 독립투쟁의 주요한 기초였습니다. 백성을 지도하고 뭉치게 하여 독립투쟁에 동원하는 민족역량의 축적이었습니다. 국내에서의 독립투쟁 세력으로는 크게 셋으로 구분할 수 있었습니다. 하나는 민족주의 진영으로 조만식(曺晩植) 안재홍(安在鴻) 장덕수(張德秀) 송진우(宋鎭禹) 등이 중심이었습니다. 둘째는 사회주의 진영으로 조선공산당(朝鮮共産黨)과 박헌영(朴憲永) 등이 중심이었습니다. 셋째는 중도(中道)를 지향하면서 좌우(左右)를 모두

포용하는 진영으로 여운형(呂運亨)이 중심이었습니다. 조선 사회에서 매우 인기가 높고 백성들로부터 많은 존경을 받은 진영은 여운형이 이끄는 중도세력이었습니다.

이렇게 함으로써, 국내-국외(國內-國外)에서 독립투쟁이 절묘하게 상승 효력을 발휘하여 〈카이로회담〉과 〈포츠담선언〉을 성사시켰으며, 마침내 일제의 패망과 함께 민족을 되찾고 국가를 다시 세울 수 있었던 것입니다.

이 책은 우리 선조들의 피어린 독립투쟁 과정과, 일제의 패망과, 해방 직전(直前) 직후(直後) 나라를 다시 찾고 국권(國權)을 다시 세우는 감격의 승전보(勝戰譜)를 쉽고 흥미롭게 서술한 역사소설입니다.

우리에게는 해방(解放) 광복(光復)에서 나라를 되찾은 조선민족의 절정기(絶頂期)가 있었습니다. 지금은 분단되어 있지만, 남북한(南北韓) 모두가 감격 속에 환희한 감격시대가 있었습니다. 이 민족의 절정기(絶頂期) 감격시대를 역사소설에 새로이 구현하여, 민족구성원 모두에게 알리고 이해시켜서 환희에 감동하도록 해야 합니다. 그럼으로써 민족자존(民族自尊)의 새로운 회복으로 승화시켜야 합니다.

일제가 패망하고 조선민족이 독립을 쟁취하는 감격시대를 기준 시점으로 판단할 때에는, 김구 조만식 상해임시정부 등이 이끄는 민족주의 세력의 독립투쟁과 업적은 가장 컸습니다. 또한 여운형 안재홍 신간회 등이 이끄는 좌우중도주의(左右中道主義) 세력의 독립투쟁과 업적은 매우 컸습니다. 또한 김일성 박헌영 조선공산당 등이 이끄는 사회민주주의(社會民主主義) 세력의 독립투쟁과 업적은 매우 컸습니다. 또한 이승만 송진우 한국민주당 등이 이끄는 자유민주주의(自由民主主義) 세력의 독립투쟁과 업적은 매우 컸습니다.

그러므로 이념이나 사상이나 주의(主義)에 매몰되어 독립투쟁과 국권회복을 편향적으로 비판 비난하거나 고의적으로 과소평가하는 것은 타당하지 않다고 생각됩니다. 더 큰 문제가 되는 것은, 그 이후 훨씬 뒤에 발생하는 정치적 이념적 대립 사건들을 거론하여, 독립투쟁을 비판하고 그 업적까지도 격하(格下)하는 행위입니다. 이러한 행위와 자세는 역사의 왜곡(歪曲)이며, 특히 민족 자학(民族 自虐) 일 수 있습니다.

학문적 연구를 빙자한 독선(獨善)과 역사의 왜곡과 자학은 반드시 시정되어야 합니다. 즉시 바로잡히지 않으면 안 됩니다. 이는 후손(後孫)에 대한 역사교육의 핵심이며, 우리 민족에게 부과된 시급한 역사적 과제입니다.

이 책은 민족적 과업인 역사교육 바로잡기 차원에서, 국민 모두가 읽을 수 있도록 쉽고 재미있게 그려진 역사소설입니다.

일부 비평가들과 정치학자들은 "학문적 객관성" 이라는 미명하에, 독립투쟁 지도자들이 잘못하여 건국 과정에서 민족통일을 성취하지 못하였으며, 그 결과 민족분열이 고착되게 되었다고 비난합니다. 그러나 이러한 견해는 감정적인 아집(我執)이고 편향적인 단견(短見)이며, 나아가 역사를 왜곡한 독단(獨斷)과 무지(無知)의 탓입니다.

역사에 상세하게 기록되어 있는 것과 같이 우리의 분단 및 분열은 미국 소련 중국 등 전후 강대국들의 세계전략 및 탐욕의 산물입니다. 또한 이데올로기 대결 투쟁이 극에 달하고 있었던 시대의 필연적 결과입니다.

이러한 역사적 상황을 잘 알고 있었으며 전후 강대국들의 세계전략을 숙지하고 있었기 때문에, 독립투쟁 지도자들은 현실적으로 가능한 범위 내에서 나라를 다시 찾고 국권을 회복하는 데에 총력을 집중하였습니다. 이 건국전략(建國戰略)이 결실을 맺어서, 가장 빠른 시일 안에 가장 정확하게 미국과 소련의 탐욕을 극복하고 건국에 성공할 수 있었던 것입니다.

나라를 빼앗긴 후 건국투쟁에 나섰으나 실패한 많은 다른 민족들의 뼈아픈 실패사(失敗史)를 생각할 때, 또 지금도 세계 여러 지역에서 눈물을 흘리며 도움을 요청하는 망국(亡國) 백성들을 생생하게 목격할 때, 조선민족의 독립쟁취(獨立爭取)의 과정과 결과는 인류역사상 기적이며, 우리 민족사상 최고의 감격이 아닐 수 없습니다.

조선민족과 그 지도자들의 피어린 독립투쟁의 과정과 내용과 성공적 결과는, 조선민족 구성원 모두가, 후손들 모두가, 자세히 알고 깨닫고 기억해야 합니다. 나아가 가슴깊이 간직하고 있어야 합니다. 이는 건국에 성공한 지금에 와서는 국민의 의무이고 민족의 역사적 과제이며 후손들 모두의 필수 과업입니다.

더 나아가 오늘의 민족분단상황(民族分斷狀況)을 긍정적으로 받아들이면서, 이념대립(理念對立)과 사상투쟁(思想鬪爭)을 넘어, 남쪽의 대한민국(大韓民國)과 북쪽의 조선인민공화국(朝鮮人民共和國)이 핵전쟁(核戰爭)의 위험을 극복하고, 화합으로 평화공존 번영할 수 있는 민족 공동의 장(場)을 마련하지 않으면 안 됩니다.

이 책은 이 역사적 과업을 이룩할 수 있도록 오늘을 살아가는 후손들 모두에게 자료를 제시하기 위하여, 쉽고 흥미진진하게 묘사된 역사소설입니다.

2019년 1월

김 태 환

차 례

제1권 일제(日帝)의 멸망과 조선(朝鮮)의 함성

일제(日帝)의 멸망과 조선(朝鮮)의 함성

1. 원자폭탄

(1)

원자폭탄이 일본 히로시마의 상공에서 투하되었다. 시계가 정확히 1945년 8월 6일 아침 8시 14분 27초를 가리키고 있다.

"기수를 좌로 돌리고 급히 남하한다!"

티베츠 대장의 목소리가 다급하게 터졌다. 거대한 몸체를 자랑하는 B29폭격기가 왼편으로 기울며 방향을 180도 선회한 후, 전 속력을 내며 히로시마 상공을 지나서 남쪽으로 빠져나가고 있다. 투하된 원자폭탄은 약 50초 동안 낙하한 후, 히로시마 상공 약 600m 높이에 도달하며 폭발하게 되어 있다. 이 50초 안에 티베츠 이하 빅토리보이즈들을 실은 에놀라게이는 위험지역을 벗어나야 한다. 시계를 보면서도 비행기 뒤편에서 관측하는 대원들은 누가 먼저랄 것도 없이, '하나, 둘, 셋' 하면서 50초를 세어 나가고 있다.

50초가 흘러간 8시 15분 17초, 드디어 원자폭탄이 예정된 시각에 폭발하였다. 원자폭탄은 또한 예정된 목표 상공에서, 예정된 고도 600m 지점에서 폭발하였다. 거대한 충격파가 에놀라게이를 덮친다. 비행기 몸체가 하늘로 붕 떠오르는 것 같다. 그러나 곧 정상 상태로 돌아왔다.

천지를 진동하는 폭음과 번쩍이는 섬광이 히로시마를 뒤덮는다.

상상도 할 수 없었다. 생전 처음 보는 일이 일어나고 있다. 어디서 나타났는지 히로시마 상공에 엄청난 구름덩어리가 하늘로, 하늘 끝까지 치솟고 있다. 버섯 같기도 하고 우산 같기도 하다.

히로시마를 뒤덮은 큰 버섯 구름덩어리 가운데에, 일직선으로 파란 빛 줄기가 구름을 가르는가 싶더니, 그 파란 빛 줄기가 점점 커지고 확대되면서 불로 변하여, 삽시간에 버섯 구름덩어리 전체가 불덩어리로 변하고 있지 않은가!

버섯구름 덩이가 무시무시한 불덩어리로 바뀐다. 하늘 꼭대기로부터 히로시마 상공으로 그 엄청난 불덩어리가 쏟아져 내리고 있다. 히로시마가 그 쏟아지는 불덩어리 속에 파묻힌다. 불덩어리 하늘이 히로시마 도시 전체를 덮어 버린다. 밝게 빛나던 아침 해는 어디로 갔는지 보이지 않는다. 태양이 사라진 히로시마는 캄캄한 밤으로 변하고, 히로시마 하늘을 완전히 뒤덮어 버린 엄청난 불덩어리만이 이글거리면서 하늘을 태우고 있다. 상상할 수도 없는 폭풍이 히로시마 쪽으로 몰아치기 시작한다. 나무가 뽑히고 집이 날아가고 사람들이 처박히고 있다.

천지개벽이 일어나고 있는 것 같다. 아니 천지개벽이 일어나고 있다. 히로시마 하늘에 불벼락이 쏟아져 내리고 있는 것이다.

사이렌이 요란히 울렸다. 김성식이 작업 교대를 마치고 잠시 앉아 있으려니, 아침 8시 10분경 사이렌 경보가 울린 것이다. 김성식은 거의 습관적으로 하늘을 쳐다보면서 방공호 대피소로 뛰어갔다. 이전과는 달리 상공에는 미군 비행기가 보이지 않는다.

"오늘은 연습 날인가?" 중얼거리면서, 평소와 같이 대피소 안쪽으로 급히 들어갔다. 이곳 히로시마 군수장비 공장에 징용으로 끌려와 근무하고 있던 김성식이 안으로 들어가 자리를 잡고 있으려니, 마침 교대를 마친 듯 여자 공원들 10여 명이 왁자지껄하게 방공호 입구로 들어오고 있었다.

순간, 방공호 입구 바깥에서 섬광이 번쩍 빛나는가 싶더니, 뜨거운 열풍이 방공호 내부로 밀어닥쳤다. 뒤이어 천지를 진동하는 폭음이 귀청을 찢을 듯이 폭발하였다. 갑자기 무엇이 머리를 둔탁하게 때리는 찰나, 김성식은 정신을 잃고 말았다.

얼마가 지났는지 김성식이 의식을 회복하고 일어섰다.

김성식은 깜짝 놀랐다. 방공호 대피소가 정통으로 폭격을 맞은 것처럼 부서져 납작 주저앉았다. 뿐만 아니라 얼마 전 입구에 들어오면서 떠들어 대던 10여 명의 여자들이 시멘트 더미 속에 섞여서 죽은 듯이 뒹굴고 있다.

김성식이 무의식적으로 자기 몸을 둘러본다. 머리와 목 뒤가 무엇에 부딪혔는지 아프고 피가 약간 흘렀을 뿐 별 상처는 없는 듯이 보인다. 김성식이 철근 시멘트 더미와 흙더미를 헤치고 급히 밖으로 뛰쳐나왔다.

'아니, 여기가 어딘가?'

김성식은 어리둥절하였다. 넓은 광장에는 아무것도 보이지 않는다. 조금 전까지 자기가 근무하고 일하며 생활하던 공장과 숙소 등 건물들이 하나도 보이지 않는다. 눈을 비비면서 김성식은 사람들을 찾을세라 주위를 둘러보았다. 그러나 한 사람도 보이지 않는다. 그 많던 인부 공원들이나 직원, 그리고 공장 주변을 지키던 수위나 군인 들은 다 어디로 갔단 말인가…!

김성식은 꿈을 꾸고 있는 것으로 생각이 들었다. 고향 산골 넓은 어느 분지에 와 있는 것처럼 느꼈다. 너무나도 고향의 부모님과 처자식을 오매불망하여, 이렇게 꿈속에서나마 고향을 찾아온 모양이다. 오랜만에 찾아와서 그런지, 아주 낯설고 어리둥절하여 지금 자기가 서 있는 곳이 어디인지 감이 잡히지 않는다.

김성식은 정신을 가다듬었다. 자기 얼굴을 만져 보고 허벅지도 꼬집어 보았다. 아팠다. 꿈은 아니고 생시인 것 같다. 김성식이 다시 눈을 비빈 후 주위를 둘러보고 숨을 크게 쉬면서 먼 하늘을 쳐다보았다.

김성식은 소스라치게 놀라 그 자리에 털썩 주저앉을 수밖에 없었다. 조금 전의 아침 해는 어디 가고, 흙먼지가 시커멓게 하늘을 가린 채, 어마어마하게 큰 버섯 같은 구름과 함께 무시무시한 화염 덩어리가 히로시마 상공을 불태우고 있는 것이 아닌가!

이제야 김성식이 제정신이 들고 있다. 야근하고 업무를 교대한 후 경보사이렌이 울려 방공호 대피소로 피신한 일, 폭격에 대피소가 무너져서 피신하던 10여 명의 여공원들이 철근 시멘트 더미에 깔려 죽어있던 일이 생각난다. 아마도 무서운 폭탄이 운수 사납게도 이곳 공장 마당에서 폭발한 모양이다.

그런데 아무런 소리가 들리지 않는 것이 이상스럽다. 그렇게 자주 고막을 울리던 비행기 소리도, 폭탄 폭발 소리도, 사이렌 경보 소리도, 그리고 경호원들의 호각 소리나 불자동차 소리 등 어느 한 가지도 귀에 들려오지 않고 있다. 자기가 서 있는 둘레에서 인적 소리가 완전히 끊어져 있지 않은가! 사방 주위를 둘러보니 히로시마 시내에 남아 있는 건물이라고는 육안으로 보이지 않는다. 아주 먼 곳에 무너져 내리다 남은 것으로 보이는 높은 건물의 기둥들이 흉물스럽게 서 있는 것뿐이다.

먼 주위에 엄청난 불기둥이 솟아오르며 화염이 충천하고 있다. 때 아닌 폭풍이 세차게 불어닥치며 서 있는 몸을 가눌 수 없다. 시커멓게 화염으로 가려져 있는 하늘에서는 흙먼지가 쉴 새 없이 지상으로 떨어져, 마치 토우(土雨)가 쏟아지고 있는 것 같다.

김성식은 화염으로 뒤덮인 하늘을 쳐다보고, 사방 먼 곳에 상공으로 치솟아 오르는 엄청난 크기의 불기둥을 바라보면서, 또 폐허로 변한 공장 주변을 둘러보면서, 도대체 그 많은 직원들과 공원들과 인부들과 노동자들이 모두 어디에 숨어있는지, 아니면 어디로 갔는지 이상할 뿐이었다.

점점 몽롱해지는 정신을 가까스로 지탱하다가 김성식은 불기운에 견디지 못하고 다시 방공호로 내려갔다. 그리고 자기도 모르게 쓰러졌다.

서상준은 식품 몇 가지를 자전거 뒤에 싣고 단골집에 배달해 준 후 가게로 향하고 있었다. 요사이는 장사도 잘 안 되어, 어느 날은 일거리를 찾아 히로시마 시내에 들어가 지게 품팔이로 몇 푼 벌어오기도 하면서, 어려운 목숨을 이어 가고 있다.

서상준은 충청도 청양 산골에서 2년 전 징용에 끌려 일본으로 건너왔다. 그해에 고향에서 예식도 올려 보지 못하고 마누라와 신혼살림을 차린 후, 일본 순사의 호통과 조선인 면장의 감언에 속아 징용 길에 나섰다. 그 대신 꽃 같은 마누라가 위안부로 나가는 것은 가까스로 막을 수 있었다.

일본에서 2년여를 열심히 징용살이를 한 후, 천운으로 징용에서 풀려 고향에 돌아갈 날만을 기다리고 있었다. 그러던 중 어느 일본인 할머니의 도움을 받아서 조그만 가게의 직원으로 배달 일을 하고 있는 것이다. 월급은 쥐꼬리 만했지만, 서상준은 고향의 각시와 태어났을 자식을 생각하며 열심히 돈을 모으고 있었다. 오늘 따라 늦잠을 자서 급히 배달을 마치고 겨우 돌아오는 중이다. 히로시마 시내에 나가 삯일을 하기에는 오늘은 늦어서 이미 글러버렸다. 요사이는 아침 7시 이전에 시내 일감을 구하지 못하면 어려운 실정이다.

그때 갑자기 사이렌 경보가 히로시마 시내 쪽에서 울렸다. 비행기 소리가 들리면서 미국 폭격기 서너 대가 편대를 지어 바다 남쪽으로 빠져 나가고 있다. 히로시마 외곽으로 흘러빠지는 오다 강 건너 시내 쪽에 폭탄 소리가 나지 않는 것을 보니, 오늘은 폭격을 하지 않고 그대로 가는 모양이다. 서상준은 히로시마 쪽을 등지고 자전거를 몰면서 한동안 천천히 갔다. 8월이라 무더웠지만, 마침 엊그제까지 불어닥치던 태풍이 말끔히 가셔서, 구름 없는 아침의 태양이 찬란히 대지를 비추고 있다.

순간, 뒤편 하늘에 섬광이 번쩍 빛난다. 마른하늘에 큰 번개가 친 것 같다. 이어 엄청난 화기가 엄습하였다. 뜨거운 열풍이 순간적으로 뒤 목덜미를 덮쳤다. "앗!" 소리와 함께 서상준이 자전거와 같이 쓰러져 나뒹글었다. 정신을 잃지는 않았다. "우르릉 쾅!" 천지를 진동하는 폭음이 터진다. 고막이 터질 것 같다. 뒤이어 무시무시한 폭풍이 지상의 모든 것을 쓸어 버릴 정도로 불어 닥친다. 땅 위에 있는 집이나 나무들을 하늘로 뽑아 올리기 시작한다.

무서워 놀란 서상준이 벌떡 일어나 필사적으로 몸을 지탱하면서, 화기가 터져 나오는 히로시마 하늘 쪽을 쳐다보았다.

'아···! 이게 무엇인가?'

상상도 할 수 없었다. 생전 처음 보는 일이 일어나고 있다. 어디서 나타났는지 히로시마 상공에 엄청난 구름 덩어리가 하늘로, 하늘 끝까지 치솟고 있다. 버섯 같기도 하고 우산 같기도 하다.

'아 ! 이것은 또 무슨 조화인가?'

히로시마 시내를 뒤덮은 큰 버섯구름 덩어리 가운데에 일직선으로 파란 빛 줄기가 구름을 가르는가 싶더니, 그 파란 빛 줄기가 점점 커지고 확대되면서 불로 변하여, 삽시간에 버섯 구름 덩어리 전체가 불덩어리로 변하고 있지 않은가!

버섯구름 덩어리가 무시무시한 불덩어리로 바뀐다. 하늘 꼭대기로부터 히로시마 상공으로 그 엄청난 불 덩어리가 쏟아져 내리고 있다. 히로시마가 그 쏟아지는 불 덩어리 속에 파묻힌다. 불 덩어리 하늘이 히로시마 도시 전체를 덮어버렸다. 밝게 빛나던 아침 해는 어디로 갔는지 보이지 않는다. 태양이 사라진 히로시마는 캄캄한 밤으로 변하고, 히로시마 하늘을 완전히 뒤덮어 버린 엄청난 불 덩어리만이 이글거리면서 하늘을 태우고 있다. 상상할 수도 없는 폭풍이 히로시마 쪽으로 몰아치기 시작한다. 나무가 뽑히고 집이 날아가고 사람들이 처박히고 있다.

천지개벽이 일어나고 있는 것 같다. 아니 천지개벽이 일어나고 있다. 히로시마 하늘에 불벼락이 쏟아져 내리고 있는 것이다. 서상준이 몸서리를 치면서, 정신을 가다듬고 거의 반사적으로 주위를 둘러본다.

사람들이 아우성치며 집 밖으로 도망쳐 나와 이쪽으로 물밀 듯이 달려오고 있다. 불이 붙어 옷가지가 타 버린 사람, 얼굴에 화상을 입고 머리가 그슬린 여자, 눈이 보이지 않는다고 눈을 비비면서 절뚝거리는 남자, 달려오느라고 숨을 헐떡이면서 길가에 드러눕는 사람, 아비규환이 벌어지고 있다. 글자 그대로 목불인견이다. 지옥그림이 펼쳐지고 있다.

그때였다. 히로시마 쪽으로부터 수백 마리로 보이는 소 떼가 이쪽으로 몰려오고 있다. 무엇에 놀랐는지 서상준이 앉아 있는 편으로 달려든다. 옆으로 피하는 동안, 수백 마리 소 떼는 그대로 지나가 버렸다. 마치 천군만마가 질풍같이 스쳐 가는 것 같았다.

서상준은 소 떼가 지나간 후에, 심호흡을 크게 하고 마음을 다시 다그쳐 먹으면서 두 눈을 번쩍 떴다. 다리에 온 힘을 주고 서서, 무섭게 불타오르고 있는 히로시마 시내 쪽을 응시한다. 히로시마 하늘이 솟아오르고 다시 치솟아 오르는 화염으로 불지옥이 점점 커져 가는 것 같다. 무너져 내리는 큰 건물들의 굉음이 간간이 울부짖는 듯한 비명소리와 섞여 멀리서 아련히 들리고 있다. 불은 바람을 타고 무섭게 타오르고, 바람은 불을 타고 천지를 집어삼킬 듯 휘몰아친다.

'도대체 이런 불지옥이 어디서 왔으며, 왜 일어나고 있는 것인가?'

서상준 머리에 순간 영감이 스쳐간다. 몇 달 전부터 아키코 할머니를 따라서 절에 다니고 있었다. 스님과 아키코 할머니는, 서상준이 갓 시집와 임신한 아내와 이별하고 조선에서 일본 땅에 징용으로 끌려와 모진 고생을 하는 이야기를 듣고 나서, 함께 눈물을 흘려주셨다. 노스님은 합장을 하면서, " 일본 군국주의는 신불의 노여움을 사서 언젠가는 멸망하고 말 것이다. 부처님이 내리는 벌을 받아서 불지옥에 떨어질 것이다. 그날까지 참고 또 참고 부처님께 지성으로 기도하면 늙으신 부모님과 꽃다운 아내와 태어나 자라 있을 어린 자식을 꼭 만나게 될 것이다. 그때가 되면 아키코 할머니와 내 생각을 하게 될 것이다." 라고 위로해 준 일이 있었다.

서상준이 정신이 번쩍 든다. 불지옥에 떨어지고 있는 히로시마 하늘을 가리키며 소리지른다. 자기도 모르게 외친다.

"군국주의 일본이 천벌을 받고 있다. 일제는 부처님의 벌을 받고 신불의 노여움을 사서 불의 지옥으로 떨어지고 있다. 자 보아라 ! 불지옥이 퍼붓고 있지 않은가! 군국주의 일본은 망한다. 일제가 망하고 있다!"

서상준의 눈에서 뚝뚝 눈물이 떨어진다. 서상준의 얼굴은 공중에서 쏟아지는 흙비와 흥건히 내리는 눈물로 범벅이 되었다. 서상준의 머릿속에 고향 생각이 주마등처럼 지나간다. 늙고 어렵게 지내시는 부모님, 자기가 떠나온 3년 동안 어떻게 그 많은 농사를 짓고 살아가시는지… 갓 시집와서 호강 한번 못해 보고 생과부가 되어 버린 마누라는 잘 있는지… 마누라 뱃속에 있던 자식은 태어나 잘 크고 있는지…

정말 보고 싶었다. 다시는 살아갈 수 없을 것 같아서, 생각이 나고 그리울 때마다 이를 악물고 지워 버리고 또 지워 버려 온 애절한 내 고향! 내 식구들! 얼마나 하염없는 세월이었던가! 서상준은 불현듯 그리움이 사무쳐 왔다. 늙으셨을 부모님, 아직도 꽃같이 예쁠 아내, 살아 있을 내 자식! 뼈저리게 보고 싶었다.

쓰러졌던 서상준이 다시 벌떡 일어선다. 어디서 힘이 솟고 있는지, 땅 위에 서 있는 모든 것을 휩쓸어 버리고 있는 폭풍 앞에서 서상준이 대지를 밟고 힘차게 선다. 두 주먹을 불끈 쥐었다.

'살아야 한다. 부처님이 살려 주신다고 하셨다. 죽어서는 안 된다. 고향에 계신 부모님, 아내, 자식을 위하여 나는 살아서 돌아가야 한다!'

서상준이 다시 히로시마 불지옥 하늘을 향해 소리를 지른다.

"일본은 망했다. 자, 보아라! 부처님의 벌이 불지옥을 내리고 있지 않은가! 아키코 할머니, 노스님, 어디에 계십니까! 저는 살았습니다. 이제는 고향으로 돌아갈 때가 되었습니다. 고향으로 돌아가야 합니다. 할머님, 스님, 이 목숨 살아 있는 동안 은혜는 꼭 갚겠습니다!"

서상준은 등 뒤에 바람을 타고 화살같이 집을 향해 뛰었다. 타고 온 자전거는 폭풍에 날려 이미 없었다. 지상에 남아 있는 것이라고는 하나도 없었다.

(2)

티베츠 대령이 비행기 조종간을 힘차게 잡았다. 먼 하늘에 창공을 환하게 가르는 섬광이 왼편 창으로 빛나는 것 같다. 뒤편에서 베서 중위와 캐론 일등중사가 합창하듯이 동시에 소리친다.

"성공이다! 대장님, 성공입니다!"

티베츠 대령도, 퍼어슨스 대령도 기쁨에 넘쳐 부르짖는다.

"브라보!"

"빅토리보이즈, 만세!"

인류 역사상 최초로 원자폭탄 투하에 성공한 것이다. 감격적인 장면이 아닐 수 없었다. 미국 역사상 위대한 승리의 순간이었다.

얼마나 중차대한 임무였던가! 참으로 까다롭고 위험한 과제였다.

지난 7월 16일, 뉴멕시코주 로스알라모스에서 원자폭탄 실험에 성공한 후, 즉시 원자폭탄 투하 담당 특별부대가 조직되었다. 공식 명칭은 '제509 혼성 비행대대'이고, 빅토리보이즈(Victory Boys)라는 애칭으로도 불렸다. B29 폭격기의 백전노장인 티베츠 대령이 비행대 대장으로 선발되었다.

티베츠 대장과 퍼어슨스 대령, 이절리 대령, 페레비 소령, 루이스, 벤커크, 베서 등 전 대원은 7월 16일 이래 매일 4-5회씩 원자폭탄 투하 실전연습을 되풀이해 왔다. 단 한 번의 실수도 용납될 수 없는 분위기였다. 실제 상황과 동일한 실전 연습이었지만, 미국 공군 제일의 베테랑답게, 티베츠 대령 이하 전 대원은 단 한 차례의 실수도 기록하지 않았던 것이다. '빅토리보이즈'는 자신감에 차 있었다.

그날, 대장 티베츠 대령은 비장한 각오를 하고, 대원들과 함께 리틀보이(Little Boy)라는 애칭이 붙은 원자폭탄을 탑재한 B29폭격기 에놀라게이에 올랐다. 에놀라게이에는 목숨을 건 12명의 대원이 탑승하고 있다. 비행대 대장이며 조종사인 티베츠 대령을 중심으로, 맨하탄계획의 수석 병기 장교이며 원자폭탄의 장전 활성화 책임자인 퍼어슨스 해군 대령, 퍼어슨스 대령을 돕는 부관 제프슨 소위, 에놀라게이의 부조종사 루이스 대위, 항법담당 부조종사인 벤커크 대위, 원자폭탄의 폭격수 페레비 소령, 레이더 전파를 탐지하는 전자 전문가 베서 중위, 비행기 끝 뒤편에 자리한 사수(射手) 캐론 일등중사, 레이더 조종 담당 스티보릭 하사, 기관 조수 슈마드 하사, 항공 기관사 듀제베리 하사, 그리고 무전병 넬슨 일병 등이 그들이다.

4.5톤의 원자폭탄과 26,500 리터의 연료, 그리고 12명의 승무원을 실은 에놀라게이 B29 폭격기의 무게는 자그마치 68톤이나 되었다. 1945년 8월 6일 새벽 2시 45분, 에놀라게이는 괌도에서 193km 떨어진 서태평양 타이니언 섬 미공군 기지를 이륙하였다. 2시간여를 비행한 에놀라게이는 5시 5분경, 이오지마(유황도) 상공에서 다른 두 대의 B29 폭격기와 합류한 후 일본 히로시마를 향해서 북서 방향으로 진로를 잡았다.

에놀라게이의 앞쪽에는 목표 지점의 기상을 정찰하는 B29 '스트레이트 풀러시'기가 선행하였다. 두 비행기의 뒤쪽에는 원자폭탄 폭발 상황을 측정하여 보고하는 임무를 띤 또 하나의 B29 '그레이트 아티스트'기가 따르고 있었다.

원자폭탄 투하 임무를 맡은 제509 혼성 비행대대는 폭탄 투하 시에 레이더에 의존하지 않고 육안으로 목표물을 확인하여 투하하는 방법을 택했다. 수많은 실전 연습을 통하여, 폭격수 페레비는 9,000m 상공에서 목표 지점 90m 이내에 폭탄을 명중시킬 수 있는 자신감을 터득하였다. 여기에는 목표 지역의 기상 상태가 중요한 조건이 된다.

8월 5일, 미 국방부의 기상 담당자들은 원자폭탄 투하가 예정된 8월 6일에 히로시마가 자리한 일본 남부의 기상이 매우 맑을 것이라고 예보하였다. 태풍이 지나가고 난 바로 직후였다. 그러나 티베츠 대령과 페레비 소령은 히로시마의 하늘에 신경이 곤두섰다.

오전 7시가 지나자, 선행하고 있던 이절리 대령으로부터 보고가 날아들었다.

“목표 지점의 날씨는 쾌청함. 모든 고도에서 구름은 10분의 3 이하로 덮여 있음. 폭격 조건은 아주 양호함.”

티베츠 대장이 조종석에 앉아서 송신 기록을 확인하고 기뻐하며 소리친다.

“목표는 히로시마다! 히로시마에 진입하여 리틀보이를 투하할 준비를 서둘러라!”

티베츠의 에놀라게이는 마침내 목표 지점인 히로시마에 접근하였다. 대장의 명령에 따라 만일의 사태에 대비하여 전 대원은 방탄조끼를 착용했다. 육안으로 확인해야 할 사항이 많은 티베츠, 페레비, 베서 세 사람을 제외하고는 강렬한 섬광으로부터 눈을 보호하기 위하여 보안경을 썼다.

폭탄 투하의 선례가 전무한 원자폭탄의 투하에서는 목표 지점에의 명중과 폭발, 고도의 정확성이 생명이다. 방대한 국력의 집결과 천문학적인 비용이 투입되었기 때문에, 최대의 폭발 효과가 수없이 강조되었다.

원자폭탄을 탑재한 B29폭격기 에놀라게이가 시속 320km를 유지하며 9,470m의 고공을 날아오고 있다. 세토 내해를 지나며 속도를 조절한 에놀라게이가 히로시마 지역 상공으로 진입하기 시작한다. 북쪽에서 내려오는 것보다는 약간 위험성이 따르지마는, 정확성을 기하기 위하여 예정한 대로 에놀라게이는 세토 내해의 히로시마 만으로부터 접근한 후 히로시마 중심가로 직진하였다. 히로시마 상공에는 구름 한 점 없이 아침 태양이 빛나고 있었다. 티베츠의 비행조종석 옆에서 폭격조종간을 노려보고 있는 폭격수 페레비 소령의 조종간 십자로에, 마침내 목표 지점 표시인 오다 강 위의 아이오아교(橋) '티자(T字)' 다리가 일치하였다. 순간, 페레비 소령이 "폭탄 투하!"라는 기압 소리와 함께 힘차게 폭격조종간을 잡아당겼다. 무게 4.5톤의 원자폭탄이 약 10,000m의 상공에서 투하된 것이다. 시계가 정확히 1945년 8월 6일 아침 8시 14분 27초를 가리키고 있었다.

"기수를 좌로 돌리고 급히 남하한다!"

티베츠 대장의 목소리가 힘차게 터졌다. 거대한 몸체를 자랑하는 B29폭격기가 왼편으로 기울며 방향을 180도 선회한 후, 전 속력을 내며 히로시마 상공을 지나서 남쪽으로 빠져나가고 있었다. 투하된 원자폭탄은 약 50초 동안 낙하한 후, 히로시마 상공 약 600m 높이에 도달하며 폭발하게 되어 있다. 폭발 시간과 고도를 조절하기 위하여, 원자폭탄에는 정교하게 고안된 낙하산이 부착되어 있다. 이 50초 안에 티베츠 이하 빅토리보이즈들을 실은 에놀라게이는 위험 지역을 벗어나야 한다. 시계를 보면서도 비행기 뒤편에서 관측하는 대원들은 누가 먼저랄 것도 없이, "하나, 둘, 셋" 하면서 50초를 세어나가고 있었다.

50초가 흘러간 8시 15분 17초, 드디어 원자폭탄이 예정된 시각에 폭발하였다. 원자폭탄은 또한 예정된 목표 상공에서, 예정된 고도 600m 지점에서 폭발하였다. 섬광이 하늘을 가르고, 천지를 진동시키는 폭음이 뒤따랐다. 충격파가 에놀라게이를 덮쳤다. 거대한 비행기 몸체가 하늘로 붕 떠오르는 것 같았다. 그러나 곧 정상상태로 돌아왔다. 그러나 히로시마는 본래의 상태로 돌아올 수 없었다. 히로시마가 송두리째 지상에서 사라지고 말았다.

애기 에놀라게이의 비행조종간을 잡은 손에는 힘이 넘쳤으나, 티베츠 대령의 얼굴에 뜨거운 감격의 눈물이 흘러내린다. 얼마나 많은 미국 국민들이 이 성공을 기다리고 있을 것인가! 잔악무도한 일본군의 침략 공격으로 산화해 간 그 많은 전우들의 원혼이 얼마나 이 순간을 기다리고 있었을 것인가! 티베츠 대령의 눈앞에 트루먼 대통령과 '맨하탄플랜 사령관' 그로브스 장군의 얼굴이 어른거린다.

티베츠 대장!
대장과 대원들의 어깨에 미국 국민 모두와, 그리고 미군 장병 일백만 명의 목숨이 달려 있소. 우리의 조국 미합중국은 오랫동안 전쟁의 참화 속에서도, 피와 땀과 그리고 방대한 예산을 투입하여 오늘의 한순간을 위하여 지내왔소.
티베츠 대장! 대장과 대원들이 오늘 맡은 바 임무를 완벽하게, 그리고 단 한 치의 오차도 없이 수행하기 바라오. 원자폭탄의 투하에 성공하는 순간, 제2차세계대전은 끝이 나오. 그 많은 세계 인민들을 무고히 죽이고, 또 원통한 우리의 전우들을 살해한 군국주의 일본은 더 이상 견디지 못하고 무조건 항복할 것이 확실하오.
신의 가호가 대장과 대원들과 함께 하기를 빌겠소. 무운을 비

오.

미합중국 대통령 트루먼

출격 직전에 포츠담 회의 참석 차 미국을 떠나 있던 트루먼 대통령의 친필 편지를 전해주면서, 맨하탄플랜 사령관 그로브스 장군이 입을 한일자로 굳게 다문 채, 마지막 한마디 한마디 당부하였다. 대장 및 대원 모두와 포옹을 하고 돌아설 때, 역전 노장의 눈에는 눈물이 가득 고여 있었다.

티베츠 대령이 잠시 감격의 회상에 젖어 있는 동안, 베서 중위가 원자폭탄 폭발 상황을 하나라도 놓치지 않으려고 대원들의 묘사를 녹음하고 있다. 기미(機尾)에서 캐론이 보고한다.

"연기 기둥이 급속히 솟아오르고 있다. 그 속에는 화염의 붉은 핵이 보인다. 자주 빛과 회색의 이글거리는 덩어리가 그 붉은 핵과 함께 보이고 있다. 그것은 온통 광란하고 있는 것 같다. 불길이 마치 거대한 용광로에서 내뿜는 화염처럼 솟아오르고 있다. 피어슨스 대령이 말했던 버섯 모양의 것이 이쪽으로 온다. 마치 부글거리는 당밀 덩어리 같다. 그것이 거의 우리와 같은 높이로 올라와 있고, 계속 올라가고 있다. 그것은 매우 검지만, 구름 속에는 주홍색을 띤 것도 있다. 도시는 그 밑에 있음에 틀림없다."

녹음을 하면서 히로시마 상공 쪽을 노려보고 있던 베서 중위가 긴급 전보로 사령부에 상황 보고를 하고 있었다.

"바로 직전 수술을 끝냈다. 진단은 아직 완료되지 않았지만, 결과는 매우 양호한 것으로 보인다. 티베츠 의사는 대단히 기뻐하고 있다. 계속하여 상황을 보고하겠음."

티베츠를 위시한 빅토리보이즈의 영웅들이 애기 에놀라게이를 몰고 활주로에 안착하자 비행장이 환희와 축제 분위기에 젖었다. 삼엄하면서도 감격스러워하는 제509혼성비행대 대원들 속에서, 활주로에까지 '투에이 스파츠' 장군이 직접 나왔다. 신설된 '태평양 지역 미 육군 전략공군' 사령관이다. 거수경례를 힘차게 마치는 티베츠 대장을 얼싸안는다. 그 순간 박수 소리와 함께, "미합중국 만세!"라는 외침이 비행장을 뒤흔들었다.

티베츠 대장과 대원들은 스파츠 사령관과 함께 리무진 승용차에 올라타고, 얼마 전 이 비행장에 긴급 설치된 '태평양 지역 미 육군 전략공군 임시사령부'로 직행하였다. 그곳에는 이미 수천 명의 환영 인파가 물결치고 있었다. 그 중에는 명성이 높은 세계적인 핵 물리학자 페르미 박사와 오펜하이머 박사 등도 끼어 있었다.

다시 한번 감격과 환희의 물결이 지나갔다. 곧 이어 트루만 대통령의 축하 전보가 낭독되기 시작하였다. 때마침 대통령과 스팀슨 국방장관 등 국가 수뇌들은 영국과 중국, 그리고 소련 지도자들과 포츠담회담을 마친 후, 미국 해군의 순양함 '오거스트'호를 타고 귀국 항로에 있었다.

티베츠 대장과 전 대원들, 참으로 수고했소. 참으로 장하오! 귀관들이야말로 미국 국민 모두와 미합중국 장병들의 영웅이오.

진정한 영웅이오! 영웅들의 임무 완수로 인하여 우리 미합중국 젊은이 일백만 명의 목숨이 살아났소. 이번 쾌거는 미합중국 역사에 길이 기록될 것이며, 자유를 사랑하는 전 세계 인민들의 역사에 오래오래 찬란히 빛날 것이오. 그로브스 사령관, 그리고 티베츠 대장 이하 대원 여러분! 정말 위대하오. 귀관과 여러 영웅들은 저 간악한 무리인 일본 침략자들에게, 그리고 호시탐탐 침략 기회를 엿보는 모든 적들에게 우리 미합중국의 힘과 의지를 단호하게 보여 주었소. 대통령이 본국에 도착하는 대로 귀관과 영웅들을 위로할 것이오.

대통령 전문이 낭독되는 동안 자리에서 일어섰던 스파츠 사령관과 티베츠 대령이, 낭독이 끝난 후에도 그대로 선 채 일본 침략 세력이 자리하고 있는 먼 북쪽 하늘을 오랫동안 응시하고 있다. 티베츠 대령의 비행복에는 새로이 수여된 '미국 십자무공훈장'이 빛나고 있다. 핵물리학의 태두이며 원자폭탄의 아버지들인 페르미와 오펜하이머도, 그리고 수많은 시민들은 다 같이 자리에서 일어나 말없이 '홰트 맨(Fat Man)'이라는 애칭을 갖고 있는 제2차원자폭탄이 대기하고 있는 비행장을 쳐다보고 있다.

그날 저녁, 그러니까 일본보다 하루가 늦은 미국의 8월 6일 아침, 원자폭탄 투하 사실이 트루먼 대통령의 특별 성명으로 라디오 방송을 통하여 미국 전역에 전파되었다.

미국은 어제 일본의 히로시마 도시에 신형 폭탄을 투하하였다….

그것은 원자폭탄이다. 이 원자폭탄은 우주의 기본적인 힘을 이용한 것이다. 태양이 스스로 자신의 에너지를 얻듯이, 그런 원천적인 힘이 극동에서 전쟁을 일으킨 적들에게 가해졌다…. 7월 26일 포츠담에서 선포된 최후통첩은 완전한 파괴로부터 일본 국민을 구하기 위한 것이었다…. 그들의 지도자들은 이 최후통첩을 즉시 거부하였다. 만약 지금에 와서도 우리의 종전 조건을 수락하지 않는다면, 그들은 이 지구상에서 전혀 볼 수 없었던, 그러한 파멸의 비극을 공중으로부터 받게 될 것이다.

이 경천동지의 새로운 뉴스는 국제 통신사들에 의하여 세계 각국으로 타전되었다. 그리고 단파 방송을 통하여 일본과 중국, 조선 등 동아시아 전장으로도 퍼져나갔다.

(3)

김성식이 깜짝 놀라며 다시 눈을 떴다. 열기를 견딜 수 없어 허물어진 방공호 대피소를 헤집고 들어와, 힘없이 쓰러진 후 잠깐 잠이 들었던 모양이다. 얼마나 지났을까? 김성식은 악몽을 상기하면서 엉금엉금 기어서 다시 밖으로 나섰다.

얼마 전과 마찬가지로, 땅 위에는 아무 것도 남아 있지 않다. 인기

척은 고사하고 개나 새소리 하나 들리지 않는다. 사방 주위를 아무리 둘러보아도 불에 타고 무너지고 날아간 후 잔해만 덩그러니 흩어져 있을 뿐, 남아 있는 것이라고는 하나도 보이지 않는다.

하늘을 보니 맹렬히 연기를 뿜으며 화염이 치솟고 있다. 아무 것도 보이지 않는 허물어져 쓸어버린 듯한 광장을 지나, 먼 주위는 엄청난 불길에 휩싸여 있다. 동서남북 어디를 보아도, 어디서 나타난 불덩어리인지, 또 무엇이 그렇게 타고 있는지 꺼질지 모르는 불기둥이 하늘로 치솟고 있다.

머리 위 하늘을 쳐다보니 흙먼지 구름이 시커멓게 끼어 있다. 아까보다는 조금은 훤하게 밝아 보인다. 상공으로부터는 계속해서 흙비 같은 먼지들이 쏟아져 내려오고 있다.

김성식은 정신을 잃고 쓰러져 누워 있었던 동안, 비몽사몽간에 고향 가족들의 꿈을 꾸었다. 아버지와 어머니, 마누라 그리고 애들이 보였다. 꿈속에서나마 얼마나 붙들고 울었었는지, 깨어난 지금도 눈물이 흥건하다. 김성식이 한숨을 크게 쉰다.

'아 ! 인생이 이렇게 끝나는 것인가…'

김성식은 지리산 산자락이 펄럭이는 경상도 산청에서 가난한 농군의 자식으로 태어났다. 소학교를 나온 이후 농사에 종사해 온 김성식은, 그래도 자식 복이 있어서 4남 1녀를 두었는데, 모두들 착하고 공부를 잘하였다. 어렵게 살아갔지만 다행스럽게도 부모님이 건강하셔서, 농사철 어려울 때면 농사일을 크게 거들어 주셨다.

작년 봄 징용에 끌려 고향을 떠나올 때 한없이 우시는 어머님 옆에서, 엄격하신 아버님이 자애롭게 하신 말씀이 지금도 귀에 쟁쟁하다.

"성식아, 죽지 말고 살아 돌아와야 한다. 어디에 가서 무슨 일을 하든지, 집으로 돌아와야 한다. 내가 있고 네 어미가 있으니, 집 식구들은 조금도 걱정하지 말아라. 어디에 간들 건장한 체신으로 네 한 몸 건사 못하겠느냐? 아무 생각하지 말고 네 몸 건강만 생각해라. 살아올 궁리만 하거라."

하염없는 고향 집 생각에 시간 가는 줄도 몰랐다. 집안 식구들 생각하면서 김성식은 안도의 한숨도 내쉬었다.

'용완이가 잡히지 말고 잘 있어야 할 텐데….'

용완이의 생각을 하면 마음이 조금은 가벼웠다. 큰딸은 태평양전쟁이 터지던 해에 용케도 시집을 가서, 위안부로 끌려가는 신세는 면할 수 있었다. 그러던 차에 호사다마라고 용완이의 일이 터졌다. 서울에 유학하여 보성전문학교를 다니던 용완이에게 징병 소집장이 나온 것이다. 이 소식을 들은 용완이가 어느 날 갑자기 사라졌다. 집을 떠나기 며칠 전 밤에, 할아버지에게 하직 인사를 하러 집에 내려왔다.

"할아버님, 그리고 아버님 어머님, 징병으로 끌려가 일본 놈들을 위해서 개죽음을 하느니, 집을 떠나겠습니다. 전쟁이 끝날 때까지 숨어 지내겠습니다. 할아버님, 제 일은 제가 알아서 하겠사오니 너무 심려하지 마십시오. 왜놈들이 태평양전쟁을 벌이고 미국과 싸움을 시작했으니, 아마도 얼마 못 가서 망할 것입니다. 지금 경성에서는 우리 조선에 희망이 생겼다고 좋아하는 지식인들이 많습니다. 다시 찾아뵈올 때까지 건강하십시오. 저도 건강히 지내겠습니다."

그런 일이 있은 지 한참 후 어느 저녁 으스름, 집에 숨어 들어온 젊은이가 살아 있는 용완이의 소식을 전해 주어 안심한 일이 있었다. 그 후 지금까지 용완이와 헤어져 살아오고 있지 않은가….

그 어간에 김성식은 징용에 자원하라고, 순사와 면사무소 직원의 협박에 견디기 어려웠다. 늙으신 아버지와 상의하고 용완이 대신이라는 명분으로, 또 징용에 나서면 용완이는 잡아가지 않겠다는 감언이설에 넘어가서, 작년에 일본으로 건너와 히로시마에 있는 큰 군수공장에 배정을 받아 1년 가까이 징용을 살아오고 있는 것이다.

회상에 젖어 있던 김성식은 불현듯 어머니가 그리웠다. 그리고 마누라가 보고 싶었다.

'애들은 잘 있는지…. 용완이는 언제나 자유의 몸이 될 것인가?'

'우리 세대는 죽어 지내더라도 애들이 떳떳하게 살려면 이 징그러운 전쟁이 어서 끝나야 할 텐데….'

김성식이 눈을 번쩍 떴다. 김성식은 자기도 모르게 힘이 솟아 벌떡 일어섰다.

'히로시마가 이렇게 불타고 있지 않은가? 일본이 망하고 있다.'

김성식이 이제야 제정신이 드는 것 같다. 본정신이 돌아온 것이다. 집을 떠나올 때 아버지는 마지막으로 조용히, 그러나 단호하게 말씀하셨다.

"성식아, 내 말을 믿고 들어라. 일본은 머지않아 망하고 만다. 태평양전쟁을 일으켜 여러 나라를 쳐들어가고 무고한 생명을 마구 죽이니, 반드시 천벌을 받고 망할 것이다. 두고 보아라. 용완이도 말했지만, 미국과 중국, 영국 같은 큰 나라들과 한꺼번에 싸움을 하니 어찌 망하지 않겠느냐. 부디 명심하고 그때까지 목숨을 보존해야 한다."

김성식은 이제야 오늘의 사태를 이해할 것 같았다. 김성식은 비로소 지금 자기 주위에서 발생하고 있는 사태가 무엇이며, 왜 히로시마가 처참하게 불타고 있는지를 깨닫을 수 있었다.

'일본은 천벌을 받고 있다. 자 보아라! 저 마른하늘의 불벼락을! 이것이 천벌이 아니고 무엇이냐! 일본은 망한다. 이제 일본은 망했다!'

하늘에서는 흙먼지와 흙비가 계속 김성식의 얼굴에 쏟아져 내리고 있다. 김성식은 지치고 허기져서 서 있기가 어려웠다. 쓰러질 것 같았다. 시간이 지나면서 숨쉬기도 점점 어려워지고 있다. 그는 다시 방공호로 내려가 드러누웠다.

김성식은 살기가 어려울 것이라는 생각이 들기 시작한다. 그의 눈에서 뜨거운 눈물이 흘러내린다. 한편으로는 슬프기도 하다. 그러나 김성식의 얼굴이 곧 편안해지면서, 미소가 흐른다.

"아버님 어머님, 소자는 죽을 것 같습니다. 그러나 지금 소자의 마음은 더할 수 없이 편안합니다. 아버님 말씀대로 악독한 일본이 망하는 것을 소자의 두 눈으로 똑똑히 보고 있기 때문입니다. 아버님 당부 말씀대로 살아 돌아갈 수 없을 것 같아 죄송스럽습니다. 그러나 이제 일본 놈들이 망하고 나면, 용완이와 아이들은 나라를 다시 찾고, 밝은 세상에서 잘 살아갈 것이 아니겠습니까 ? 나라를 찾고 밝은 세상에서…. 나라를 찾고 밝은 세상에서…."

김성식은 편안한 미소를 지으면서 점점 정신을 잃어갔다.

일본 도메이(同盟) 통신 기자 나카무라 사토시는 마침 초대를 받아서 히로시마 중심으로부터 13km 떨어진 친구의 집에 있었다. 친구와 같이 아침밥을 막 들려던 참이었다.

오전 8시 16분경 태양보다 밝은 섬광이 번쩍 빛난다. 갑자기 방안이 환해진다. 곧 뒤이어 엄청난 폭음 소리가 천지를 진동시킨다. 나카무라 기자가 젓가락을 쥔 채 방바닥에 뒹굴어졌다. 열파가 몰아치는 곳을 쳐다보니, 히로시마를 향해 나 있던 동쪽 유리창들이 박살이 난 채 문짝이 덜렁거리고 있다.

정신을 차린 나카무라는 벌떡 일어나서 밖으로 뛰쳐나왔다. 근처 군 탄약고가 폭발하였나 하고 하늘을 올려다보았다.

아, 이것이 웬 일인가! 아침에 떠나온 히로시마 상공에 검은 연기가 맹렬히 솟아오른다. 붉은 색을 띤 거대한 연기 덩어리가 우산 모양을 형성하며 무섭게 치솟고 있다. 눈대중으로 보아 수천 미터의 높이로 엄청난 화염 기둥이 이글거리면서, 그 속에서 검붉은 연기가 솟구치며 버섯 모양을 만들어 나간다.

나카무라 기자는 직업의식이 발동되었다. 즉시 자전거를 잡아타고 히로시마 중심가를 향해 달려갔다. 시내에 접근하면서 나카무라 기자는 처참한 광경을 계속 목격하였다. 열파가 가연성이 있는 물체를 순간적으로 증발시키고, 변두리에서부터 남아 있는 모든 것들을 화염으로 휩쓸기 시작하고 있다. 뒤이어 무시무시한 폭풍이 땅 위에 서 있는 지상물 들을 무참하게 뽑아 올리고 있다. 검은 연기와 흙먼지로 캄캄한 하늘에는 산산 조각난 파편들이 난무하고 있다.

시내 중심에 접근하자 나카무라 기자는 자전거를 타고 더 이상 나아가기가 어려웠다. 살려고 도망쳐 나오는 사람들을 보고 놀라서 땅바닥에 털썩 주저앉았다. 생지옥으로 변한 히로시마로부터 빠져나오는 생존자들이 처참하게 떼를 지어 걸어오고 있다. 행렬의 절반 이상이 옷을 거의 걸치지 않은 벌거벗은 몸이다. 피를 흘리고, 머리칼은 흩어진 채 위로 치솟고, 온몸이 검게 그을리고 피부는 화상을 입었으며, 팔다리를 늘어뜨린 채 걷고 있다. 혼이 나간 유령의 행렬이고 움직이는 고깃덩어리이다.

지나가는 생존자들에게 몇 마디 말을 건네 본다. 아무도 입을 여는 사람이 없다. 너무 큰 충격을 받아서 정신이 나가 있는 것같이 보인다. 기괴할 정도로 무표정하다. 생존자들은 자기들이 끔찍스러운 부상을 당했다는 사실조차 느끼지 못하고 있는 것 같다. 처절하고 참담한 광경이었다.

나카무라 기자가 다시 정신을 가다듬는다. 빨리 이곳을 떠나 지금 히로시마에서 일어나고 있는 무서운 사태를 보고해야 한다는 생각이 들었다. 그는 벌떡 일어섰다. 히로시마 교외에 자리한 일본방송협회 중계소로 달렸다. 수라장이 되어 있는 중계소에는 다행스럽게도 한 전화선이 온전하게 기능을 발휘하고 있었다.

나카무라 기자는 히로시마로부터 140km 정도 떨어져 있는 비교적 큰 도시인 오카야마(岡山) 시의 도메이 통신과 연결하였다. 나카무라 기자는 첫 보고를 받아쓰도록 부탁하였다.

"8월 6일 오전 8시 16분, 히로시마 상공에 나타난 두어 대의 미군 폭격기가 한두 개의 특수폭탄(원자폭탄인지도 모름)을 투하하여 시 전체를 파괴하였음. 이 폭격으로 인한 사상자는 사망자만 약 17만 명에 이를 것으로 추산됨."

보고를 받자 즉시 오카야마의 도메이 통신 지국장이 전화에 나왔다. 수화기를 바꾸어 든 지국장은 나카무라 기자를 칭찬하기는커녕 언성을 높이며 나무라는 투다. 어떻게 한 개의 폭탄으로 히로시마 전체가 괴멸될 수 있으며, 17만 명이 즉사할 수 있느냐는 질책이다. 지국장이 일본 육군이 건재하다는 말을 들먹인다.

일본 육군이라는 잔소리를 듣는 순간 나카무라 기자의 분노가 폭발했다.

"지국장 당신, 지금 무슨 넋두리를 하고 자빠져 있는 거야! 지국장 당신이 지금 즉시 히로시마에 와 보면 될 게 아니야! 이 처참한 사실을 한시라도 빨리 국민과 정부 모두에게 알려야 될게 아니야? 특종 보도로 말이야!

지국장 당신, 명심해서 내 말을 전하시오. 당신이 즐겨 읊어대는 육군 개새끼들에게 전하시오. 그들이 세계 최고의 바보새끼들이며, 천황폐하와 일본 국민을 사지에 몰아넣고 있는 역적들이라고!

지국장 당신, 내가 이제부터 두 번째 기사를 불러 줄 테니, 이것을 육군의 얼간이들에게도 읽으라고 하시오!"

나카무라 기자가 저널리스트로서의 자세를 가다듬고 메모를 보면서 정확한 어조로 송고 기사를 읽어 내려간다. 나카무라 기자가 그날 벌어진 히로시마의 공포와 전율과 비극, 그리고 붙어 있는 목숨이 시키는 대로 아무 생각 없이 이동하는 살아 움직이는 송장 대열 희생자들의 참상을 상세히 읽어 준다. 그의 눈에서 눈물이 뚝뚝 떨어지기 시작한다. 무더기로 나란히 죽어 있는 검게 탄 시체와 불타고 있는 인육(人肉)의 냄새를 이야기하면서, 나카무라 기자가 흐느낀다. 기사 내용과 함께 나카무라 기자의 비통한 심정이 전화선을 타고 오카야마 도메이 지부에 그대로 흘러들고 있었다.

그날 히로시마에 원자폭탄이 터지면서, 외부 세계와의 통신망이 모두 두절되었다. 바깥 세상에서는 상당한 시간이 지나서야 히로시마의 참상을 알게 되었다. 그 가운데에서도 도메이 통신 나카무라 기자의 헌신적인 보도가 히로시마 악몽의 진상을 일본 천지에 알리는 최초의 통로가 되고 있었다.

(4)

크레믈린 궁, 스탈린 대원수 관저의 비상 전화벨이 요란히 울리고 있다. 마침 잠에서 깨어있던 스탈린이 급히 전화기 앞으로 갔다. 엊저녁 늦게 마신 술로 마침 새벽잠이 깨어 있었던 것이다.

"무슨 일인가?"

"예, 베리아 의장으로부터 긴급 전화가 걸려와 있습니다. 대원수 각하."

"그래, 이 시각에? 즉시 연결하라."

스탈린이 얼굴을 찡그리면서 벽시계를 쳐다보니 새벽 3시가 막 넘어서고 있다.

"대원수 각하, 중대한 긴급 첩보보고 사항이 있어 뵈었으면 해서 전화를 올렸습니다."

"들어오겠다고? 무슨 새로운 사태가 발생했나? 어젯밤에도 별일이 없었지 않았는가? "

"오늘 새벽 2시 15분경, 일본의 군수산업 도시 히로시마에, 현지 시각 아침 8시 15분경, 미국의 신형 폭탄이 폭발되었습니다. 대원수 각하."

"뭐라고! 미국의 신형폭탄이 투하되었다고? 그 폭탄 이름이 뭐라고 했었지?"

"핵 원자의 분열에 의한 폭탄이기 때문에, 원자폭탄이라고 부를 수 있습니다. 대원수 각하."

"지금 무슨 말을 하고 있어, 이 사람아! 원자폭탄이라면, 금년 말이나 되어야 실전 투하가 가능할 것이라고 했잖아?"

"대원수 각하, 송구스럽습니다."

"그건 그렇고, 폭발 결과는 어떠했나?"

"예상한 것보다 훨씬 놀라운 효과인 것 같습니다. 히로시마 같은 큰 도시 하나가 소멸된 것으로 보고되고 있습니다. 즉시 뵙고 상세한 보고말씀을 올리고 싶습니다. 대원수 각하."

"베리아 의장, 지금 즉시 국방위원회 특별회의를 소집하라, 비밀리에!"

"예, 대원수 각하. 지금 즉시 소집하겠습니다."

"모두 연락이 가능한가?"

"예, 가능할 것으로 생각됩니다."

"바시레프스키 원수에게도 연락을 취하도록 하라."

"예, 대원수 각하."

스탈린의 지시로 크레믈린 궁 비밀회의실에서 긴급 국방회의가 소집되었다. 전화 연결이 늦어졌거나 부재중인 사람이 있어서, 회의가 열리게 된 것은 그로부터 1시간여가 지난 새벽 4시 30분경이었다.

스탈린 대원수가 굳은 표정으로 뚜벅뚜벅 걸어 들어와 자리에 좌정하자 간부회의는 시작되었다. 소련 비밀경찰 의장 베리아, 외무상 몰로토프, 쥬코프 원수, 육군총참모장 안토노프 장군, 최고 간부 말렌코프 위원, 정치국원 쥬다노프 등등 크레믈린 최고 수뇌들이 자리하고 있다. 이 급작스런 간부회의에 낯선 얼굴의 사나이가 참석한 것이 이채로웠다. 마침 업무 보고 차 모스크바에 와 있던 소련 극동군 총사령관 바시레프스키 원수이다. 스탈린이 직접 참석을 지시했던 그 인물이었다.

크레믈린 궁 새벽의 무거운 분위기를 깨트리고, 의장 격인 말렌코프의 개회 발언이 있었다.

"대원수 각하의 임석하에 임시 간부회의를 시작하겠습니다."

개회 선언이 있자마자, 스탈린이 지시한다.

"베리아 의장, 방금 전에 일본에서 발생한 원자폭탄 투하 사태를 보고하시오.”

개회 벽두, 스탈린 대원수가 직접 원자폭탄이라는 말을 발설하자, 장내는 아연 긴장감에 휩싸였다. 몇몇 참석자들은 미국에서 개발하고 있다는 신형 폭탄이라는 말은 들어보았으나, 원자폭탄이라는 얘기는 처음 들어보는 말이다.

고개를 떨구고 있던 내무상 베리아가 정신이 번쩍 든 듯이 자리에서 일어나 입을 열었다. 그는 메모지를 보면서 보고하기 시작한다.

“오늘 새벽 2시 15분, 일본의 군수산업 도시 히로시마에서, 현지 시각으로 아침 8시 15분에 미국의 B29 비행기가 투하한 신형 폭탄이 폭발하였습니다. 지금까지 접수된 첩보 보고에 의하면, 이 신형 폭탄은 원자폭탄으로 밝혀졌습니다. 그 폭발의 효과는, 원자폭탄 1발에 의하여 히로시마 시 전체가 한순간에 괴멸되어 버렸다고 합니다. 정확한 피해 상황은 앞으로 계속 접수될 것입니다.”

참석자 모두는 자기의 귀를 의심하였다. 스탈린의 후계자라고 인정을 받고 있는 말렌코프나 쥬다노프도 큰 충격을 받았다. 원자폭탄 한 발에 일본의 큰 도시 하나가 완전히 사라지다니, 엄청난 사건이 아닐 수 없다. 더군다나 이러한 신형 무기를, 소련이 전혀 손도 대지 못하고 있는데 양키 제국주의자들이 독점하게 되었다면, 소련의 입장에서는 참으로 심각한 문제가 아닐 수 없는 것이다. 앞으로 소련의 혁명 군대는 세계 도처에서, 특히 동아시아에서 미 제국주의자들과 충돌하게 되어 있지 않은가!

쥬코프 원수가 침묵을 깨고 질문한다.

"베리아 의장, 히로시마는 얼마나 큰 도시입니까?"

"일본 제1 그룹의 군수산업 도시로서, 인구는 약 35만 명 정도 됩니다."

"그런데, 그 원자폭탄이라는 신형 폭탄 한 발로 35만 명이 거의 전멸했다는 말입니까?"

베리아는 대답하기가 난처하였다. 자기로서도 도저히 믿어지지 않는 첩보 보고였기 때문이다. 또한 아직은 정확한 보고가 들어와 있지도 않다.

"아직 정확한 피해 상황은 입수되지 않았으나, 지금까지의 첩보 보고에 의하면 도시 전체가 한순간에 괴멸되었다고 합니다. 도시 전체 인구의 반 이상이 전멸 상태인 것 같습니다. 마침 아침 출근 시간이었기 때문에 인명 피해가 아주 컸었던 것 같습니다. 오히려 미군이 히로시마 주민들이 길거리로 쏟아져 나오는 시간을 노린 것으로 보입니다. 현지의 보고에 의하면, 살아서 도피한 사람은 거의 없을 정도라고 합니다."

새벽 긴급 간부회의에 참석한 크레믈린 수뇌들은 소련 정보 책임자인 베리아가 스탈린 대원수 앞에서 보고하는 원자폭탄의 충격에 공황상태로 빠져들었다. 이 놀라운 신형 폭탄을 현재 소련도 연구 개발하고 있다는 것을 알고 있는 크레믈린 수뇌는 스탈린 자신과 베리아밖에는 없었다. 두 사람을 제외한 나머지 참석자들의 신경은 거의 마비상태에 이르렀다.

정치국원이며 당의 원로 격인 쥬다노프가, 견디다 못해 베리아에게 중요한 질문을 하지 않을 수 없었다.

"베리아 의장, 그렇다면 그 원자폭탄은 현재로서는 양키들만이 독점하고 있는 상태입니까? 우리 조국은 언제쯤이나 그 신형 폭탄을 보유할 수 있단 말입니까?"

실로 난처하기 그지없는 질문이다. 오늘 긴급 국방회의일지라도, 스탈린의 원자폭탄이라는 발언이 없었다면 베리아가 먼저 발설할 수는 없는 것이다. 또한 원로로 대접받는 쥬다노프였기 때문에, 스탈린 앞에서 국가 최고 극비사항을 물을 수 있었다.

베리아가 꿀 먹은 벙어리이다. 스탈린 이외에 그 어느 누구도, 그 어느 자리에서도 원자폭탄이라는 말을 발설 표현할 수는 없는 것이다. 베리아는 번득이는 기지가 탁월한 인간이었다. 대소비에트제국 비밀경찰 두목인 베리아가 일어서서 스탈린을 향해 얼굴을 돌리고 목례를 하였다.

입을 꽉 다물고 좌중을 훑어보고 있던 스탈린이 마침내 입을 열었다.

"약삭빠른 미국 양키들이 우리 소련제국을 조금 앞섰을 뿐이오. 동지 여러분들은 너무 근심하지 마시오. 우리의 영웅적인 소련 인민들은 악독한 나치독일을 격멸시킨 것처럼, 곧 원자폭탄을 개발하고 미국 양키들을 앞지를 수 있을 것이오."

실로 천금의 무게를 갖는 스탈린 대원수의 선언이었다. 장내는 물을 끼얹은 듯이 조용했다. 역시 스탈린이었다. 진정 철혈 독재자 스탈린 대원수였다. 그는 레닌의 뒤를 이어, 낙후된 농업국가 러시아를 일거에 현대 공업국가로 건설하는 데 성공하였다. 또 세계에서 가장 부유한 나라이며 최고의 공업국가인 미국, 그리고 얼마 전까지 세계 유일의 제국주의 국가인 영국과 동맹을 맺어, 조국 러시아를 멸망 직전의 위기에서 구원하였다. 제2차세계대전에서 그 악명 높던, 세계 각국이 그토록 두려워하던 나치독일 제국을 괴멸시켜 버린 것이다. 진실로 소련 붉은 군대가 거의 혼자의 싸움으로 격파한 것이다. 스탈린은 아무런 주저 없이 표현했다. 그것도 대영제국의 수상 처칠, 그리고 세계 최강 미국의 대통령 루스벨트와 맞선 자리에서 말했다.

"제2차세계대전에서 소련은 피를 바쳤고, 영국은 시간을 끌어 주었으며, 미국은 물자를 제공해 주었다."

스탈린이 소련 제국 수뇌부의 사기를 진작시켜 주기 위해 원자폭탄의 비밀을 공개했지만, 그 이상의 깊은 이야기는 하지 않는다.

스탈린이 화제를 돌린다.

"안토노프 참모장, 지나간 일이지만 우리가 나치부대 항복 후 극동작전을 개시했더라면 지금쯤은 어떠한 성과를 거두었을 것이라고 추측하는가?"

"예, 대원수 각하. 대병력의 이동을 대략 1개월로 계산한다면, 6월과 7월의 2개월 전투를 상정할 때, 지금쯤은 사할린과 몽고와 만주와 북중국, 그리고 조선반도를 점령할 수 있었을 것입니다."

조금은 과장스러우나 이미 준비되어 있었던 듯이 막힘 없이 대답한다.

스탈린의 노기 띤 음성이 베리아에게 향한다.

"베리아 의장, 차후 미국의 원자폭탄 공격은 어떻게 진행될 것으로 예상할 수 있는가?"

"예, 대원수 각하! 현재 미국은 3-5개의 실전용 원자폭탄을 보유하고 있는 것으로 보입니다. 오늘이나 내일 사이에 미국의 발표와 일본의 공식 대응, 그리고 일본에 대한 미국의 선전 내용을 분석해 보아야 보다 정확한 예측을 할 수 있을 것으로 생각되오나, 앞으로 3 - 5일 사이에 원자폭탄을 일본의 큰 도시에 또 하나 투하할 것으로 예상됩니다. 그 후 일본의 항복 여부가 결정될 것으로 보입니다."

"야, 그러면 이미 대일전쟁(對日戰爭)이 거의 끝났다는 말이야! 양키들의 원자폭탄 공격을 3개월 전에만 예상했더라면, 극동의 전략 상황이 달라졌을 것 아니야!"

드디어 참고 있던 스탈린 대원수의 노기가 폭발하고 말았다. 스탈린은 탁자 앞에 놓여 있던 물병을 들어 베리아에게 던졌다.

"쨍그렁!" 하고 물병이 베리아 책상 앞바닥에서 박살이 났다.

스탈린이 손을 부르르 떨면서, 화를 진정시키느라고 천장을 노려본다. 당장 무슨 일이 벌어질 것 같은 살벌한 침묵이 잠시 지나간 다음에, 스탈린이 천천히 입을 연다.

"바시레프스키 사령관, 극동군 전투 준비는 완료되었소?"

"예, 대원수 각하. 이미 보고말씀 드린 대로 소련 극동군 전쟁 준비는 완전히 끝나 있으며, 명령만 내리시면 작전계획대로 진격을 개시하겠습니다."

스탈린이 재차 묻는다.

"지금 즉시 작전을 개시한다면 앞으로의 예상은 어떠하오?"

"예, 대원수 각하. 영용한 붉은 군대가 총 진격하면, 그리고 소비에트 공군의 전폭적인 엄호가 주어진다면, 향후 1개월 이내에 몽고와 만주 전부, 그리고 조선반도 전체를 점령할 수 있습니다."

소련 극동군 총사령관 바시레프스키 원수가 자신 있게 대답한다. 바시레프스키 사령관의 장담이 긴급 국방 회의의 살벌한 분위기를 조금은 누그러트렸다.

스탈린이 계속 지시를 내리기 시작한다.

"몰로토프 외상, 미국과 일본에 통첩하기 위하여 대일전쟁 참전의 절차와 선언문 등을 준비하시오.

안토노프 참모장, 소련 공군의 총동원을 검토하고 즉시 실행할 수 있도록 준비하시오, 공군 총참모장을 직접 불러 지시하시오.

바시레프스키 사령관, 사령관은 지금 즉시 극동군사령부로 나가서 군사력을 총동원하고, 지금 이 자리에서 확답한 대로 우리 붉은 군대가 극동을 석권할 수 있도록 만전을 기하시오.

베리아 의장, 일본 원자폭탄 투하의 결과를 면밀히 분석하여 보고하고, 특히 미국의 원자폭탄 비밀이나 차후 일본 공격 계획을 정확히 첩보하도록 하시오. 앞으로는 이번과 같은 큰 실수가 다시는 없도록 매사에 철저하기 바라오.

모두들 명심하시오. 지금 이 시각부터는 우리 소비에트러시아의 운명을 결정하는 중대한 시간이오. 다음 명령이 내릴 때까지 준비하고 대기하시오!"

2. 일제(日帝)의 무조건 항복

(1)

스즈키 수상을 태운 방탄 승용차가 내각 청사에 도착하자, 먼발치에서 급히 달려 나오는 사람이 있었다. 의전 비서가 아니다. 의외로 서기관장 사코미즈 히사쓰네(迫水久常) 그 사람이었다. 서기관장이 직접 승용차의 도어를 잡아당긴다.

"어, 일찍 나와 있었구먼. 그런데 서기관장이 여기까지 웬일이오?"

사코미즈 히사쓰네가 급해서 말을 더듬는다.

"총리대신 각하, 크 큰일 났습니다. 어 어서 내리시지요. 참으로 중중대한 사태가 발생하였습니다."

"뭐야! 크 큰일이 발생했다고? 무슨 일인데. 서기관장, 빨리 말해 보시오."

늙은 재상이 방탄 리무진에서 급히 내려서며 재촉한다.

"쥬고쿠의 대도시 히로시마 한복판에 미국의 신형 폭탄이 투하되었습니다. 엄청난 피해가 발생하고 있다고 합니다. 지금 피해 상황이 계속 보고되고 있습니다. 총리대신 각하!"

"무엇이라고! 신형 폭탄이! 신형 폭탄이란 게 뭐야?"

주위에 서 있는 비서들을 쳐다보고 머뭇거리는 서기관장을 힐끗 바라보면서 스즈키 수상이 말한다.

"서기관장, 급히 내 방으로 갑시다. 그리고 비서들은 결재 서류를 잠시 보류하고, 지시가 있을 때까지 대기하라."

"서기관장, 이리 앉아서 자세히 말해 보시오."

"총리대신 각하, 오늘 아침 8시 15분경, 쥬고쿠 히로시마에 미국 B29 비행기 한 대가 떠 와, 이름 모를 신형 폭탄 한 개를 투하하고 사라진 후, 히로시마 상공에서 폭발하였습니다. 무서운 섬광과 굉장한 폭음이 터졌으며, 히로시마는 완전히 불바다 속에 파묻히고 괴멸 상태에 빠져 있다고 합니다."

노재상이 충격을 받고 일어섰다가 다시 의자에 털썩 주저앉았다.

집무실 벽시계가 아침 9시를 가리키고 있다.

"서기관장, 신형 폭탄이라니 그게 도대체 무엇인가? 그게 무슨 말인가? 조사해 보았소? "

"각하, 신형 폭탄이라는 말은 미국 놈들이 라디오 방송에서 사용한 표현입니다. 그런데 지금으로선 그 신형 폭탄이 무엇으로 만들어졌는지 모르겠습니다. 현재는 그 신형 폭탄의 내용이 무엇인지, 또 무엇이라고 불리는지 전혀 알지 못하겠습니다."

스즈키 수상은 난감했다. 그렇다고 짜증을 낼 수도 없었다. 폭발한 지도 채 한 시간이 안 되었을 뿐만 아니라, 기민한 수완가인 사코미즈 서기관장이 감을 잡지도 못하고 있다면, 이는 보통 문제가 아니기 때문이다.

늙은 수상은 전신에 힘이 쭉 빠졌다. 이 위기의 사태에서 믿을 사람은 눈앞에 앉아 있는 서기관장밖에는 없다. 그런데 평소에 그토록 냉정하던 사람이 이처럼 당황하고 있지 않은가….

스즈키 수상이 힘없이, 그러나 사코미즈 서기관장을 위로하면서 말한다.

"서기관장, 침착한 사람이 무얼 그렇게 야단인가? 우리가 이런 일을 한두 번 겪어 보고 있나? 마음을 가라앉히고 사태의 전말과 피해 상황을 자세히 말해 보게."

노재상의 자상한 충고에 서기관장이 비로소 숨을 가다듬는다.

"총리대신 각하, 신형 폭탄에 대해서는 어림잡히는 데가 있습니다. 곧 과학자나 교수 들에게 자문하여 밝혀내도록 하겠습니다.

문제는 히로시마의 피해 사태입니다. 보고되고 있는 바에 의하면, 히로시마를 둥그렇게 둘러싸고 엄청난 불길이 치솟고 있어서, 외곽 주변도 지탱하기 어려울 정도로 접근이 전혀 불가능하다고 합니다."

"그러면 지금으로서는 피해 상황을 예상하거나 확인할 수 없다는 말인가?"

"그렇습니다. 각하! 두려운 사태는 히로시마 폭발과 괴멸이 이제 막 시작이라는 사실입니다. 지금 히로시마 주위 일대에는 검은 재와 구름 덩어리가 해를 가려서 지척을 분간할 수 없다고 합니다. 또한 엄청난 화염과 폭발로 인하여 히로시마와 그 주변 일대가 대폭풍에 휩싸여 있다고 합니다. 각하."

노재상도 무엇이 무엇인지 전혀 느낌이 와 닿지 않고 있다. 그러나 침착하고 또 침착하려고 마음을 다잡고 있다.

"사코미즈 군! 정신 차리세! 우리가 정신을 못 차리면 일본은 어찌 되겠는가? 우리가 이렇게 앉아 있을 게 아니라, 즉시 탐문하고 체크해 보기로 하세. 어서 빨리 집무실로 돌아가서 히로시마 사태를 분석해 보고 피해 상황을 조사해 보도록 하세. 우리는 계속 연락하기로 하세."

노재상의 외침에 정신이 버쩍 든 사코미즈 서기관장이 수상 집무실의 문을 박차고 밖으로 뛰어나갔다.

일본 천지에 원자폭탄의 회오리바람이 몰아치기 시작하고 있었다.

(2)

히로시마에 원자폭탄이 터진 그날, 8월 6일 오후 5 시경, 수상관저에 있는 지하 방공호 회의실에 스즈키 내각의 핵심 세 사람이 모여 숙의하고 있다. 스즈키 수상 자신과 아침에 히로시마 사태를 수상에게 직접 보고한 사코미즈 서기관장, 그리고 스즈키 수상의 신임이 두터우면서 항상 사리를 중시하고 국제정세에 밝은 도고(東鄕武德) 외상이 그들이다. 이들 3인이 스즈키 내각을 리드하는 온건 노선의 지도자들이다.

분위기는 침통하고 무거웠으나, 시종여일하게 진지한 논의가 진행되었다. 아무런 거리낌이 없이 의견을 교환하고 허물없는 대화 속에서, 한 문제 한 문제에 대한 결말이 빨랐다. 그리고 단순 명쾌하였다.

"총리대신 각하! 히로시마에 투하된 신형 폭탄의 비밀이 밝혀졌습니다."

"아 그래, 수고했네. 그것이 무엇이라던가? "

"예, 각하. 신형 폭탄은 물질의 핵인 원자를 구성하고 있는 중성자나 양자 등이 분열할 때, 서로 충돌하여 발생하는 에너지와 열을 집중적으로 극대화시킨 폭탄이라고 합니다. 그러므로 구태여 이름을 붙인다면 원자폭탄이나 핵폭탄이라고 할 수 있겠습니다."

"아니, 원자의 분열이나 충돌에서 발생하는 에너지가 그렇게 엄청나단 말인가?"

"하늘에서 이글거리는 태양이나 밤에 보이는 별 덩어리들이 모두 이들 핵 분열이나 융합의 원리에서 발생하는 에너지라고 합니다. 무섭고 엄청난 열 덩어리라고 합니다. 쉽게 생각하자면, 히로시마 상공에 작은 태양을 갖다 놓는 것이나 마찬가지라고 합니다."

노재상 스즈키가 사코미즈 군의 기민한 통찰력과 해박한 정보력에 다시 한번 감탄하면서 묻는다.

"그러면 우리나라에도 그 원자폭탄인가 핵분열인가에 대하여 전문학자가 있는가?"

"예, 있습니다 각하. 니시나(仁科) 박사와 교토 대학 교수인 유가와 히데키(湯川秀樹) 박사 등이 전문가들입니다."

"아, 그러면 그 세계적인 물리학자라는 유가와 박사 말인가?"

"예, 그렇습니다. 각하."

"그렇다면, 왜 우리나라에서는 원자폭탄을 준비하지 않았는가?"

"이론상으로 학계에서 인정된 것이지만, 이것이 신형 폭탄의 형태로 세상에 나타난 것은 히로시마에서가 처음이라고 합니다. 여기에는 상상하기 어려운 엄청난 예산, 그리고 조직적인 과학기술 산업이 동원되어야 한다고 합니다."

늙고 지친 수상의 입에서 탄식이 절로 나온다.

"아! 미국이라는 나라가 그렇게 큰 나라란 말인가…."

침묵을 지키면서 듣고만 있던 도고 외상이 대화에 끼어들었다.

"각하. 미국의 국력은 지금 천하를 지배하고도 남음이 있습니다. 구라파에서 나치 독일과 싸운 노서아의 무기나 기름이나 식량은 모두 미국이 대 준 것이었습니다. 그리고 물자뿐만 아니라 산업이나 과학기술의 발달이 상상 이상으로 앞선 대국입니다."

스즈키, 사코미즈, 도고 세 사람은 그런 무시무시한 원자폭탄을 만들어 내고 전쟁에 사용하는 미국의 힘에 새삼스러이 감탄하였다. 그러면서, 일본의 현실을 생각하며 한숨을 토할 수밖에 없었다.

"사코미즈 군, 그 신형 폭탄이 원자폭탄이라는 사실과 그것이 무서운 신병기라는 사실이 새어나가지 않도록 철저히 조처해야지 않겠는가?"

"예, 각하. 니시나 박사와 유가와 교수 양인에게 철저히 당부하였습니다. 또한 대본영에서 보도 통제를 강력하게 시행하고 있기 때문에 히로시마 사태나 신형 폭탄의 비밀은 시중에 새어나갈 리 없습니다."

그들의 대화의 중심은 자연스럽게 히로시마의 피해 상황으로 옮겨 갔다.

"그래, 서기관장. 이제 어느 정도 조사되었을 텐데, 히로시마의 현재 상황은 어떠한가? 또 피해 실태는 좀 파악되었나?"

"각하. 그것이 도저히 불가능한 형편입니다. 현재로서는 히로시마 사태의 전모 파악이나 피해 상황의 종합적인 집계가 매우 어려운 실정입니다."

사코미즈 서기관장이 침을 삼키면서 말을 계속해 나간다.

"히로시마의 중심 지역, 약 사방 이십 리 범위 내에는 서 있는 건물이나 남아 있는 집이 하나도 없다고 합니다. 폐허화되어 돌 더미나 벽돌 무더기밖에 없을 지경이랍니다. 중심 지역 안에 있었던 모든 신민은 다 죽었을 것으로 생각됩니다."

세 사람 모두가 한숨을 토한다.

도고 외상이 묻는다.

"히로시마 주민은 모두 얼마나 되었습니까? "

"공식적으로 34만 5천 명 정도였습니다."

"그렇다면 그 절반이 죽었다고 할 때, 17만여 명이 폭사했다는 말입니까? 그것도 신형폭탄 한 방으로! "

"예, 그렇습니다. 더욱이 피해가 컸던 까닭은, 아침 8시 15분경이니까, 모든 사람이 일터로 나가는 출근길이었습니다. 참으로 간악한 일은 미국 놈들이 어린 학생들의 등교나 출근 시간에 맞추어 인명 대

살상을 노리고 원자폭탄을 투하한 것입니다."

스즈키 수상이 힘없이 말한다.

"그렇게 무서운 파괴력을 가진 원자폭탄이라고 하면, 열악한 방공호에 숨어본 들 무슨 소용이 있겠소? 모두 다 허망한 일이지…."

"총리대신 각하, 사태가 그렇습니다. 원자폭탄이 터지는 순간, 엄청난 열과 화염 폭풍으로 중심가는 순식간에 모든 것이 잿더미로 변했답니다. 히로시마 시내에서는, 그 많은 인명들이, 그 많은 건물이나 시설 들이 일시에 화염과 폭풍에 휩싸여 재로 변하고, 또 어디론가 날려가서 아무것도 찾아볼 수가 없게 되었습니다."

냉정하려고 애쓰는 사코미즈 서기관장의 눈에서 눈물이 흐른다.

서기관장이 계속한다.

"더 무서운 것은 뒤따르는 화염과 열폭풍이었다고 합니다. 원자폭탄이 터질 때 무지무지한 구름이 버섯같이 히로시마 하늘 끝으로 치솟으면서 그 구름이 전부 불덩어리로 변하여 화염과 폭풍을 일으키며 히로시마 주변으로 차례차례 내려앉았다고 합니다. 누구 하나, 어느 사람 하나 이 불 지옥 속을 뚫고 들어갈 수 없었으며, 튀어나올 수도 없었다고 합니다."

사코미즈 서기관장은 세밀하게 조사된 히로시마 사태를 조금도 가감 없이 수상과 외상에게 생생하게 설명했다. 서기관장은, 지금 일본의 운명을 짊어지고 있으며, 그의 결심 여하에 따라 일본 민족과 천황폐하의 명운이 결정될 수밖에 없는 위치에 있는 이 노수상과, 그리고 해외 정세에 밝은 도고 외상에게 모든 진상을 사실 그대로 설명하지 않으면 안 된다고 명심하고 있는 것이다.

그는 손수건으로 눈물을 닦으면서, 냉정하려고 애썼다.

"현재 히로시마 중심부는 잿더미로 변하였습니다. 시 외곽에서 치솟고 있는 거대한 화염기둥이 주변지역으로 계속 확대되어 가고 있는 상태입니다. 아비규환의 불 지옥 속에서 엄청난 비보가 계속 보고되고 있습니다. 확실한 피해 상황이 집계되기가 지금으로는 어렵습니다. 도고 대신님의 말씀대로, 히로시마 전 주민의 거의 반 이상이 전멸한 상태이고, 물적 인적 피해가 앞으로 얼마나 더 늘어날지 예측이 어려운 것이, 지금의 실정 그대로입니다."

도고 외상이 노재상을 향하여 무겁게 입을 열었다.

도고 외상의 생각에는 이미 엎질러져 버린 히로시마의 재난을 이 중요한 자리에서 세세하게 보고받을 필요는 없었다. 피해 상황은 얼마 후 집계될 것이다. 스즈키 내각의 수뇌 세 사람이 모인 이 중대한 시간이야말로, 일본의 운명과 장래를 결판지어야 할 절체절명의 자리이며 기회이다.

도고가 자기 의견을 불문곡직하고 꺼낸다.

"총리대신 각하. 이제 각하께서는 일본의 운명을 바로 결정하셔야 하겠습니다. 백 마디 말이나 한숨보다 단 한 번의 결단으로, 백척간두의 위기에서 조국을 구원하셔야 하겠습니다. 각하, 이제는 마지막 기회입니다! 결단을 내려 주십시오!"

노재상은 도고 외상이 무엇을 말하려는지 안다. 한숨을 내리쉬면서 조용히 되묻는다.

"도고 외상, 이 중대한 시기에 무엇을 어떻게 한단 말이오?

또 내가 어떤 결단을 내려야 천황폐하와 우리 백성들을, 그리고 우리의 조국 일본을 구원할 수 있겠소?"

실로 거두절미한 천금 무게의 반문이다.

"총리대신 각하. 이제는 이 전쟁을 끝내야 합니다. 이 대동아전쟁을, 미국 서양 연합국들과의 전쟁을 끝마치지 않으면 안 됩니다. 전쟁이 계속되면, 송구스러운 표현이오나, 일본은 망하고 우리 선량한 신민 억조창생은 거의 죽고 말 것입니다. 각하. 지금 전쟁 종결을 결단하실 수 있고, 또 결단하셔야 할 분은 총리대신 각하 한 분뿐이십니다. 통촉하시옵소서!"

도고 외상의 눈에도 눈물이 고인다.

"잘 알겠소. 그러나 어떤 조건으로 미국과의 전쟁을, 아니 연합 세력과의 전쟁을 끝낼 수 있단 말이오? 외상. 좋은 생각이 있으면 말씀해 보오."

"총리대신 각하. 지금 알 만한 식자는 다 알고 있지 않습니까? 지난달 포츠담 선언이 나온 이후, 우리 일본은 저들 연합 세력의 종전 조건을 수락하는 수밖에 없게 되지 않았습니까?"

"그러면 무조건 항복이라는 저들의 요구를 수락하라는 말이오?"

도고 외상이 잔잔한 목소리로 그러나 단호하게 말한다.

"예, 각하. 그 이외에 다른 종전 방안은 없지 않습니까? 우리 대일본제국이 그간 여러 방도로 종전을 협상해 왔지만, 국제 정세를 외면하고 문제를 안이하게 생각하여, 결국은 시간을 허비하고 오늘의 히로시마 사태를 초래한 것이 아니겠습니까?"

스즈키 수상은 도고 외상의 말이 백번 옳다고 생각했다. 그러나 현실은, 바로 일본의 정치 군사 현실은 그렇지 않다. 대본영을 틀어쥐고 좌지우지하는 군 수뇌부 강경파들이 천황폐하와 옥쇄라는 명분을 들먹이며, 이렇게 참담한 현실에서도 전쟁을 계속하고 있는 것이다.

스즈키 수상은 육상(陸相)인 아나미(阿南惟幾) 대장 생각만 하면 답답했다.

"도고 외상. 우리 일본이 전쟁을 끝내자면 대본영이 동의를 해야지 않겠소? 그러나 외상도 잘 알고 있듯이 과연 저들이 포츠담 선언의 수락과 종전에 찬성하겠소?"

"총리대신 각하. 물론 저들은 아직도 천황폐하를 말씀하고 옥쇄를 들먹이며, 포츠담 선언의 수락을 거부할 것입니다. 그러나 각하. 저들 무지한 강경파 일부 때문에 얼마나 많은 차선의 기회를 우리가 상실하였습니까? 카이로 선언에 우리가 조금만 신경을 기울였더라도, 일본은 훨씬 좋은 조건에서 전쟁을 끝낼 수 있었습니다. 중국이나 동남아시아는 제외하더라도, 조선이나 대만, 그리고 만주의 광활한 땅은 그대로 우리 제국의 영토로 보유할 수 있었을 것입니다. 그것이 강경파 일부의 주장에 끌리어, 제공권과 제해권의 싸움에서 패하고 동남아시아를 상실하며, 이제는 사이판과 유황도까지 내주며 패주한 채, 도쿄를 비롯한 본토는 미국 비행기의 폭격으로 이미 폐허나 다름없이 변하지 않았습니까?

총리대신 각하! 끝내는 히로시마에 원자폭탄이 투하되어, 인류 역사에 전무후무한 파괴의 치욕을 당하고 있으며, 이러한 사실이 미국의 선전으로 전세계 사람들에게 알려져 조소까지 받고 있지 않겠습니까? 이제 더 무엇을 망설일 수 있겠습니까?"

도고 외상의 말이 한마디 한마디 망해 가는 일본의 폐부를 찌르고 있다.

스즈키 노 수상이 할 말을 찾지 못한다. 사코미즈 서기관장이 침을 꿀꺽 삼키면서, 스즈키 수상의 입을 응시하였다.

"도고 외상의 말대로 이 전쟁은 이제 끝내야 할 것이오. 여기서 끝맺지 못하면, 우리 일본제국은, 그리고 유구한 대화민족의 역사는 영원히 단절될지도 모르오. 그런데 여기서 전쟁을 종결하자면, 아나미 육군상 등 군부 강경파들을 제압하지 않으면 안 될 텐데…. 외상이나 서기관장이나 무슨 묘책이 없겠소? "

그러자 갑자기 도고 외상의 목소리가 높아진다.

"각하. 묘안을 찾아서 무슨 소용이 있겠습니까? 맹목적으로 충군애국만을 외쳐대며, 백성들의 목숨을 미국 아이들의 원자폭탄에 내던지는 저들에게, 어떤 묘책인들 그 효력을 발휘할 수 있겠습니까?

총리대신 각하! 일본 군부의 대원로로서, 그리고 천황폐하를 모시는 국정의 최고 책임자로서 만기를 결단하실 때 한두 각료가 어찌 따라오지 않겠습니까? "

백전노장으로서 만인지상에 오른 스즈키가 조용히 타이르듯이 말한다.

"도고 외상, 외상의 충정은 참으로 감사하오. 그러나 현실은 현실대로 중요한 것이오. 더구나 종전이라는 결단도 중요하지만, 그 마무리도 또한 주의하지 않으면 안 되는 것이오. 종전의 결단에 임하여, 우리는 필히 두 가지를 고려해야 할 것이오. 하나는 내부의 단결이오. 지금 내가 두려워하는 것은 하극상의 혼란이오. 이는 승리보다 패전시에 더 큰 문제가 될 수 있소. 일부 군부 강경 세력들이 종전 후에 하극상 반란이라도 계속한다면, 이는 천황폐하께 엄청난 누가 될 것이오. 다른 하나는 그들 세력을 압도할 수 있는 권위가 필요하오. 위압이나 강제가 아니라, 그들이 스스로 감읍하여 따라올 수 있는 권위 말이오. 내가 찾아보자는 묘책이란, 전쟁 종결의 단안을 아나미 등이 순종하지 않을 수 없는 방책을 강구해보자는 뜻이오."

노련한 스즈키가 지혜주머니라는 별명을 가진 사코미즈를 의미 있게 쳐다보며 묻는다.

"그렇지 않소? 사코미즈 서기관장. 어떻소, 좋은 묘안이 없겠소?"

수상과 외상의 대화를 오랫동안 주시한 서기관장이 비로소 입을 열었다.

"총리대신 각하. 문제는 현실에 바탕을 두고 풀어 나가야 한다고 생각합니다. 종전 문제나 포츠담 선언의 수락 찬부는 현실적으로 '최고전쟁지도회의'에서 결정될 것입니다. 지금 최고전쟁지도회의는 총리대신 각하 아래에 도고 외상, 아나미 육상, 요나이 해상, 우메츠 참모총장, 도요타 군령부총장으로 구성되어 있습니다."

서기관장이 제도를 분석하면서 언급해 나간다.

"아나미, 우메츠, 도요타 3인이 강경 인물들입니다. 따라서 회의에서 찬반 동수이면 총리대신 각하께서 단안을 내리실 수 있습니다. 이는 법과 제도의 당연한 원칙입니다."

사실이 그러했다.

고이소 구니아키(小磯國昭) 총리의 실각 이후 들어선 스즈키 간타로(鈴木貫太郎)는 해군대장 출신이라는 배경과 노련한 경륜을 앞세워, 합법적으로 군부 강경 세력의 독주를 견제하기 위하여 눈에 보이지 않게 적지 않은 공을 들여 왔다. 그 결과 군의 직계 후배인 해군상 요나이 미츠마사(米內光政)를 이해시키는 데에 성공하였다. 특히 심혈을 기울인 것은 천황궁의 내부 분위기를 바꾸는 일이었다. 시종무관과 궁내부대신에게 어려운 사태를 주지시키기 위하여, 사코미즈 서기관장이 무던히나 애를 썼다. 이제는 노재상의 생각이 대본영에 영향을 미치고 있었으며, 서기관장의 분석대로, 현재 국가 대사의 논의에서 최종적인 권한을 갖고 있는 '최고전쟁지도회의'에서는 스즈키 수상이 결정권을 갖게 되었다고 해도 과언이 아니다.

이런 큰일을 소리 없이 성사시키기 위하여, 군의 원로대신인 미야자와의 사위인 사코미즈 히사쓰네(迫水久常)를 파격적으로 서기관장의 중책에 앉힌 것이 아닌가! 스즈키 내각이 출범하자 일본 조야에서는 '전쟁 중의 마지막 내각'이라는 소문이 파다했다. 이런 내각의 내부 사정을 간파하고 종전을 이미 예상했다는 의미가 아니었을까….

서기관장 사코미즈가 차분하게 결론을 맺는다.

"총리대신 각하. 최고전쟁지도회의에서 포츠담 선언의 수락을 전제로 한 종전을 결의하면 문제가 있을 수 없습니다. 다만 각하의 말씀대로, 아나미 대장 이하 군부 강경파들의 맹목적 고집을 꺾을 수 있는 권위는 다른 곳에서 구할 수 있을 것으로 사료됩니다. 각하의 말씀은 그것을 의중에 두고 계신 것이 아니옵니까?"

눈을 지긋이 감은 채 듣고 있던 스즈키 수상이 재촉한다.

"말을 계속해 보시오. 그 권위를 마련할 수 있는 방도가 무엇인지."

"예, 각하. 그 방책은 천황폐하의 결정이십니다. 포츠담 선언의 수락이나 전쟁의 종결을 천황 폐하의 성단에 의지한다면, 통어의 권위는 그 이상이 없을 것입니다."

노재상의 질문이 즉시 뒤따른다.

"서기관장, 천황폐하의 성단을 받는 일이 가능하겠소? "

실로 중요한 순간이었다. 일본의 명운이 좌우되는 발언이 아닐 수 없었다.

서기관장이 단호하게 대답한다.

"히로시마 사태 이후 시간을 지체하다가 연합군이 본토를 휩쓸게 되면 일본은 아주 망하게 됩니다. 더욱이 사태가 더 악화되어 황궁이 자리한 도쿄에 원자폭탄이 투하되고, 무자비한 러시아 붉은 군대가 북쪽에서 남하한다면, 조종(祖宗)의 면면한 유업은 종말을 거두게 될 것입니다, 각하. 그렇게 될 때, 우리 대화민족의 성스러운 국체 보존도 불가능하게 될 것입니다. 천황폐하를 중심으로 하는 만세의 국체 보존이 우리 신민 지고의 의무라고 한다면, 우리는 여기서 즉시 전쟁을 끝내지 않으면 안 될 것으로 사료됩니다.

총리대신 각하. 천황폐하를 모시는 국체 보존의 조건이 받아들여진다면, 포츠담 선언의 수락은 별 문제가 없을 것입니다."

가장 핵심적인 문제가 논의되었다.

마침내 일제의 전쟁 방향이 명쾌하게 결정된 것이다. 참으로 절체절명의 순간이었다.

늙은 재상 스즈키의 결론이 내려졌다.

"사코미즈 서기관장, 오늘 즉시 황궁으로 들어가 천황폐하를 알현하시오. 히로시마 피해 사실을 소상히 말씀드리고, 폐하의 성단을 얻기 바라오. 시종무관과 궁내부대신의 이해 설득에 각별히 유념하시오. 일본제국의 장래와 국체 보존의 명운이 오늘 우리에게 달려 있소!"

그날 저녁 늦게 궁내부대신 이시와타리(石渡莊太郎)와 연락을 취한 사코미즈는 히로시마 사태를 정리한 보고서를 들고 황궁으로 들어갔다. 궁내부대신과 시종무관, 그리고 사코미즈 서기관장 등 세 사람은 밤이 늦도록 숙의하였다.

이시와타리 궁내부대신의 의견을 받아들여, 시꼬미즈 서기관장은 일단 그날 천황을 알현하지 않고 그대로 퇴출했다. 궁내부대신과 시종무관이 천황에게 상황을 보고하기로 하였으며, 향후 현실적이고도 현명한 대응 방안을 천황에게 헌책하기로 하였다. 히로시마의 참상이 어느 정도 윤곽을 나타낼 것으로 보이는 내일 저녁 때쯤에, 스즈키 수상이 직접 오거나, 아니면 서기관장이 다시 입궁하여 천황을 알현하기로 하였다.

(3)

인류 역사상 최초로 히로시마에 원자폭탄이 투하된 다음날부터, 사태는 진정되는 것이 아니라 점점 더 혼미 속에 험악해져 가기 시작하였다. 무엇보다도 히로시마 피해 상황이 걷잡을 수 없이 불어나고 있었다.

그런데 새로운 큰 문제가 다른 곳에서 터져 나올 것 같았다. 북쪽에 도사리고 있는 거대한 붉은 곰의 동향이 심상치 않다는 첩보 보고가 대본영을 요란스럽게 두드렸다. 그에 덩달아 일본 천지에 유언비어가 난무하였다.

이번에는 무시무시한 공갈이 미국 방송에서 조용히 흘러나왔다. 8월 7일 이른 새벽, 서방 연합군 세력의 괴수라는 미국 대통령 트루먼이 방송에 나와서, 직접 육성으로 일본에게 또 하나의 최후통첩을 보냈다.

"8월 6일, 히로시마에 투하된 폭탄은 전쟁에 혁명적인 영향을 끼치게 될 것이다. 일본이 항복을 시인하지 않는 한 또 다른 장소에도 투하하게 될 것이다."

이번의 최후통첩은 예전과는 달랐다. 정말 무서운 최후통첩이다. 소름끼치는 공갈 협박이 아닐 수 없다. 공갈 협박이 아니라 제2의 원자폭탄을 투하하겠다는 통고였다.

황궁이 있고, 행정부와 군부의 수뇌부가 모여 있는 도쿄는 큰 혼란에 빠지게 되었다. 도쿠가와 막부 이래 유구한 역사를 자랑하는 도쿄는 대공황으로 휩쓸려 들어갔다.

"다음은 도쿄에 원자폭탄이 떨어진다."

"아니다. 일본 문화의 심장부인 교토에 투하된다고 한다더라."

어느 유언비어가 맞을 것이든지 간에, 원자폭탄이 떨어지는 그곳에는 전멸이 있을 뿐이다. 미국 비행기 B29 괴물이 일본 하늘을 뒤덮고 돌아다니고 있는데, 어느 비행기에서 어디에 원자폭탄이 떨어질지 누가 알 것인가….

참으로 하늘이 원망스러웠다. 그러나 구제 방안은 없었다. 무조건 항복 이외에 해결책은 아무것도 없는 것이다.

8월 7일 오후 5시, 모스크바 크레믈린 궁전 대회의실에서, 대원수 스탈린 임석하에 비상 국가전략회의가 열렸다. 정부의 내각대신들과 군 수뇌들이 위풍당당하게 모였으며, 새로운 사태 전개를 예감이라도 하는 듯 모두 긴장하고 있었다.

스탈린의 지시에 따라, 비밀경찰 두목 베리아가 히로시마 사태와 미국 원자폭탄의 위력에 대하여 소상하게 보고하였다. 그는 보고의 말미에서 이렇게 결론을 내렸다.

"미국은 약 5년간의 준비와 막대한 국방 예산의 투입과 산업기술의 동원에 의하여, 히로시마에 투하된 원자폭탄 외에 3 - 4 개의 신형 폭탄을 보유하고 있는 것으로 판단됩니다. 태평양에서의 제해권과 일본 및 동아시아에서의 제공권을 거의 장악하고 있기 때문에, 미군 폭격기들은 이들 원자폭탄을 일본 주요 도시에 자유자재로 투하할 수 있을 것입니다. 미국의 폭탄 투하를 방해할 수 있는 아무런 대항력도 일본은 갖고 있지 못합니다.

수집된 정보를 종합해 판단할 때, 제2의 원자폭탄은 앞으로 2-3일 정도 내에 오사카 같은 대도시에 투하될 것으로 추측됩니다."

보고가 끝나자 스탈린이 묻는다.

"베리아 의장, 제2의 원자폭탄이 투하되면 앞으로 일본의 항배는 어떠할 것으로 예상되는가? 일본은 얼마나 버틸 수 있을 것으로 판단되오? "

"예, 대원수 각하. 일본 대본영을 장악하고 있는 군부 강경파가 포츠담 선언에 명시된 무조건 항복을 받아들이기는 어려울 것으로 보이기 때문에, 즉시 항복은 하지 않을 것으로 사료됩니다. 다만 원폭 투하와는 별도로 제3의 충격이 외부에서 가해진다면, 아무리 완강한 일본군이라도 더 이상 견디기는 어려울 것입니다."

갑자기 회의실 장내가 물을 끼얹은 듯이 숙연해졌다. 베리아 의장이 방금 표현한 '제3의 충격'이라는 말이, 정말 충격으로 다가온 것이다. 이 제3의 외부 충격이 무엇을 의미하는지를, 오늘 전략회의에 참석한 크레믈린 수뇌들은 잘 알고 있다.

스탈린은 얼마 동안 말없이 먼 곳을 응시하고 있었다.

예정된 순서에 따라 참모장 안토노프 원수가 보고하였다. 북중국, 몽고, 만주, 연해주 등 극동 일원에 전개되어 있는 소련 적군의 병력이 200만 명 이상이며, 이들 부대는 보급이 충실하고 신식 무기로 장비되어 있기 때문에 기동력이 탁월하다는 내용이었다.

"영용한 붉은 군대가 대일 전쟁을 개시하면, 북중국, 외몽고, 만주,

조선, 그리고 사할린에서 일제히 진격이 시작될 것입니다. 전쟁이 개시되면, 몽고, 만주, 조선, 사할린이 점령될 것입니다. 그 시간은 적의 저항이 클 것으로 예상하여, 1개월이 소요될 것으로 판단됩니다."

안토노프의 자신에 넘친 보고가 끝나자 스탈린이 지적한다.

"만주와 조선에 포진한 일본 관동군의 규모와 실력은 어떠하오?"

"예, 대원수 각하. 관동군은 현대식 무기와 장비를 갖춘 200만 명 정도의 정예 대군이었습니다. 그런데 남방 전투가 치열해지고 그 전투에서 소모가 커지자, 관동군 정예부대가 대거 남방으로 이동 투입되었습니다. 그 결과 현재 관동군은 60만 명 내지 80만 명 정도로 파악되고 있습니다. 그러나 무기나 장비가 열악하여, 정예라기보다는 예비 보충병력 수준으로 추측됩니다."

미국과 영국 등 서방 각국들의 움직임과 국제정세 전반에 관하여 외무상 몰로토프의 보고가 있었다.

마침내 소련군 최고사령관 스탈린 대원수의 명령이 내려졌다.

"소비에트러시아 사회주의 연방공화국은 이 시각부터 일본과 전쟁을 시작한다.

안토노프 참모장, 그리고 바시레프스키 극동군사령관은 소련이 보유하고 있는 모든 전쟁 수단을 동원하여, 북중국과 몽고와 만주와 조선과 사할린을 공격한 후 점령하라. 전략과 전술에 일호의 실수도 없이 만전을 기하라.

몰로토프 외상은 모스크바에 와 있는 일본 대사를 불러 선전포고문을 넘겨줘라. 붉은 군대의 진격을 고려하여 가능한 한 시간을 늦추어 수교하도록 하라.

베리아 의장의 보고에서도 지적된 것처럼, 우리 소련군의 대일 전쟁이 선포되면, 일본은 곧 항복할 것이다. 즉시 무조건 항복이 있을 것으로 추측된다. 따라서 1개월이 아니라, 진격과 동시에 가장 신속하고 과감하게 목적지를 점령하지 않으면 안 된다. 또한 일본의 항복이 있다 할지라도 사령관의 특별 지시가 없는 한 진격을 멈추어서는 안 된다. 목적지의 완전한 점령이 우리의 전략 목표이다."

드디어 죽어 가는 군국주의 일본에 대한 스탈린 군대의 총공격이 시작되었다. 원자폭탄에 의한 참화에 뒤이어, 소련 적군의 대일 전쟁이 덮친 것이다. 마침내 일제 군국주의자들의 최후가 다가오고 있었다.

(4)

한밤중, 전화벨이 요란히 울렸다.

사코미즈 서기관장이 깜짝 놀라 일어났다. 눈을 비비고 쳐다보니 벽시계가 새벽 2시를 가리키고 있다. 요사이는 놀라운 일이 연발하여, 전화통을 아예 머리맡에 놓고 잠자는 습관이 있었다.

오늘은 도저히 일어날 기력이 없다. 엊저녁 내각회의가 지리멸렬된 후, 각료들과 화풀이 술을 많이 마셨다.

"이번에는 또 무슨 일이야? 이거 참."

서기관장은 짜증이 앞섰지만 수화기를 들지 않을 수 없었다.

"여보세요, 서기관장님이세요?"

"예, 맞습니다. 누구신지요?"

"형님, 저 도메이 통신의 외신부장 하세가와(長谷川)입니다."

"아, 외신부장님. 반갑습니다. 그런데 이 새벽에 무슨 일입니까?"

"큰일이 발생하였습니다. 서기관장님, 소식 들으셨습니까?"

"무슨 소식을 말입니까? 못 들었는데요."

"바로 조금 전, 소련이 대일 전쟁을 선언했다고 합니다. 스탈린이 소련 군대를 총동원하여 몽고, 만주, 조선, 사할린 등지에서 총공격을 개시했답니다. 그리고 모스크바에서는 외상 몰로토프가 사토 대사에게 선전포고문을 전달했다고 합니다."

"하세가와 부장, 참으로 고맙소."

사코미즈가 힘없이 수화기를 놓고 이부자리 위에 털썩 주저앉는다.

얼굴에 경련을 일으키는 늙은 재상의 얼굴이 눈앞에 어른거린다.

어쩐 일인지 어제 저녁에 열렸던 내각회의가 어수선하였다. 이 비상시국에 수상이 소집한 각의에 가장 중요한 위치에 있는 육군상과 해군상이 업무를 핑계로 불참하고, 그 대신 군무국장이 참석했다.

내각회의에서는 상상을 초월하는 히로시마의 참상이 낱낱이 밝혀짐에 따라 한숨과 탄식으로 얼룩지고 말았다. 특히 무서운 사태는 히로시마 전체에 검붉은 흙비가 쏟아지고 있으며, 땅에서는 원자탄이 터질 때 스며든 원자 가스가 솟아나면서 역겨운 냄새가 진동하고 있다고 한다. 또 흙비와 가스에서 방출되는 원자 방사선이 인체에 파고들면서 사람들이 마구 쓰러져 죽어 간다는 것이다. 이렇게 원인이나 병명도 모른 채 원자병에 걸려 죽어 가는 백성들이 매일 수백 명에 이르고 있다고 한다.

내무성, 보건성 등 관계 대신들이 탄식하는 각료회의에, 도고 외상의 청천벽력 같은 첩보보고가 있지 않았는가! 외신에 의하면, 그리고 미국 통 첩보에 의하면, 이미 스탈린 군대가 대일 전쟁을 시작하였으며, 북방 전 전선에 걸쳐 붉은 군대의 공격이 개시되고 있다고 한다. 히로시마에서는 겨우 살아난 백성들이 원자병으로 매일 수백 명이 죽어 나가고, 제2의 원자폭탄이 도쿄나 오사카에 터진다고 아우성인 이때에, 느닷없이 히틀러 군대를 격파한 소련 군대가 무자비하게 밀어닥치기 시작한다고 하니, 각료회의인들 제대로 진행될 수 있겠는가!

회의가 중도에 파하자, 몇몇이서 탄식 어린 한풀이로 술을 마셔 대다 보니, 아직도 작취가 미상이었던 것이다.

서기관장은 자리를 박차고 일어났다. 전화할 필요도 없이 총리 관저로 달려갔다. 수상에게 하세가와 부장의 외신 내용을 그대로 전했다. 그 자리에서 지체없이 최고전쟁지도회의 소집이 정해지고, 각 위원에게 통보되었다.

(5)

일본제국(日本帝國)의 명운을 최종적으로 결정하는 최고전략회의가 원자폭탄이 투하되어 히로시마가 폐허된 지 사흘 만에야 겨우 소집되었다. '최고전쟁지도회의'가 그것이다.

일제 최고전쟁지도회의는 여섯 사람의 정군(政軍) 수뇌로 구성된다. 수상을 위시로 하여 해외 문제를 총괄하는 외무상(外務相), 전쟁을 관장하는 육군상(陸軍相)과 해군상(海軍相), 군참모총장, 그리고 군사령부장관 등 이상 여섯의 거두이다. 이른바 '6신두' 회의가 국가의 운명을 최종 결정하는 '대본영'인 셈이다.

1945년 8월 9일 오전 10시 30분, 천황폐하가 거주하는 황궁(皇宮)의 지하 10m에 마련된 비상회의실에서 최고전쟁지도회의가 개최되었다. 실로 존망의 기로에 선 조국을 구제하기 위한 마지막 전략회의였다.

참석자로서는 수상, 외상, 육상, 해상, 군참모총장, 군사령부장관 등의 6인 외에 대원로인 추밀원 의장, 육군과 해군의 군무국장들과 내각 종합계획국장, 그리고 서기관장 등 11명이었다. 구성 인원도 각별하였지만, 회의 장소가 황궁 지하대피소 비상회의실인 데에 비감하기까지 하였다.

최고전쟁지도회의 의장 격인 노령의 수상 스즈키가 무겁게 말을 꺼낸다.

"누천년 이어져 온 우리 일본제국은 지금 백척간두의 위기에 처하여 있습니다. 제국은 오늘 최고전쟁지도회의에 참석한 여러분들에게 국가 대방침에 관한 현명한 결단을 요청하고 있습니다. 일호의 착각도 없이, 일각의 지체도 없이, 최고전쟁지도회의 의원 한 분 한 분의 방책과 의견을 말씀해 주시오."

회의장 분위기가 천근같이 무거웠다. 아무도 발언하는 이가 없어 쥐 죽은 듯이 조용하다. 기다리다 지친 듯 노재상이 다시 입을 연다.

"그러면 의원 여러분들이 심기를 정리하시는 동안, 잠시 틈을 내어 한 가지 보고 말씀을 드리도록 하겠습니다. 사코미즈 서기관장, 히로시마 사태와 현재까지 수집된 피해 상황을 간단히 정리해서 보고해 주시오."

뒷자리에 배석하고 있던 서기관장이 일어서서 준비된 보고서를 보면서 침착하게 말하기 시작했다.

"예, 총리대신 각하. 지난 8월 6일 아침 8시 15분, 쥬고쿠 지방의 대도시 히로시마에 미제 폭격기로부터 신형 폭탄이 투하되었습니다. 이 신형 폭탄은 전문학자들에 의하여 원자폭탄임이 확인되었습니다. 히로시마 상공 약 600미터 높이에서 폭발한 원자폭탄 한 발에 의하여, 엄청난 재난이 발생하였습니다."

오늘 회의에 참석한 수뇌들은 자기 수하의 정보망을 동원하여 히로시마 사태의 실상을 소상히 파악하고 있었지만, 수상을 대신하여 정보를 정리한 서기관장의 보고에 신경을 집중하면서 긴장하여 듣고 있다.

"히로시마 인구 34만 5천 명 중 즉사 53,000여 명 실종 30,000여 명으로 현재까지 총 17만 명이 사망하였습니다. 13만여 명이 부상당하고 10만 명 이상의 이재민이 발생하였습니다."

목이 메고 긴장하여 말을 못하는 듯, 사코미즈 서기관장은 잠시 말을 중단하였다. 그는 정신을 가다듬고 다시 계속한다.

"히로시마 중심 지역은 건물 및 시설물이 완전히 소진되었으며, 히로시마 중심으로부터 약 40㎢ 이내 지역에는 건물 가옥과 공장 시설 등이 거의 완파되어, 단 하나도 사용할 수 없게 되었습니다.

3일 동안 구조대의 접근이 불가능하도록 낮밤을 계속 불타고 있던 화염 폭풍은 오늘 겨우 그쳤습니다. 그러나 새로운 사태가 발생하고 있습니다. 지금 히로시마뿐만 아니라 그 주위 일원에는 원자폭탄 폭발 시에 발생한 것으로 보이는 독가스와 악취가 진동하고 있습니다. 그 이유 때문인지는 모르나, 어제 하루에만도 히로시마에서는 부상자들 500여 명이 사망하였습니다.

전문학자들에 의하면, 원자폭탄이 폭발할 때 다량의 방사선이 방출되며, 이 방사선이 엄청난 먼지와 결합되어 방사능 낙진으로 지상에 검붉은 흑비를 내리게 한다고 합니다. 이 방사선과 낙진에 젖은 사람은 알 수 없는 병으로 고생하다가 결국 목숨을 잃게 된다고 합니다. 이 원인 모를 병을 지금으로서는 원자병이라고 부를 수밖에 없겠습니다. 치료는 거의 불가능한 실정입니다. 앞으로 얼마나 많은 히로시마 생존자들이 이 원자병으로 죽어 갈지는 예측할 수 없습니다."

시코미즈 서기관장이 한숨을 쉬며 보고를 마쳤다.

원자폭탄이라는 말과 또 새삼스러운 원자병이라는 표현에, 장내 회의 분위기가 더욱 무거워져 갔다.

노재상 스즈키가 회의를 빠르게 진행시키기 위하여, 다시 정적을 깨고 도고 외상을 쳐다보며 말한다.

"도고 외상, 현재까지 입수된 미국의 동향과 오늘 새벽에 발생한 소련군대의 참전에 대하여 간단명료하게 보고해 주시오."

도고 외상이 일어선다.

"우리 시각으로 오늘 새벽 0시에 소련이 대일본제국에 선전포고를 하고 전면 전쟁에 돌입해 왔습니다. 우리 관동군이 지배하고 있는 북중국, 만주, 조선, 그리고 사할린 등지에서 일제히 공격을 해 오고 있습니다. 또한 지난 8월 7일 미제의 괴수 트루만이 직접 육성으로, 일본에 대해 포츠담 선언의 수락을 요구하면서, 불응할 시에 또 다른 원자폭탄의 공격을 협박한 이후, 앞으로 2일 내지 3일 후에 원자폭탄 투하가 예상되고 있습니다. 즉시 소련과 미국의 공격에 대하여 대일본 제국의 대응 방책이 수립되지 않으면 안 될 것입니다."

군사정보부대의 첩보를 통해 이미 파악하고는 있었지만, 육군상 아나미 대장 이하 군수뇌들도 소련 붉은 대군의 전면 공격이라는 말에는 전신에 힘이 쭉 빠진다. 또 다른 원자폭탄의 투하라는 말에는 경련이 일어났다. 더 이상 견디기 어려워, 마침내 아나미 육군대장이 거두절미하고 스즈키 수상에게 묻는다.

"수상 각하, 지금의 보고와 같이 우리 대일본제국은 바야흐로 존망의 기로에 처하게 되었습니다. 국가의 방책에 관한 각하의 고견을 듣고 싶습니다."

스즈키 노수상은 이명증(耳鳴症)이 있어 귀가 잘 안 들리는지, 또는 말투에 귀가 거슬렸는지, 한참이 지난 후에 천천히 그러나 단호한 억양으로 말한다.

"우리 대일본제국은 누천년간 조선(祖先)들의 빛나는 유업을 계승하여 왔으며, 대화(大和) 민족의 억조창생을 보존하여 왔습니다. 이제는 그러한 과업이 영미를 비롯한 서방 연합세력과 북방의 탐욕스런 소련 공산군의 합동 공격에 직면하여 존망의 백척간두에 직면하고 말았습니다. 우리는 지금까지 진행되어 온 이 대전쟁의 승패를 떠나서, 조선(祖先)들의 유업을 계승하기 위하여 이 전쟁을 여기서 끝내야 합니다. 또한 죄 없이 죽어갈 대화 민족 억조 창생의 생령들을 보존하기 위하여 이 전쟁을 지금 즉시 종결하지 않으면 안 됩니다."

지금까지 한마디 말도 없이 미동도 하지 않고 있던 우메츠(梅津美治郎) 참모총장이 벌떡 일어나 스즈키 수상에게 질문한다.

"수상 각하, 여기서 전쟁을 종결한다는 방책은 매우 합당한 것으로 사료됩니다. 그런데 각하께서는 어떤 방안이 있으셔서 이 전쟁을 끝내실 수 있다는 말씀이십니까?"

실로 난처하며 도발적인 질문이다. 백전노장이면서 노련한 정치가인 스즈키가 절호의 기회를 잡아 일도양단식으로 핵심을 언급한다.

"여기 최고전쟁지도회의에 참석하신 모든 분들이 잘 알고 계신 것처럼, 이제 시간이 다하였기 때문에 전쟁을 끝내기 위하여 우리가 갖고 있는 선택은 한 가지밖에 남아 있지 않습니다. 이제는 연합 세력들의 요구인 포츠담 선언을 수락하는 수밖에는 없습니다. 유리한 협상의 시기를 모두 일실하여, 다른 종전 방도가 남아 있지 않게 되었습니다."

분명한 대답이다. 또한 어려운 답변이다. 지금까지 내각이나 군의 책임 있는 수뇌부 위치에 앉아 있는 어느 누구도 공개회의 석상에서 발언하지 않았으며, 또 발언할 수 없는 말이었다. 이러한 중차대한 표현을 스즈키 노재상은 일사천리로 뱉어 버렸다. 팔순이 가까운 나이와 정군(政軍)을 두루 섭렵했다는 경륜을 앞세워, 국가의 명운을 결정하는 최고전쟁지도회의 석상에서 스즈키 수상이 명확히 선언한 것이다.

장내가 철렁하였다. 군부 강경파의 우두머리 격인 아나미 육군상은 얼굴이 상기되어 숨을 몰아쉬면서, 천천히 일어나 반론을 제시한다.

"수상 각하, 포츠담 선언의 수락은 무조건 항복을 의미하는 것입니다. 각하의 말씀은 무조건 항복을 해서라도 전쟁을 종결하자는 말씀입니까?"

"아나미 장군, 지금 저들 연합군 세력의 요구를 거절하고 이 전쟁이 끝날 수 있겠습니까? 그렇다고 오늘의 이 참담한 현실에서 우리가 더 이상 전쟁을 계속할 수는 없지 않습니까?"

"수상 각하, 우리 본토 내지에는 아직도 손상되지 않은 500만 대군이 건재합니다. 또한 조선과 중국, 만주에도 조선 주둔군과 관동군이 엄연히 존재하고 있습니다. 비록 미군이 원자폭탄을 앞세워 공격하고 소련 스탈린 군대가 전면 공세를 해 와도, 우리 영용한 대일본제국 군대는 마지막 한 사람이 남을 때까지 무너지지 않을 것입니다."

“아나미 대신, 우리 군대의 사기와 능력을 폄하하는 것은 아니오만, 오늘 국가와 민족의 존망이 중대한 갈림길에 와 있는 것은 숨길 수 없는 사실이 아니겠소. 포츠담 선언의 수락 이외에 다른 묘책이 있는 지, 또 있으면 말해 보시오.”

“뚜렷한 현책이 있어서가 아닙니다. 무조건 항복은 수용할 수 없다는 뜻입니다. 포츠담 선언 이외에 미국 등 연합 세력과 협상을 나눠볼 수도 있지 않겠습니까? ”

아나미 육군상은 발언 내용을 조금 누그러트렸다. 그도 오늘의 전황이 위기일발 상태인 것을 잘 알고 있다. 천길 낭떠러지에 걸려 있어, 잘못하면 국체 보존마저 어렵게 될지도 모른다는 것을 두려워하고 있는 것이다. 그러나 아나미 육군상은 일본제국 군대로서 수많은 전장에서 충용하게 산화한 많은 원혼들과, 그리고 죽음을 각오하고 있는 최후의 장병들을 생각하지 않을 수 없었다.

스즈키 수상이 다시 조용히 말을 계속한다.

“우리가 협상을 하지도 않고 무조건 포츠담 선언을 수락하자는 말은 아니오. 또한 여러분이 잘 알다시피 고이소 내각 이전에서부터 우리는 연합군 세력들과 종전에 관한 협상을 계속하여 왔소. 그러나 아무런 결실을 맺지 못한 채, 헛되이 시간만 허비하고 오늘의 사태에 이른 것이오.

지난 일을 후회하자는 것은 아니오만, 우리가 현명한 결단을 내렸더라면 우리 제국은 보다 유리한 조건에서 전쟁을 끝낼 수도 있었을 것이오. 내 생각은 중책을 맡고 있는 우리들이 또다시 기회를 놓쳐 버리는 우를 범해서는 안 되겠다는 말이오. 우리는 저들의 요구인 포츠담 선언을 수용한다고 하면서, 저들과 종전 조건에 관하여 협상을 진행하자는 방책인 것이오."

그동안 잠자코 있던 군령부총장 도요타(豊田副武) 해군대장이 발언한다.

"수상 각하, 그러하시다면 종전의 조건으로서 천황폐하 봉대의 국체 보존과 연합군의 내지 불점령을 관철하실 수 있겠습니까?"

핵심 내용의 지적이다. 군부 수뇌들은 이전부터 연합군의 일본 점령, 그리고 태평양전쟁을 수행해 나온 군 수뇌부들을 연합 세력이 전범으로 처벌하는 것을 치욕적으로 생각해 왔다. 또한 제일 두려워했다. 그들은 전범으로 처형을 당하느니 전 군인이 차라리 옥쇄되는 결전을 마음속으로 선택하고 있었던 것이다.

이러한 군부 강경파들의 입장을 스즈키 수상과 사코미즈 서기관장은 벌써부터 간파하고 있었다. 조건에 관한 협상은 전제되어 있지만, 포츠담 선언의 수락을 생각한다는 의미의 말에 안심이 되는 듯, 노수상이 느긋하게 중요한 문제를 제기한다.

"포츠담 선언 수락의 조건은 저들과 더 협상해야 결과가 밝혀질 것이오. 그러나 우리 모두는 무엇보다도 천황폐하 봉대의 국체 보존 문제에 성심을 집중하지 않으면 안 될 것이오. 이 늙은이도 지난 8월 6일 히로시마가 결단 나던 날, 수상 직을 미련 없이 물러나고 싶었소. 그러나 천황폐하가 계셨기에, 늙은 몸을 이끌고 여러분과 이렇게 혼신의 책임을 다하려고 하는 것이오."

노재상의 입에서 천황 폐하라는 말이 자주 언급되기 시작한다. 천황폐하라는 표현 앞에서는 어느 누구도 반론이나 이의를 제기할 수 없는 성역으로서의 신성 의식이 일본 사회를 철저히 지배하고 있다. 이러한 충성심은 일본 군대에서는 더욱 깊었다.

바로 이때였다. 비밀회의실 문이 열리면서, 천황의 시종무관인 후지타 나오노리(藤田尙德)가 어두운 표정으로 들어온다. 좌중을 둘러본 시종무관은 아무 말 없이 서기관장을 향해서 목례를 하고, 서기관장을 회의장 밖으로 나오도록 손짓한다.

무슨 중요한 문제가 돌발한 것으로 보였다. 사코미즈 서기관장은 일어서서 스즈키 수상에게 다가가, 시종무관이 급히 자기를 찾는다는 것과 회의실을 잠시 나가도 괜찮을지 허락 여부를 문의하였다. 수상은 예감이 불안하여 즉시 나갔다 오도록 지시했다.

비상 국가전쟁지도회의에 참석한 모든 인원들은 이 전례가 드문 사태에 아연 긴장하지 않을 수 없었다. 그리고 불안과 긴장 속에 한마디 말도 없이 얼마가 흘러갔다.

문이 다시 열리면서 이번에는 서기관장이 혼자서 회의실로 들어온다. 손에는 메모지가 들려 있다.

스즈키 수상의 지시를 받고, 사코미즈 서기관장이 일어서서 메모지 내용을 발표하기 시작한다. 손은 떨리고 목소리가 힘이 없다.

"방금 놀라운 소식이 들어왔습니다. 오늘 아침 11시경에, 미제 B29 폭격기 한 대가 규슈 나가사키에 침입하여 원자폭탄을 투하하였습니다. 그 결과 현재 나가사키에는 엄청난 화염 폭풍과 방사선으로 참화가 진행되고 있다는 보고가 계속 들어오고 있습니다."

실로 무섭고도 엄청난 사태가 아닐 수 없다. 만약 나가사키가 아니라 이 도쿄에 원자폭탄이 폭발되었다면 이 황궁은 어찌 되었을 것인가를 생각하면서, 노인 스즈키나 군부 강경파인 아나미나 참석자 모두가 몸서리를 치고 있었다.

서기관장의 진언에 따라 회의는 잠시 유회되었다. 누가 먼저랄 것도 없이 모두 뿔뿔이 흩어져 자기 부서로 달려갔다.

뒤에 노재상의 당부가 메아리치고 있었다.

"오늘 안으로 결단을 내려야 하므로, 다시 연락할 테니까 대기하고 기다리시오."

스즈키가 수상 관저로 간 이후에도, 사코미즈 서기관장은 황궁에 그대로 남아서 후지타 시종무관과 이시와타리 궁내부대신과 계속 숙의하고 있었다.

그날 밤 11시 반이 넘어서 황궁특별지하대피소 회의실에서는 천황 임석하에 최고전쟁지도회의가 열렸다. 참석 인원은 오전 회의와 마찬가지로 스즈키 노수상 이하 11명이다. 다만 천황을 모시고 궁내부대신과 시종무관 두 사람이 더 참석하고 있다.

노재상 스즈키가 천황 앞에서 현하의 내외정세와 전쟁 상황을 설명하고, 특히 오늘 발생한 나가사키 원자폭탄 투하 사태도 소상히 보고하였다.

스즈키 수상이, 임석한 천황의 신성불가침 권위에 의지하는 듯 카랑카랑하게 그리고 단호히 회의를 진행시켜 나간다.

"오전에도 본인이 밝힌 것처럼, 우리 대일본제국은 오늘 이 시점에서 모든 전쟁을 종결시켜야 합니다. 그러기 위하여서는 저들 연합 세력이 내 놓은 포츠담 선언을 수락하는 수밖에는 없습니다."

아나미 육군상이 일어서서 다시 이의를 제기한다.

"전쟁 종결에는 반대가 없습니다. 그러나 무조건 항복이라는 포츠담 선언의 수락에는 찬성할 수 없습니다."

"아나미 장군, 그러면 협상 조건을 말해 보시오."

노수상이 처음으로 짜증스러운 듯 눈살을 찌푸리며 지적한다.

"오전에 도요타 군령부총장이 피력한 것처럼, 천황폐하의 국체 보존, 그리고 일본 내지는 연합군 세력이 점령하지 않는다는 조건입니다."

"우리에게 유리한 최소한의 조건 제시를 나도 환영하오. 그러나 협상은 상대방이 있는 법이며, 우리는 이번의 종전 협상을 절대 놓쳐서는 안 된다는 것을 명심해야 합니다. 본토에의 진공을 거부하는 우리의 조건을 받아들인다면 좋겠으나, 만일 저들 연합군 세력이 이 조건을 거절한다면 어찌할 것이오? "

"천황폐하께 황공하오나, 우리의 영용한 제국 군대는 최후의 한 사람까지 폐하와 강토를 사수할 것입니다."

"아나미 육군상, 오늘 나가사키에 또 한번 참화가 발생하여, 죄 없는 폐하의 신민이 상상할 수 없이 죽어 가고 있소. 또 보고에 의하면, 북중국과 만주, 그리고 조선 북부에서는 우리 관동군이 군수 장비의 부족으로 계속 소련 군대에 밀려 쫓기고 있소. 뿐만 아니라 잔인하기 이를 데 없는 스탈린의 붉은 군대가 곧 홋카이도에 상륙할 것이라는 첩보 보고가 계속 들어오고 있소. 이러한 엄중한 사태를 직시하고 여기서 전쟁을 종결하는 결단을 내려야 하오. 만일 이번에도 시기를 놓치게 되면, 조종(祖宗)의 유업은 예서 단절되고, 폐하의 신민 억조창생은 생령을 잃고 적의 노예로 전락할 것이오."

노재상은 처음으로 극단적인 표현을 빌렸다. 그러나 노재상의 한마디 한마디가 현재의 사태와 어울려 모든 사람의 폐부를 찌른다.

스즈키 수상이 아나미 장군을 직접 가리키면서 언성을 높인다.

"장군은 되풀이해서 제국 군대의 옥쇄를 내세우고 있는데, 그러면 옥쇄 후에 천황폐하의 국체 보존은 누가 어떻게 책임질 것이오? 명확한 대답을 말해 보시오."

마침내 스즈키 수상은 군부 강경파들에게 최후의 일격을 가했다. 그동안 이 결정적인 천황폐하 임석의 기회를 기다리면서 유보해 왔던 마지막 질문이다. 아나미 대장은 아무 말을 할 수가 없었다. 우메즈 참모총장이나 도요타 군령부총장 등 어느 강경 군부 수뇌들도 도저히 대답할 수 없는 질문이다.

장내가 물을 끼얹은 듯이 조용하다. 노재상도 아나미를 노려보기만 할 뿐, 더 이상의 말을 하지 않고 있다.

드디어 떨리는 목소리로, 그러나 차분하게, 천황의 옥음이 흘러나온다.

"제 대신들은 들으시오. 짐의 부덕의 소치로 오늘의 이 참담한 사태가 조성되었소. 이제 와서 누구를 원망하고 탓한들 무엇 하겠소.

짐은 이제 이 자리에서, 모든 전쟁을 끝내기로 했소. 총리대신 이하 모든 대신들은 힘을 합치고 지혜를 모아서, 미국과 협상하여 즉시 전쟁을 종결하시오. 포츠담 선언을 수락하시오.

대신들은 짐의 뜻을 깊이 명심하고, 일호의 착오도 없도록 하시오. 짐은 면면히 계승되어온 조종(祖宗)의 유업이 나의 대에 이르러 단절되는 것을 용인할 수 없소. 짐은 짐에게 어떠한 욕과 어려움이 따른다고 해도, 나의 신민 억조창생의 생령들이 원혼으로 죽어 가 는 것을 절대로 절대로…."

천황은 목이 메어 뒷말을 이을 수 없어 보였다. 이시와타리(石渡莊太郞) 궁내부대신이 눈물 수건을 올리고 물잔을 드린 한참 이후에야 다시 옥음이 계속된다.

"절대로 절대로 용인할 수 없소."

갑자기 늙은 총리대신 스즈키가 벌떡 일어섰다가 의자 뒤 마루 바닥에 부복한다.

"폐하! 고정하시옵소서. 폐하! 옥체를 보존하시옵소서. 신이 죽을 죄를 졌습니다. 흑…흑…흑…."

노재상이 복바쳐 오르는 눈물을 참지 못한 채 흐느껴 울고 있다. 그러자 모든 대신들이 마루 바닥에 엎드려 소리 내어 운다.

군국주의 일본제국의 멸망이 결정되는 순간이었다.

3. 조선총독부(朝鮮總督府)의 말로

(1)

노크 소리와 함께 아키코 비서가 급히 들어왔다. 아침 결재를 하고 있던 조선총독부 정무총감 엔도 류사쿠(遠藤柳作)는 예감이 좋지 않아 자리에서 일어섰다. 아침 결재 중에 비서 아가씨가 들어오는 경우는 거의 없었기 때문이다.

"무슨 일인가?"

"네. 급한 일이 있어서…."

"괜찮다. 어서 말하라!"

"네. 경성일보사에서 전화가 왔습니다. 매우 중요한 일이라고, 비상전화로 급히 전화 주시기 바란다고 하였습니다. 주필실이라고 하였습니다."

엔도 총감은 가슴이 철렁하였다.

"또 무슨 사건이 터진 건가…."

혼잣말로 중얼거리면서, 엔도 총감은 안에 있는 기밀실로 들어갔다.

"여보세요, 나 정무총감입니다. 나카야스 주필 계십니까?"

"총감님, 나카야스입니다. 큰일났습니다. 엄청난 사태가 발생하였습니다. 히로시마 소식 들으셨습니까?"

"못 들었는데요! 도대체 무슨 일입니까?"

엔도 총감은 민망하지만 어쩔 수 없었다. 총독 다음 서열인 정무총감이 본국의 정보를 신문기자한테 물어보는 자체가 잘못된 것이다.

또한 조금 전까지, 경무국에서 아무런 보고 사항이 없지 않았는가….

"총감님, 오늘 아침 8시 15분경, 히로시마에 미국의 신형 폭탄 한 개가 폭발했습니다. 엄청난 폭탄이라고 합니다. 신형 폭탄 한발로 히로시마 전체가 함몰되었답니다."

"예? 신형 폭탄이라고요?"

"그렇습니다. 미국의 발표를 인용한 외신에서도 확인되었습니다.

본국 통신사들이나 신문사들을 통해서도, 그 신형 폭탄이 무엇인지 아직 정확하게 확인되지 않고 있습니다. 그러나 곧 조사가 될 것입니다."

"주필 선생, 이거 참 면목이 없습니다. 난리 통이라 위계질서가 전혀 서지를 않고 있습니다. 또한 보안이라는 명분으로 정보가 차단되어 그만 이렇게 되었습니다. 그런데 피해는 어느 정도라고 합니까?"

"신형 폭탄이 폭발한 지 얼마 지나지 않았기 때문에 정확한 피해 상황이 집계되지 않았습니다. 그런데 본국 기자들의 타전에 의하면, 엄청난 폭발과 화염이 이제 시작되었다고 합니다. 따라서 피해 상황이 언제 파악될지는 알 수 없을 것 같다고 합니다. 예상으로는 히로시마 전체 인구가 거의 전멸 상태일 것 같습니다."

"주필 선생, 고맙습니다. 내가 술 한잔 사겠습니다. 새로운 소식 들어오는 대로, 저에게 직접 전화해 주시기 바랍니다."

"아닙니다. 오늘 총감님이 얼마나 바쁘시겠습니까? 보안 관계도 있고, 원체 중요한 일이라 비상전화 통화를 요청한 것이었습니다. 이해하여 주시기 바랍니다."

"원 별 말씀을. 앞으로도 전화만 주시면 즉시 비상선을 이용하겠습니다. 꼭 부탁드리겠습니다. 특히 신형 폭탄의 비밀이 조사되는 대로 알려주시기 바랍니다. 총독 각하에게 신형 폭탄에 대해서도 빨리 보고드릴 수 있었으면 좋겠습니다."

"예, 잘 알겠습니다."

집무실로 나오니 결재를 받고 있던 총무과장과 내무과장이 그대로 자리에 앉아 있다. 엔도 총감의 안색이 심상치 않은 것을 보고, 두 사람은 소파에서 벌떡 일어선다.

"총감님, 무슨 일입니까?"

엔도 총감이 불쑥 묻는다.

"혹시 자네들, 히로시마 얘기 들어보았나?"

전혀 생소한 듯 두 사람이 총감의 얼굴을 쳐다본다.

정신이 버쩍 든 총감은 결재를 중단하고 두 사람을 내보냈다.

엔도 총감은 즉시 경무국에 전화를 걸었다. 그러나 경무국장이 자리에 없었다. 정보과장도 자리에 없었다. 웬일인지 경무국장이나 정보과장이 어디에 있는지 소재 파악이 안 되고 있었다.

엔도 총감은 그대로 있을 수 없었다. 자리에서 일어났다. 아베 총독이 관저에 있는 것을 확인하고 달려나갔다.

엔도 총감은 총독에게 히로시마 사태에 관하여 보고했다. 거기에 엔도 자신의 생각을 첨부하였다.

보고를 다 듣고 난 아베 노부유키(阿部信行) 조선총독이 내각에 대하여 욕설을 퍼붓는다. 엔도 총감의 말대로, 전황이 불리해지고 미군의 본토 폭격이 가열해지자 보안을 지킨다는 핑계 아래 전쟁 상황을 전혀 알려 주지 않고 있다. 아베는 스즈키 수상보다 강경파의 리더로 알려져 있는 육군대신을 더 미워하였다.

육군대장 출신인 자기의 까마득한 후배가 아닌가! 더욱이 자신은 벌써 대일본제국의 수상을 지낸 원로대신이 아닌가!

지위로도, 경륜으로도 어린 대신들이 알기는 얼마나 알겠는가…. 이 백척간두의 위기에 처하여, 국가의 대원훈이며 또한 현임인 조선총독인 이 아베에게 자문을 구하면 얼마나 현명할 것인가…. 나라를 이 지경으로 만들어 놓고, 강경 노선만 내세우면 모든 것이 해결된다는 것인가….

'무능하고도 뻔뻔스러운 작자들 같으니라고…! 오늘 일은 또 무슨 짓이란 말인가 ? 그래, 조선총독이 히로시마 신형 폭탄 폭발 사태를 지휘 계통을 거쳐 보고받지 못하고, 신문쟁이에게서 보도로 들어야 한단 말인가!'

아베 총독이 갑자기 소리를 지른다.

"니시히로는 어디 있나 ? 경무국장은 지금 무얼 하고 있는 거야!"

비서장이 급히 달려와, 총독이 보는 앞에서 경무부에 난리를 피우고 있다.

한 20여 분이 지나자 전화통에 경무국장 니시히로(西廣)가 나왔다.

"야, 이 사람아, 자네는 뭐하는 자야!"

총독의 호통이 터졌다.

"예, 각하. 찾으셨습니까?"

"찾다니, 그걸 말이라고 지껄이나 ! 자네 히로시마 사태 알고 있나 ?"

"예, 각하. 지금 조사중에 있습니다. 정리가 되는 대로 곧 찾아뵙겠습니다."

아베 총독이 수화기를 집어던지고 숨을 몰아쉬면서 소파에 털썩 주저앉는다.

총감으로부터 처음 보고를 들었을 때는 대수롭지 않게 생각도 했다. 떠벌이 신문쟁이들의 자랑 섞인 과장이려거니도 생각이 들었다.

그러나 경무국장의 상세한 보고를 접하고, 또 계속해서 수집되는 정보를 종합 분석해 볼 때, 사태가 매우 심각하다는 것을 깨닫게 되었다.

아베 총독은 힘없이 말한다. 자기의 예감을 아무런 가감 없이 내뱉는다. 그 자리에는 아베 총독 자신과 그의 심복인 엔도 총감, 그리고 니시히로 경무국장 3인밖에 없었기 때문이다.

"이 사람들, 이제 우리 일본은 망했네."

엔도와 니시히로가 고개를 떨군다.

"그렇게도 쌈질만 해대더니…. 결국 올 것이 오고야 말았어.

아, 그래 수도 도쿄가 미국 폭격기의 불벼락을 맞아 쑥대밭이 되어 버리고, 미군 놈들이 오키나와에 상륙하고 있는 판에, 육군대신이라는 작자가 총리대신을 내쫓다니 말이나 되는가? 게다가 대본영이 천황폐하의 은총을 빙자하여 새파란 어린 놈들의 손아귀에 들어가 죽을 줄 살 줄 모르고 저렇게 춤만 추고, 걸핏하면 옥쇄만 지껄여 대고 있으니, 우리가 망하지 않고 어떻게 견디겠는가? 대일본제국은 이미 그때 망한 것이나 마찬가지야!"

고개를 내리고 있던 니시히로가 눈물을 글썽이면서 입을 연다.

"각하, 그러면 우리 일본이 저 미제 양키들의 포츠담 요구인 무조건 항복을 받아들인다는 말씀입니까?"

아베가 맥없이 말한다.

"무조건 항복이 아니라 그보다 더한 것이라도 받아들이지 않으면 어찌할 것인가? 참으로 불쌍한 것은 백성들이야. 저렇게 참화를 입어 떼로 죽어 가는 힘없는 신민들을 어찌할 것인가…!"

엔도 총감은 마음속으로 아베 총독을 존경해 왔다. 총독부 비서과장을 거치면서 20여 년 동안 한결같이 조선총독부에 근무해 온 자기의 경륜을 알아주고, 총감으로 발탁한 사람이 바로 아베 총독이 아닌가. 또한 조선을 통치하고 총독부를 이끌어 나가는 데, 아베 총독은 엔도 총감을 전적으로 믿고, 모든 일을 엔도, 그리고 옆에 앉아 있는 경무국장에게 일임하여 왔다.

아베 총독은 총리를 지낸 원로대신이다. 근래에는 협심증으로 건강이 나빠져 조선 통치에서 전면에 나서기를 싫어한다. 그렇지만 경륜에서 나오는 통찰력은 사태의 본질을 꿰뚫는다. 그의 예언은 항상 적중하여 왔다.

그러한 아베 총독이 일본이 망한다고 저렇게 말하니, 엔도 총감은 하늘이 무너지는 것 같았다. 그러면 어떻게 해야 좋을 것인가…. 엔도로서는 아무런 대책이 생각나지 않는다. 걱정을 하고 있는 동안, 시간이 지났다.

오후 2시가 지나자, 관저에 조선군 참모장 이하라(井原) 중장이 들어왔다. 자연스럽게 3인이 회동하게 된 것이다. 니시히로 경무국장은 이미 나가고 없었다.

"참모장, 어서 오시오. 많이 기다렸소이다."

아베 총독이 아주 반갑게 맞는다. 늙은 총독은 새로운 소식에 목말라 있었다.

"예, 각하. 늦어서 죄송합니다. 사령관은 급한 일이 많아서 내일 찾아 뵙겠다고 말씀하셨습니다."

"아, 괜찮아요. 상황이 이러하니 얼마나 바쁘겠습니까?"

"각하, 히로시마 사태는 보고를 받으셨지요?"

"참으로 비통하오. 히로시마가 저 지경이 되었다니…. 참모장, 군에서는 히로시마 피해를 어느 정도로 파악하고 있소이까?"

총독은 그것이 가장 궁금하다. 관동군이나 조선군의 정보 능력이 대단한 것을 아베 총독은 익히 잘 알고 있다.

"각하, 예상보다 그리 심대한 것은 아닌 것 같습니다."

"아, 그래요? 내가 보고 받기에는 히로시마 전체가 함몰되다시피

했다는데요?"

"각하, 그럴 리 있겠습니까? 군에서 파악한 정보에 의하면, 사상자가 만여 명 발생한 것 같습니다. 구조가 시작되면 유언비어는 가라앉을 것 같습니다."

유언비어라는 말에 비위가 상한 엔도 총감이 듣고만 있을 수 없었다.

"이하라 장군. 총독부가 입수한 정보에 의하면, 히로시마 중심가는 완전히 폐허가 되었다고 합니다. 또한 화염 폭풍이 계속되고 있어서 현재 접근이 전혀 불가능하며, 피해가 히로시마 중심부에서 계속 주변으로 확대되고 있다고 합니다. 이런 사태라고 하면, 아마도 인명 피해가 10만여 명에 이를 것으로 추측하고 있습니다."

엔도 총감의 단언에 이하라도 기분이 언짢다.

"총감님, 우리 군에도 정보 능력이 있습니다. 총독부의 보고는 과장되어 있는 것 같습니다. 곧 피해 정도가 사실로 밝혀질 것입니다."

아베 총독이 쓸데없는 말들에 짜증이 난다. 또한 의도적으로 사태의 심각성을 축소하려는 군인들의 무책임에 화가 치민다.

"참모장, 그만두시오. 엔도 총감, 내일 아침에 총독부에서 전략회의를 소집하시오. 총독의 명령이오. 한 사람도 빠짐없이 참석하도록 하시오!"

(2)

히로시마에 미국의 신형 폭탄이 투하된 다음날, 경성에서 조선 총독 아베 노부유키 주재하에 전략회의가 열렸다. 총독부 특별회의실이다.

아베 총독을 비롯하여, 엔도 정무총감, 니시히로 경무국장, 와다나베 학무국장, 그리고 군부 측에서 조선군사령관, 참모장과 헌병사령관이 참석하였다. 또한 총독의 요청으로 경성일보 주필인 나가야스 요사쿠가 유일하게 민간인으로 참석하고 있었다.

아베 총독의 지시로, 먼저 총독부 경무국장 니시히로가 히로시마 사태를 종합적으로 보고한다.

“어제 아침 8시 15분경, 본토 쥬고쿠의 중심 도시인 히로시마에 미제국주의자들의 신형 폭탄이 투하되었습니다. B29 폭격기에 의해 폭탄 한 발이 터진 것입니다. 히로시마는 폭발 순간에 시 전체가 엄청난 화염과 폭풍에 휩싸이게 되었으며, 시내 중심가의 지상에 있는 모든 가옥과 건물은 완전히 파괴되고 소진되어 버렸습니다.

인명 피해는 확실히 파악되지 못하고 있습니다. 관계 기관의 예상으로는 히로시마 전체 인구의 약 30% 이상이 살상된 것으로 추측됩니다.

신형 폭탄이 폭발한 지 만 하루가 경과했지만, 히로시마의 화염은 맹렬한 속도로 주위에 확산되고 있습니다. 구조는 거의 불가능한 실정입니다. 따라서 폭발의 피해는 엄청나게 늘어날 것으로 보입니다. 지금으로서는 이 화염 폭풍이 언제나 그치게 될지 모를 정도입니다.

본국 정부의 조사에 따르면, 이 신형 폭탄은 물질 원자의 핵분열을 이용하여 한순간에 엄청난 열을 발생시키는 장치로 만들어졌습니다. 따라서 원자폭탄이라고 부를 수 있다고 합니다.

현재 각국의 과학기술 및 산업 능력으로 볼 때, 원자폭탄은 미국만이 보유하고 있는 것으로 추측됩니다. 다만 미 제국주의자들이 이 놀라운 원자폭탄을 얼마나 많이 보유하고 있는지는 파악되지 않고 있습니다. 이번 히로시마 사태로 인하여 가장 두려운 점은, 미 제국주의자들이 이 원자폭탄을 본국 정부가 자리하고 있는 제국의 수도 도쿄에 투하하지 않을까 하는 염려입니다.

이상의 보고 말씀은 총독부가 수집한 정보를 종합 분석한 것입니다. 조금도 가감하지 않은 내용입니다."

경무국장은 처음으로 원자폭탄이라는 사실을 공개하였다. 물론 이것은 본국 최고위층으로부터 얻어 낸 극비 정보 사항이다. 엔도 총감과 상의하고 아베 총독의 승낙을 받은 것은 말할 필요도 없다. 정무총감과 경무국장은 군부의 강경 노선에 대해 불만을 같이하고 있다. 도조(東條) 같은 군부 강경파들이 대본영을 틀어쥐고 확전만을 일삼음으로써, 오늘의 이 난국이 초래된 것을 잘 알고 있다. 그러므로 조선에서나마 국정을 바로 하기 위해서는, 군인들의 오만과 독주를 막지 않으면 안 된다. 아베 총독도 말하지 않았는가….

"안하무인인 젊은 군인 아이들의 기를 꺾어 놓지 못하면, 우리 모두는 살길이 없게 되네."

참으로 옳은 지적이다. 경무국장이 전략회의 서두에서 생사의 기로에 직면한 일본의 현실을, 히로시마의 원자폭탄 투하 사태와 함께 사실대로 언급하고 있는 것은 그 때문이다.

경무국장이 상세히 보고하는 동안, 조선군사령관 고츠키의 얼굴이 내내 일그러져 있다. 니시히로의 말이 끝나자마자, 조선군 참모장이 자리에서 벌떡 일어선다.

"경무국장께 한 가지 물어볼 말이 있습니다."

"예, 말씀 하십시오. 참모장님."

아베 총독이 손을 저으며 입을 연다.

"장군, 앉아서 말씀하시오. 여기는 조선의 운명을 결정하는 중요한 전략회의 자리이니, 감정을 앞세우지 말고 기탄없이 각자의 의견을 개진합시다."

"예, 각하. 경무국장, 지금 히로시마의 인구가 얼마나 됩니까?"

"예, 현재 공식적으로는 34만 명이 넘고 있습니다."

"방금 전, 경무국장께서 히로시마 인구의 30% 이상이 살상되었다고 했는데, 그렇다면 히로시마에서 원자폭탄 한 방으로 10만 명 이상의 사상자가 났다는 말입니까?"

"예, 그렇습니다. 이 피해 숫자는 예상 수치입니다. 그러나 앞으로 피해가 계속 늘어날 것이기 때문에, 인명 피해가 크게 증가할 것으로 본국에서는 예측하고 있는 실정입니다."

"우리가 알기로는 그렇지 않습니다. 우리 대본영이 조사한 바로는 7만 명이 넘지 않을 것으로 보고 있습니다. 물론 그것은 좋습니다. 과장된 보고는 정확한 집계가 나오면 진상이 밝혀질 테니까요.

그런데 미 제국주의자들의 신형 폭탄에 관하여는 지나친 과대평가가 아닙니까? 더욱이 원자폭탄이 얼마나 더 있는지 모르며, 또 도쿄에 투하될 수도 있을 것이라는 결론은 총독부의 정보 책임자로서 경거망동한 언행이 될 수도 있지 않겠습니까 ?"

실로 어려운 질문이다. 또 답변하기가 매우 난감한 문제이기도 하다. 니시히로 경무국장이 머뭇거리는 동안 잠시 침묵이 흘렀다.

엔도 정무총감이 헛기침을 하면서 말을 꺼낸다.

"참모장님의 지적은 타당하신 말씀입니다. 히로시마 사태가 과장되어 유포되고 원자폭탄 비밀이 새어 나가면 시중에 공포 분위기가 조성되면서 민심이 소란해질 수 있습니다.

그런데, 오늘 새벽 청취된 미국 방송에 의하면, 미제의 괴수 트루먼이 직접 나와서 원자폭탄을 또 투하하겠다고 엄포를 놓았습니다. 물론 이것은 공갈 협박에 지나지 않을 수 있습니다. 그러나, 미국이 원자폭탄을 하나만 만들었을 리는 없을 것이고, 또한 미국 놈들의 행태로 판단할 때, 도쿄나 기타 주요 심장부에 제2의 원자폭탄이 투하될 가능성은 매우 높다고 할 수 있을 것입니다. 우리는 만일의 사태에 대비하지 않으면 안 됩니다.

더욱이 이 자리는 조선의 운명을 결정하는 전략회의입니다. 총독부의 정보 분석이나 보고 내용이 과장되어서도 안 될 것이지만, 그러나 축소 은폐되어서도 안 될 것입니다. 송구스러운 말씀이오나, 니시히로 경무국장의 충정을 이해하여 주시기 바랍니다."

실로 천금 같은 엄호였다. 엔도 총감의 말은 누가 들어도 이해가

가는 설득이었다. 지금까지 일본이 결정적인 실패를 반복해 온 것은, 군부 강경파들에 의한 정보의 축소 은폐의 폐단 때문이었다. 수집된 첩보가 정확하게 정책 결정자들에게 전달되지 못하고 오히려 왜곡되고 조작되어 보고됨으로써, 엉뚱한 판단을 낳고 결정적인 파멸을 가져오곤 했던 것이다. 엔도 총감의 말은 바로 그러한 문제점을 지적하는 것이었다.

고츠키 조선군사령관이 입을 연다.

"총감께 여쭈어보겠습니다. 그렇다고 하면, 이 난국에 처하여 총독부에서는 어떤 대응 방책을 마련하셨습니까?"

"예, 사령관님. 총독부에서는 대응 방안을 마련하지 못했습니다. 지금은 전시입니다. 미 제국주의자들과 전쟁을 하고 있습니다. 대응 방안이란 곧 대응 전략을 의미합니다. 그러므로 조선군사령관님을 모시고 대응 전략을 여쭈어 보고자 하는 것입니다. 조선군사령부의 대응 전략이 수립되면, 총독부는 그에 의거하여 치안을 확립하고 행정과 군수 등을 충실하게 지원하겠습니다."

엔도 총감은 행정의 달인이다. 또한 관료사회에서 오랫동안 갈고 닦아 왔기 때문에, 듣고 있는 상대방의 기분을 헤아리는 솜씨가 탁월하다.

고츠키 사령관은 기분이 조금 풀렸다. 엔도 총감의 발언에 군부를 중시하는 뜻이 배어 있어 그런대로 흡족하다.

"총감의 말씀은 잘 알아들었습니다. 지금 전황은 매우 불리합니다. 이러한 위기에서 또다시 히로시마에 미제의 신형 폭탄을 맞았습니다. 우리 군부는 더 이상 사태를 호도하거나 은폐하고 싶지 않습니다. 또

총감님의 지적대로, 전황의 은폐가 일본제국에게 도움이 되지 않는 것도 잘 알고 있습니다.

이러한 난국에 처하여, 우리 조선군사령부는 대응 전략을 구상하였습니다. 고민하고 또 철저히 오늘의 현실에 바탕을 두고서, 조선의 대응 전략을 생각한 것입니다."

고츠키 사령관이 잠시 말을 끊는다. 심호흡을 하면서 숨을 다듬는다. 군부가 이미 대응 방안을 수립했다는 데에 총독부 관계자들이 긴장하면서 또 한편으로는 기대를 가져 보기도 한다.

"군사령부는 조선에서 독립적인 전쟁체제를 갖추고 전쟁에 임하여야 한다고 판단했습니다. 지금까지와는 다른 자세입니다. 그 동안 만주의 관동군은 만주에서 독립적인 전략 아래 대일본제국의 대륙 정책에 큰 기여를 해 왔습니다. 그에 비하면 우리 조선은 지나치게 본국의 군사 및 행정에 예속되어 왔다고 볼 수 있습니다.

여러분께서 잘 숙지하고 계신 것처럼, 이제 본토는 미군의 상륙과 그에 따른 본토에서의 결전이 임박해 있습니다. 대본영의 의지는 최후까지의 옥쇄를 결정하였습니다. 그에 비하여 조선은 별도의 영토가 되어 있습니다. 또한 본토에서 마지막 전쟁이 계속되는 동안, 우리 조선이 본국 정부의 지시를 받으면서 피동적으로 움직일 수는 없습니다.

그러므로, 이제부터 조선군사령부는 조선총독부와 긴밀히 협의하고 힘을 합쳐서, 본국과는 별개 체제로 경영하고 전쟁을 추진하지 않으면 안 될 것입니다. 총독 각하를 최고 수반으로 모시고 이 자리에 모이신 여러분들이 새로운 체제를 만들어 나아가야 합니다."

아베 총독이 눈을 감은 채 듣고 있다.

결국 조선군사령부의 복안은 본토가 미군과 사생결단의 전쟁을 하는 동안, 조선은 독립국가 체제를 갖추면서 차후를 구상하자는 내용이다. 일본이 망해도 조선은 별도의 생존 방안을 모색하자는 의미이다.

조선의 정세에 밝고 현실감각이 탁월한 니시히로 경무국장은 조선군사령부의 복안을 간파했다. 지금은 미군이 조선을 폭격하지 않고 있다. 제주도에 미군이 상륙할 것으로 예상하고 그에 대한 대비는 하고 있으나, 조선 땅 삼천리는 직접적으로 전쟁의 참화를 받고 있지는 않다. 조선군사령부는 그것에 안주하여, 별도의 국가체제를 만들어 조선에서 살아남겠다는 것이다.

이 얼마나 안이한 생각인가…. 본국이 망하는데 조선에서만 살아남겠다고 하니, 이 얼마나 뚱딴지 같은 발상이란 말인가…. 저런 위인들이 천황폐하를 끼고 전쟁을 좌지우지 해왔으니 나라가 망하게 되지 않았는가!

경무국장은 다혈질이다. 업무상 다혈질이 될 수밖에 없다.

"사령관님, 조선을 별도의 국가체제로 만들어 전쟁을 수행해 나가는 방안은 현실적으로 불가능하다고 생각됩니다. 조선 백성들이 따라오지도 않을 뿐 아니라, 미국 놈들이 그대로 놔 두지도 않을 것입니다. 총독부나 사령부에 무슨 힘이 있어서 독립국가 체제로 싸운다는 말입니까?"

"말을 삼가시오, 경무국장!"

이하라 참모장이 목소리를 높인다.

"총독 각하를 모시고 별도 국가체제를 유지하며, 본토와는 별개의 제2전선을 유지하자는 것이 아니오? 그리고 그것을 위해 준비 작업을 논의해 보자는 것이 아닙니까? 그런데 노력해 보지는 않고, 또 가능성을 짚어 보지도 않고 무조건 어렵다는 말만 하면 되겠소?"

다혈질인 경무국장이 이번에는 차분하게 대답한다.

"참모장님, 무조건 안 된다는 의견이 아닙니다. 손자병법에서도 지피지기면 백전불패라고 했습니다. 그러므로 우리는 전쟁에서 첩보나 적정의 기밀을 중시하는 것이 아니겠습니까? 지금 조선의 사태도 매우 심각합니다. 조선인들은 틈만 나면 패거리로 작당하여 독립을 꿈꾸면서, 우리 일본에 반항하려고 하고 있습니다. 대일본제국이 신사참배나 창씨개명 등 많은 공을 들이고, 내선일체와 동조동근 사상하에 여러 시혜를 조선 민중에게 베풀었습니다. 그러나 그 효과는 지금까지 조금도 보이지 않고 있습니다.

군사령부의 전략 구상이 실현을 보기 위해서는 조선 민중이 적극 호응해야 합니다. 그러나 현재 실정으로는 어렵습니다. 지금 조선 사람 2500만 명 중에 우리 일본인은 80만 명 정도밖에 안 됩니다. 이런 숫자로는 조선인들을 제압해서 끌어 나가기가 어렵습니다.

그보다도 오히려 조선인들의 폭동에 대비하는 것이 시급합니다. 지금까지 우리 대일본제국이 전쟁에서 승승장구하니까 쥐 죽은듯이 움추려 있지, 만약에 일본이 전쟁에서 패하게 된다는 유언비어가 퍼져 나가면 폭동이 일어날 것은 자명한 일이 아닙니까?"

경무국장이 조목조목 반박하자 참모장도 잠시 할 말을 잃었다.

경무국장의 지적은 옳았다. 조선인들이 진심으로 협조하지 않는 한 독립체제 유지는 불가능하다. 또 조선인들이 협조할 리도 전혀 없다. 일본 민간인들보다 조선인들이 정보가 더 밝다. 조선인들 거의 모두가 이미 카이로 선언에 의하여 조선의 독립이 보장된 것을 잘 알고 있다. 도쿄가 폭격을 맞아 폐허가 되어가고 있으며, 일본이 패전하여 망해 가고 있다는 사실을 빤히 들여다보고 있다. 이러한 조선의 사정을, 니시히로 경무국장뿐만 아니라 오늘 이 자리에 참석한 모든 사람들이 알고 있는 것이다.

무슨 수로 독립체제를 유지할 것인가…. 꿈같은 소리다…. 허황된 망상일 뿐이다….

불안한 침묵을 깨고 아베 총독이 말한다.

"오늘의 전략회의는 모든 방안을 허심탄회하게 논의해 보자는 것이오. 따라서 조선군사령부가 조선만으로 단독 체제를 수립하고 독립적으로 전쟁을 수행할 수 있는 방안을 추진해 보자는 구상도, 우리가 진지하게 연구해 볼 수 있을 것이오. 그러나 어떤 전략도 현실에 바탕을 두어야 합니다. 실현 가능성을 떠나서는 탁상공론에 지나지 않습니다.

수천만 조선 백성들의 목숨과 대일본제국의 운명에 직결되는 오늘의 대전략회의에서는 두 가지 사실을 놓쳐서는 절대 안 되오. 하나는 천황폐하의 안위요. 다른 하나는 국제 정세의 변화요.

천황 폐하의 안위, 그리고 천황 폐하의 칙명이 없이는 어떠한 결정도 하지 못합니다. 또 해서도 안 됩니다. 또한 국가 대전략의 전환에서 국제 정세의 면밀한 검토 분석은 매우 중요합니다. 여러분이 아시는 것처럼, 나도 군대와 전쟁에서 평생을 살아왔습니다. 오늘 이 초유의 국난을 당하여, 우리 신민 모두는 깊이 반성해야 합니다. 특히 대본영을 중심으로 전쟁을 지휘해 온 군부는 뼈를 깎는 자기 성찰이 있지 않으면 안 됩니다. 아직도 주변 국제 정세의 변동을 과소평가한다면, 우리 일본제국은 최후의 운명을 맞이하게 되고 말 것입니다."

아베 총독이 과격한 말을 내뱉는다. 총리대신을 지내고 조선총독으로 부임한 노원훈이, 마침내 일본제국의 멸망이라는 최후의 언사를 사용한 것이다.

조선총독부 회의실이 아연 긴장에 휩싸인다. 침통한 분위기이다. 아베 총독의 한마디 한마디는 듣는 사람의 폐부를 찌르고도 남는 말이다. 특히 조선군사령부의 최고 지휘관들은 정신이 아찔하여 몸둘 바를 몰랐다.

아베 노부유키가 누구인가…. 조선 총독이 아닌가…. 그의 말대로 본국에서 천황폐하의 은총으로 총리대신을 지낸 노대신이 아닌가… . 그리고 또 육군대장을 역임한 군의 대선배가 아닌가….

아베 총독이 고개를 돌려, 오늘의 색다른 손님 한 사람을 쳐다본다. 경성일보사 주필인 나가야스 요사쿠 그 사람이다.

"나가야스 주필님, 이렇게 어려운 걸음을 해 주셔서 고맙소. 언론과 정보와 보도를 직업으로 하는 신문사에서는 현재 국제 정세를 어떻게 분석 평가하고 있소? 일호의 가감도 없이 들려 주기 바라오. 조금도 망설이지 마시고 일본제국의 명운을 생각하시어 말씀해 주시오."

모든 시선이 나가야스 주필에게로 향한다. 나가야스 주필이 자리에서 천천히 일어선다. 그리고 정중하게 총독에게 머리를 숙여 인사한다. 다시 고츠키 군사령관에게도 절한다.

"오늘같이 중대한 국가 전략회의에 여러모로 부족한 저를 불러 주셔서 영광스럽습니다. 군관민 혼연일체라는 폐하의 칙어에 따라, 민간인의 대표로서 본인을 불러 주신 것으로 명심하겠습니다.

현재의 전쟁은 과거의 전쟁과는 다릅니다. 태평양전쟁이나 제2차 세계대전 또는 대동아전쟁으로 불리고 있는 지금의 전쟁은 인류 역사상 전혀 새로운 차원의 전쟁입니다.

한마디로 말하여, 이 전쟁은 세계 전쟁입니다. 우리 대일본제국이 한가운데 몰입하고 있는 지금의 전쟁은 국제 전쟁입니다. 이 국제 전쟁은 총력전입니다. 그에 비하여, 옛날의 전쟁은 제한 전쟁이었습니다. 이 총력전하에서는 전선이 어느 한 곳에 귀착되어 있는 것이 아니라, 전후방 할 것 없이 모든 곳이 다 싸움터입니다. 이제 전쟁의 승패가 군인에게만 떨어지는 것이 아니라, 국민 모두에게 전쟁의 참화가 쏟아집니다. 전쟁에 패망하면 남녀노소 할 것 없이 국민 모두가 망국의 노예로 전락하게 되었습니다.

현재의 전쟁은 국제 전쟁과 총력 전쟁으로 요약됩니다. 여기에서 승패의 가장 중요한 요소는 국제 정세의 움직임과 연합 세력 간의 종합적인 힘이라고 생각됩니다."

나가야스 주필의 말이 논리적이다. 마치 사관학교의 전략전술학 교수의 강의 같다.

"지난 5월, 히틀러 총통의 나치 독일 패망 이후, 세계 연합 세력 간의 힘은 급격히 기울었습니다. 이제 추축국은 모두 와해되고 일본 하나만 남았습니다. 그에 비하여 서방 연합 세력은 굉장히 강화되었습니다. 소련 공산제국의 적극적인 가담으로 미 제국주의를 중심으로 하는 세력의 힘은 무서울 정도로 팽창되고 있습니다.

여기서 우리가 간과한 일이 있었습니다. 송구스러운 말씀이오나, 대본영이 잘못 판단한 사실이 있습니다. 그것은 나치 독일이 패망한 이후, 스탈린 붉은 군대의 다음 목표를 통찰하지 못한 것입니다.

지난 5월, 6월, 7월 삼 개월 동안 스탈린 붉은 군대는 새로운 전장을 향해서 모두 이동했습니다. 탐욕스럽게 새로운 먹이를 찾아 나섰습니다. 동방으로, 동아시아로, 극동으로 이동한 것입니다.

여기에는 광대한 영토가 널려 있습니다. 여기에는 수많은 백성과 엄청난 자원이 새로운 주인을 기다리고 있는 것입니다. 죄송한 표현이오나, 스탈린의 생각으로는 거대한 만주 및 북부 중국은 아직 일본제국의 영토로 간주하지 않습니다. 불행스럽게도 카이로 선언 이후 조선도 일본의 영토에서 벗어난 것으로 스탈린은 보고 있습니다.

스탈린 붉은 군대가 3개월 동안 극동으로 이동하였습니다. 세계 최강인 나치독일 군을 격파한 소련 대군이 동아시아로 이동하는 데에는 3개월이 소요되었을 것입니다. 이제 소련 대군의 극동으로의 이동은 완료되었을 것입니다."

참으로 무시무시한 지적이다. 논리적이면서도 매우 현실적이어서, 어느 한구석도 난해한 부분이 없다. 장내에 시베리아 혹한의 공포 분위기가 휩쓸고 있다. 나가야스 주필이 차분하게 자기 견해를 펼쳐 나간다.

"우리 경성일보 특파원들은 여러 명이 나진, 웅기, 청진 등으로, 그리고 만주나 연해주 등으로 나아가 활동하고 있습니다. 또한 본토의 아사히 신문이나 도메이 통신의 민완 기자들이 대소련 접경 지역에서 소련 공산제국의 동향을 파악하기 위하여 불철주야 활동하고 있습니다.

20여 일 전부터 만주와 북조선 국경 지역의 기자들에게서, 스탈린 붉은 군대의 심상치 않은 움직임에 대해 계속 보고가 접수되었습니다. 또한 만주 지역과 나진, 웅기 지역의 주민들 사이에 유포되고 있는 소문을 수집 분석해서, 본사에 예상 첩보로 보고해 왔습니다.

경성일보사나 본토에 있는 아사히 신문사 등은 이들 정보를 정부에, 그리고 군사령부에 충실하게 전달하였습니다. 그때마다 우리 기자들은 칭찬을 들은 것이 아니라, 적들의 유언비어에 현혹되고 있다고 질책만 받았습니다."

참모장과 헌병대장의 어깨가 더욱 움츠러들었다.

"며칠 전부터 스탈린 붉은 군대의 공격이 임박했다고, 특파원들로부터의 긴급 보고가 계속 타전되고 있습니다. 스탈린 붉은 군대의 대일본 공격이 이미 시작된 것 같다고 합니다.

이렇게 중대한 때에, 우리 일본이 사생기로에 처해 있을 때에, 불행하게도 미 제국주의자들의 원자폭탄이 터진 것입니다. 이제 스탈린은 더 좌시하지 않을 것입니다. 더 이상 기다릴 수도 없을 것입니다. 스탈린은 즉시 일본에 대하여 선전포고를 하고 쳐들어 올 것입니다. 왜냐하면, 더 이상 머뭇거리다가는 동아시아에 널려 있는 무진장한 전리품들을 미 제국주의자들에게 빼앗길 것이기 때문입니다."

장내는 숨소리 하나 없이 조용하다. 나가야스 국장이 목이 타는지 물을 한 모금 삼킨다. 나가야스 주필의 억양이 높아졌다.

"미국이 원자폭탄을 준비하고 스탈린이 붉은 군대를 극동으로 이동하는 동안, 이 귀중한 몇 개월 동안, 우리 일본은 허송세월하고 말았습니다. 참으로 안타까운 일입니다."

아베 총독이 입을 열었다.

"주필의 말씀은 잘 들었소. 난국 사태의 정곡을 찌르는 분석에 큰 감명을 받았소. 국제적 역학 관계가 그와 같이 변하고 있으며, 스탈린 군대의 동향이 그렇다고 한다면, 우리 일본제국은 어떠한 대응 전략을 갖추어야 합니까? 또한 우리 조선은 어떻게 해야 하겠소? 조금도 기탄없이 고견이 있으면 들려주시오."

"예, 총독 각하. 니시히로 경무국장의 정보보고에서도 말씀이 있었지만, 미국은 일본 본토에 원자폭탄을 한두 개는 더 터트릴 것입니다. 스탈린은 대군을 동원하여 공격을 감행할 것입니다.

만약 이러한 사태가 발생한다면, 불행하게도 미제와 소련 공산제국이, 그리고 영국과 중국 등 세계 강대국들이 총동원되어 우리와의 전쟁에 참가한다면, 우리 대일본제국은 더 이상 전쟁을 계속하기 어려울 것입니다.

이것이 저의 예상이며, 결론입니다. 우리는 바로 그때에 대비해야 할 것입니다. 시간이 없습니다."

말이 끝나자 갑자기 책상을 치는 소리가 들린다.

"나가야스 주필, 말을 삼가시오. 당신의 결론은 결국 우리가 저들에게 항복할 수밖에 없다는 말이 아니오? 당신의 말은 천황폐하에 대한 불충이오. 대일본제국군대에 대한 명예 훼손이오.

우리 제국 군대는 최후의 일 인까지 옥쇄하여 국토를 지킬 것을 이미 선언하였소."

조선군 참모장 이하라가 흥분하고 있었다.

"장군, 이게 무슨 태도인가! 내가 이미 얘기 했잖은가! 여기는 조선의 운명을 논의하고 결정하는 전략회의 자리가 아닌가? 여기에 와서까지 현실을 은폐하고 미사여구만 나열하겠다는 것인가?

나가야스 주필의 예상대로, 원자폭탄이 도쿄에 터지고 스탈린 군대가 무자비하게 달려들면, 이하라 군은 어떻게 할 것인가? 대책이 있으면 말하라!"

아베 총독의 호통에 놀란 참모장이 차려 자세로 입을 굳게 다물었다.

대책이 있을 리 없었다. 식민지에 나와 있는 일개 조선군 참모장이, 이 판국에 무슨 대응 전략이 있을 것인가.

군의 대선배이며 총리대신을 지낸 원훈에게 함부로 대어들 수도 없다.

조선군사령관이 일어선다.

"아베 총독 각하. 우리 군은 더 이상 이 자리에 앉아 있을 수 없게 되었습니다. 아무리 사태가 위중하다 하더라도, 대일본제국의 권위를 손상시키는 회의를 계속할 수는 없습니다. 천황 폐하와 총독 각하를 제외하고는 어느 누구도 대일본제국 군대의 결의 사항을 변경시킬 수 없습니다. 또한 천황 폐하와 총독 각하 두 분을 제외하고는 어느 누구도 일본제국과 제국 군대의 명예를 훼손하는 언행을 용납할 수 없습니다. 각하, 용서하시기 바랍니다."

말을 마친 군사령관이 자리를 박차고 밖으로 걸어나간다. 뒤를 이어 군 참모장과 헌병사령관이 나갔다.

그것으로 전략회의는 끝이 났다. 어수선하게 언쟁 속에서 파장을 보고 말았다. 애당초 결론을 기대하기는 어려운 자리였다. 엔도 총감과 니시히로 경무국장은 이미 예상하고 있었다. 그저 필요한 절차 정도로 생각할 뿐이었던 것이다.

(3)

아베 총독과 엔도 총감의 불길한 예감은 의외로 빨리 적중되었다.

그것은 예감이 아니다. 이미 니시히로 경무국장의 정보 보고와 나가야스 같은 신문사 고위 간부들의 특종 소식을 통하여 익히 예상할 수 있었던 일이다.

8월 9일 새벽에 소련군 참전 소식을 접하고, 엔도와 니시히로는 총독 관저에서 아베 총독과 머리를 맞대고 있었다. 그러나 어떤 대책이 나올 리가 없었다.

이미 나가야스가 지적한 대로, 이제 일본은 더 이상 싸울 수가 없다. 미군 비행기의 폭격으로 도쿄를 비롯한 본토의 도시들은 거의 폐허가 되었다. 마지막 저항 의지도 원자폭탄에 꺾여서, 지금은 가물가물하고 있다.

"경무국장, 관동군이 스탈린 군대에게 버틸 힘이 남아 있을까?"

아베 총독이 힘없이 말한다. 번연히 알면서도 요행을 생각하며 물어보는 것이다.

"각하, 이미 어려운 것 같습니다. 지난 번에 보고 말씀 올린 것처럼, 관동군의 정예는 이미 남방으로 떠난 지 오래되었습니다. 남아 있는 것은 예비 보충 병력에 불과합니다."

엔도 총감이 답답한 듯이 거든다.

"각하, 관동군이 좀 남아 있은들 무엇하겠습니까? 본토에 원자폭탄이 떨어지고 일본 정부가 망하고 있는데, 어떻게 전쟁을 계속할 수 있겠습니까?"

"그건 그렇지. 엔도 군의 말이 맞아. 어리석은 자들 같으니라구! 하루 이틀 앞도 내다보지 못하고 그래 자리를 차고 일어나? 신문사의 일개 기자만도 못한 자들이 군 지휘관이라고 앉아 있으니, 나라 꼴이 이 지경이 아니겠나….”

아베 총독이 탄식할 뿐이다.

“엔도 군, 그런데 총리대신 방이나 내각에서는 무슨 소식이 있었나?”

“예, 각하. 방금 내각 서기관장하고 어렵게 통화했습니다. 오늘 오전에 전쟁최고지도회의가 소집되었다고 합니다. 천황 폐하 관저에서 열린답니다. 아마 중대 결정이 있을 것 같습니다.”

“아니, 이제서 회의를 연다는 말인가? 겨우 소련 놈들이 선전포고를 하고 붉은 대군이 쳐내려 와야 전쟁최고지도회의를 개최한다는 거야? 참으로 큰일 났구먼. 그 허구한 날 쌈질만 해 대고 좋은 시기를 놓쳐버리더니, 겨우 이제 와서 대응 방안을 논의한다는 거야?

아, 이 나라는 완전히 망했구나! 정말 망해 버렸어! 천황 폐하와 억조창생을 어찌할 것인가!”

아베 총독이 신음 소리를 내면서, 넋 빠진 사람처럼 창밖을 내다본다.

니시히로 경무국장이 바짝 다가앉으며 묻는다.

“총감님, 황궁회의에서는 어떤 결정이 날 것 같습니까?”

엔도가 아베 총독을 쳐다보며 힘없이 말한다.

“무슨 묘책이 있겠습니까? 이제 와서.전쟁을 끝내는 방안 이외에는 다른 길이 없지 않습니까?

경무국장이 엊그제 보고한 대로, 또 원자폭탄이 터질 테고 소련 놈들이 공격을 시작했으니, 이제는 대본영을 틀어쥐고 있는 군부 강경 대신들도 별 도리 있겠습니까…"

"결국, 저들 연합군 세력의 요구인 포츠담 선언을 수락하고 싸움을 끝낸다는 말씀인가요? 무조건 항복을 말입니다."

가슴 아픈 말이었다.

엔도 총감도 지쳐 버린 듯이 혼잣말처럼 대답한다.

"항복이 됐건 협상이 됐건, 저들 요구를 들어주지 않고는 종전이 되지 않을 게 아니겠습니까? 조금만이라도 일찍 서둘렀더라면, 지금보다는 좋은 조건에서 전쟁을 끝낼 수 있었을 텐데…

이 조선 땅덩어리만이라도 놓치지 않았더라면 얼마나 좋았을가…."

조선이라는 말을 듣고 아베 총독이 눈을 뜨며 신음한다.

"아, 조선! 이 조선을 어떻게 한단 말인가! 이 조선 삼천리를 놓치지 않을 묘책은 이제 없는 것이란 말인가!"

그날 오후, 또 하나의 청천벽력이 조선총독부를 강타하였다.

나가사키에 또 원자폭탄이 투하되고, 그 피해와 참상이 조선 천지에도 전해진 것이다. 이번에도 본국 정부에서는 아무런 통보도 없었다. 역시 경성에 나와 있는 신문기자들의 입을 통하여, 특종 소식으로 엔도와 니시히로에게 전달되었다.

마침내 8월 11일, 내각 서기관장은 총리대신의 이름으로 무조건 항복 수락 결정을 조선총독부에 통보했다. 동시에 긴급대책 수립을 지시하였다.

아베 총독이 엔도 총감이 올린 결재판을 바닥에 팽개치며 소리친다.

“이제 와서 무슨 대책을 세우란 말야! 병신 자식들 같으니라구!

조선에 나와 있는 군인 관리들의 가족들과 민간인들을 안전하게 철수시키라니, 다 망하고 난 지금에 와서 어떻게 하란 말이야? 조선 놈들과 온 세상이 다 알고 있는데….

당장 조선 놈들이 폭동을 일으켜서 미국 놈들과 손을 잡고 일본 민간인들에게 보복 공격을 해 오면 어떻게 하란 말이야? 군대는 다 항복하고 나서 말이야!”

결재를 올리려고 들어와 서 있던 엔도 정무총감이 울음을 터트린다. 배석해 있던 니시히로 경무국장도 손수건으로 눈물을 훔치며 입을 연다.

“각하, 결국은 몇몇 강경파 군부대신들의 어리석은 고집으로 대일본제국이 망하고 말았습니다. 그러나 이제 와서 어찌하겠습니까?

그래도 각하께서는 선경지명이 있으셔서 미리 준비를 생각해 오시지 않으셨습니까? 각하가 계셨기에 저희들도 갖은 비난을 감수하면서 전쟁 상황이나 시정 사태를 있는 그대로 보고 말씀 올릴 수 있지 않았습니까?

각하, 본국 내각의 지시에 따른다기보다는 무고하게 죽어 갈 우리 백성들을 살린다는 뜻에서, 그동안 각하께서 유념해 오신 대로, 조선에 나와 있게 된 군관 가족들, 그리고 일본 민간인들을 구제하고 안

전하게 철수시킬 수 있는 방안을 찾아보도록 해야 하지 않겠습니까?"

아베 총독이 짜증 섞인 음성으로 말한다.

"경무국장, 왜 내가 자네들의 충정을 모르겠나? 하도 어이가 없어서 하는 말이야. 내가 걱정하는 것은 스탈린 붉은 군대야. 자네들이 말한 대로, 소련 군인 놈들의 무자비성이야. 무지막지한 빨갱이 군대가 물밀 듯이 쳐내려오고 있으니, 우리 가족들과 민간인들을 이 짧은 시간에 어찌할 수 있단 말인가…."

아베 총독, 엔도 정무총감, 니시히로 경무국장 셋이서 아무리 궁리해도 해결 방안이 나오지 않았다.

총독 관저는 점점 공포 분위기로 뒤덮여 갔다.

망국의 비탄과 조선 상실의 회한의 회오리 중심에 조선총독부가 있게 되었다. 그리고 마침내는 연합군에게 포로가 되어 살해되고 집단 처형될 공포 분위기의 맨 한가운데에 조선총독부가 자리하게 된 것이다.

4. 돌아가는 일본인들

(1)

조선의 북쪽 끝에 있는 나진 항구에 소련 공군 비행기 대편대가 나타났다. 조명탄을 터트려 대낮같이 밝히면서, 소련군 폭격기들이 나진 항구와 시가를 맹렬히 폭격하기 시작하였다. 제1차 폭격기 편대가 임무를 마치고 북쪽 하늘로 사라지자 제2차 폭격기 편대가 다시 나타났다. 폭격이 계속되었다. 1945년 8월 8일 자정이 가까워 올 무렵이었다.

밤새 폭격이 이어졌다. 먼동이 트자 나진 항구와 시가지의 모습이 윤곽을 드러냈다. 처참한 몰골이었다. 항구에 정박해 있던 1만 톤급의 멜보른 호를 비롯하여 거의 모든 함선들이 침몰하고, 그 파편들이 온통 부두를 어지럽히고 있었다. 나진 시가지에는 건물이 남아 있지 않았다. 시청, 경찰서, 우체국 등 이름 있는 관공서 건물들이 폭삭 무너지고 자취 없이 사라져 버렸다.

조선의 북단에 위치한 나진은 미군과의 전쟁이 격화되면서, 일본에게는 매우 중요한 역할을 담당하는 항구가 되었다. 일본으로 쌀과 곡물을 수출하던 남조선의 주요 항구인 군산과 부산이 미군의 폭격으로 사용이 불가능하게 되자, 그 대안으로 등장한 것이 바로 나진, 웅기 항구였던 것이다.

3월 초 도쿄가 미군 B29기 대 편대의 폭격을 받아 초토화되고, 4월에 미군이 오키나와에 상륙하면서, 부산이나 군산은 더 이상 일본 내지와 조선을 연결하는 항구 역할을 담당할 수 없게 되었다. 그 결과 일본 혼슈 지역과 조선의 웅기, 나진, 성진, 청진 등을 연결하는 동해 항로만이 남게 된 것이다.

한편 전쟁이 막바지에 다다르게 되자, 일본 본토에서의 결전이 현실 문제로 다가왔다. 그에 따라서 관동군이 비축한 무기류와 만주에서 생산되는 잡곡의 중요성이 커지고, 이 무기 및 식량의 일본 수송이 급박하게 되었다. 더욱이 6월이 되면서 일본 내지의 식량 사정이 극도로 악화되었으며, 북중국이나 만주에서 생산되는 콩, 조, 수수 등의 식량 수송이 나진항과 웅기항으로 집중되었다. 이러한 사정으로 하여 나진항과 웅기항은 전략적으로 중요한 거점이 되었으며, 청진이나 성진도 그 중요성이 증대되고 있었다.

소련 적군(赤軍)이 대일 선전포고를 하고 전면 전쟁을 개시하자, 소련 극동군 치스챠코프 대장 휘하의 제25군 30여만 명이 일제히 북조선으로 진격해 들어왔다. 소련 대군은 주로 경흥, 아오지 등의 조소(朝蘇) 국경 도시를 돌파하거나, 아니면 웅기, 나진, 청진 등의 항구에 상륙하여 침투하였다.

조선 북쪽에 위치한 주요 도시들이 스탈린 군대의 전쟁터로 돌변하게 되자, 이곳에 거주하던 일본인들이 가장 먼저 참화를 입게 되었다. 일제 총독부나 도, 시, 군의 관리들이 전황에 어둡고, 또 군사 목적에 따른 보도 통제로 인하여 일본인들, 특히 가족이나 부녀자 들은 소련군의 대규모 폭격과 진주가 있은 후에야 일본의 패전을 알게 되었다. 그 결과 남쪽으로의 피난이 늦어지면서 많은 고통과 인명 피해가 발생하기에 이르렀다.

평안북도 도지사실의 비상벨이 요란히 울린다. 1945년 8월 8일, 벽시계가 오후 4시 30분을 가리키고 있었다.

"여보세요, 도지사실입니다."

"하루코상, 나 가타야마 경무부장입니다. 지사님을 급히 뵈어야 하겠습니다."

"네, 잠시만 기다리십시오. 마침 결재가 끝나시고 지금 자리에 계십니다. 즉시 바꿔 드리겠습니다."

"아, 그렇습니까? 고맙습니다."

"나, 도지사입니다. 경무부장, 무슨 일입니까?"

"각하. 상황이 급하게 돌아가고 있습니다. 즉시 뵙고 싶습니다."

"무슨 일인데 그러십니까?"

"자세한 보고 말씀은 뵙고 드리겠습니다마는, 방금 수집된 첩보에 의하면, 본국 정부가 연합국 세력과 정전 협상을 다시 시작하고 있는 것 같습니다."

"그야 가끔 있어 온 일이 아니오? 뭐, 별다른 결과가 나오겠습니까?"

"각하. 아닙니다. 이번에는 전혀 다른 것 같습니다. 지난 히로시마의 원자폭탄 투하가 결정적인 계기가 된 것으로 보입니다. 본국 정부가 공식적으로 포츠담 선언을 수락하고, 전쟁을 끝낼 것 같습니다."

"뭐요? 그러면 무조건 항복을 수락한다는 말이오?"

"예, 각하. 그렇습니다."

"알았소. 지금 즉시 들어오시오. 아, 지사실로 오지 말고 관사로 직접 들어오시오. 그리고 도청에 연락하여 나카노 고등과장하고 같이 오도록 하시오. 기다리고 있겠소. 아무에게도 알리지 말기 바라오."

해가 지지도 않은 저녁 나절, 야마치 평안북도 지사 관사에 있는 지하 아지트에, 도지사와 가타야마 경무부장, 나카노 고등과장 세 사람이 모여 앉아 숙의하고 있다. 좌석에는 어느 틈엔가 조촐한 술상도 마련되었다.

경무부장이 도지사에게 첩보 사항을 자세히 보고하였다.

가타야마 경무부장과 나카노 고등과장은 이미 오래전부터 평안북도 도청 내에서 대외 정보를 수집 분석하는 특별공작 팀을 조직 가동해 오고 있었다. 미군의 폭격으로 본토 심장부인 도쿄가 초토화되고 나치 독일이 패망하는 등 전황이 불리하게 되자, 대본영을 중심으로 하는 본국 정부가 기밀 유지라는 명분하에 모든 정보원을 차단하였다. 만주와의 접경 지역이라는 전략적 요충지에 자리한 평안북도는 도저히 견딜 수 없어서 첩보 수집 루트를 스스로 개척할 수밖에 없었다.

이 중책을 담당한 사람이 바로 도 경무부장 가타야마와 도 고등과장 나카노이다. 또 이 특별 첩보 수집 활동은 도지사의 전폭적인 배려로 진행되고 있었다. 대외 첩보 수집의 특별팀은 미국이나 중국에서 발사하는 라디오 단파 방송의 분석과 중국을 오가는 조선인들의 소식통에 주로 의존하여 왔다. 지금까지의 실적으로 보아서, 이 특별팀이 수집한 대외 첩보는 거의 적중하여 왔던 것이다.

그도 그럴 것이, 전황이 유리하게 전개되자 미국과 중국은 이 전쟁 상황을 전 세계에 알리고, 특히 일제에 신음하는 중국 민중과 조선 사람들에게 전파시키는 데에 총력을 기울였다. 그렇게 함으로써 일제에 저항하는 조선과 중국 두 민족의 대일 저항 의지를 드높일 수 있기 때문이다. 또한 일제가 멸망할 수밖에 없는 전쟁 상황이, 단파 라디오 방송이나 인민대중들의 입과 입을 통하여 일본 민중에게도 전파되고 확산될 수 있으며, 그렇게 됨으로써 일제의 전쟁 의지를 내부 근저로부터 꺾을 수 있기 때문이기도 하였다. 전쟁에서 정신 전력을 중요시하는 연합국 사령부의 정보 작전은 점점 더 큰 위력을 발휘하고 있었다.

대외첩보 수집 특별팀의 활동으로, 평안북도는 서울에 있는 총독부보다 오히려 더 빠르고 정확한 정보에 접하고 있었다. 총독부에서 상공 과장과 내무 부장을 지내고 평안북도 지사로 부임한 야마치 도지사나, 총독부 경무국장 니시히로의 후배인 평안북도 경무부장 가타야마는 이러한 정황을 잘 알면서 만족해 오고 있었던 것이다.

야마치 도지사가 가타야마 경무부장을 쳐다보며 입을 열었다.

"경무부장, 그리고 고등과장, 지금 신의주에 있는 군사령부는 어떻게 하고 있소? 소식을 들었소?"

"각하, 주둔군의 근황에 대하여는 알아보지 못했습니다.

그러나 거만 떠는 군사령부에서 무슨 대책이 있겠습니까? 또 그들의 정보나 대책이 무슨 도움이 되겠습니까?"

나카노 고등과장이 경무부장을 힐끗 쳐다보면서 대답한다.

"아니, 도움이 되어서가 아닐세. 우리가 해야 할 일은 해야 뒷말이 없지. 그리고 혹시나 우리가 모르는 새로운 정보가 있을지도 모르고…. 첩보란 항상 예민한 것이니까…."

"각하, 그러면 제가 이 자리에서 사령부에 직접 전화해 짚어 보겠습니다."

가타야마 경무부장이 비상전화를 돌렸다.

"여보세요, 신의주 지구 군사령부입니까? 사령관님 계십니까?"

"어디라고 말씀 드릴까요?"

"예, 저는 평안북도 도청의 가타야마 경무부장입니다. 긴급한 정보 보고 말씀이 있어 전화 드렸습니다. 직접 바꿔 주시면 좋겠습니다."

"여보세요, 나 사령관 나카오입니다."

"사령관님, 평남도청의 경무부장 가타야마입니다."

"아, 그러십니까? 무슨 일입니까? 긴급한 정보 사항이 무엇입니까?"

"예, 사령관님. 이곳 경무부에서 수집한 첩보에 의하면, 본국 정부가 연합국 세력과 종전 협상을 하고 있다고 합니다."

"아, 그래요? 종전 협상을 한다고 어떤 결말이 나겠습니까?"

"사령관님, 이번에는 우리 정부가 양보하여 전쟁이 끝날지도 모르겠습니다."

"뭐라고요? 우리 정부가, 아니 대본영이 양보를 하다니?"

"포츠담 선언을 수락할지도 모른다는 말입니다."

"에이! 당신 그걸 말이라고 하고 있소? 포츠담 선언을 수락하다니, 그러면 무조건 항복 조건을 받아들인다는 이야기요?"

"사령관님, 그렇습니다. 첩보가 중요하여 이렇게 직접 전화 올리는 것입니다."

"빠가야로! 대일본제국 도청의 정보 책임자가 그런 유언비어를 정보라고 수집하여 전달한다는 말인가! 그건 정보가 아니라 유언비어야. 경무부장, 정신 차려! 우리 군사령부에도 정보 조직이 건재하고 있어. 유언비어에 속지 말고 정신 바짝 차려! 우리 대본영과 제국 군대는 항복이 있을 수 없소. 최후까지 옥쇄가 있을 뿐이오. 명심하오!"

찌렁 찌렁 통화 소리가 옆 사람에게 들리는 중에, 사령관이 전화 수화기를 끊는 소리가 도지사의 귀에도 쾅! 하고 들렸다.

경무부장과 고등과장이 움찔하는 사이에, 야마치 도지사가 빙긋이 웃으면서 한마디 한다.

"미친놈이구먼! 역시 듣던 대로 대본영이 오만하고 젊은 군인 아이들이 날뛰어, 결국 일본제국이 망하게 되었구먼."

야마치 도지사가 어려운 말을 내뱉고 말았다. 일본제국의 고위 관료로서는 입에 담기 어려운, 지탄받을 만한 독설이 아닐 수 없다.

그러나 경무부장과 고등과장에게는 가슴 후련한 말이었다. 명쾌한 지적이기도 하다.

오늘 모인 세 사람은, 포츠담 선언을 수락하는 정전 협상뿐만 아니라, 벌써 스탈린 붉은 군대의 대일본 전면 전쟁의 첩보도 갖고 있었다.

"각하. 더욱 중대한 첩보가 속속 수집되고 있습니다. 2, 3일 내에 소련의 대일 선전포고가 있을 것으로 분석됩니다. 큰일 났습니다."

"경무부장, 무얼 그렇게 무서워하나? 우리가 이미 예상했던 일이 아닌가?"

야마치 지사는 담담하게 두 부하를 위로하며, 술잔을 건네주고 있다.

역시 야마치는 생각하는 운신의 폭이 큰 사람 같았다. 동경제국대학을 우수한 성적으로 졸업하고, 제국 고급공무원으로서의 엘리트 코스를 달려온 사람이 아닌가…. 자리를 같이하며 시국과 나라를 걱정하고 있는 가타야마와 나카노 두 사람은 평소부터 야마치를 존경해 왔다. 항상 당황하지 않고 인간미가 넘쳤다. 일본제국의 장래를 근심하면서도, 못살고 핍박받는 조선 백성도 위해 줄 줄 아는 아량이 있었다.

그 결과 그의 주위에는 조선의 지도층 인사들이 많이 왕래하고 지냈다. 그들을 통하여 일본 사람들이 모르는, 적지 않은 대외 정보를 획득할 수도 있었다. 전황이 불리해지고 일본 정부가 일본 관헌을 비롯한 자국 국민에게 정보를 차단하고 기밀을 봉쇄하면서 괴상한 일이 발생하고 있었다. 카이로 선언에 의한 조선의 해방 결정을 비롯하여, 패망에 직면한 일제의 마지막 발악 등 조선 사람들이 모두 알고 있는 정보나 소식을 일본 사람들은 전혀 모르고 있는 것이다.

야마치나 가타야마, 그리고 나카노 세 사람은 참으로 어처구니없는 사태를 한탄만 할 뿐이었다. 그들의 첩보 분석에 의하면, 일본제국은 이미 멸망한 것이나 마찬가지이다. 히로시마의 원자폭탄 투하로 전쟁은 끝이 난 것이다. 국제사회에 모두 알려진 이러한 현실 사태를 그대로 인정하고, 패전의 참화에 죽어 갈 불쌍한 일본 백성들을 빨리 구제하면 얼마나 다행스러울 것인가….

도지사, 경무부장, 고등과장 세 사람은 도지사 관저에서 밤을 새웠다. 대책을 숙의하면서 술도 마셨다. 그러나 뚜렷한 묘안을 찾기는 어려웠다. 이미 망하다시피 한 일본을, 그리고 그 난파선에서 춤을 추어 온 일본 백성들을 구제할 길은 어디에도 없었다. 단지 무조건 항복을 받아들이고, 연합국이나 조선 민중의 인정에 호소하는 수밖에는.

(2)

다음날이 밝자, 사태는 급전직하로 악화되었다. 야마치 도지사나 가타야마 경무부장이 예상한 것보다 더 빠르게, 더 심각하게 종말이 다가왔다.

8월 9일 소련의 대일 선전포고가 나오자마자, 동해안과 두만강 조소(朝蘇) 국경에서, 그리고 만주 중소(中蘇) 국경선을 넘어서, 현대식 무기를 동원한 소련 대군이 총공격을 개시하였다.

그렇게 호언장담하던 일본제국 군대는 어디로 숨었는지 눈에 띄지 않았다. 그 대신, 8월 10일 오후부터 만주를 탈출해 오는 일본인 피난민 열차가 매일같이 압록강을 넘어 신의주로 쏟아져 들어오기 시작하였다. 평안북도 도청 소재지 신의주는, 만주에서 남하한 피난민들과 스탈린 붉은 군대를 피하여 더 남쪽으로 도망치려는 일본 피난민들의 아우성 속에 생지옥으로 변했다.

지사실에 가타야마 경무부장이 급하게 뛰어 들었다. 심상치 않은 분위기를 직감하고, 결재 중이던 도청 직원들을 내보낸 후 단 둘이 마주 앉았다.

"각하, 마침내 우리 일본제국이 패망하고 말았습니다. 방금 수집된 첩보에 의하면 제국 정부가 포츠담 선언을 수락했다고 합니다."

경무부장이 울먹이면서 보고한다.

"기어코 올 것이 오고야 말았구먼! 우리 힘으로 어찌 하겠나? 눈물을 거두고 빨리 대책이나 세우세."

도지사가 힘없이, 그러나 차분하게 말한다.

그때 비상전화 벨이 요란히 울린다. 도지사가 무심코 수화기를 들었다.

"여보세요, 나 도지사입니다. 말씀하세요."

"아, 각하. 도메이 통신 오노 기자입니다. 오늘 밤 10시에 중대 뉴스가 들어온답니다. 꼭 대기해 보시는 것이 좋을 것 같아 전화 드렸습니다."

"번번이 고맙습니다, 오노 선생. 꼭 청취하겠습니다."

그날 오후 8시 반이 지나자 도청 간부들은 지사 관저로 모였다. 밤

10시, 도메이 지국으로 들어온 뉴스는 의외로 간단하였다.

"일이 여기까지 온 것은 참으로 유감이다. 일본은 과학을 경시했지만, 앞으로 일본은 더 한층 과학 진흥에 힘쓰지 않으면 안 된다. 내일 정오에 천황 폐하의 종전 말씀이 계실 것이다."

야마치 도지사가 침통하게 지시했다.

"다카하시 내무부장, 내일 12시까지 도청 대회의실에 모두 모이도록 조처하시오. 청내 간부들뿐만 아니라, 관내 기관장 및 유지 들에게도 필히 연락하시오."

"예, 각하. 명심하겠습니다."

다음날 8월 15일 12시 반, 야마치 평안북도 지사는 가타야마와 다카하시 두 부장을 대동하고 회의실에 모습을 드러냈다. 그 전 12시 정각에 천황의 항복 발표 육성을, 야마치는 지사실에서, 나머지 간부와 기관장 들은 대회의실에서 직접 들었다.

공포 분위기가 엄습한 도청 대회의실은 비탄에 잠긴 채 무겁게 가라앉아 있었다. 숨소리 하나 들리지 않았다. 조선총독부 치하 평안북도 내의 최후의 관민 지도층 회의이다. 실로 일제가 조선을 강점한 지 36년 만에, 마지막 열리는 회의이다. 어찌 슬픔과 회한이 없을 것인가!

쓰러질 듯이 단상에 오른 야마치 평안북도 지사가, 가슴이 복받쳐 입을 열지 못한다. 마침내 흑흑 흐느끼면서 손수건으로 눈물을 씻었다. 누가 먼저랄 것도 없이 순식간에 장내는 울음바다로 바뀌었다.

통곡이 가늘어지고 점차 진정이 되는 듯하자, 야마치 지사가 말한다.

"오늘, 일본제국의 불행은 모두 우리의 불행입니다. 오늘 일본제국의 패전은 누구의 잘못도 아니며, 모두 우리의 잘못입니다.

이 자리에 모이신 도청의 간부 공무원, 신의주의 각 관공서장님들, 각 공장 및 사업장의 경영자님들, 도 시의회 의원과 일본 민간인 지도자 여러분, 우리는 전쟁에서 패했습니다. 천황 폐하의 옥음 말씀대로 우리 일본은 연합국 세력에 항복하였습니다.

여러분! 슬프고 원통하지만 우리는 오늘의 현실을 있는 그대로 인정하지 않으면 안 됩니다. 우리는 지금 이 순간부터 과거를 모두 잊고 미래만을 생각해야 합니다. 정신을 바짝 가다듬고 함께 뭉쳐서, 이제부터 우리가 해야 할 일을 열심히 하면서, 비상사태에 대처하지 않으면 안 됩니다.

가타야마 경무부장, 우리의 급한 일 중에서 중요한 사항을 말씀해 주시오."

가타야마 경무부장이 일어서서 앞으로 나와, 또박또박 말을 시작한다.

"정부가 패전에 대한 준비를 소홀히 했기 때문에, 우리에게는 시간이 없습니다. 지금부터라도 빨리 서둘러서 이곳을 빠져나가, 일본 본토로 귀국해야 합니다.

제일 두려운 사실은 소련 붉은 군대의 진주입니다. 소련은 일본에 대하여, 노일전쟁의 패전 이래 적개심에 불타면서 복수를 노리고 있습니다. 또 히틀러 나치 군대도 격파한 스탈린 군대는 무자비하기로 소문이 나 있습니다.

그러므로 우리 일본인들이 전범으로 몰리지 않도록, 가족들을 이끌고 무조건 남쪽으로 내려가서 가능한 한 빨리 귀국해야 합니다. 일각이라도 지체하다가 소련 공산당에게 붙들리면 죽게 됩니다.

가장 주의해야 할 일은 재산을 아까워하는 것입니다. 조선 땅에 있는 재산을 생각하지 말고 몸만이라도 빠져나가는 것이 중요합니다."

경무부장의 말을 이어받아서, 야마치 도지사가 결론을 내린다.

"지금 만주나 조선 북부는 소련의 공산당 군대가 진주해 오고 있습니다. 그러나 국제 정세로 볼 때에는 연합국의 중심 세력이 미국이며, 또 미국이 이미 오키나와에 진출해 있기 때문에, 일본 본토에는 미군이 진주하게 될 것으로 보입니다. 미군의 진주는 우리 일본 사람들에게는 불행 중 다행입니다.

그러므로 만주에서 넘어온 우리 동포나 이곳 평안도에 있는 일본인들은 무자비한 소련군에 잡혀 포로가 되는 것을 피해야 합니다. 우리 모두가 신경을 기울여야 할 사항으로는 군인과 경찰의 안전입니다. 소련 군대는 우리 일본의 군과 경찰을 표적으로 삼을 것이며, 붙들어서 전범으로 처형하거나, 아니면 시베리아로 끌고 갈 것입니다. 민간인들은 모두 나서서, 국가와 민족을 위해 헌신해 온 일본 제국의 군인과 경찰을 보호해야 합니다."

야마치 도지사가 목이 메어 말을 잇지 못한다. 곳곳에서 머리를 숙이고 흐느끼는 소리가 들린다. 야마치 도지사가 고개를 들고, 맨 앞줄에 앉아 있는 신의주지구 헌병대장 호소다 소령을 쳐다보면서 말한다.

“호소다 헌병대장님. 제 생각으로는 얼마 동안은 경찰이 필요할 것 같습니다. 또한 군인보다는 경찰이 민간인으로 전환하는 데 더 안전할 것으로 생각됩니다. 그러므로 헌병 군인 중에서 가능한 한 많은 인원을 경찰 요원으로 전역시켰으면 좋을 것으로 보입니다. 부탁드리겠습니다.

또 하나 중요한 문제는 조선 사람들의 동향입니다. 조선 민중이 우리 일본인들에게 어떤 태도를 보이느냐 하는 일은 참으로 중대 사항이 아닐 수 없습니다. 조선인이 뭉쳐서 폭동을 일으키고 일본인들에게 보복한다면, 더구나 공산당 세력이 강한 이곳 조선 서북지방에서 소련 공산당과 연계된다고 하면, 우리는 살아서 돌아갈 수 없게 됩니다. 그러므로 조선인들과 협의하고 조선 민중의 도움을 얻는 일은 우리 모두의 생명이 달린 문제입니다.”

물을 끼얹은 듯 조용한 가운데에서 공포의 한숨이 흘러나왔다. 야마치 지사의 지적이 아니라 하더라도, 조선 안에 있는 일본인들은 독 안에 가친 쥐 꼴이 되었다. 전쟁에 패하고 나라가 망한 현재, 그들은 움치고 뛸 수가 없다. 어디 호소하거나 의지할 곳마저 없다. 그저 두 손을 마주 잡고 빌면서, 조선 백성들의 처분을 기다리며 자비에 호소할 수밖에 없는 처지이다.

이러한 위기에서, 도백(道伯)이라는 평안북도 최고의 위치에 있는 지도자가 이를 지적하게 되니, 다시 한번 놀라고 몸서리치지 않을 수 없게 된 것이다. 한편으로 회의실에 앉아 있는 평북 신의주 일원의 관민 지도층 인사들은 감격하였다. 그들 모두는 야마치 도지사의 통찰력을 존경하였다. 뿐만 아니라 평소부터 야마치 스스로 조선인들과 서로 흉금을 털어놓고 친밀하게 지내온 것을 그들은 잘 알고 있다. 이것이 오늘의 위기에 이르러 그들 모두의 생명 줄이 되고 있지 않은가!

"나는 조선인 사이에 신망이 높은 지도자를 직접 만나서 상의하겠습니다. 어느 정도 일본과 우리의 처지를 이해할 수 있는 조선인 지도자를 찾아가서 협력을 요청하겠습니다. 진심으로 호소해 보겠습니다.

조선인 지도자의 선택이나 대화는 참으로 중대한 문제이기 때문에 제가 직접 나서겠습니다. 누구에게도 맡기지 않겠습니다. 나는 우리 모두의 가족과 어린 자식들의 생명이 경각에 달려 있는 요 며칠 간, 본국 정부나 경성의 총독부로부터 아무런 정보나 사전 연락을 받지 못했습니다. 그들을 원망하는 것은 아닙니다. 본국 정부나 총독부는 우리들의 목숨을 구해 줄 능력이 없어졌습니다. 우리들은 스스로의 판단으로 살아서 돌아가야 합니다.

여러분들은 일치단결하여 도지사인 야마치의 결정을 따라주시기 바랍니다. 저는 오직 여러분들과 여러분들의 가족과 일본인들이 모두 무사하게 귀국하도록 필사의 노력을 다하겠습니다.

그러나 저는 제 임무를 마지막까지 남아서 다 끝마친 후에, 이곳 조선에 전범으로 남아 있겠습니다. 저를 믿고 따라주시기 바랍니다."

비장한 결심을 끝으로, 야마치 평안북도 도지사는 단상을 내려왔다. 공포와 비탄에 잠긴 사람들은 자리를 뜰 줄 몰랐다.

야마치 도지사는 벌써 조선인 지도층 인사와 접촉하고 있었다. 14

일 밤 도메이 통신을 통하여 일본이 무조건 항복을 수락할 것이라는 것을 알게 된 야마치는, 조선 사람들의 협조와 도움이 절실함을 깨닫고 행동에 나섰다.

8월 15일 새벽, 야마치는 신의주 일원에서 조선인과 일본인 사이에 학식과 덕망이 높은 김경태 교장 선생을 만났다. 집에서 운동복 차림으로 아침 체조를 하고 있던 김경태 교장 선생은 깜짝 놀라서, 옷도 갈아입지 않은 채 서재에서 대좌하였다. 옆에는 도청 고등과장이 배석하였다.

평소부터 조선 사람들에게도 인심이 두터웠던 야마치 도지사의 호소는 김경태 교장 선생을 감복시켰다. 김경태 교장 선생은 한국인 지도자 대표로 이유필을 천거하였다. 야마치 지사도 예상한 대로, 혼란한 해방 정국에서 조선 민중의 호응을 얻고 질서를 유지하기 위해서는 서민 대중과 좌익 세력으로부터의 지지가 필수적이다. 이유필은 이러한 조건을 잘 갖추고 있는 신망 높은 인물이었다.

그 자리에서 즉시 김경태 교장 선생은 야마치 지사와 함께 집을 나섰다. 갑작스런 두 사람의 새벽 방문을 받은 이유필은, 야마치 지사의 눈물어린 호소와, 그리고 평소부터 존경해온 김경태 선생의 권유를 흔쾌히 받아들였다. 이유필은 신의주 일원 조선인 지도층 인사들에게 바로 연락을 취했다. 여기에는 다수의 좌익 성향의 인물들이 포함되었다. 이렇게 하여 8월 15일 일제의 항복이 발표되던 날 오후 2시, 도청 지사실에서 야마치 지사와 만나게 되었던 것이다.

도청 회의실에서 비탄에 잠겨 눈물을 삼키고 돌아서 온 야마치 지사는 약속에 따라 지사실로 들어섰다. 거기에는 이유필을 중심으로 하여 조선인 지도층 인사들이 아주 많이 모여 있었다. 야마치 지사는 고맙고 감격하여 눈물이 앞을 가렸다. 체면도 없이 이유필을 향하여 달려갔다. 이유필의 손을 덥석 잡는다.

"이 선생님, 정말 고맙습니다."

다시 맨 앞자리에 나와 앉아 있는 김경태 교장 선생에게 허리를 굽혀 인사 올린다.

"교장 선생님, 바쁘신 데도 불구하시고 이렇게 나와 주셨군요. 감사합니다."

야마치 평안북도 지사는 이유필의 안내를 받아서 단상에 올랐다.

야마치 지사가 흥분된 상태로, 그러나 진심 어린 목소리로 말한다.

"존경하는 김경태 교장 선생님, 이유필 선생님, 그리고 조선 지도자 여러분, 유감스럽게도 일본은 전쟁에 패했습니다. 잘 알고 계신 것처럼, 오늘 정오에 천황 폐하의 녹음 방송으로 패망의 사실이 분명해졌습니다. 일본은 연합국에게 항복하였습니다.

일본 사람들에게는 비통한 일이지만, 그러나 조선인들에게는 참으로 기쁜 일입니다. 이제 조선은 독립하게 되었습니다. 카이로 선언에 따라, 조선은 완전한 독립국가가 된 것입니다. 저는 조선에서 살아온 한 인간으로서, 그리고 일본인의 대표로서 조선의 독립을 진심으로 축하합니다."

김경태 교장 선생의 사심 없는 주도로 장내에는 힘찬 박수가 터져 나왔다. 야마치 지사는 옆으로 비껴 서서 귀한 손님인 조선인 지도자들에게 큰절을 하였다. 진심으로 감사를 표시한 후에, 다시 말을 계속한다.

"조선은 저의 고향이나 마찬가지입니다. 여러분들께서도 잘 아시는 것처럼, 저는 일본에서 대학을 졸업한 이후 경성 총독부의 관리가 되면서 오늘까지 조선에서 근무하여 왔습니다. 이곳 평안북도 도청에 부임하여 여러분들과 인연을 맺어 온 지금까지 한 번도 조선을 떠나지 않고, 이곳 조선 땅에서 살아왔습니다. 이제 조선의 독립을 기쁜 마음으로 바라보면서, 한편으로 조선을 떠나야 할 입장이 되고 보니 만감이 교차됩니다."

야마치 지사가 흐르는 눈물을 손수건으로 닦는다. 마음을 진정하느라 침을 꿀꺽 삼켰다.

"존경하는 조선인 지도자 여러분, 이제 조선에 나와 있는 일본인들은 모두 일본 내지로 귀환하게 되었습니다. 돌아가는 길이나 과정에서 조선인 여러분들의 도움을 요청합니다. 조선인 여러분들의 따뜻한 협조가 없이는 일본인들이 무사히 귀국하기가 어려운 게 사실입니다. 과거 일본인들이 저지른 잘못을 용서하시고, 부디 은혜를 베풀어주시기 바랍니다."

장내는 물을 끼얹은 듯 조용했다. 야마치 지사가 일본인들의 사죄를 빌 때에는 숙연하기까지 하였다.

"연합군 측이 접수 수속을 하기 전까지는 일본의 행정이 소멸되지는 않을 것입니다. 그런데 이 공백 기간에서 중요한 문제는 치안 유지입니다. 연합군이 진주하여 행정을 인수하기 전의 과도 기간에, 주민의 일상사를 돕는 행정과 치안 유지는, 우리 일본 행정 당국과 조선인 여러분이 힘을 합쳐서 실행해 나가지 않으면 안 될 것입니다.

이 과도 기간에 혼란과 무질서를 막고, 조선인들의 재산과 조선 사회의 질서를 지키는 것은 매우 중요하고도 시급한 일입니다. 이 일이야말로, 새로 태어나는 여러분들의 조국인 조선을 위하여 튼튼한 토대가 될 것입니다."

지사의 말이 끝나자 일제히 박수가 터져 나왔다.

뒤이어, 김경태 선생의 요청으로 조선인 지도자를 대표하여 이유필이 단상에 오른다.

"우리 조선의 독립을 축하해 주신 야마치 지사에게 감사를 표합니다. 또한 평소부터 조선인의 어려운 사정을 이해해 주시고, 조선 백성들에게 많은 인정을 베풀어 주신 야마치 지사님에게 다시 한번 고마운 말씀을 전합니다.

일찍이 안중근 의사가 말씀하신 대로, 조선과 일본의 유대 화합이 동양 평화의 기초입니다. 또한 동양 평화가 유지될 때 비로소 세계의 평화와 번영도 가능할 것입니다.

그러므로 우리 조선인들은 모든 구원을 떨쳐 버리고, 자기 고국으로 돌아가는 일본인들을 돕겠습니다. 불안과 공포에 싸여 있는 일본인들, 특히 죄 없는 부녀자 민간인들을 위로하고 도와주겠습니다.

또한 야마치 지사님이 지적하신 대로, 연합군이 진주하고 우리 조선 정부가 정식으로 출범할 때까지 행정과 치안의 유지를 우리들이 맡도록 하겠습니다. 물론 야마치 지사님을 비롯한 일본 행정 당국과 협조하여 차질이 없도록 하겠습니다.

이러한 임무를 효과적으로 수행하기 위하여, 우리는 먼저 치안 유지 기관을 설립하고 싶습니다. 일본인과 조선인이 서로 힘을 합쳐서 일본인들의 귀국과 치안 유지 등 어려운 일을 성공시켜 나갑시다."

그날부터 즉시 실행에 들어갔다.

조선인의 치안 유지 기관으로서 '신의주 자치위원회'가 설치되고, 이는 다시 '평안북도 자치위원회'로 확대되었다. 위원장에는 좌우익으로부터 모두 지지를 받고 있던 이유필이 취임하였다.

"지사님, 고등과장 나카노입니다. 긴히 여쭐 말씀이 있어서 지금 찾아뵙겠습니다."

"무슨 일인가?"

"예, 독립을 축하하는 조선인들의 시위 행진에 관한 문제입니다. 자치위원회 간부들과 같이 뵈올까 합니다. "

"아, 그래요. 오전에 상의했던 그 일 말입니까? 좋습니다. 기다리겠습니다."

도청 고등과장이며 야마치 지사의 심복인 나카노가 자치위원회 간부 두 사람과 함께 지사실로 들어왔다.

"지사님. 서울에서 오늘 조선 민중들의 독립만세 시위행진이 성황리에 개최되었다고 합니다. 지금 조선 땅 방방곡곡에서 축하 행진이 벌어질 것이라고 합니다.

우리 신의주에서도 독립축하 시가행진을 했으면 좋겠습니다. 조선인들의 심정을 위로해 주고, 또 일본인들과의 유대 관계를 돈독히 할 수 있는 좋은 계기가 될 것으로 생각됩니다. 지사님께서 승낙해 주셨으면 고맙겠습니다."

자치위원회 간부가 이유필 위원장의 요청서를 내놓으면서 간곡히 말한다.

"아, 그렇습니까? 참 좋은 생각입니다. 조선 사람 모두가 독립을 축하하고 행진하는데, 신의주와 평안북도가 빠져서는 안 되지요. 더욱이 내가 몸을 담고 있는 이곳이 다른 지역보다 소홀하거나 뒤져서도 안 됩니다. 그러면 언제 어떻게 할 예정이십니까?"

"예, 날짜는 17일, 내일 했으면 합니다. 자세한 내용은 이렇습니다."

자치위원회 간부가 예정된 계획을 설명한다.

"좋습니다. 계획대로 시행하십시오. 그리고 기왕 하는 행사이니 성황리에 진행되도록 노력하십시다. 나카노 과장! 도청에서도 적극 지원하시오. 행정력이나 자금면에서 도움이 된다면 모두 동원하시오. 지사의 명령이니 즉시 전달하시오."

"지사님, 고맙습니다. 이렇게 흔쾌히 승낙해 주시고, 지원까지 해주시니 정말 감사합니다. 돌아가서 위원장님께 지사님의 지원 말씀을 그대로 전해 올리겠습니다."

"아닙니다. 조선의 독립을 진심으로 축하하는 저의 뜻이 조선 민중들에게 잘 전달되었으면 좋겠습니다.

다만 시가행진이 평화롭게 잘 끝나도록 간부 여러분이 주의를 기울여 주시기 바랍니다. 혼란이 없도록 자치위원회에서 사전 계획을 잘 마련하시기 바란다고 위원장님께 전해 주십시오.

그리고, 나카노 과장. 우리 도청에 근무하는 관리 중에서, 조선인들은 모두 참가하도록 권유하고 참가할 수 있도록 특별히 배려하십시오. 그리고 조선 사람들과의 유대를 강화하는 차원에서, 일본 민간인들도 축하 행진에 참가하도록 하십시다. 가능하면 다수의 일본인들이 독립 축하에 동참하도록 도청에서 지도하는 게 좋겠습니다. 필요하다면 도지사의 이름도 사용하시오."

"예, 각하의 말씀대로 시행하겠습니다. 총무과나 경무과에 즉시 지시를 내리겠습니다."

대답을 마치고 고등과장이 간부들과 함께 지사실을 나갔다.

야마치 지사는 흡족하였다.

오전 결재 자리에서 가타야마 경무부장이 경성의 정보와 민심을 전하면서, 신의주에서는 오히려 도청이 조선인의 독립 축하 행사를 주도하는 것이 민심을 얻는 데 큰 도움이 될 것이라는 의견을 내놓았다. 매우 좋은 착상으로 보였으나, 한편으로 조선 사람들이 어떻게 생각하게 될지 몰라서 망설이고 있던 참이었다. 그것을, 발 빠른 고등과장이 민첩하게 자치위원회 주도 형식으로 성사시킨 것이다.

야마치 지사는 젊어서부터 전쟁이나 군인을 좋아하지 않았다. 특히 안하무인격으로 날뛰는 일본 군대의 젊은 장교들을 싫어하였다. 태평양전쟁이 격화되고 일본 본토의 도쿄까지 미군 비행기의 폭격으로 쑥대밭이 되면서, 야마치 지사는 일제가 머지않아 망할 것을 예상하여 왔다. 어차피 망할 수밖에 없다고 하면, 중요하고도 시급한 문제는 조선에 거주하는 일본 민간인들을 무사히 본토로 귀국시키는 일이다.

만약 조선 민중들이 보복 감정을 가지고 일본인들에게 복수한다면, 일본인들은 살아서 돌아갈 수 없게 된다. 야마치 지사는 이 같은 가상을 제일 두려워하였던 것이다.

이때부터 야마치 지사는 조선인들에게 인정을 베풀기 시작했다. 가능한 한 조선인 유력자들과의 교류도 넓혀 갔다. 무엇보다도 중요한 것은 사심 없는 인간관계이다. 야마치 지사는 모든 조선인들에게 진심으로 성실하게 상대하였다.

뿐만 아니라 도청 간부 중에서 자기 심복들에게는 자기의 걱정과 생각을 털어놓으면서, 만약의 사태를 위하여 조선인들에게 선정을 행할 것을 당부하기도 했다. 경무국장 가타야마나 고등과장 나카노도 그러한 부하들 중의 하나였다.

야마치가 동경대학을 졸업한 후 반평생을 조선에서 살아오는 동안, 그는 조선 백성들의 후한 인심에 정이 들었다. 또한 유구한 조선의 역사와 찬란한 문화에 심취하였다.

야마치 지사는 틈이 나면 조선의 산천을 따라 여행을 즐겼다. 특히 평안북도 지사로 부임하면서, 그는 묘향산에 자주 올랐다. 야마치 지사는 삼천리 금수강산에 매료되었다.

그런데 이런 바보 천치 같은 짓이 세상에 어떻게 있을 수 있단 말인가!

하늘이 내려준 세계 제일의 천혜의 땅을, 하늘이 내려준 기회에 품에 안은 일본이 아니었던가…. 더욱이 세계 제일의 옥토인 광대한 만주벌판까지 차지하지 않았던가…. 그것을 욕심을 부리고 경망하게 날뛰면서 동아시아 전부를 집어삼키려고 하다가, 결국은 모두를 놓치고 만 것이 아닌가…

야마치 지사는 한숨을 쉬면서 창밖을 내다보았다. 지나간 세월이 주마등처럼 머리를 스쳐갔다. 아, 이제는 두 번 다시 보기 어려운 조선의 산하여! 아, 이 무슨 천벌이란 말인가!

야마치 지사는 눈을 감고, 조용히 불경을 외웠다.

'복(福)은 검소에서 나오고, 덕(德)은 겸손에서 나오며, 지혜는 고요히 생각하는 데에서 나온다. 근심은 욕심에서 나오고, 재앙은 탐욕에서 나오며, 화(禍)는 성내고 참지 못하는 데에서 나온다.'

일본 지도자들이 이 불경의 보왕삼매론을 좀 더 일찍이 깨달았더라면, 얼마나 다행스러웠을 것인가…. 회한에 젖는 야마치 지사의 눈가에 눈물이 맺혔다.

그날 오후 4시가 넘어서, 경무부장의 급한 전화가 지사실을 요란히 울렸다.

"각하. 가타야마입니다. 급한 일이 발생했습니다."

"무슨 일인데 그러시오?"

"각하. 방금 총독부 경무국에서 지시가 있었습니다. 조선인이 하려고 하는 독립만세 시위행진 등을 금지시키라고 합니다."

"무엇이라고? 총독부 사람들이 제정신이 있는 거야 ? 그래서 무엇이라고 대답했나?"

"예, 그저 알았다고만 대답하고, 지사님께 보고드린다고 말했습니다."

"잘했어. 이 사실을 도청 간부들이 모두 알고 있나? 조선인 자치위원회에서도 알고 있는가? "

"아닙니다, 각하. 바로 지금 연락받았습니다. 또한 매우 예민한 문제이므로, 각하의 하명 말씀이 있기 전까지는 비밀에 부치려고 하였습니다."

"가타야마 부장, 고맙소. 지금은 정말 중요한 때요. 매사에 신중한 결단이 필요한 것이오. 수고했소. 그리고 지금 즉시 담당 과장 이상 도청 간부들을 모이도록 하시오. 내가 내려가 해명하겠소."

잠시 후 야마치 지사는 도청 회의실로 들어갔다. 거기에는 다카하시 내무부장 이하 20여 명의 간부들이 모여 있었다.

야마치 지사가 단상에 올라가 사태의 전말을 상세히 설명한다.

"내가 어저께도 강조한 바 있지만, 지금 우리는 신의주와 평안북도 일원에 거주하고 있는 일본인들을 무사히 귀국시켜야 할 중차대한 임무를 담당하고 있소. 이보다 더 급하고 중요한 일은 없소. 여기 있는 모든 관리들은 이 사명을 다시 한번 명심해야 합니다.

지금 신의주와 평안북도는 경성과는 매우 다르오. 연합군 세력 가운데에서도 가장 무자비하기로 소문난 스탈린 공산당 군대가 물밀 듯이 쳐내려오고 있소. 오늘도 압록강을 넘어서 신의주로 피난 오는 우리 동포들이 계속 밀어닥치고 있소. 우리가 고국으로 귀환하기 위해서는 가능한 한 남쪽으로 내려가 현해탄을 건너야 하오. 부산은 경성에서는 가까우나, 이곳 평안북도에서는 아주 먼 곳이오.

우리는 모두 안전하게 귀국해야 하오. 또 신속하게 귀국하지 않으면 안 되오. 그러기 위해서는 조선 사람들의 협조가 절대적으로 필요합니다. 조선 백성들의 도움이 우리의 목숨을 좌우합니다. 이러한 사정은 삼척동자라도 이해할 수 있는 것입니다. 그러기 위해서는 우리가 어떻게 해야 하겠습니까？ 조선 백성들의 인심을 얻고 조선 백성들에게 도움을 요청해야 합니다.

그런데, 조선 사람들의 독립축하 시위행진을 막아요? 못하게 해요? 아니, 이것이 제정신이 있는 관리들의 생각입니까?"

야마치 지사의 목소리가 갑자기 높아진다.

"남에게 도움을 주지 않고 어떻게 남에게 도움을 요청할 수 있습니까? 조선의 독립을 축하해 주지 않고 어떻게 조선 사람들의 협조를 바랄 수 있겠습니까? 더욱이 75만여 명의 무고한 일본인들의 목숨을 저당 잡힌 처지에서 말입니다.

나는 도지사로서, 모든 일을 내가 결정하고 처리하겠습니다. 이것은 절대 월권이 아닙니다. 그러므로 여러분들은 동요하지 말고, 모두 힘을 합쳐 일사불란하게 이 야마치 지사의 결정에 따라주시기 바랍니다. 내가 오전에 지시한 대로, 내일 예정된 조선인들의 독립만세 시위행진을 적극 지원해 주시오. 계획대로 일본 민간인들의 참여도 적극 권장하시오. 재정 지원도 예정대로 시행하시오. 경성 총독부에는 내가 직접 통화하고 설명하겠으니 조금도 걱정하지 마시오.

총무부장, 내일 행사와 관련된 모든 서류는 기안에서부터 결재에 이르기까지 절차를 생략하고 도지사가 직접 한 것으로 처리하기 바라오. 후에 필요할 경우에는 내가 직접 책임지겠소."

충혈된 눈으로 천장을 올려보던 야마치 지사는 마지막 한마디를 빼놓지 않았다.

"일본은 완전히 패전했습니다. 연합국 세력들에게 이 조선을 빼앗겼습니다. 삼천리 강토를 지키지 못하고 항복한 조선총독부가 무슨 할 말이 있는 것입니까? 이제까지 와서 조선총독부가 무슨 권한이 있습니까? 또 만약 일이 잘못되어 조선에 나와 있는 무고한 제국의 신민들이 어렵게 되었을 때, 총독부 관리들이 책임을 질 수 있겠습니까!"

신의주에서는 조선독립 축하 시위행진이 거행되었다. 참으로 감격적이고, 성대한 만세 시위였다. 15,000여 명의 조선 신의주 백성들이 참여하였다. 그리고 야마치 지사가 바랐던 대로, 질서정연하게 진행되고 만족하게 끝을 맺었다.

만세시위가 있던 그날, 신의주에서는 또 하나의 조선인 경사가 있었다. 형무소에 수감되어 있던 조선인 수감자들이 일제히 석방된 것이다. 본래 총독부로부터의 지시는 사상범과 경제범만을 석방시키라는 것이었다. 그러나 시위대의 독립만세 함성이 신의주 천지를 진동시키자, 모든 수형자들을 석방시키라는 요구가 신의주 법원과 도청에 쇄도하였다. 형무소장이 이 사태를 수습할 수 없게 되었다. 결국은 조선인에게 인기가 높은 야마치 지사가 조선인 자치위원회와 협의하여, 수형인 전원을 석방하게 되었던 것이다.

(3)

수천 명의 일본인 피난민들이 함경북도 길주의 초등학교에 도착한 것은 저녁이었다. 이 피난민들은 함경북도 중심 지역인 청진시 일원에 거주하는 일본 민간인들의 일부였다. 일제가 패망하고 소련 붉은 군대가 청진에 진격해 오자, 깜짝 놀란 일본인들이 자기들 고국으로 돌아가려고 조선에서 도망치는 망국의 백성들이다.

평야를 흐르는 남대천 강가에 위치한 길주는 일제 치하에서 제지 생산으로 유명하였다. 지금 피난민들이 숨을 돌린 초등학교도, 길주 제지공장이 이 지방의 자녀들 교육을 위하여 기증한 것이다. 그런 만큼 초등학교로서는 크고 잘 지어진 시설이다.

일본인 피난민 대표 미즈타니는 이곳에 도착하자마자 지쳐 쓰러지다시피 했다. 그는 청진에서 사업으로 크게 성공한 인물이었는데, 일제가 패망하기 직전에 청진상공회의소 부회장을 맡고 있었다. 일제의 패망을 예상하고는 있었으나, 재산이 아까워 머뭇거리다가 그만 탈출 기회를 놓치고 말았다. 결국 피난민 대열에 휩쓸려 여기까지 밀려오게 된 것이다.

수천 명의 피난민들은 한 덩어리가 되어 질서 있게 움직였다. 스탈린 군대의 무지막지한 악명이 뒤에서 채찍질을 가해 주었으며, 일본 고향으로 빨리 귀국해야 한다는 귀소 본능이 앞에서 끌어주었기 때문이기도 했다. 30여 개의 교실에 70명씩 조를 지어 수용되고, 나머지는 강당이나 운동장에 자리를 잡았다. 각 조에서는 반장이 선출되고, 밤이 되자 불침번이 경계를 섰다.

제1교실에 자리를 배정받고 누워 있다가, 불침번 교대 시간이 되어 밖으로 나온 가네모토가 하늘을 쳐다본다. 무더운 여름밤의 하늘엔 별들이 은가루를 뿌린 듯 수놓고 있다.

가네모토는 기가 막혔다. 생각할수록 화가 치민다.

가네모토는 이름을 날리는 기자였다. 아시히 신문사 청진지국장이었다. 전쟁이 격화되고 부산과 군산 항구가 막히자, 청진과 나진이 일본 내지와 조선, 그리고 만주를 잇는 주요 항구로 등장하였다. 조선의 쌀과 만주에서 산출되는 잡곡이 이곳 청진과 나진 항구를 통하여 일본으로 건너갔다. 북한 지역에서 생산되는 광물자원과 중공업 제품들이 일제의 주요한 전쟁물자가 되었는데, 청진 등 동해안 항구를 거쳐 본토로 수송되었다. 북조선의 주요 항구 도시인 청진이 주목을 받게 되자, 가네모토가 청진으로 부임하게 되었다. 부임한 지 얼마 안 되어 일제가 패망하게 되고, 오늘 같은 난리를 만나게 된 것이다.

가네모토는 운수 나쁘게 청진에 부임한 자기의 운명을 원망하는 것이 아니다. 그를 참담하게 만들고 화나게 하는 것은, 청진에서 으스대기만 하던 일본인 관료들의 무책임과 치졸함 때문이다. 또 나남 관구에 틀어박혀 목에 힘만 주고 백성을 깔보던 군인 놈들의 무모함 때문이다. 더 미련한 자식들은 조선총독부 책임자들이다. 아니 가장 죽일 놈들은 대본영에 들어앉아서 천황 폐하와 옥쇄만을 부르짖으며 일본을 이 지경으로 망쳐 놓은 강경파 군부대신 자식들이 아닌가!

한숨을 쉬면 쉴수록 지난 일이 더욱 떠오른다.

아사히 신문사 청진지국장 가네모토는 수많은 일급 정보를 함경북도 도청과 청진시청, 그리고 청진 바로 밑에 위치한 나남관구사령부에 계속 알려 주었다. 그러나 그들의 반응은 항상 신통치 않았다. 그럴 때마다 가네모토는 걱정이 앞섰다. 만약에 우리 신문사에서 판단하는 예측이 맞아 들어간다고 하면, 틀림없이 일본제국은 패망할 수밖에 없다. 그것도 일본의 무조건 항복으로 전쟁은 끝이 난다.

그날도 중대한 뉴스가 입수되었다. 소련 공산군 대군이 선전포고를 하고 총공격을 한다는 경성지국으로부터의 긴급 정보를 포착한 청진지국장 가네모토는 날이 밝기도 전에 청진시장을 방문하였다. 그러나 청진시장은 아무런 계획도 없었다. 아니, 사전 계획이 아니라 의욕이나 성의조차 없어 보였다.

청진시장은 말을 못하고 멍한 표정을 짓고 있더니, 겨우 쓸데없는 넋두리를 늘어놓았다.

"소련과의 전쟁은 여러 번 나왔던 이야기가 아닙니까? 우리 일본제국의 군대는 소련군을 곧 격퇴할 것입니다. 대동아전쟁에 기초 물자를 공급하고 있는 북조선 지역에서 주민과 노동자를 소개한다고 하는 것은, 전쟁의 포기 항복을 의미하는 것입니다. 이는 절대로 있을 수 없습니다."

아사히 신문사 청진지국장 가네모토는 한마디 하지 않을 수 없었다.

“우리가 이번의 전쟁에서 제국 군대를 믿는 것은 신민의 기본적인 도리입니다. 그것은 일본인 모두에게 잘 숙지되어 있습니다. 그러나 만약 일본이 결국 패전할 수밖에 없다고 한다면, 우리 일본 백성들은 스스로 살아가지 않으면 안 되지 않습니까? 한마디로 말하여, 헛된 희생은 피해야 되지 않겠습니까? ”

“희생요? 어쩔 수 없지 않습니까? 일억의 일본 국민이 사투할 각오를 결심한 때가 아닙니까 ? 우리들은 목숨을 바쳐서라도 군수물자의 생산에 전력을 기울여야 합니다. 여기 도청이나 시청에 있는 관리들은 전황을 고려할 것이 아니라, 주민과 노동자의 인력을 생산에 더욱더 동원하는 데에만 정신을 집중해야 합니다.”

전쟁광인 도조 히데키(東條英機)의 선전대원의 성명서를 듣는 기분이었다. 그러나 그것도 전쟁 초기에나 있을 수 있는 일이지, 히로시마에 원자폭탄이 떨어지고 스탈린 붉은 군대가 물밀 듯이 쳐내려오는 이때에는, 정신 나간 사기꾼의 위장 타령으로밖에 들리지 않았다.

의협심이 강한 가네모토 기자는 그의 멱살을 잡고 싶었다. 본국 정부 요로에 손을 써서 당장 모가지를 자르고 싶은 충동이 일었다. 그러나 시간이 없다. 잘못도 없이 불쌍하게 죽어 갈 무고한 일본인들을 생각하면, 다른 길을 찾아봐야 한다. 가네모토 기자가 힘없이 발길을 돌렸다.

가네모토는 나남군관구에 전화를 걸었다. 지면이 있는 장교를 찾아서 소련의 대일 선전포고를 알려주었다. 그리고 군의 대비책을 물어보았다. 아무런 대책이 없어 보였다. 겨우 한다는 말이 어처구니없는 변명뿐이었다.

"지국장님, 지나치게 걱정하지 마십시오. 일본제국의 관동군이 정예 1백만 대군입니다. 소련과의 전쟁이 시작되면, 처음에는 소련군이 공세를 취하겠지요. 그러나 전기가 무르익으면, 관동군이 과감한 반격을 전개할 것입니다. 그러면 전략 상황이 반전되고 제국 군대가 전쟁의 주도권을 장악할 것입니다. 이 영향이 현재 고전하고 있는 제국군의 사기를 극적으로 다시 일으키게 될 수도 있지요."

가네모토는 어처구니가 없어서 말이 끊기고 말았다. 전쟁 개념은 고사하고, 전략의 기본 조건인 정보를 외면하는 철부지들이다. 이러한 어리석은 군인들이 자리를 차지하고 있으니, 이 얼마나 위태로운 일인가!

가네모토 기자는 대략에 통하면서도, 기자의 생리대로 민첩성을 겸비하고 있었다. 청진에 부임하자 그는 많은 조선인과 교류하였다. 이제는 흉금을 서로 털어놓는 사이도 적지 않았다. 가네모토는 조선인들을 상대하면서, 그들이 세계 정세에 매우 밝은데 감탄하였으며, 또한 일본의 약점을 예리하게 분석하는 데에 놀랐다. 조선 사람들은 정확하고 빠른 정보원을 갖고 있었다. 특히 이곳 북부지방 사람들은 중국이나 소련 연해주를 통하여 중국과 소련, 그리고 연합국 세력의 새로운 정보를 계속 제공받고 있었다.

그들의 정보에 의하면, 일본은 곧 항복한다는 것이다. 포츠담 선언의 무조건 항복을 수락할 수밖에 없으며, 그것이 며칠 남지 않았다는 것이다. 조선 사람들은 태생적인 연대로 인하여, 중국이나 소련편이 되어 갔다. 수많은 인원들이 만주를 왕래하고, 소련과의 국경선을 넘나들었다. 일본측에서 보면, 그들은 중국과 소련의 첩자이다. 그러나 조선인의 시각에서 보면 독립투사들이다.

가네모토는 새로운 정보를 먹고사는 기자이기 때문에, 그러한 조선 사람들을 밀고하지 않았다. 오히려 그들과 자주 접촉하면서, 조선인들의 심정을 이해하게 되었다. 그들은 소련 붉은 군대의 대일전(對日戰) 참전을 정확하게 예측하고 있었다. 아니 정보라기보다는 소련군으로부터 통보를 받는 것인지도 모른다. 그들의 정보에 의하면, 오는 8월 13일 청진에 소련군이 상륙한다는 것이다. 그리고 소련 대군은 지체없이 남하하여, 전조선을 점령한다는 것이다.

'이 정보는 사실이다! 이 내용은 정보라기보다는, 스탈린 군대의 전략의 하달이다!'

전율을 느끼면서, 아시히 신문 청진지국장 가네모토는 갈등을 느끼지 않을 수 없었다. 자기는 기자이기 이전에 기본적으로 일본 신민이 아닌가. 또 하나, 기자이기 이전에 한 민간인으로서, 무고하게 죽어 갈 일본 민간인들을 살려야 할 것이 아닌가.

가네모토는 의협심으로, 자기 한 몸만 피하지를 못했다. 그래서 청진시청으로 달려갔었다. 그리고 다시 일본군 나남관구에 전화했었다. 그러나 얻은 결과는 청천벽력 같은 무지와 무모뿐이었다. 그는 낙담하였다. '아, 이 불쌍하고 무고한 일본 백성을 어찌할 것인가!' 그는 방황하다가 탈출의 기회를 놓쳤다. 아니, 도망치는 일본인들의 처지를 선택했는지도 모른다. 그래서 오늘 여기 길주초등학교 제1교실 조에서 불침번을 서고 있는 것이다.

가네모토는 마음을 가다듬었다. 못난 일본 관리들이나 일제 군인놈들을 생각하면 무엇하나…. 조선의 촌부들만큼도 정보를 모르는 청진시장이나 나남군관구 고급장교를 연민하면 무슨 소용이 있을 것인가…. 정신을 다시 차린 가네모토는 열심히 교실 주위를 순찰하기 시작하였다.

다음날 3,000여 명의 피난민 중에서 뽑힌 각 집단의 대표자회의가 열렸다. 미즈타니 단장이 사회를 보았다. 기아와 질병 때문에, 가능한 한 신속히 남하하지 않으면 안 된다. 성진을 지나 원산까지 내려가면 경성에 가까워진다. 남으로 내려갈수록 식량 사정도 해결될 수 있으며, 배편이나 기차편도 수월해질 가능성이 높다.

피난민 대열은 일차 목표를 성진으로 잡았다. 이곳에서 성진까지는 약 40킬로이므로, 하루에 평균 12킬로를 도보로 걸을 수 있다고 하면 약 3일 후에는 도착할 것으로 보였다. 그런데 문제가 하나 발생하였다. 중환자들 처리 문제이다.

미즈타니 단장이 말을 꺼낸다.

"지금 무더운 여름철이고 피난 중 위생 상태가 매우 어려워, 설사병이 돌고 있습니다. 무척 어려운 사태입니다. 그보다도 더욱 큰일은 빨리 이곳 북쪽을 빠져나가는 일입니다. 늦어지면 늦어질수록 살아나기 어렵게 됩니다. 어려운 중환자들이 적지 않은데, 이를 어떻게 했으면 좋겠습니까?"

대표 중에서, 자기 부인이 중환자로 누워 있는 나카무라가 손을 들고 말한다.

"여기까지 오는 동안 여러분들의 도움을 받았습니다. 모진 목숨 죽지 않고 살아올 수 있었던 것은 모두 여러분들의 덕택이었습니다.

이제 와서 무엇을 더 바라겠습니까? 결정에 따르겠습니다. 단장님께서 결단을 내려주시기 바랍니다."

참으로 비장한 말이었다. 장내는 숙연해지기까지 하다. 할 수 있는 방법은 하나밖에 없다는 것을 모두는 잘 알고 있다. 소를 죽이고 대를 살리는 길뿐이다. 버리고 떠나는 방법 이외에는 다른 길이 없다.

미즈타니 단장이 가네모토 기자 얼굴을 쳐다보면서 입을 연다.

"현재 중환자는 23명으로 파악되었습니다. 이들은 부축해서 걸을 수가 없으며, 또 소생할 가망성이 없는 환자들입니다. 만약 의사의 진단이 회복될 수가 있다고 하면, 우리는 들것으로도 운반해서 함께 갈 수 있습니다.

여러분이 잘 아시는 것처럼, 소련 군대가 이미 길주에 진주했습니다. 또한 우리들뿐만 아니라 대규모의 일본인 피난민들이 계속 남하하여 우리의 뒤를 잇고 있는 실정입니다. 소련 군대도 문제지만, 식량의 결핍과 전염병의 유행도 큰 문제입니다. 우리는 살아남기 위해서 이곳을 가능한 한 빨리 빠져나가야 합니다. 그렇지 않으면 우리는 모두 죽습니다. 고국인 일본에 가지도 못하고, 이곳 조선 객지에서 죽을 수밖에 없게 됩니다.

나는 결단을 내리겠습니다. 한 사람도 이의 없이 따라주시기 바랍니다. 23명 중환자는 포기하겠습니다. 이곳에 남겨 두고 가겠습니다. 다만 가족이나 친척 중에서 환자를 돌보기 위하여 남겠다고 하면, 그것은 말리지 않겠습니다. 그리고 각 집단의 대표들은 남아 있을 중환자와 가족들을 위하여, 위로금과 식량을 갹출해서 도와주시기 바랍니다.

이상입니다. 이의가 없으면 즉시 출발하겠습니다."

누구 한 사람 말하는 이가 없다. 모두들 고개를 숙이고 눈물을 흘린다. 부인이 중환자로 떨어지게 된 나카무라 가족은, 마침내 막내아들이 남아서 어머니와 운명을 같이하기로 결정하였다.

이 광경을 목격하고 가네모토는 또다시 한 많은 청진 하늘 쪽을 쳐다보았다. 그는 입술을 깨물었다.

'오만방자하고 천치 같은 자식들만 아니었더라면 이 같은 비극은 막을 수 있었을 텐데….'

피난민 대열이 길주초등학교를 떠난 것은 오후 4시가 좀 넘어서였다. 3,000여명의 대인원이었지만, 잘 훈련된 병사같이 신속하게 출발했다. 관통해서 지나가기 위하여 길주 시내로 들어섰다. 어느 사이에 알려졌는지, 많은 조선인들이 길가에 나와서 지나가는 피난민 대열을 구경하고 있었다. 길가에 하얀 물결이 굽이치는 듯이 보였다.

고개를 떨구고 지나가던 일본인 피난민들이 커다란 소리에 놀라 갑자기 고개를 들었다.

"대한독립 만세! 대한제국 만세!"

조선 민중들이 만세를 부르고 있다. 서로 얼싸안고 춤을 추고 있다. 덩실덩실 돌아가며 춤을 추고 있다. 길가 담벼락에는 수많은 벽보가 나붙어 있었다.

"격퇴! 일본제국주의!"

"일본 패망! 일어나라 조선 동포여!"

"동양의 흡혈귀, 일본의 철고리는 절단되었다. 대한동포여, 단결하라!"

"소련은 승리했다! 스탈린 대원수 만세!"

그날 밤늦게, 일행은 길주를 벗어나 산기슭에서 노숙하였다. 다음날 새벽 3시에 기상하여 다시 일제히 걸어 나가기 시작하였다. 폭염이 무서운 여름이었기 때문에, 일본 피난민 대열은 새벽과 저녁에 주로 행군할 수밖에 없었다.

아침이 되자 일행의 선두가 학동천의 강변에 도착할 수 있었다. 생각보다는 빠르게 도달하였다. 마침 여러 날 비가 오지 않아서인지, 강기슭에는 백사장이 넓게 펴져 있었다. 더욱이 그 부근에는 방수림도 들어차서 시원한 그늘이 넓게 드리워졌다. 일행은 그곳에서 아침식사를 하기로 결정하고, 모두 강변 백사장으로 내려갔다.

가네모토는 단장 및 대표들과 함께 강변에서 다시 도로로 나와, 그 옆에 도로와 평행선으로 달리고 있는 철길로 올라섰다. 혹시 낙오자가 없는가를 살피고, 진행 방향의 지형지물을 정찰하기 위한 때문이다.

자기들이 지나온 길주 쪽에서 많은 사람들이 열을 지어 이쪽으로 오고 있었다. 가까이 다가오자 윤곽이 점점 드러났다. 자기네와 같은 처지에 있는 또 다른 일본인 피난민들이다. 500명 남짓한 것으로 보인다. 지나가는 피난민 일행을 통하여, 나진과 웅기 지역에서 남하하는 일본 민간인들이라는 것을 알았다.

웅기 피난민들도 지친 듯이 이곳저곳을 훑어보다가 결국 강변 백사장 쪽으로 내려가 자리를 잡기 시작하였다. 웅기 피난민 일행을 유심히 살펴보던 가네모토 기자는 소스라치게 놀랐다. 그 피난민 일행 중에 가네모토가 알고 있는 낯익은 사람이 있었다. 뜻밖의 그 인물은 우메다였다. 우메다는 일제가 패망하기 직전까지 웅기경찰서장이었다. 갈색 양복을 후줄근하게 입고 있다. 그러나 둥글고 땅딸막하고 비대한 몸집은 그대로이다. 가네모또는 우메다 경찰서장을 알아보았지만, 그러나 우메다는 가네모토 기자를 알아보지 못하고 있다. 그만큼 웅기나 길주 같은 함경북도 지역에서 우메다는 유명한 일본제국주의의 간판이었던 것이다.

가네모토는 직업적인 예리한 의식이 머리를 스쳐간다.

'저 사람이 어떻게 무사히 여기까지 올 수 있었을까? 도대체 왜 일찍이 위험 지역을 빠져나가지 않고, 이렇게 늦게서야 일제시대 자기가 누비고 다녔던 길을 피난민 무리 속에 섞여 지나가고 있는 것일까?'

"우메다야말로 일본제국 경찰의 표본이다."라고 조선이 떠들썩하면서, 우메다는 함격북도 명천군 화대파출소 소장에서 일약 명천경찰서장으로 특진되었다. 미나미 총독은 일제 최초로 우메다에게 경찰관 공로훈장까지 수여하였다.

우메다 순경은 민첩하지는 못했지만 열정과 수완이 있었다. 명천경찰서 화대지서 주임으로 부임한 우메다는 '일본의 충실한 개'가 되기로 결심했다. 함경북도 동해안 일원에는 조선 독립군들이 자주 출몰하였다. 산악지대이면서도 바다와 면해 있는 지형 조건 때문에, 북간도나 연해주에서 활동하는 독립투사들이 배를 타고 이 지방으로 자주 드나들었다. 조선 동북지역의 침투 거점이었다.

지서의 주임이 된 우메다는, 미나미 조선총독을 대신해서 이들 '불령선인(不逞鮮人)' 무리를 일망타진하기 위해 불철주야 노력하였다. 우메다는 이들 독립투사들이 지역 거점에 뿌리를 내리지 못하게 하기 위하여, 그들을 지역 주민들과 차단시키는 데에 주력했다. 그 차단 명분과 방법으로서, 우메다는 독립투사들을 공산당 빨갱이로 몰아붙였다. 그러면서 일제에 협조하는 지주들에게는 지역 유지로 대우하며 최대의 지원을 아끼지 않았다. 그 결과, 명천 과 길주, 성진 일대에는 독립군 탄압이 아니라 '공산당 소탕'이라는 작전이 큰 성공을 거두어, 독립투사들의 발길이 사라지게 되었다.

조선총독부는 우메다가 창안한 '공산분자 소탕'이라는 새로운 수법의 선전성과 효과성을 크게 인정하였다. 미나미 총독은 전국 경찰에, 특히 조선독립 투사들의 활동 무대인 북조선 지역의 경찰들에게, 미나미 수법을 조선독립 투쟁을 말소할 수 있는 새로운 교본(教本)으로 보급하였다. 그리고 논공행상의 본보기로서, 우메다 지서주임을 단번에 여러 단계 특진시켜 일약 경찰서장으로 영전시켰다. 그리고 다시, 1945년 나진과 웅기 지역이 전쟁물자 수송항구로 중요성이 높아지자, 이 충실한 '제국의 주구(走狗)'를 웅기경찰서장으로 기용했던 것이다. 우메다야말로 일제 경찰이 개발한 '신병기의 표본'임에 틀림없었다.

가네모토 기자는 유명한 우메다 경찰서장을 먼발치에서 한번 보았을 뿐이다. 언제인가, 조선총독부 고관 일행과 조선 각 도의 치안상태를 취재하러 다닐 때, 우메다라는 실물 경찰을 목격할 수 있었다. 그때 우메다는 자신감에 차 있는 영웅같이 보였다.

그러한 우메다가 지금 저렇게 흉측스런 몰골이 되어, 초라한 모습으로 강변 백사장으로 내려가고 있다. 비록 수천 명의 일본인 피난민 대열 속에 파묻혀 있긴 하지만, 이곳 길주 성진 지역에 나다닌다는 것은 매우 위험해 보였다.

가네모토 기자가 우메다의 옛날 행적을 회상하면서 걱정하고 있을 때이다. 먼 곳에서 차 소리가 나면서, 길주 방면으로부터 많은 수의 군인들이 이쪽으로 오고 있다. 그들은 다리 위에 차를 세우더니 모두 내려서 가로수 그늘 아래 도열해 앉았다. 소련군과 보안대원으로 보이는 조선 청년들이 섞여 있는 부대 같았다.

부대원 중에서 10여 명의 군인과 빨간 드레스를 입은 두 명의 여자가 앞으로 나선다. 아코디온과 하모니카의 합주 아래 노래가 시작되고, 박자에 맞추어 병사들이 손뼉을 친다. 앞에 나온 10여 명의 남자 군인들이 원을 그리며 빙빙 돌고, 그 안에서 두 명의 여자가 춤을 추기 시작한다. 아마도 소련 진주군의 선무부대(宣撫部隊)인 모양이다.

그러는 동안, 일단의 군인들이 총을 메고 강변으로 내려왔다. 조선 사람 보안대원들이었다. 미즈타니와 가네모토 등 청진 피난민 대표들이 재빠르게 그들에게 다가가서 인사를 하고 사정을 보고하였다. 그들은 피난민 속을 순찰하면서 수상한 남자들을 심문하였다. 그때마다 미즈타니 대표가 부연 설명을 해 주었다. 청진 피난민은 무사히 넘어갔다.

이윽고 몇 사람의 남자 일행과 같이 우메다가 앉아 있는 곳에서 발을 멈춘다. 보안대원들이 강변으로 내려올 때부터 우메다는 계속 머리를 숙이고 있었다. 보안대장으로 보이는 키 큰 청년이 우메다를 발로 건드리면서 말한다.

"고개를 들어라. 어디서 왔느냐?"

우메다 옆에 앉아 있던 일본인이 벌떡 일어서면서 대답한다.

"웅기에서 왔습니다."

보안대원이 우메다를 가리키면서 다시 묻는다.

"당신은 왜 대답이 없는가? 이름이 무엇인가? 웅기에서는 무슨 일을 했나?"

"부두 하역회사에서 행정을 담당했습니다."

우메다가 겁에 질린 목소리로 중얼거린다.

한동안 보안대원이 우메다를 뚫어지게 노려보았다. 보안대장으로 보이는 키 큰 청년이 갑자기 큰소리로 다시 묻는다.

"네 이름이 무엇인가? 바른대로 대지 않으면 이 자리에서 죽인다!"

어깨에 메고 있던 총을 내려 잡고, 총부리를 우메다에게 겨눈다.

우메다는 벌벌 떨면서 대답한다.

"우메다입니다."

보안대원들의 눈이 빛났다. 키 큰 보안대원이 옆에 있는 동료 보안대원에게 조선말로 지시했다. 부하인 듯한 그는 쏜살같이 다리 쪽으로 뛰어갔다. 곧 이어서 10여 명의 보안대원들이 우르르 강변으로 내려온다. 그들은 즉시 우메다와 그 일행으로 보이는 남자 세 명을 에워쌌다. 키 큰 보안대원이 소리친다.

"우메다! 너는 명천경찰서장을 지내다가 웅기경찰서로 간 우메다가 맞지?"

"예, 그렇습니다."

그러자 보안대원 하나가 총 개머리판으로 우메다의 이마를 후려친다. 머리가 깨지면서 우메다의 이마에서 피가 흘렀다. 우메다 옆에 있던 일본인 일행 남자가 반항하려는 듯이 앞으로 나섰다.

그 순간 키 큰 보안대원이 일본 남자의 다리를 향하여 총을 쏘았다. 계속 몇 발을 쏘았다. 일본 남자는 허벅지에 총을 맞고 그 자리에 쓰러진다.

총소리가 나자 노랫소리가 그치고 모든 병사들이 강변 쪽을 응시하였다. 일단의 보안대원들이 강변 백사장으로 달려왔다. 강변 백사장이 공포에 휩싸이게 되었다. 겁에 질린 피난민들은 정신이 나간 듯 모두 고개를 숙이고 숨을 죽였다. 보안대장이 뒤로 돌아서서 청진 피난민들을 향하여 큰소리로 말한다.

"여러분, 놀라지 마십시오. 우리는 절대 피난하는 일본인들을 해치지 않습니다. 이것은 조선자치위원회와 소련군의 확고한 방침입니다. 여기 붙잡힌 우메다는 우리 조선 청년들을 수백 명, 아니 수천 명 죽인 원수입니다. 우메다는 이 고장 화대와 명천에서, 그리고 얼마 전에는 웅기에서 경찰서장을 지내고 있던 자입니다. 자치위원회와 소련군은 벌써 일본 경찰과 일본군의 자수를 권고해 왔습니다.

더욱이 이 우메다라는 자는 일제 치하 경찰 중에서도 가장 악질이었습니다. 조선의 무고한 청년들을 공산당 빨갱이로 몰아서 마구 처형했습니다. 수많은 불쌍한 조선 백성들이, 이 우메다란 인간 때문에 자식을 잃고 남편을 여의였으며, 아버지를 떠나보냈습니다.

이 우메다라는 자는 힘없는 명주 성진 지역의 조선 사람들에게 한 많은 슬픔을 안겨 주었습니다. 그 공로로 이 악질은 특진을 하고 훈장을 받으면서 호의호식하고 출세가도를 달려 왔습니다."

그때였다. 보안대원들을 쫓아서 강변으로 달려온 많은 조선 사람들이 있었다. 소련군 선무부대의 공연을 구경하려고 와있던 가까운 지역 주민들이다. 우메다라는 소리를 듣고, 할머니 한 분이 지팡이를 쳐들고 우메다를 패기 시작한다.

"네 놈이 아직 죽지 않고 살아 있었느냐? 이 개자식아! 이 웬수야!"

할머니가 미친 듯이 우메다를 때렸다. 연설하던 보안대장이 돌아서서 할머니를 알아보고 말린다. 우메다의 얼굴이 피로 범벅이 되었다. 보안대장이 다시 말을 계속한다.

"여러분, 이 할머니를 이해해 주시기 바랍니다. 이 할머니의 아들이 우메다에게 살해당했습니다. 경성제국대학을 다니던 훌륭한 청년이었는데, 우메다에게 빨갱이라고 붙들려가 경찰서에서 고문을 당하고 죽었습니다.

피난민 여러분, 우리는 여러분의 대표자이며 저기에 서 계신 미즈타니 선생으로부터 어려운 사정을 잘 들어 알고 있습니다. 우리는 죄 없는 일본인들을 도울 것입니다. 여러분들이 어서 빨리 고국인 일본 본토로 돌아갈 수 있도록 협조를 다하겠습니다.

그러나 수많은 조선 백성을 살해한 악질 우메다는 우리가 끌고 가겠습니다. 충분히 조사한 후에, 조선 사람이 받은 만큼 처벌을 하겠습니다."

우메다와 그 부하같이 보이는 일본 사람 세 명을 앞세운 보안대원들이 강변을 올라가고 있었다. 놀란 가슴을 진정하면서 우메다 일행의 뒷모습을 바라보는 가네모토의 가슴에는 만감이 교차되었다. 허리에는 칼을 차고 가슴에는 훈장을 달고 조선 사람들을 호령하던 우메다가, 오늘 이러한 운명에 처하리라고 누가 생각했었을까….

나라가 망하여 조선 땅에서 도망치는 일본 피난민들에게, 패전의 고통이 현실로 쏟아져 내리고 있었다.

5. 지리산의 새벽

(1)

푸른 바다 저 끝에서 커다란 불덩어리가 솟아올랐다. 이글거리며 타오르는 불덩어리가 태양처럼 주위를 환하게 밝혀주면서 수평선에서 치솟았다. 하늘 끝까지 올라가더니 다시 내려오기 시작하였다.

육지가 나타났다. 섬으로 보였다. 해안선을 따라서 건물이 총총하고 사람들이 우글거리는 것을 보니, 큰 도회지인 듯싶다. 섬나라 일본의 어느 항구 도시인 것 같다.

하늘 전체를 집어삼킬 듯 타고 있던 불덩어리가 이 항구 도시 위로 낙하하고 있다. 무서운 속도로 떨어지고 있다. 무시무시한 불벼락이 도시 위를 뒤덮는 순간, 엄청난 폭음과 함께 항구 도시는 화염에 휩싸여 사라져 버렸다.

도시를 불태우며 타오르는 화염 속에, 갑자기 아버님이 나타나셨다. 평소와 같이 인자한 모습으로 용완이를 바라보고 웃으시면서 손을 흔들고 계셨다. 곧 아버님은 불꽃과 함께 점점 하늘 높이 올라가시더니, 마침내 하늘 너머로 사라지셨다.

"아, 아버님!"

얼마나 그리운 아버님이신가…. 고향을 떠나온 이후 한 번도 뵙지 못하고, 꿈속에서나마 보고 싶었던 아버님이 아니신가….

"아버님, 아, 아버님. 용완이입니다. 어디로 가십니까? 제가 여기 있습니다. 저는 죽지 않고 살아서 이렇게 지내고 있습니다. 아, 아버님. 어디로 가십니까…?"

안타까워 멀어지는 아버지를 쫓아가며 손을 흔들던 김용완은 벌떡 일어났다. 소리를 지르며 일어난 용완이가 정신을 차렸다. 놀라 깨어보니 한마당 꿈이었다.

꿈에서 깨어난 용완이의 얼굴에는 눈물이 흥건하다. 이마와 얼굴은 땀으로 젖어 있다. 주위는 고요하고, 옆을 보니 토굴 속에서 대원들은 고요히 잠을 자고 있다. 급히 시계를 들여다보니 새벽 다섯 시가 되고 있다.

'아, 이게 무슨 꿈인가? 이 무슨 불길한 징조인가….'

불안과 근심이 용완이를 엄습하였다. 멍하니 천장을 쳐다보며 아버지와 어머니, 고향을 생각하니 그리움과 서러움이 일시에 폭발하였다. 시대에 대한 원망과 간악한 일제를 향한 증오감이 치솟으며, 용완이는 설움이 복받쳐 울었다. 소리를 죽여 흐느꼈다.

용완이가 학병 징집을 피해 동창들과 이 지리산 골짜기로 도피하여 생활한 지도 어언 일 년이 넘어서고 있다. 그 후 인편에 소식을 들으니, 나이 많으신 아버님이 일제의 성화에 못 이겨 징용에 끌려가셨다고 한다. 면 주재소 직원의 꼬임과 협박에 넘어가서, 용완이 대신이라는 미명으로 징용을 갈 수밖에 없었다는 것이다. 그 말을 듣고 용완이는 얼마나 괴로워했는지 몰랐다.

'차라리 내가 군대에 나갈 것을…. 젊은 나는 도피하고, 나 대신 늙으신 아버님을 끌어가다니! 이 천인공노할 원수 놈들!'

그 이후 김용완은 지리산 칠성봉 밑 대성골에 아지트를 튼 대원들과 함께, 일제를 타도하기 위한 독립투쟁 청년부대를 만들고, 조직과 훈련에 온 힘을 기울였다. 그러면서 간간히 첩보원들을 통하여 마을 소식과, 그리고 할아버지가 꾸려 나가시는 집안 소식을 들어 왔다.

"용완이, 자다 말고 왜 울고 있는가? 무슨 나쁜 꿈이라도 꾸었는가?"

옆에 누워서 자고 있던 박광옥 대원이 깨어나서 김용완에게 물었다. 지리산에서 처음 만난 친구이지만, 건장하고 민첩하여 부대 내에서 신망이 두터운 동지이다.

"별일이 아닐세. 한밤 꿈이 좋지 못한 데다가, 갑자기 그리움이 사무쳐 울지 않을 수 없었네. 잠을 방해해서 미안하네. 다시 자도록 하세."

"지금 몇 시인가?"

"다섯 시가 되고 있어."

박광옥이 부스스 일어나 김용완을 향해서 앉는다.

"무슨 악몽인데 그러나? 이제 조금 있으면 날이 새고 일어나야 하네. 지금 다시 누우면 무엇 하겠나? 그보다는 무슨 꿈인지는 모르겠으나, 산 밑에 내려가서 선생님께 해몽을 여쭈어보는 것이 어떻겠나?"

그 말에 용완이는 정신이 번쩍 들었다. 그렇다. 선생님을 뵙고 꿈 내용을 풀어보는 것도 좋겠다.

“그렇군. 그러면 나는 일어나서 하산할 테니 자네는 이곳에 있다가 대원들이 물으면 내가 선생님을 뵙고 온다고 말해 주게.”

“아닐세. 시간이 충분하니까 나도 같이 가겠네. 빨리 다녀오면 대원들이 찾기 전에 돌아올 수 있겠지.”

김용완과 박광옥이 토굴 아지트를 나와 하산하기 시작했다.

지리산 산자락에 먼동이 트면서 날이 밝아 오고 있다. 깊은 산속인지라 해가 긴 8월이라도 새벽에는 운무에 가려 어둠이 짙게 깔린다. 금방이라도 산짐승이 튀어나올 듯한 울창한 나무숲을 헤치고 두어 마장 지나자, 저 밑에 선생님이 계시는 암자가 어슴푸레 보였다.

“선생님께서 일어나셨을까? ”

김용완이 염려가 되는지 중얼거린다.

“무슨 얘기인가…. 벌써 일어나셔서 참선을 하고 계시겠네.”

박광옥이 자신 있다는 듯이 되받는다.

얼마 후 두 사람이 암자의 사립문을 열고 들어섰다. 불 켜진 법당에서 선생님의 인기척이 흘러나왔다.

“누구이신가…. 혹시 반가운 우리 대원들이 아니신가?

어서들 들어오시게.”

김용완, 박광옥 두 대원이 조용히 법당에 들어서면서, 선생님 앞에 엎드려 공손히 절을 올렸다. 이 암자의 주인이며 두 대원의 선생님이신 남천선사(南天禪師)는 벌써 아침 예불을 마치고, 이제 참선할 자리에 있었다.

남천선사는 무릎 꿇고 앉아 있는 김용완을 그윽한 눈으로 바라보았다.

"이른 새벽에 무슨 급한 일이 있어서 내려왔는가? 용완이의 얼굴에 수심이 가득하고 눈물 자국이 있는 것을 보니, 무슨 일이 있었나?"

김용완이 서두를 찾지 못하고 잠시 머뭇거린다.

"여보게 용완이. 간밤에 무슨 흉몽이라도 꾸었는가? 어디 말해 보게. 내가 잘 해몽을 해 주지. 천지에는 변화가 무쌍하고 인간 세상에는 길흉화복이 조석변(朝夕變)으로 겹치고 있네. 걱정하지 말고 털어놔 보게. 혹시 알겠나? 흉몽이 또 길조로 변할는지…."

김용완은 선생님 말씀에 기운이 들어, 새벽의 꿈 내용을 소상히 말씀드렸다. 같이 동행한 박광옥도 용완이의 꿈 이야기를 비로소 들었다. 참으로 알 수 없는 징조인지라, 선생님의 해몽이 어떻게 풀려나올지 궁금하였다.

남천선사는 한동안 눈을 감은 채 참선 속에 잠기는 듯하다. 얼마 후 남천선사는 눈을 뜨고, 김용완의 사주(四柱)를 찾고 일진(日辰)을 읽었다. 이어서 팔괘(八卦)를 풀고 육갑(六甲)을 짚었다.

남천선사가 입을 연다.

"참으로 영험한 꿈이로고! 흉조와 길조가 다같이 겹쳐 나왔군. 화광이 하늘을 비추는 큰 불이니 이는 빛광(光) 자로 광(廣) 자를 의미할 수도 있으며, 떨어진 곳이 일본의 해안 가이니 이는 일본의 상징인 섬도(島) 자를 뜻할 수도 있네. 결국 모으면 광도(廣島), 곧 일본의 히로시마 도시가 되는군. 용완이 자네의 아버님이 일본의 히로시마 군수

공장에서 징용을 사신다고 하지 않았는가?

그렇다면 일본 히로시마 도시에 큰 폭발이 터져서 엄청난 변이 발생했다고 풀이될 수 있네. 용완이의 아버님이 큰 불을 따라 하늘로 사라지셨다면, 아버님의 신상에 흉사가 발생한 것으로 생각되는군. 이는 오히려 용완이의 아버님께서 히로시마의 큰 불을 불러오셔서 잔악한 일제에 최후의 타격을 주시는 것으로도 풀이될 수 있네."

김용완은 한동안 넋을 잃었다. 선생님의 예언은 거의 적중하였으며, 선생님의 말씀은 언제나 앞일을 맞혀 왔다. 그래서 산에서 어려운 생활을 하는 대원들은 남천선사를 선생님으로, 교수님으로, 또 자상하고 엄격한 대장님으로 존경하며 따르고 있었다.

남천 선생님의 해몽에 의하면, 아버님은 히로시마 사태로 돌아가셨다는 말씀이며, 그러나 그 큰 변으로 인하여 일제는 이제 망하고 만다는 예언이 아닌가!

고요한 새벽 법당에 남천선사의 단호한 지시가 떨어진다.

"김용완, 박광옥 두 사람은 지금 산에 올라가서, 모든 대원들이 비상사태에 들도록 알려주게. 오늘 밤, 내가 산채로 나갈 테니 모든 대원들은 빠짐없이 모여서 대책을 협의해야 한다고 하게.

그리고 김용완 군은 첩보방송 청취를 담당하는 배희범 대원에게 지금부터 미국 단파방송을 주의 깊게 듣고 빠짐없이 기록, 보고하도록 지시하게. 내가 각별히 당부한다고 일러 주게. 나는 곧 동네 우리 사람들에게 지시하여, 하동이나 진주에서 일어나고 있는 새로운 움직임을 예의 주시하도록 하겠네. 그러면 어서 산에 오르도록 하게."

두 사람은 급히 법당을 나갔다. 바람같이 산으로, 대원들이 기다리는 산채로 뛰어올랐다. 히로시마의 원자폭탄 투하 사태는 이곳 지리산의 험준한 계곡에서도 급박한 정황을 만들어 내고 있었다.

(2)

남천선사의 본명은 남상천(南相天)이고, 스스로 호를 남천(南天)이라고 불렀다. 경상도 진주에서 부농의 둘째로 태어난 남상천은 어려서부터 동네에서 신동으로 소문이 자자했다.

아버지는 어린 신동 남상천에 대하여 정성을 쏟으면서 큰 기대를 걸었다. 아버지는 자기 가문이 영양 남씨(南氏)로서, 450여 년 전 조선조 초엽에 천문 역학 지리학자로서 일세를 풍미한 격암(格菴) 남사고(南師古)의 14대 직계 자손임을 자랑스러워하였다. 집안에 내려오는 남사고 어른의 문집이나 비결록(祕訣錄), 그리고 희귀한 고서적들을 많이 수집하고 정성들여 소장하여 왔으며, 어린 남사고에게 이를 가문의 전통으로 삼도록 훈육하여 왔다.

남상천은 중학교를 마치고 부친의 뜻에 따라서 일본에 유학하였다. 그는 일본에서도 수재들만 모인다고 하는 동경사범학교에 무난히 합격하여, 조선에, 그리고 고향 진주에 재주를 떨쳤다. 그것도 시대의 각광을 받기 시작한 영어과였다.

남상천이 이곳 지리산 칠성봉 아래 대성골 깊은 계곡에 자리를 튼 것은, 그가 동경사범학교 영문과를 마친 다음해 봄이다. 20대 중반의 젊은 나이였다. 일제가 미국의 해군기지 진주만을 기습함으로써 태평양전쟁이 발발하자, 남상천은 대학에서의 교사 발령을 마다하고 그해 말 즉시 조선으로 돌아왔다. 겨울을 진해 고향집에서 나고, 해동이 되자 이른 봄 일우정사(一愚精舍)의 암자에 터를 잡고 들어앉았다. 일우대사의 말씀에 따라 아예 머리를 깎았다.

남보다 총명한 남상천 소년은 동경에서의 학구생활을 통하여 우국청년으로 성장하였다. 영어영문학을 통하여 만나게 된 서양 문화는 우국청년 남상천을 드넓은 세계로 안내하였다. 독일 게르만 민족의 흥망사는 남상천에게 현대 민족주의를 가르쳐 주었고, 대영제국주의 팽창사는 남상천에게 국가 발전의 중요성을 일깨워 주었으며, 미국 문화에 대한 존경심은 남상천에게 민주주의와 인권의 가치를 심어주었다.

우국지사로 크게 자란 남상천은 옹색하고 치졸한 일본 문화의 모순에 실망하고 일제의 잔악상에 저항하였다. 그는 특히 조선인에 대한 일본인의 멸시에 분개했다. 내선일체(內鮮一體) 동조동근(同祖同根)이라는 선전은 침략을 합리화하고 효율화하기 위한 사기에 불과함을 깊이 절감하였다.

가문의 전통과 아버지의 엄격한 훈육에서 받은 조상숭배 사상은, 남상천으로 하여금 서양 문물에 대한 호기심과 함께 조선 역사에 심취하도록 만들었다. 푸른 남강에 강낭콩보다도 붉은 '논개(論介)의 일

편단심'이 빛나는 진주가 낳은 천재 소년 남상천이 우국청년으로 자라나고 있던 어느 날, 아버지는 일본 동경에까지 오셔서 집안 대대 가보로 전해 내려오고 있던 많은 서적들을 남상천에게 직접 전해 주셨다. 거기에는 남상천의 15대 선조 남사고 어른이 집필하셨다는 격암유록(格菴遺錄)을 위시한 진귀한 문적과, 그리고 당시 조선 청년들이 흠모하던 단재(丹齋) 신채호(申采浩) 선생의 주옥 같은 글들이 가득하였다. 특히 조선 민족이 태고시대부터 동아시아에서 발전해 온 영혼의 발자취를 기록한 삼성기(三聖記) 단군세기(檀君世記) 태백일사(太白逸史) 등에 대한 필사본 서적은 남상천을 감동시키고도 남음이 있었다.

조선이 낳은 불우한 시대의 총아 남상천은 영어 및 서양 책을 열심히 읽었다. 그는 각오하였다. 동경사범학교에서 일본 학생들을 누르고 서양 문물의 진수를 꿰뚫는 것이 애국애족의 한 길임을. 또한 그는 명심하였다. 조선 역사를 바르게 알고 조상 및 조선 문화에 대한 자존심을 회복하는 것이 조선독립의 백년대계임을.

가을 학기가 끝나고 졸업할 무렵이 되자, 남상천은 전문가 경지에 이를 수 있었다. 조선 역사에 통달하였다. 남사고 조상의 발자취를 더듬어, 천문(天文) 지리(地理) 역학(易學)에도 밝았다. 미국 유럽 등 서양 문화, 그리고 당시 진행되고 있던 제2차세계대전과 국제 정세에도 남다른 식견을 갖게 되었다.

태평양에서 미일전쟁(美日戰爭)이 터지자 남상천은 일본이 망할 것을 예견하였다. 잔악한 일제의 패망이 가까이 왔음을 직감하게 되었다. 남상천은 동경사범학교 졸업을 앞두고, 하늘의 별 따기라는 일제 관부의 교사 발령을 거부했다. 그는 도쿄를 떠났다. 머지않아 징병 징용을 통하여 조선 청년 학도들에 대한 일제의 잔악한 탄압이 예상되었으며, 그에 대한 현명한 피난이 될 수도 있었다.

남상천은 동서양 겸전의 지식을 갖고 중국 상해로 달려가고 싶었다. 망명하여 상해임시정부 김구(金九) 주석을 모시고 독립투쟁을 하고 싶었다. 그 큰일이 자기에게 주어진 민족적 사명임을 깊이 자각하고 있었다. 일제의 패망은 필연적이며, 역술적으로 보아도 그 명이 얼마 남지 않았다. 민족 영광의 장소에서 주인공이 되기를 소망했다. 그러나 당장에는 망명의 길이 보이지 않는다. 좀 더 때를 기다려 보자. 틀림없이 좋은 시기가 도래할 것이다. 이렇게 하여 남상천은 지리산 계곡 일우정사 암자에 은거하게 된 것이다.

일우정사는 조그만 암자에 불과하지만, 남천 스님은 불공을 드리러 절을 찾아오는 불자들에게 지성으로 예불을 올려주었다. 점점 신도들이 늘어갔다. 한학과 역술에 밝은 남천 스님은, 신도들에게 운세(運勢) 사주(四柱) 관상(觀相) 궁합(宮合) 택일(擇日) 작명(作名) 등등 마을 사람들이 원하는 대로 자문에 응해 주었다. 인근 고을에 용한 스님으로 소문이 자자했다. 젊고 잘생긴 스님인 데다가 유명한 동경사범학교를 나와서 학식이 동서고금을 꿰뚫으며 더욱이 역술에 도통했다는 풍문이 퍼지자, 인근 동네뿐만 아니라 멀리 산청과 하동, 그리고 진주에까지 부호 고관들이 들락거렸다. 남천 스님은 이제 남천 도사(道師)로 명성을 날리게 되었다.

지리산 속에 은거한 지 2년여가 되자, 남천 선사는 적지 않은 재물을 모으기에 이르렀다. 남천 선사는 의도적으로 재산을 축적하였다. 역술을 보고 운세를 쳐주면서 거두어들이는 사례금을 저축했다. 신도들의 불공 보시를 곳간에 차곡차곡 저장해 두었다. 중생을 바르게 지도하고 나라를 되찾기 위하여서는 많은 자금이 소요되리라는 것을, 병법에 밝은 남천 선사는 깊이 명심하고 있었다.

남천선사를 믿고 따르는 백성들이 갈수록 늘어 갔다. 힘없는 민중들이 남천선사를 중심으로 모여들면서 그들의 조직이 탄탄해져 갔다. 자기를 따르는 백성들과, 그리고 나라를 생각하는 민중들의 조직을 위해, 남천선사는 저장해 온 재물을 아끼지 않고 썼다. 마침내 남천선사는 하동이나 진주에 이르기까지, 일제의 돌아가는 내막을 소상히 알 수 있는 정보망을 갖출 수 있게 되었다.

1943년 12월은 남천선사에게는 각별한 시절이었다. 카이로 선언으로 국제사회에서 조선독립이 확약되었으며, 또 한편으로는 예상하고 있던 조선인들에 대한 강제 징집 및 징용이 시행되었다. 그 결과 지리산에도 새로운 사태가 발생하기에 이르렀다.

많은 청년들이 험준한 지리산 골짜기에 숨어들었다. 조선과 일본에서 대학을 다니던 학생들이 징병을 피하여 지리산에 모여들었다. 그들은 모두 일본이 머지않아 멸망하고 조국이 해방될 것이라는 희망에 자연스레 뭉쳤다. 그들은 빠짐없이 동병상련의 민족지사가 되었다. 그들은 남천선사 곁으로 자연스럽게 모였다. 남천선사는 그들의 지도자가 되었다. 그리하여 스님이며 도사로 불린 남상천은, 이제 지리산 우국청년들 사이에서 '선생님'으로, '교수님'으로, 그리고 민족 지도자로 존경받기에 이르렀던 것이다.

(3)

김용완과 박광옥이 남천 선생님을 만나고 올라간 그날 밤이었다. 깊고 험한 칠성봉 대성골, 탈출 학병을 중심으로 조직된 독립투쟁 부대원들이 일시에 모여들었다. 동굴같이 조성된 천연요새 산채에는 일렁이는 횃불 아래 200여 명의 우국 젊은이들이 한자리에 앉았다.

스승이며 지도자인 남천선사가 중앙에 마련된 좌석에 자리하자, 즉시 비상회의가 시작되었다. 새벽 법당에서 내려진 남천선사의 말씀에 따라 긴급회의가 소집된 것이다. 남천선사의 개회와 함께 지시가 떨어졌다.

"배영희 군. 오늘 수집된 주요 첩보 내용을 정리해 보고하시오."

"예. 알겠습니다."

배영희 대원이 일어서서 준비된 보고서를 보며 침착하게 설명해 나갔다. 캄캄한 산채에는 긴장이 감돌았다.

"어제 아침, 곧 지난 8월 6일 8시경, 일본 중부 항구 도시인 히로시마에 미국 B29폭격기가 신형 폭탄 한 발을 투하 폭발시켰습니다. 이 폭탄은 엄청난 위력을 가진 무서운 무기였습니다. 이 폭탄 한 발로 히로시마 도시 전체가 사라졌으며, 주민은 거의 전멸했다고 합니다. 미국의 주장에 의하면, 이 신형 폭탄이 지금까지의 전쟁의 양상을 혁명적으로 바꾸어 놓을 정도라고 합니다.

이 신형 폭탄을 투하한 뒤에, 미국은 즉시 일제에 대하여 무조건 항복을 요구하였습니다. 더욱 중요한 사실은 오늘 새벽 미국의 트루먼 대통령이 라디오방송에 직접 나와서, 만약 일본이 무조건 항복을 하지 않는다면 미국은 이 가공할 신형 폭탄을 일본의 심장부에 계속 투하할 것이라고 선언하였습니다.

미국 대통령의 선언은 협박이 아닌 것으로 보입니다. 아마도 잔악한 일제에 대한 최후통첩으로 보입니다. 일제가 멸망이냐 항복이냐의 마지막 기로에 직면한 것으로 생각됩니다."

엄청난 뉴스였다. 참으로 경천동지할 보고였다. 삼천만 조선 민족을 구원하는 생명의 소식이었다.

"와···!"

함성이 일었다.

"조선독립 만세···!"

누가 먼저랄 것 없이 만세 소리가 산채를 뒤흔들었다.

깊은 밤중에 소란스러운 함성이 걱정이라도 되는 듯이, 남천선사가 손을 들면서 천천히 일어섰다. 그의 눈엔 눈물이 고였다.

"지리산 독립투쟁 대원들! 조국의 독립을 위하여 청춘을 불살라 온 동지들!

잠시 진정하기 바라오. 내가 좀 더 자세히 첩보 내용과 전쟁 상황을 정리해서 대원들에게 말씀드릴까 합니다. 우리는 사태를 냉정히 분석하고 정세를 정확하게 파악해야 합니다. 그리고 그에 합당한 우리의 준비 태세를 확고히 견지해야 합니다."

남천선사가 잠시 말을 멈추고 좌중을 돌아보며 숨을 조절한다.

"이번 히로시마에 투하된 신형 폭탄은 상상을 초월하는 가공할 신병기임에 틀림이 없습니다. 방금 배영환 동지가 수집 보고한 대로, 미국이 신형 폭탄을 던지고 일제에게 무조건 항복을 요구한 것이라든가, 또한 미국 대통령이 직접 육성으로 일본에게 최후통첩을 가한 것은 미국의 말 그대로 정말 혁명적인 사건입니다.

내 생각에 일제는 이 신형 폭탄이 아니더라도 곧 멸망할 수밖에 없었습니다. 금년 3월 유황도에서 일본제국 군대의 정예부대가 미군에게 전멸당했습니다. 다음 4월에는 전략 요충지인 오키나와가 미군에게 넘어갔습니다. 우리 대원들 모두가 잘 알고 있듯이, 독일 총통 히틀러가 자살하고 5월 7일에는 저 잔악한 나치독일이 무조건 항복하고 말았습니다.

이제 남은 것은 일본 하나밖에 없게 되었습니다. 그 일본마저도 만신창이가 되었습니다. 일본은 재기가 불가능한 상태입니다. 지난 3월 10일만 해도 국제적으로 얼마나 망신을 당했습니까? 일제가 자랑하는 소위 육군 기념일에, 미국 B29폭격기 수백 대가 대낮부터 하루종일 일제의 수도인 도쿄를 폭격하여 10여만 명이 폭사하였습니다.

들리는 첩보에 의하면, 금년 말에는 미군이 일본 본토에 상륙하게 되어 있었다고 합니다. 그것이 이번의 신형 폭탄 폭발 사태로 인하여 앞당겨지게 되었을 뿐입니다. 곧 일본은 망할 것으로 보입니다."

극도의 긴장 속에서 잠시 침묵이 흘렀다. 김용완이 손을 들고 일어선다.

"선생님. 신형 폭탄이 몇 발 투하된다고 해서 잔인한 일본 놈들이 쉽게 무조건 항복을 할까요?"

"내가 평소에도 여러 동지들에게 자주 말했습니다. 개인이나 국가나 세 가지 독(毒)이 가장 무서운 것입니다. 불가(佛家)에서 금기하는 삼독(三毒)이 바로 그것입니다.

첫째는 탐욕(貪慾)입니다. 일제는 탐욕으로 망합니다. 일거에 조선, 만주, 중국, 동남아시아를 집어삼키려는 끝없는 탐욕 말입니다. 둘째는 진에(瞋恚), 곧 화를 내는 표독한 성격입니다. 일제는 그 표독한 성격으로 인하여, 참지를 못하고 전세계와 싸우고 있습니다. 셋째는 치암(痴暗), 곧 어리석음입니다. 일제는 어리석게도 중국과 영국, 미국, 그리고 소련 등 세계 강대국들과 한꺼번에 싸우고 있습니다. 이러하니 잔악한 일제가 망하지 않고 견디겠습니까? 다만 시간 문제일 뿐입니다."

남천 선생님의 지적이 단순 명쾌하다. 평이하면서도 송곳처럼 날카롭기 그지없다. 오늘 보고를 담당한 배희범 대원이 질문한다.

"일본 사람들은 잔인합니다. 제가 방송을 청취해 온 바에 의하면, 일본 군대는 최후의 옥쇄를 부르짖고 있습니다. 선생님. 그러한 집단들이 신형폭탄 몇 발이 무서워서 손을 들겠습니까?"

어려운 질문이다. 또한 이러한 일본 군대의 옥쇄정신으로 미국 등 연합군이 큰 고통을 받아오고 있는 것은 사실이다.

"예리한 문제점을 지적했습니다. 우리가 색다른 시각에서 보면 이 문제도 풀립니다. 그것은 새로운 세계 정세의 안목입니다.

대원 여러분, 눈을 돌려 북쪽을 봅시다. 거기에는 시베리아 대륙에 거대한 소련이 웅크리고 있습니다. 잘 알려진 북극의 붉은 곰입니다. 철혈독재자 스탈린이 호시탐탐 기회만 노리고 있습니다.

구라파에서 독일을 격파한 소련 적군이 그대로 해산했겠습니까? 아닙니다. 무진장한 전리품이 동아시아에 널려 있습니다. 스탈린 소비에트제국은 이 전리품을 차지하려고 물밀 듯이 쳐내려올 것입니다. 미국에 빼기지 않으려고 말입니다."

남천선사는 지리산 대원들에게 교수님으로 불린다. 교수님이 대학생들에게 국제정치학을 강의하듯이 자상하게 설명한다.

"여러분은 노일전쟁을 잘 알고 있지 않습니까? 러시아 소련은 그때의 원한을 잊지 않고 있습니다. 특히 동아시아의 전리품은 일본을 죽여야 차지하게 되어 있는 것입니다. 그렇다면 자명한 사실이 아닙니까? 미국이 신형 폭탄을 투하하여 다 죽게 된 일본을, 스탈린이 그냥 보고만 있겠습니까?

곧 소련이 대일전쟁에 참여할 것입니다. 이것은 일본의 식자나 정치인 들이 제일 두려워하는 사태입니다. 더욱이 스탈린 붉은 군대의 잔인성은 세계에 소문이 자자합니다. 제아무리 잔인한 일제라 하더라도 소련 적군에게는 당하지 못합니다. 무자비한 잔인성에서 말입니다. 남쪽에서 미군이 상륙하고 신형 폭탄이 터지면서, 또 다시 북쪽에서 소련 붉은 군대가 남하하면 일제는 멸망입니다.

일본이 그나마 나라 이름이나 민족의 명맥만이라도 유지하려면, 즉시 항복하는 길밖에 무슨 다른 방도가 있을 수 있겠습니까?"

"아…!"

200여 명 부대원들의 탄성이 한꺼번에 흘러나온다. 남천 교수님의 강의를 듣고서야 손에 쥘 듯이 일제의 종말을 깨닫게 되었다. 조선의 자주독립을 확신하게 된 것이다. 그날 밤 회의에서는 두 가지 결의를 다졌다.

하나는, 일제의 최후 발악에 대한 대비 태세이다. 이를 위하여 지리산 독립투쟁 대원들은 무장을 갖추고 출동 태세에 돌입했다. 만약 비상사태가 발생하여 일제가 무고한 양민을 학살하면, 지리산 부대가 하동이나 진주의 경찰서 등을 급습하여 무기를 탈취하고 시민과 함께 시가전이나 게릴라전을 전개한다는 작전이다.

다른 하나는, 조선 민중들에게 신형 폭탄 투하 사실과 목전에 다다른 일제 패망의 사태를 알리는 일이다. 그렇게 함으로써, 더 큰 희생 없이 해방을 맞이할 수 있도록 하자는 것이다. 이 작전은 남천선사가 신도 조직을 동원하여 실행하기로 하였다.

(4)

남천선사의 신도회(信徒會)는 잘 조직되어 있었다. 평소에서부터 이러한 비상시국에 대비하여, 불심(佛心)이 토양이 되고 애국심으로 무장되어 애경사(哀慶事)의 상부상조 협동정신 아래 비밀리에 철저히 단결되어 있었다. 남천선사는 신도회 조직을 위해서라면 재물을 아끼지 않았다. 남천선사의 말 한마디에 따라 신도회 조직이 일사불란하게 움직여 나갔다.

남천선사는 특히 가난하고 천대받는 불쌍한 농민 서민들에게 정성을 다했다. 가혹한 일제 치하에서 수탈당하고 빼앗기고 헐벗는 백성들을 위하여, 남천선사는 의술과 침술 등을 익혀서 아프고 괴로운 곳을 치료해 주었다. 인술(仁術)은 상술(商術)을 넘어 효험이 소문으로 전파되면서, 인근 각지에서 어려운 중생들뿐만 아니라 돈 많고 힘센 사람들까지 찾아들었다. 이제 비상시국이 되자 인술로 맺어진 인연들이 커다란 힘을 발휘하게 된 것이다.

인근 지역에 소문이 퍼지기 시작했다. 대성리, 중산리, 화개, 청암, 시천, 하동, 산청, 그리고 진주에까지 삽시간에 일제가 망하게 되었다는 낭보가 바람을 타고 흩어져 나갔다. 동시에 점조직으로 구성된 남천선사의 신도나 의술 수혜자들이 정탐원이 되어서, 군청, 면사무소, 경찰서, 지서나 유력자들 사이에 일어나고 있는 변화를 빠지지 않고 주워 담고 있었다.

그로부터 이틀이 지나서였다. 해가 지고 지척을 분간할 수 없는 초저녁 밤이 되었다. 인기척이 소란하면서, 서너 명의 장한들이 일우정사 사립문을 밀고 들어섰다. 그들은 마당에 나섰던 공양주보살의 뒤를 따라서 법당으로 안내되었다.

"스님, 인사 올리겠습니다. 진주군청에서 군수를 모시고 있는 김장문이라고 합니다. 이렇게 밤늦게 찾아뵈어 죄송스럽습니다."

"스님, 문안 여쭙겠습니다. 저는 진주에서 치안을 담당하고 있는 조선인 순사 이병훈이라고 합니다. 얼마 전 저희들의 사모님께서 스님을 방문했을 때 모시고 따라온 일이 있었습니다.

윗분의 부탁으로 몇 가지 여쭈어 볼 말씀이 있어서 이렇게 동행하였습니다. 용서하시기 바랍니다."

남천선사가 좌중을 보니 모두 네 사람이다. 인사를 하는 둘 말고 뒤에 서 있는 두 사람은 아마 길 안내나 호위로 온 부하들인 모양이다.

"먼 길에 수고하셨습니다. 깊은 산에 해가 지면 곧 캄캄함 법이니, 이제 초저녁인데 무슨 실례가 되겠습니까? 뒤에 두 손님도 편히 앉으시지요. 더욱이 이병훈 선생님께서는 이 절간을 다녀가셨다니 구면이 아니겠습니까? 이렇게 누추한 데를 두 번씩이나 오시니 반갑습니다."

남천선사가 긴장을 풀면서 아래채를 향해 부른다.

"얘 선재야, 거기 있느냐?"

문밖에서 대기하며 마음을 늦추지 않고 있던 동자승이 대답한다.

"예, 선사님. 부르셨습니까?"

"부엌에 일러서 향기로운 작설차를 올리도록 하여라."

이미 일우정사 주위에는 먼발치에서 지리산 대원들의 경계가 내려지고 있다.

따뜻한 녹차를 마시자 분위기가 누그러진다.

순사라는 직함을 밝힌 이병훈이 대화의 실마리를 꺼낸다.

"스님, 무례를 용서하십시오. 한 가지 여쭈어 보겠습니다. 스님께서 일본이 곧 망하게 될 것이라고 말씀하셨습니까?"

그제서야 남천선사는 내방객들의 의도를 간파했다.

"그런 말을 한 일이 없습니다. 다만 침을 맞고 처방을 묻기 위해 찾아온 몇몇 처사들과 대화하는 중에, 지금의 세계 전쟁에서 일본의 패망 위험성을 걱정한 경우는 있었습니다. 아마도 그것이 와전된 것 같습니다. 치안을 염려하시는 관변에 누가 되었다면 용서하십시오."

"남천 스님께서는 이 지역 원근에 소문이 자자한 큰어른으로 알고 있습니다. 그렇게 고명한 선사님께서 일본의 패망 위험성을 공공연히 말씀하심은 경솔한 처사가 아닌지요? "

"과분한 칭찬의 말씀이십니다. 산속에 칩거하고 있는 불가(佛家)의 빈도가 무슨 영향력이 있겠습니까?"

남천선사가 생각을 정돈하는 듯 차를 한 모금 마신 후에 말을 계속한다.

"유명한 주자십훈(朱子十訓)에 이런 말씀이 있습니다. 안불사난패후회(安不思難敗後悔)입니다. 편안하다고 해서 어려운 때를 생각하지 않으면 패한 후에 후회한다는 것을 경계한 뜻이 아니겠습니까? 우리가 일본의 패망을 염려해 보는 것은 결코 좋지 않은 일만은 아닐 것입니다. 헤아리시기 바랍니다."

모욕을 당한 듯 얼굴이 상기된 이병훈이 단도직입적으로 나선다.

"스님의 신도들이 지금 소문을 퍼트리는 것은 염려의 선을 훨씬 넘은 것입니다. 비록 조선인들이라 해도 천황 폐하의 신민으로서 제국의 패망을 바라는 것은 본분을 잊은 망발이 아니겠습니까?"

남천선사가 목소리를 낮추어 자상하게 말을 잇는다.

"옳으신 말씀입니다. 일본제국의 백성이 자기 나라의 패전을 바라고 있다면, 이는 역적으로 다스려 마땅한 중죄에 해당될 것입니다. 그런데 나라를 다스리거나 전쟁을 수행해 나가는 데 현재의 스즈키 내각을 포함하여 역대 내각들이 최상으로 국정을 운영해 왔느냐 하는 것은 별개의 문제로 볼 수도 있습니다.

저는 평소에 이렇게도 생각해 보았습니다. 조선 백성 가운데 일본제국에 저항하는 사람이 있다면, 이는 일본의 잘못도 있을 것입니다. 제일 큰 문제점은 조선인에 대한 차별과 멸시입니다. 여기 계신 분들 모두가 그네들의 표현대로 반도 출신이지만, 조센징이라는 욕설에 얼마나 속을 끓여 왔습니까?"

법당 안이 갑자기 긴장에 싸인다.

"조선인은 반만년의 역사를 자랑하는 찬란한 문화민족입니다. 단군조선으로부터 5천년의 역사를 자랑하고 있습니다. 아니 제가 배우고 연구한 바에 의하면, 5천년이 아니라 근 일만 년의 역사와 전통을 쌓아 왔습니다.

삼국유사(三國遺事)에 보면 '고기(古記)'에 '석유환국(昔有桓國)'이라는 기록이 있습니다. 이 환국(桓國)이 약 5천년 동안 문화를 일군 후에 단군조선으로 계승되었습니다. 갑자기 생소하게 들리실지 모르겠습니다. 대대로 내려오는 가보 속에서, 그리고 도쿄나 경성 등지에서 입수한 서책 중에서, 저는 삼성기(三聖記)와 단군세기(檀君世記)를 보유하고 있으며, 이 고기들을 잘 검토하였습니다."

진주군수의 지시를 받고 온 김장문이나 진주경찰서 고등계에 근무하는 이병훈은 이미 남천선사의 과거사 등을 잘 알고 있다. 남천선사가 일본의 최고 수재들 학벌인 동경사범학교 출신이며, 또한 그가 누구나 부러워하는 선생 발령을 마다하고 이곳 일우정사에서 오랫동안 공부를 계속해 오고 있다는 것도 잘 듣고 있다.

그런 선입견 때문인지 이병훈은 남천선사의 해박한 지식에 거부감을 느낄 수 없었다. 오히려 한마디 한마디가 자기도 모르는 사이에 가슴에 와 닿고 있었다. 남천선사의 억양이 점점 높아간다.

"이러한 조선 민족을 품에 안은 일본은 고맙게 생각해야 합니다. 이러한 조선 문화를 이어받은 일본은 긍지를 가져야 합니다.

그런데 일본의 위정자들이나 식자들은 어떻게 했습니까? 그 얄팍한 식민사관(植民史觀)을 조작하고 의지하여 조선의 역사와 문화를 비하하고, 반도(半島)로 국한시켜 놓았습니다. 또한 옹졸한 열등의식을 극복하지 못하고, 조선인을 시기질투하고 아무런 이유 없이 미워했습니다. 아쉽고 졸렬한 자세였습니다.

이러하니 어느 조선인이, 지식인이나 양반이나 평민 농군이나를 막론하고, 누가 진심으로 일본제국을 흠모하고 따르겠습니까?

다 같이 생각해 보십시다. 신사참배를 강요하여 우리의 종교와 사상의 자유를 억압하려고 했습니다. 창씨개명을 강제하여 조선인 모두를 애비나 조상이 없는 후레자식으로 만들겠다고 난리를 피웠습니다. 징병이나 징용이야 어쩔 수 없었다고 하더라도, 어린 소녀나 혼령기의 처녀들을 잡아다가 위안부로 내버렸습니다. 세상 천지에 자기 신민들을 이렇게 짓밟는 군주나 치자(治者)가 어디 있습니까?

물론 이 일들은 천황의 실수가 아닙니다. 위 폐하를 기만하고 나라를 망친 몇몇 정상 모리배 및 무식한 관료들의 터무니없는 망발 때문이었습니다. 참으로 애석한 일입니다."

밤에 산사를 찾아온 내객들은 할 말을 잊었다. 손에 쥐어 주듯이, 그리고 면도날같이 예리하게 지적해 주는 남천선사의 말에 대답할 기운이 나지를 않았다.

잠시의 침묵을 깨고 김장문이 입을 연다. 추궁한 후에 여차하면 강제로 연행하려고도 생각했던 진주서 고등계 이병훈과는 달리, 김장문은 군수의 간곡한 당부를 잊지 않았다.

"스님, 폐부를 찌르는 지적 말씀 잘 새겼습니다. 더욱이 일본제국을 받들어 나가는 관리의 한 사람으로서 그 책임에 몸 둘 바를 모르겠습니다.

한 말씀 여쭈어 보겠습니다. 스님께서는 역학에 통달하시다고 많은 분들이 말씀하십니다. 또한 동경사범에서 영문학을 전공하셔서 동서고금에 밝으시다고 들었습니다. 이번 전쟁의 결말은 어떻게 나겠습니까? 일본제국의 운명은 어떻게 되겠습니까? 우리 조선인의 장래는 어찌 되어 나갈 것입니까? 가감 없이 진솔하게 말씀해 주시기 바랍니다. 스님을 존경하는 군수님의 각별하신 부탁이오니 사양하지 마시기 바랍니다."

남천선사가 지긋이 눈을 감는다. 진심은 진심으로 통하는 법, 김장문의 말은 참 맘에서 나온 애절한 청임을 느낄 수 있었다.

남천선사가 천천히 눈을 뜨고 뜻하지 않은 밤손님들을 쳐다보면서 입을 연다.

"한마디로 말하여, 일본은 곧 망할 것입니다. 군국주의 일본은 미국, 영국, 중국, 소련 등으로 구성된 연합군에게 이번의 전쟁에서 패망합니다. 이제 전쟁의 결과는 삼척동자라도 짚어 낼 수 있게 되었습니다."

잠시 말을 끊었다가 다시 계속한다.

"폐하의 신민으로 동경사범학교에서 공부한 제가 일본의 패망을 바라고 있다고 생각하신다면, 그것은 잘못된 짐작이십니다.

일본제국의 통치자들이나 식자들은 거의 모두 내선일체(內鮮一體)와 동조동근(同祖同根)을 내세웁니다. 이것은 맞는 말입니다. 오히려 조선 사람 입장에서 더 강조할 일입니다. 서양 문화가 동양을 앞지르고 넘어온 최근의 서세동진(西勢東進) 흐름을 제외하고는, 높은 문화가 항상 중국 대륙에서 조선을 거쳐 일본으로 흘러 들어갔습니다. 인류 역사나 문헌들은 이를 분명히 증명하고 있습니다.

조선, 중국, 일본으로 구성되는 동양 3국은 세계 역사상에서 매우 중요한 자리를 차지하고 있습니다. 인류문화사적으로 볼 때에도, 이 세 민족이 큰 문화를 일궈내어 후손들에게 물려주었습니다. 더욱이 조선 사람이 이룩한 환단문화(桓檀文化)는 동북아시아 문명에서 가장 오래되고 으뜸 되는 중심이었습니다.

이 환단문화는 만주와 조선, 그리고 여순반도와 산동반도, 발해만으로 이어지는 동북아시아의 드넓은 지역에서 발전되고 형성되었습니다. 이 지역이 바로 우리 민족의 강역인 것입니다. 이러한 역사적 사실은 일본 학자들이 더 잘 알고 있습니다.

오랜 옛날 일본은 조선 땅과 이어져 있었습니다. 그리하여 동북아시아의 높은 문화가 물이 흐르듯이 자연스럽게 일본 지역으로 확장되어 나갔습니다. 이때에 환국(桓國)을 세운 민족들이 선진 문화의 흐름을 타고 일본 땅으로 퍼져나가게 되었으며, 그곳에서 또 나라를 세우고 문명을 발전시켰습니다. 이러한 현상은 굳이 고대사 연구가 아니라 하더라도 자연스럽게 예측할 수 있는 일입니다.

그 후에 일본은 대륙에서 떨어져 나가게 되었습니다. 지구과학의 연구 결과에 의하면, 지금으로부터 일만 일천여 년 전에 갑자지 빙하가 녹아내렸습니다. 소위 마지막 빙하기가 끝난 것이었지요. 그 결과 바다 수면이 높아지면서 현해탄이 바다에 휩쓸리게 되고, 일본은 섬에 갇히게 되었습니다."

남천선사가 신도들에게 법문을 하듯이 자상하게 설명해 나간다.

"우리가 잘 알고 있는 것처럼 삼국시대에도 백제를 거쳐서 많은 선진 문물들이 일본으로 건너갔습니다. 백제가 신라에게 무너질 무렵에 수많은 백제인들이 일본으로 피난하였습니다. 그 시절 도항하였던 백제인들은 거의 일본의 지배층이 되었으며, 또 일본 문화를 발전시켜 나갔습니다. 그러한 과거를 바탕으로 하여 오늘의 일본이 탄생했고,

오늘의 일본 문화가 꽃을 피우게 된 것입니다.

그렇다면 조선인과 일본인은 한 핏줄입니다. 이것이 동조동근의 사상입니다. 조선 문화와 일본 문화는 한 뿌리에서 나오고 함께 성장하였습니다. 이것이 내선일체의 논리입니다. 이 얼마나 사리에 맞고 훌륭한 포용의 생각입니까? 그러한 뜻에서 저는 동조동근, 내선일체를 진심으로 지지하고 믿어온 것입니다. 또한 조선과 일본이 존재하는 한 이 생각을 변치 않을 것입니다."

남천 선사의 결론은 명쾌하였다. 항상 상대방이 쉽게 이해할 수 있도록 단순하면서도 분명했다.

잠시 후 남천선사가 지필묵 함을 꺼낸다. 고운 화선지 위에 여러 줄의 비기필담(祕記筆談)을 적어 내려간다.

日本東出　西山沒

日中之變　及於世界

午未生光　申酉移

日色發光　日黃昏

靑鷄一聲　半田落

女人戴禾　猴兔歸

六六運去　乾坤定

回來朝鮮　大運數

妖鬼敵人　是非障

東西南北　不違來

錦繡江山　我東方

天下聚氣　運回鮮

太古以後　初樂道

始發中原　槿朝鮮

쓰기를 마치자, 남천선사가 설명하기 시작한다.

“나는 일찍이 선친의 영향을 받아서 많은 비기에 접할 수 있었습니다. 특히 조선조 중엽에 활약이 크셨던 남사고 어른의 비록 말씀에 감명을 많이 받았습니다. 저의 15대 윗분이십니다. 이 글의 내용은, 여러 비기에서 제가 요약해 본 것입니다.

일본은 동쪽에서 솟아 서쪽으로 질 것이다
그때가 되면 일본과 중국의 변란이 세계에 미치게 된다
갑오, 을미(1884-1885)에서부터 빛을 발하여
갑신, 을유(1944-1945)까지 이어질 것이나
해처럼 떠올라 빛을 발하다가 해처럼 기울어질 것이다
을유년 일본은 떨어지고
왜인들은 자기네 나라로 돌아갈 것이다
36년간 조선과 일본의 운세는 이미 하늘에서 정해져 있었다.

좋은 대운수가 조선으로 돌아왔다

요사한 마귀나 적 들이 시비하고 방해하려 할 것이나
동서남북 어느 나라도 이를 어기지는 못한다
금수강산 우리나라 동방은
천하의 모든 기운이 합해지고 운이 돌아온 조선이다
먼 태고 이래로 처음 있는 아름다운 대도이며
세계의 중심이 무궁화꽃 조선에서 시발하게 될 것이다.

남천선사는 비기(祕記)가 적힌 화선지를 김장문에게 내밀면서 말을 이어간다.

"이 비록(祕錄)을 군수님에게 전해드려도 좋습니다. 군수님께서는 어려운 백성들을 진정으로 돌보아 주시어서 생전에 백성의 송덕비를 받은 목민관이 아니십니까? 그릇이 크고 정성이 깊으신 분이기 때문에 곡해는 없으실 것으로 보입니다.

제가 보는 역술에 의하면, 이번에 비록 일본이 패망하여 고통을 받겠으나 대가 끊어지지는 않을 것입니다. 우리 조선과 중국, 일본은 머지않아 다시 일어섭니다. 일어서서 세계를 놀라게 할 것입니다. 다시 말하여, 역사 깊은 동방의 세 민족이 세계에 다시 우뚝 서게 된다는 말입니다.

서양의 대예언가에 프랑스의 노스트라다무스가 있습니다. 유명한 분이시지요. 그 분의 예언서에는 다음과 같은 말씀들이 기록되어 있습니다.

세상이 어려움을 겪을 때 그를 구원할 구세주는
아무리 기다려도 유럽에 나타나는 일은 없으며
그것은 아시아에서 나타나리라.
동맹의 하나가 위대한 헤르메스에서 생기고
그는 동양의 모든 왕들을 넘을 것이다.
유럽이 쇠퇴할 때
뜻하지 않은 곳에
새로운 정신을 가진 사람이 나타날 것이며
이 새로운 혼의 지도자가 동방에서 나타나리라.

남천선사는 긴 상면을 마치면서 김장문 등 네 사람에게 당부를 잊지 않았다.

"김장문, 이병훈 두 선생님께서는 오늘 밤에 있었던 저의 생각을 가감 없이 모두 윗분들에게 전해 주십시오. 또한 이 누추한 산사를 찾아주신 네 분께서는 돌아가시는 대로 제 부탁 말씀을 잊지 말아 주십시오. 일본이 망하면 일본 사람들이 떼 지어 자기 나라로 돌아갈 것입니다. 이때에 조선 사람이 지나간 구원을 이유로 원수를 갚아서는 안 됩니다. 불쌍한 일본인 중생들이야 무슨 죄가 있겠습니까? 모두 탐욕스런 일부 위정자와 포학한 몇몇 군인들의 잘못입니다. 그들은 제명에 죽지 못하고 곧 이승을 떠나게 됩니다.

그보다는 오히려 새 조선의 건설에 정성을 기울여야 합니다. 앞으로 우리에게는 할 일이 많습니다. 어려운 일들이 첩첩 쌓여 있습니다.

지난 일로 복수나 한풀이에 매달려 있어서는 절대로 안 됩니다.

머지않아서 우리 조선과 일본, 그리고 중국은 다시 서로 손을 잡게 될 것입니다. 모두 세계에 우뚝 설 것이며, 서로 선량한 이웃이 되어서 힘을 합치게 됩니다. 아마도 우리 손자대에 이르면 이러한 세상이 올 것입니다. 그때를 생각해서라도 다시는 원수 지는 일이 있어서는 안 될 것이니, 명심하시기 바랍니다.

저는 신도들에게, 그리고 저를 믿고 찾아 주셨던 사람들에게 이를 당부하였습니다. 오늘의 네 분도 저에게는 소중한 인연입니다. 마을이나 기관에 내려가시면, 영향력 높은 유지 분들에게 저의 충정을 전해 주십시오."

깊은 밤 네 명의 손님이 떠난 산사는 다시 적막에 싸였다.

촛불만이 일렁이는 법당에서는 남천선사가 읊조리는 다산(茶山) 선생의 시가 조용히 흘러나오고 있다.

지팡이 지쳤어라 높은 산에 올랐더니
구름 안개 겹겹이 눈 아래 막고 있네
이윽고 서풍 불어 맑은 햇볕 내리쬐니
만 골짜기 천 봉우리 일시에 드러나네
이 어찌 통쾌한 일 아니겠는가!

맑은 밤 산골짜기 소리 없어 적막한데
산귀신도 잠이 들고 새짐승 기척 없네

집채 만한 큰 바위를 번쩍 들어 뒹굴리니

천길 낭떠러지 우뢰같이 울리누나

이 어찌 통쾌한 일 아니겠는가!

6. 김구(金九), 이역(異域)에서의 감격

(1)

김구(金九). 호는 백범(白凡), 대한민국임시정부의 주석.

김구가 누구인가? 일제가 누천만의 현상금을 목에 건 거인이 아닌가. 세계에서 제일 극악무도한 일본 군국주의자들이 가장 무서워하는 적군의 사령관이 아닌가?

김구의 일생은 글자 그대로 한 편의 드라마다.

약관 19세에 황해도 해주에서 동학군의 선봉장으로 나섰다. '척왜척양(斥倭斥洋)' '보국안민(輔國安民)'의 대의를 내세우고 분전했으나 싸움에서 패하고 말았다. 1896년 2월, 김구는 안악군 치하포에서 일본군 육군 중위 출신이라는 스치다(土田讓亮)를 맨손으로 때려죽였다. 안하무인으로 조선팔도를 휘젓고 다니던 이 스치다가 간악한 일본 공사 미우라(三浦梧樓)의 지시를 받고 을미사변(乙未事變) 때 명성황후를 살해한 국모시해범이다.

김구는 그해 5월 일경에 체포되고 다음해 7월에 사형이 확정되었다. 사형 직전 고종 황제의 특명으로 사형이 유보됨으로써 목숨을 보지할 수 있었다. 다음 해 스물세 살이 되던 때 탈옥하여 생명을 건졌다. 이후 일제가 국권을 빼앗자 독립운동에 나섰다. 계속된 체포와 투옥, 7년여의 감옥살이를 끝내고 마침내 중국 상해로 망명하여 임시정부에 몸을 던졌다. 큰 용이 대해로 나온 것이다.

김구가 누구인가? 4억의 중국인들 모두가 우러러보고, 특히 장개석과 송미령이 존경하는 조선 민족의 지도자가 아닌가. 하늘이 조선의 자주독립을 위하여 내려보낸 불사조의 영웅이 아닌가.

김구의 일생은 글자 그대로 조국의 광복을 위하여 바쳐진 용광로다.

대한민국임시정부의 내무총장, 그리고 국무령을 지내면서 한인애국단을 조직하고 민족혼에 불타는 젊은 독립투사를 길렀다. 1931년 이봉창으로 하여금 일본 왕을 폭탄으로 저격하게 하였다. 불행히도 일제의 원흉은 목숨을 부지했으나, 일본인들의 간담이 떨어졌으며 전 세계가 놀랐다. 뒤이어 윤봉길 의사가 상해 홍구공원에서 폭탄을 던져, 중국 침략의 선봉장인 시라카와(白川) 대장 등이 사망하였다. 신문 호외가 뿌려지는 가운데, 조선인에 대한 두려움과 존경심이 중국 천지를 뒤덮었다.

1937년 5월 7일 밤, 회의를 진행하던 김구는 불시에 저격을 받고 쓰러졌다. 중상을 입었으나 불사조 김구는 죽지 않았다. 마침 한구(漢口)에 나와 있던 중국군 최고사령관 장개석 장군이 너무 놀란 나머지, 하루에 세 번씩이나 사람을 보내어 김구의 병상을 확인하고 위로하였다.

일제의 중국 침략이 확대되면서 임시정부는 더욱 피나는 독립투쟁을 계속할 수밖에 없게 되었다. 그 전쟁 중심에 김구가 우뚝 서 있다. 김구는 임시정부를 이끌고 상해에서 가흥(嘉興)으로, 진강(鎭江)으로, 장사(長沙)로, 광주(廣州)로, 중경(重慶)으로 이동하였다. 중국 정부와 함께, 일제의 전면 침략에 맞서고 일제 타도를 위한 대장정(大長征)을 전개하였던 것이다.

김구 주석이 지금 눈물을 흘리고 있다. 감격에 겨워 울고 있다. 백전노장이며 철혈의 의지를 갖춘 민족지도자 김구 주석이 눈앞의 장면에 감동을 이기지 못하고 눈물을 보이고 있는 것이다.

1945년 8월 초, 김구 주석은 미 공군 군용기를 타고 중국 서안(西安)으로 왔다. 광복군 제2지대를 시찰하고, 특히 미군 특수부대인 OSS와 합동작전을 수행하기 위하여 특별 훈련을 받고 있는 광복군 특수부대원을 격려하기 위해서였다. 또한 이 서안 방문에는 미국전략정보기관(O.S.S. : Office of Strategic Service) 총지휘관 도노반(William B. Donovan) 소장과의 중요한 회담이 예정되어 있었다. 이 미전략정보기관 예하 특수부대가 한국광복군 제2지대 산하 특별부대와 연합하여, 일제와의 최후의 싸움에서 조선으로 진공하게 계획되어 있었다.

광복군 연병장에서 김구 주석을 모시고 사열을 마친 제2지대 장병들은, 다 함께 '광복군 아리랑'을 합창하였다. 먼지가 자욱한 이역의 벌판에서 조국으로의 진격을 앞둔 채 두 주먹을 불끈 쥐고 부르는 독립운동가는 정말 감동적이 아닐 수 없었다.

아리아리랑 아리아리랑 아라리요

광복군 아리랑 불러보세

1. 우리 부모님 날 찾으시거든

광복군 갔다고 말 전해 주소

2. 광풍이 분다네 광풍이 분다네

삼천만 가슴에 불어요

3. 바다에 두둥실 떠오는 배는

광복군 싣고서 오시는 배래요

4. 등실령 고개서 북소리 둥둥 나더니

한양성 복판에 태극기 펄펄 날리네

김구 주석은 이제야 조국의 해방에 자신감을 갖게 되었다. 비로소 일제의 패망과 민족의 독립을 확신하게 되었다.

국제 형세로 보아도 일제는 독안에 든 쥐 꼴이 되어 있다. 지난 5월 8일 극악무도한 나치 독일이 무조건 항복하여 연합군의 모든 힘이 일제 타도에 집중되었다. 며칠 전 7월 26일에는 연합국의 포츠담 선언이 발표되고, 일본에 무조건 항복을 요구하였다. 카이로 선언의 재확인에 의하여, 조선의 독립이 확정된 셈이기도 하다. 이제는 독립투쟁이 끝나가고 있는 것이다.

아! 그동안 얼마나 힘든 독립투쟁이었던가!

사열단 위에서 눈물에 젖은 김구 주석의 감회는 값진 것이었다. 어둡고 어려웠던 지난날들이 주마등처럼 김구 주석의 가슴을 스쳐 가고 있는 것이다.

캄캄했던 날에 독립투쟁의 서광이 비치기 시작한 것은 대한광복군의 창설에서였다. 광복군은 대한민국임시정부의 정규 군사조직이다. 이 정식 군대인 광복군이야말로 임시정부의 무장력이며 힘이다. 힘이 있어야 비로소 일제 타도에 나설 수 있다. 무장력이 있어야 일제와의 전쟁에서 미국과 영국, 중국 등과 연합할 수 있다. 연합하고 국제 전쟁에 참여할 수 있을 때, 비로소 대한 국권의 중심인 임시정부가 독립을 차지할 수 있게 된다. 주석 김구는 이 점을 뼈저리게 느껴오고 있었다. 자력에 의한 승리, 자기 힘에 의한 독립 쟁취야말로 진정한 광복이다. 그렇지 않고 미국이나 중국의 원조에만 의지하는 해방은 또 다른 혼란의 원천이 될 수 있다. 김구 주석은 이 평범한 진리를 항상 잊지 않으며 남몰래 괴로워해 오고 있었던 것이다.

1940년 8월 임시정부는 마침내 큰 결단을 내렸다. 김구 주석이 중국의 장개석 총통과 단독 회담하여, 광복군의 창설에 합의하였다. 중국의 전폭적인 협력과 지원이 합의된 것이다. 그해 9월 17일 중경의 가릉빈관(嘉陵賓館)에서 대한광복군의 창군식이 성대히 거행되었다. 김구 주석을 비롯한 임시정부 요인과 손과, 진과부, 하응흠 등 중국의 국민당 원로간부들 및 군 수뇌들이 참석했다. 중경에 주재하던 외국 사절들도 대거 자리하였다.

하늘은 스스로 돕는 사람을 돕는다고 하던가! 광복군을 창설하고 정규군 병력의 조직 확대와 훈련에 여념이 없을 때, 임시정부에게 절호의 기회가 찾아왔다.

일본이 진주만을 기습 공격함으로써 드디어 미일전쟁이 벌어졌다. 제2차세계대전의 불길이 태평양으로 확대되면서, 태평양 및 동아시아는 전쟁의 중심에 서게 되었다. 그에 따라서 일제의 배후에 위치한 조선, 그리고 치열하게 일제의 침략전쟁이 진행되고 있는 중국대륙이 세계의 주목을 받기에 이르렀다.

임시정부는 지체 없이 그 다음날인 12월 9일, 일제에 대하여 선전을 포고하고, 미국과 중국, 영국을 비롯한 연합국에 가담하여 일제와의 전쟁을 선언하였다. 참으로 한국 독립투쟁사에서 혁명적인 전기였던 것이다.

오인(吾人)은 삼천만 한국 인민과 정부를 대표하여 삼가 중, 미, 영, 캐나다, 호주, 화란, 오스트리아 기타 제국의 대일 선전이 일본을 격퇴케 하고 동아(東亞)를 재건하는 가장 유효한 수단이 됨을 축복하여 자에 특히 다음과 같이 성명한다.

1. 한국 인민은 현재 이미 반침략전선에 참가하였으니, 한 개의 전투 단위로서 추축국(樞軸國)에 선전한다.
2. 1910년의 합방조약 및 일체의 불평등 조약의 무효를 거듭 선포하며 아울러 반침략국가의 한국에 있어서의 합리적 기득권익을 존중한다.
3. 한국, 중국 및 서태평양으로부터 왜구를 완전히 구축하기 위하여 최후의 승리를 얻을 때까지 혈전한다.

4. 일본 세력하에 조성된 장춘 남경 정권을 절대로 인정치 않는다.

5. 루스벨트-처칠 선언의 각조를 경쾌히 주장하며 한국 독립을 실현키 위하여 이것을 적용하며 민주진영의 최후 승리를 축원한다.

대한민국 23년 12월 9일

대한민국임시정부 주석 김 구

임시정부의 이 즉각적인 대일 선전포고와 미국 측에의 가담은 미국 사회에 큰 감동을 주었다. 특히 루스벨트 대통령을 비롯한 미국의 정치가나 전략가 들은 일본의 배후에 있는 조선의 존재를 정치, 군사적으로 주목하기 시작하였다.

이러한 변화는 미국의 전쟁 방침에 즉시 반영되었다. 미국 정부는 일본과의 태평양 전쟁에 돌입하자 즉시 일본인들을 적대 국민으로 집단 수용하는 조치를 취하였다. 이때 미국 정부는 조선인들을 일본인과 분리하는 정책을 확정했다. 그리하여 한인 동포들은 임시정부가 발부한 군자금 영수증을 미국 관청에 제출함으로써 집단 수용을 면하게 되었던 것이다.

광복군의 활동과 그에 토대한 임시정부의 자신에 찬 대외활동은 국제사회에도 큰 영향을 미쳤다. 1942년 7월, 대한민국임시정부는 중국 정부와 정식으로 군사협정을 체결하고, 군사 동맹관계를 공식화하였다. 계속해서 1943년 6월에는 광복군총사령관 이청천(李青天)

장군과 영국군 동남아전구(東南亞戰區) 사령관 마운트 바튼 제독 사이에 군사동맹 협정이 체결되고, 광복군 일부가 인도-버마 전선에 영국군의 일부로 참전하였다.

이와 같이 광복군을 창설하고 정규 군사활동에 진력한 임시정부의 대외정책은 미국을 비롯한 국제사회의 대한관(對韓觀)을 크게 바꾸어 놓았다. 이러한 변화는 조선의 독립에 결정적인 기여를 하게 되었다. 그 결과가 드러난 것이 유명한 카이로 선언이다. 1943년 11월 조선 자주독립 문제를 결정하는 미(美) 중(中) 영(英) 삼 거두 회담에서, 분수령이었던 장개석 총통의 조선 독립 주장에 대한 루스벨트 대통령의 찬성은 바로 미국 사회의 변화된 여론을 반영하고 있었던 것이다.

(2)

곤명(昆明). 인도차이나 및 버마와 국경선을 맞대고 있는 중국 최남단의 지역인 운남성(雲南省)의 성도(省都)이다. 예로부터 온화하고 남방의 풍광이 수려하여 관광의 명소로 유명하다. 그러한 곤명이 이제 전략적 요충지인 군사도시로 바빠지고 있다.

태평양전쟁이 격화되면서 일제의 배후 전선인 중국전구의 중요성이 크게 부각되었다. 상해나 천진 같은 중국의 중요 항구와 서해안 일대가 일제의 수중에 장악되어 있기 때문에, 미국은 중국에 효과적인 원조를 제공할 수 있는 새로운 루트를 개발하지 않으면 안 되었다. 이때에 등장한 것이 바로 인도차이나와 버마를 지나 곤명에 이르는 남방 루트이다.

이 곤명에 미국의 유명한 장군인 도노반(Donovan) 소장이 나타났다. 미군이 새로이 심혈을 기울여 구축하고 있는 전략정보처의 최고 지휘관, 바로 그 사람이다.

1945년 초, 미군이 압도적 우세를 유지하면서 일본 본토로 진격하기에 이르렀다. 본토 진격에 앞서 미군에게는 일본 군대의 저항 의지를 완전히 꺾고, 또 조선주둔군이나 관동군, 그리고 '지나 파견군'의 엄호를 차단하지 않으면 안 될 작전 목표가 시급히 대두되었다. 이를 위한 전략전술 구상이 도노반 소장 휘하의 전략정보처 특수부대에 부과되었다. 이로 인하여 긴급 전략회의가 곤명에서 개최된 것이다. 곤명이 바로 미국 O.S.S.의 중국전구 지휘부가 자리하고 있는 곳이기 때문이다.

미국이 유격전략의 중요성을 깨달은 것은, 영국군의 경험과 충고에서였다. 태평양전쟁을 진행하면서, 그리고 다양한 종족과 풍습으로 이루어진 여러 민족과 협력하면서, 미국은 점점더 게릴라전의 중요성을 깨닫기 시작하였다. 미군은 적의 후방 지역을 교란하고 공작을 사명으로 하는 정보조직 및 유격부대로서 미군전략정보처를 신설했다. 이 새로운 조직 산하에는 유럽전선, 아프리카전선, 태평양전선, 그리고 중국전선 등의 4개 전구가 운영되었으며, 이들 신설된 방대한 군사조직체를 운영하는 사령관이 바로 도노반 장군이다.

"그러면 지금부터 도노반 사령관 각하를 모시고 미군전략정보처 작전회의를 시작하겠습니다."

O.S.S. 중국전구 책임 지휘관 홀리웰 중령이 개회를 선언하였다.

정보 부서의 간단한 전황 보고가 있은 다음에 도노반 장군이 입을 열었다.

"우리 미국의 대일본전쟁은 거의 종반에 다다랐습니다. 합동참모본부의 플랜에 의하면, 미군은 금년 11월 1일 일본에 상륙할 것입니다. 미군 500만 명을 동원하여 일본 본토에 대규모적이고 강력한 두 단계의 공격을 감행할 계획입니다.

그 첫 단계는 11월에 제6군의 4개 군단이 일본 규슈 섬에 상륙할 것입니다. 제2단계 공격은 1946년 3월로 예정된 코러닛 작전입니다. 이는 일본의 산업과 행정의 심장부인 혼슈를 공략하는 것입니다. 제8군은 사가미 만에 상륙하여 요코하마와 구마가야, 그리고 고가를 점령하며 서쪽과 북쪽으로 진격할 것입니다. 한편 제1군은 일본 간토 평야에 상륙하여 서쪽으로 밀고 나가서 일본의 수도인 도쿄를 함락시키게 됩니다. 이렇게 하여, 내년 11월 이전에 전쟁을 종결할 수 있게 될 것입니다.

잘 알고 있는 바와 같이 일본 내지에 성공적으로 진격하기 위해서는 중국의 전황이 매우 중요합니다. 현재 중국의 군사 상황이 어떻게 전개되고 있는지 보고해 주기 바랍니다."

홀리웰 지부장이 준비된 서류를 펼치면서 설명하기 시작한다.

"1945년 초 현재, 중국에 주둔하고 있는 일본군은 약 100만 명으로 추산되고 있습니다. 오카무라대장이 사령관으로 있는 소위 '지나 주둔군'입니다. 그 외에 괴뢰군이 68만 명 정도가 있습니다. 문제는 관동군입니다. 만주에 주둔하고 있는 관동군은 그 절정기에 110만 명이었다가, 지금은 13개 핵심전투사단이 남방 전투에 차출되어 나가고 60여만 명이 남아 있습니다. 그나마 무장이 빈약한 예비 병력 수준으로 파악됩니다."

도노반 장군이 홀리웰 중령의 말을 막고 질문한다.

"내가 듣기로는 얼마 전 지나 일본군은 '대륙타통작전(大陸打通作戰)'에 성공하였다고 선전이 대단하였습니다. 1944년 1월부터 12월까지, 만주에서 베트남에 이르는 대륙 관통의 수송로를 구축했다고 자랑하고 있는데, 아직은 지나 주둔군의 병력 수준이 상당하다고 보아야 하지 않겠습니까?"

"적군을 경시하는 것과 적정을 정확히 파악하는 것과는 다른 문제라고 생각됩니다. 중국의 군사전략가인 손자는 지피지기백전불패(知彼知己百戰不敗)라고 설파하였습니다.

지금 일본 지나 주둔군이 떠벌리고 있습니다만, 일본 본토가 초토화되면서 중심이 붕괴되고 있는데 무슨 큰 힘을 발휘할 수가 있겠습니까?

또한 중국 전황 자체에서만 분석할 때에도, 일본군은 출발에서부터 많은 문제점을 내포하고 있습니다. 일본군은 시작에서부터 지금에 이르기까지 정복 지역의 크기에 비하여 중심 병력이 턱없이 모자랐습니다. 이 갈등과 모순을 일본군은 과소평가해 왔습니다. 그 결과 이제는 돌이킬 수 없는 약점을 노출하고 말았습니다.

군사전략적 시각에서 볼 때, 일본군은 점(點)을 점령하고 그 점과 점들을 연결하는 선(線)을 장악하는 데 그쳤습니다. 전선이 계속 확대되면서 점과 선의 유지에 급급하게 되었습니다. 그 결과 나머지 평면은 중국군이 장악하게 되었습니다. 점과 선을 제외한 모든 지역은 중국 인민이 장악하고 있습니다. 다시 말하여, 일본군은 중국의 주요 도시를 점령하고 그 도시들을 잇는 교통로는 확보하였으나, 나머지 도시 주변 지역과 농촌 지역은 모두 중국인이 지배하고 있는 것입니다. 이러한 전략은 취약성을 노출하여, 위기에 봉착할 때에는 아무런 힘을 발휘하지 못하게 되어 있습니다.

이른바 '대륙타통작전'도 전략적 효과가 고려될 수 없을 정도로 실패작으로 평가될 수밖에 없습니다. 수만 리에 걸친 수송로가 적의 공격에 온전히 노출되어 있을 때에 얼마만한 군사 효과를 발휘할 수 있겠습니까? 더구나 지금같이 일본군사령부의 핵심이 붕괴되면서 지휘계통이 혼란에 빠지게 되면, 대륙관통로의 방어는 거의 불가능하게 될 것입니다. 그러므로 투입된 희생에 비하여 결과는 아주 빈약합니다. 결론적으로 대륙타통작전은 대외 선전용에 불과합니다. 완전한 실패작으로 판단됩니다."

홀리웰 지부장의 보고는 논리정연하고 명쾌하였다. 홀리웰 중령은 미국의 유명한 변호사 출신이다. 역시 변호사다운 예리한 분석과 체계적인 논리가 넘쳐흐르고 있다.

도노반 장군이 다시 지부장의 말을 끊고 질문한다.

"지부장의 판단에는 본인도 동감입니다. 그런데 오늘의 전략회의 주제는 우리의 유리한 전황의 재확인에만 그쳐서는 안 됩니다. 미군이 일본 본토에 진격할 경우에, 일본의 지나 파견군이나 관동군, 그리고 조선주둔군의 엄호 견제가 무시 못할 장애가 되지는 않을 것인가? 그럴 가능성이 클 경우에 그를 예방할 작전 목표는 무엇인가? 이 전략 문제에 대한 검토 분석이 있었으면 상세히 보고해 주기 바랍니다."

홀리웰 지부장은 이미 준비가 끝나 있는 것처럼 지체 없이 말을 잇는다.

"예, 사령관 각하. 중국전구에서 분석 판단한 바에 의하면, 지나 파견군은 전혀 움직일 수 없을 것입니다. 만약 지나 파견군이 본토로 이동한다면, 이는 일본군의 전면적 패퇴로 오인되게 될 것이며, 그렇게 되면 일제의 동북아 전선은 일시에 붕괴되고 말 것입니다.

조금 전에도 보고 말씀 드렸습니다만, 문제는 관동군입니다. 관동군은 비록 예비부대 수준이지만, 아직 온존합니다. 또 일본 본토로 이동해도 별 문제가 없을 것으로 판단됩니다. 조선 주둔군은 일본 본토에 상륙하는 미군의 배후를 위협할 수도 있을 것입니다.

관동군이 일본 본토로 이동하기 위해서는 현재 조선 북부의 항구를 경유하는 수밖에는 없습니다. 이럴 경우 조선 주둔군과 합세하여, 일본 본토로 진격하는 미군에게 적지 않은 위협이 될 수 있습니다. 그러므로 이를 예방할 수 있는 작전이 주요 전략 과제로 대두된다고 하겠습니다.

이 작전 문제는 그동안 사젠트 소령이 연구 검토해 왔습니다. 사젠트 소령이 보고 드리도록 하겠습니다."

홀리웰 지부장의 뒤를 이어 사젠트 소령이 사령관에게 인사하고 보고를 시작한다.

"만주 일원에 주둔하고 있는 관동군이 일본 본토로 이동하려면, 조선반도를 남하하여 조선 남단 항구인 부산을 이용하는 길과, 북조선 동해안에 위치한 청진, 나진, 웅기 등의 항구를 통해 동해를 건너 일본 본토로 직행하는 길이 있습니다. 제공권이 완전하게 미군에 장악되어 있기 때문에, 부산을 이용하는 것보다는 북조선 동해안 항구들을 통하는 루트를 일본군은 선호할 것입니다.

공군에 의한 효과적인 폭격으로 북조선 항구들을 사용하지 못하도록 하는 것은 매우 중요합니다. 우리는 거기에서 한 단계 더 나아가는 작전을 구상할 필요가 절실합니다. 그것은 조선에서 유격전을 전개하여, 관동군이나 조선 주둔군을 그 배후에서 혼란에 빠트리는 작전입니다. 유격전이나 게릴라전의 주체는 조선인들로 구성된 독립군이어야 합니다. 그동안은 어려운 실정이었으나, 조선인 망명정부가 정규군을 조직하였으며, 그 군사 조직인 광복군이 중국 정부의 협조하에 이미 본격적인 훈련에 돌입해 있습니다. 또한 일제의 종말이 가까워 오면서 그 사실이 조선인들에게 잘 선전되어 있기 때문에 사기가 충천하고 있습니다. 작전 수행을 위하여 여건이 성숙되어 있다고 하겠습니다."

도노반 사령관이 질문한다.

"조선인 망명정부의 광복군 정보는 나도 알고 있습니다. 그렇지만

규모나 내용은 빈약한 것이 아닙니까? 또한 소령이 구상하는 대로 우리와 협력하면서 우리가 원하는 대로 호응해 주겠습니까?"

조선인 광복군 문제를 책임 맡은 사젠트 소령은 미군 O.S.S.에 참가하기 전에 중국의 성도대학(成都大學) 교수를 지낸 박사 출신이다.

"예, 사령관 각하. 여러 가지 문제점들을 확실히 파악하기 위하여, 이곳에 조선 광복군사령부 참모장 이범석(李範奭) 장군을 초청하였습니다. 허락하시면 이 전략회의에 참석하여 질문에 답하도록 요청하겠습니다."

역시 사젠트 소령은 용의주도한 지휘관이었다.

"아, 그렇습니까? 즉시 모시도록 합시다."

도노반 사령관의 동의가 떨어졌다.

사젠트 소령의 안내로, 40대 장년의 동양인이 회의장에 들어왔다. 얼굴은 햇볕에 그을려 붉은 구릿빛이고 늠름한 기상이 조금도 위축됨이 없어, 약소국의 장군으로 보이지 않았다. 이범석 장군은 거수경례와 함께 도노반 장군과 굳게 악수를 나누었다. 좌중을 돌면서 모든 참석자들과 통성명을 나눈 뒤에, 미리 마련된 말석 자리에 앉았다.

곧 이어 이범석 장군이 준비된 서류를 도노반 장군 이하 참석자들에게 배포하고, 내용을 차분하게 설명하였다. 질의응답이 계속되었다. 전략회의에 참석한 미국 O.S.S. 지휘관 중에는 중국어를 훌륭하게 구사하는 젊은 박사들이 많았다. 페어뱅크나 레비 박사 등은 중국어에 정통한 엘리트들이었다. 이범석 장군도 중국어에 능통했을 뿐만 아니라, 중국에서 사관학교를 졸업하고 수많은 군부대 지휘 경험이 있어서 전략전술에 해박한 지식을 갖고 있었다.

도노반 장군은 만족하였다. 그러나 한편으로는 광복군의 규모가 빈약하여 걱정을 떨쳐 버릴 수 없었다.

"이범석 장군, 우리 미국은 광복군을 지원할 충분한 능력을 보유하고 있습니다. 특히 조선에 침투하여 유격전을 전개할 특수부대는 우리 미군전략정보처가 전담합니다.

그러나 광복군의 인적 자원이 아직은 빈약하고, 조선에 침투하여 게릴라전을 전개하기에는 훈련 상태가 크게 부족하지 않겠습니까?"

이범석 장군은 이 마지막 기회를 놓치지 않았다. 또한 광복군을 많이 이해해 주고 있는 사젠트 박사와 미리 협의해 오고 있었던 문제점들이었다. 이범석 장군은 천천히 일어서서 도노반 사령관을 향하여 단호하게 답변한다.

"사령관 각하. 각하께서도 말씀하신 바와 같이, 미국의 풍부한 자금과 군수장비의 지원만 있으면 광복군의 유격 특별부대는 즉시 대규모 병력 수준으로 조직될 수 있습니다. 현재 일본 지나 파견군에 징집되어 온 조선 청년들이 일군 부대를 탈출하여 임시정부 광복군 산하에 밀려들고 있습니다. 이 조선인 청년들은 일본에서 대학을 다니던 우수한 자질의 학생들입니다. 기본 군사훈련을 소화하고 독립정신에 투철한 애국 학도들입니다.

지금 즉시라도 조선에 투입되어 유격전을 수행할 수 있는 정규군 장병들입니다. 군사협정을 체결하고 중국의 지원을 받고 있기는 하지만, 이는 명맥 유지 수준에 불과합니다. 사령관님의 적극적인 지원을 요청합니다."

도노반 장군이 핵심 문제를 지적한다.

"미국은 지원할 수 있는 충분한 능력을 보유하고 있습니다. 또한 우리 O.S.S.는 그러한 지원을 담당하는 특별부대입니다.

그런데 지원에 비하여 효과가 나타나지 않을까 하고, 적지 않은 사람들이 회의를 품고 있습니다. 시간도 촉박합니다. 일본 본토에로의 진공이 얼마 남지 않았기 때문에, 그 안에 우수한 유격부대를 양성하여 조선에 파견할 수 있을지 걱정입니다."

이범석 장군이 열성적으로 호소한다.

"죄송한 표현이오나, 우리 조선 청년들은 중국 청년들과는 다릅니다. 조선 독립은 일제의 박멸에서만 찾아질 수 있습니다. 따라서 조선인들은 목숨을 걸고 일제와 싸워 왔으며, 앞으로도 목숨을 걸고 투쟁하는 길밖에는 없다는 것을 명심하고 있습니다.

조국을 위하여, 나라를 다시 찾으려고 일제와 싸우는 조선인들을 지원해 주시기 바랍니다. 가장 짧은 기간 안에 가장 큰 효과를 거둘 수 있는 방법은 조선 청년들을 전쟁터에 나갈 수 있도록 지원해 주시는 일입니다. 우리 임시정부는 이미 미국과 함께 일제에 대하여 선전포고를 하였습니다. 우리 조선은 미국과의 동맹을 충실히 지킬 것입니다. 미국의 지원을 사령관 각하께 진심으로 요청하는 바입니다."

이범석 장군이 도노반 장군을 설득하기 위하여 준비해 온 최후의 발언을 한다.

"사령관 각하. 조선인들과 임시정부 광복군은 이제 일제와 최후의 결전을 벌이지 않을 수 없게 되었습니다. 그러기 위하여서는 일제와 적대 관계에 있는 강대 국가의 지원을 받지 않을 수 없습니다. 이곳 미군 전략정보처에서도 잘 파악하고 있는 것처럼, 조선인 일부는 이미 소련 적군(赤軍)의 원조를 받고 있습니다.

소련 붉은 군대 극동사령부는 벌써부터 '국제연합군'이라는 명의하에 많은 조선 청년들을 포섭하여 소련파 세력으로 양성하고 있습니다. 그들은 일제가 패망한 후에 동아시아에 소련공산주의의 지배권을 형성하려고 준비를 서두르고 있습니다.

사령관 각하! 저는 소련의 야심을 잘 알고 있습니다. 저는 공산주의자들의 이중성을 뼈저리게 체험하였습니다. 우리 임시정부와 광복군은 절대로 소련과 연합하지 않습니다. 소련 공산당에게 이용당하지 않을 것입니다."

이범석 장군은 마지막 말에 힘을 주었다.

"사령관 각하! 조선 독립군들과 광복군을 소련 붉은 군대에게 뺏기지 말아 주십시오. 미국과 연합하여 일제를 쳐부수고, 동아시아에 민주주의가 실현될 수 있도록, 백년대계를 생각해 주시기 바랍니다."

소련 제국주의와 소련 붉은 군대, 그리고 소련 공산주의 팽창 세력에 대한 비난과 환기는 도노반 장군에게 결정적인 영향을 주었다. 소련 공산주의자들에 대한 도노반 사령관의 적개심과 경계심은 평소부터 모든 문제를 압도하는 요소였다.

이범석 장군은 미국 우파의 선봉인 도노반 사령관과 미군 O.S.S. 특수부대의 성향을 예의 간파하고 이를 놓치지 않았던 것이다.

전략회의는 끝났다. 미군 전략정보처는 대한민국 광복군을 지원하고, 특히 O.S.S.가 직접 나서서 광복군 유격부대를 조직하고 훈련시켜서 조선에 침투시키며, 조선에 미군의 일본 상륙을 엄호하는 제2전선을 전개하기로 결정하였다.

실로 한국독립전쟁사에서 중요한 전기가 아닐 수 없었다.

(3)

미군전략정보처(美軍戰略情報處) 산하 한미연합 특수부대 제1기 생도들의 훈련은 정말 고되고 어려웠다. 미군도 한국 생도들의 교육에 전력을 기울였다. 훈련을 받는 한국 생도 50명을 위하여, 사젠트 소령을 위시한 20여 명의 미군 특수 분야 전문 장교들이 동원되었다.

제1기 생도인 김준엽 중위는 교육훈련에 온 힘을 기울였다. 또 정성을 다했다. 단 1분 1초도 허비할 수 없었다. 왜적을 물리치러 조국으로 진격하는 선발대라는 긍지가 김준엽 중위를 흥분시키고도 남았다. 이범석 장군의 부관 일을 겸임하면서도, 김준엽 중위는 훈련에 조금도 방심하지 않았다. 아니 방심할 수 없었다. 빈틈이나 오차는 곧 죽음을 의미한다. 아니 죽음 이전에, 조국을 되찾을 마지막 기회가 사라진다.

김준엽 중위는 통신반에 들어 있다. 무전기 취급이나 군 통신이 주특기이다. 그는 무전기 타전, 무전기 조작과 수리, 암호의 작성 및 해독 등 분야에 특수 훈련을 습득하고 있었다. 조선에서의 정보 수집이나 유격 거점의 확보, 그리고 유격대의 조직 지도도 중요한 임무이다. 그러나 김준엽 생도가 담당하는 통신은 각별한 의미를 갖고 있다. 그래서인지 제1기생 50명의 생도들 중에서 비교적 중국어와 영어에 숙달된 김준엽 생도가 통신 담당으로 선발되었는지도 모른다.

조선은 일본에게 중요한 전략적 배후 지역이지만, 전쟁 수행에서는 중국전구로 포함되고 있다. 아마도 만주와의 연결성을 중시하고, 특히 북조선 지역을 관동군의 활동 범위로 간주하기 때문인 것 같았다. 따라서 미군 비행기에 의한 조선 폭격은 중국전구에서 활약하는 미군이 담당하게 된다. 유명한 B29 폭격기도 중국 사천성(四川省) 성도(成都) 비행장에서 발진하게 되어 있다.

김준엽 생도는 훈련이 끝나는 대로 조선에 침투하여 작전 임무를 수행하게 된다. 조선의 주요 군사시설을 폭격할 미공군 B29 폭격기에 그날의 일기나 공습에 필요한 정보를 미리 무전으로 알려주어야 한다. 또한 군사시설 탐지 내용이나 유격대 활동 등 작전에 필수적인 군사정보를 곤명에 있는 미군 O.S.S. 본부나 서안에 있는 광복군 참모본부에 보고하여야 한다. 정보의 신속성과 정확성이 작전의 생명이라면, 무전이나 암호의 작성 발송 해독 등을 담당하고 있는 김준엽 중위의 역할이야말로 중차대한 것이었다.

어려운 점은 조선의 주요 군사지역에 일본 군대의 감시 눈초리가 번득이고 있다는 사실이다. 일본군이 보유하고 있는 전파활동 탐지기(direction finder)의 성능으로는 무전 타전 장소를 알아내는 데에 15분 정도가 소요된다고 한다. 따라서 비밀 타전 보고를 마친 후에는 15분 이내에 신속하게 다른 장소로 이동하지 않으면 안 된다. 그렇지 못하여 일본군에게 노출되고 체포되면, 조선에서의 정보망과 유격 조직은 일거에 붕괴될 수밖에 없다. 참으로 어려우면서도 중요한 작전 임무가 아닐 수 없는 것이다.

고진감래(苦盡甘來), 1945년 7월 말 제1기생 50명 생도가 3개월간의 훈련을 무사히 끝내고 용약 출전 준비를 서두르게 되었다. 김준엽 중위도 좋은 성적으로 마쳤다. 자신감을 갖고 조국으로 진공할 수 있게 되었다.

1기생이 졸업하자, 즉시 제2기생 50명 생도에 대한 교육 훈련이 개시되었다. 2기생 생도 가운데에도 학병으로 끌려와 일본 군대에 있다가 탈출하여 광복군으로 넘어온 윤재현(尹在賢), 김춘정(金春鼎), 홍석훈(洪錫勳), 박영록(朴永祿) 등 4명의 애국청년들이 섞여 있었다.

이범석 장군은 국내로 침투할 전 대원들을 대위로 승진시켰다. 목숨을 걸고 유격대원으로 출격하는 대원들에 대한 보상이었다. 비록 죽음을 앞두고 있었지만, 김준엽 중위를 비롯한 모든 대원들은 사기가 충천하였다. 이러한 분위기를 보고, 그동안 교육 훈련에 녹초가 된 미군들도 참으로 보람을 느꼈다.

8월 20일 전에 모든 대원들은 조선에 침투하여 유격전을 전개하기로 결정되었다. 4, 5명의 대원들이 한 지구공작반을 이루어 함경도로부터 남해안에 이르기까지 해상이나 낙하산 공중 투하를 이용하여 조국으로 잠입할 계획이었다. 각 지구공작반의 책임 대원들은 어깨가 더욱 무거웠다. 조선 8도에 따라 각 지구 책임자가 정해졌다.

함경도 반장 : 김용주(金容珠), 경기도 반장 : 장준하(張俊河)
평안도 반장 : 강정선(康楨善), 강원도 반장 : 김준엽(金俊燁)
황해도 반장 : 송면수(宋冕秀), 충청도 반장 : 정일명(鄭一明)
전라도 반장 : 박훈(朴勳), 경상도 반장 : 허영일(許永一)

김준엽 대위는 만감이 교차되었다. 왜적을 몰아내고 조국을 탈환하는 역사적 대업에 자기가 선봉에 서 있다는 사실에 감격하고 있었다. 자신도 모르게 눈물이 흘렀다. 김준엽은 사지에 들어가지만, 이번만은 죽을 것 같지 않은 예감이 들었다. 오히려 고국에 있는 부모 형제들이 모두 나서서 50명 대원들을 보호해 줄 것이라는 기대감에 부풀었다.

"아 ! 아버님 어머님, 제가 이렇게 살아서 고향으로 돌아갑니다."

김준엽 대위는 오열하였다.

그러나 그는 한편으로 고향이 그리웠지만, 다른 한편으로 부모님께 죄스러웠다. 이역만리 타국에서 아버지 어머니의 승낙을 받지도 않고 결혼하였기 때문이다. 이제 부모님을 찾아서 조국으로 돌아가지만, 이곳 이국땅에는 꽃 같은 아내를 홀로 남겨두고 떠나야 하는 기약 없는 이별에 직면하게 된 것이다. 그럴 리는 없지만, 만약 자기가 조국을 위해 싸우다 죽는다면 이제 갓 시집온 아내는 어찌될 것인가….

운명의 시각이 다가오고 있었다. 김준엽 대위를 비롯한 50명의 특전대원들에겐, 조국과 전쟁과 해방, 그리고 부모 형제와 처자식이 명멸하는 역사적 순간이었다.

대한민국임시정부 김구 주석이 미국 군용기 편을 이용하여 두곡(杜曲)에 도착하였다. O.S.S. 산하 한미연합 특수부대원들의 조선 진격을 앞두고, 임시정부와 미군전략정보처 간에 최종 전략회의를 개최하기 위해서였다. 그러나 김구 주석에게는 무엇에도 비교할 수 없는 또 하나의 소중한 목적이 있었다. 그것은 사지로 떠나는 제1기 생도들에 대한 위로와 격려이다.

광복군 청년대원들이 O.S.S. 유격요원으로 편입된 것은 모두 지원에 의한 것이었다. 거기에는 목숨을 걸고 일군을 탈출하여 광복군을 찾아온 학병들이 19명이나 포함되어 있었다. 나라를 되찾고 조국을 해방시키기 위해 죽음을 무릅쓰고 사지에 뛰어드는 이 젊은 영웅들에게 김구 주석은 굳게 약속하였다.

제1기 생도들이 훈련장으로 떠나던 날 김구 주석은 감회 어린 격려사를 한 일이 있었다.

"여러분이 사지로 떠나는 오늘 4월 29일은 내가 23년 전에 윤봉길(尹奉吉) 군을 죽을 곳에 보내던 날이오. 또 지금 오전 7시가 바로 그 시각이오. 여러분도 다 알 것이오. 상해 홍구공원에서 폭탄을 던져 일본 백천대장(白川大將) 등을 죽이려던 그날의 의사 윤봉길이 나와 시계를 바꿔 차고 떠나던 날이오.

내가 가졌던 허름한 시계를 대신 차고, 내게는 이 회중시계를 주고 떠나가던 윤(尹) 의사의 모습을 생각하며, 같은 날인 오늘, 앞으로 윤 의사와 꼭 같은 임무를 담당할 여러분을 또 떠나 보내는 내 심중이 괴롭기 한이 없구려.

'선생님 제 시계와 바꿔 차시지요. 제가 가진 것은 선생님 것보다 나을 것입니다. 어차피 저는 시계가 필요 없어질 것이지만, 제 일이 성공하기 위해선 시계가 아주 없어서는 안 되겠지요' 라고 마지막 말을 남기던 윤 의사의 눈망울이 이제 여러분의 눈동자로 빛나고 있기 때문이오…."

김구 주석은 목이 메어 한동안 말을 잇지 못했다.

"그러나 그때보다 나는 더욱 마음 든든하오. 한 사람이 아니라 윤 의사와 같은 수많은 동지를 떠나보내니 조국 광복을 위하여 더 큰 일을 성취할 것으로 믿기 때문이오…. 여러분들의 젊음이 부럽소. 반드시 여러분의 훈련이 끝나기 전에 꼭 서안(西安)을 찾아갈 것이오."

조국을 찾겠노라 죽을 땅으로 떠나는 젊은 선구자들과의 언약을 이렇게 지키게 된 것이다. 이 얼마나 감격스러운 약속인가

김구 주석과 상면하고 한미 전략회의를 진행하기 위하여, O.S.S.의 미군 수뇌들이 두곡으로 날아왔다. 도노반 장군을 비롯하여, 홀리웰 중령, 사젠트 소령 등 핵심 인물들이 모두 참석하였다. 미군 전략정보처는 조선 민족의 망명정부 최고지도자이며 조선 독립투쟁의 영웅으로 국제사회에 널리 알려져 있는 김구 주석과 처음 상면하는 자리이기 때문에, 예우에 신경을 기울이며 긴장하고 있었다.

한미 합동전략회의는 두곡에서 열렸다. 두곡은 중국 대륙 서쪽에 자리한 서안의 근교에 있는 조그마한 도시이다. 서안의 옛 이름은 장안(長安)으로서, 고대 중국의 역사를 주름잡았던 진(秦), 한(漢), 당(唐)나라의 수도였다. 이 두곡에는 대한광복군 제2지대 사령부가 위치한 곳이다. 그리고 제2지대 사령관이 광복군의 참모장으로 청산리대첩에서 용명을 떨친 조선독립군 지도자 이범석이다.

한미 합동전략회의가 두곡에 있는 대한광복군 제2지대 본부에서 개최되었다. 조선 측에서 임시정부 주석 김구와 광복군 총사령관 이청천(李靑天) 장군과 이범석 장군이 참석하였고, 미군 측에서 전략정보처 사령관 도노반 장군과 중국전구 책임지휘관 홀리웰 중령, 그리고 조선지역 유격전 책임지휘관 사젠트 소령 등이 자리하였다. 회의장 정면에는 태극기와 미국 성조기가 나란히 걸렸다. 정면 회의탁자 뒤에는 대한광복군 간부들과, 그리고 유격대 교육 훈련에 큰 공을 세운 미군 간부들이 좌석을 메우고 있었다.

도노반 장군이 김구 주석에게 뚜벅뚜벅 걸어와 힘차게 거수경례를 부친다. 김구 주석이 급히 자리에서 일어나 인사를 하고, 두 사람이 뜨겁게 포옹한다. 김구는 거인이다. 당당한 체격은 미군 도노반 사령관에 조금도 위축되지 않는다. 당년 70세의 고령에도 불구하고, 독립전쟁에 그을린 구릿빛 얼굴이 장년 세대를 압도하는 건강을 과시한다. 불굴의 투지는 늠름한 기상으로 나타나, 산전수전을 겪고 있는 미군 수뇌들에게 부동의 신뢰감을 심어 주고도 남음이 있다.

회의는 김구 주석의 환영사로 시작되었다.

"존경하는 도노반 사령관님, 중국 인민과 조선 인민의 사랑과 존경을 한 몸에 받고 있는 홀리웰 변호사님과 사젠트 박사님, 그리고 미국의 전략정보처를 관장하시는 지휘관 여러분. 참으로 반갑습니다. 오늘 한미 합동전략회의를 갖게 된 것을 본인과 조선 인민은 무한한 광영으로 생각합니다. 더욱이 대한광복군을 물심양면으로 지원해 주시고, 이제 여기 오지에까지 왕림해 주시니 참으로 고맙습니다. 본인은 조선 인민을 대표하여 다시 한번 진심으로 감사의 말씀을 드립니다."

정말 역사적인 순간이었다. 일제에 짓밟힌 한 약소 국가의 지도자가 나이 70이 지나도록 평생을 사선에서 지내며, 이렇게 소탈하면서도 당당한 인품을 잃지 않은 것을 눈앞에 보면서, 도노반 사령관 이하 미군 O.S.S. 수뇌들은 진정으로 흠모의 정을 갖지 않을 수 없었다. 조선인 망명정부의 주석 김구의 꾸밈없는 표현은 미군 지휘관들을 감동시키고 있었다.

"우리 조선은 지금으로부터 60여 년 전인 1882년 미국과 정식으로 국교를 수립하였습니다. 그 이후 조선 인민은 미국으로부터 많은 선진문화를 수입하였습니다. 새로운 과학기술과 민주주의, 그리고 인권의 중요성을 배웠습니다. 특히 기독교 신앙과 그에 바탕을 두는 박애사상은 우리들을 크게 감화시켜 주었습니다. 본인은 미국인 가치관의 초석인 기독교 사상에 귀의한 이후, 지금까지 변함없이 하나님의 가르침을 지키고 있습니다."

장내가 물을 끼얹은 듯이 조용하다. 미국과 미국 문화에 대한 김구 주석의 언급이 감사와 존경으로 계속된다. 그러나 듣는 이로 하여금,

그의 말은 조금도 아첨이나 가식이 없어 보였다.

김구 주석의 인사말이 끝나자, 미군 O.S.S.사령관 도노반 장군의 답사가 이어진다.

"평소부터 존경해 오던 김구 주석 각하를 이렇게 직접 뵙게 되어 정말 무한한 영광입니다. 또한 이청천 사령관님과, 그리고 대일 독립 투쟁에서 용맹을 떨치신 이범석 장군을 다시 만나게 되어 반갑기 그지없습니다.

조선은 수천 년의 역사를 가진 뛰어난 민족입니다. 또한 찬란한 문명을 이룩해 온 동양의 문화 강국이었습니다. 지금 한때 잔악한 일본의 압제에 신음하고 있지만, 곧 자주독립을 쟁취하리라는 것을 의심하는 사람은 하나도 없습니다.

저는 일제의 압박 기간에도 국권을 회복시키기 위해 목숨을 던져 투쟁해 온 많은 영웅들이 줄을 잇고 있다는 말을 수없이 들어왔습니다. 일본 침략의 원흉인 이등박문 통감을 사살한 안중근 의사, 일본 백천대장 등을 폭사시킨 윤봉길 의사, 일본 천황에게 폭탄을 던진 이봉창 의사 등등은 이 중국에서도 인민들이 흠모하는 위인들입니다. 그 가운데에서도 가장 우뚝한 조선 민족의 거인은 바로 제 앞에 앉아 계신 김구 주석 각하이십니다."

도노반 장군은 김구 주석의 철혈 같은 의지와 빛나는 투쟁 업적을 극구 찬양하였다. 또한 해박한 조선 역사와 문화, 그리고 독립투쟁사를 예로 들며, 어려운 고초와 간난을 돌파하고 조선 민족을 이끌어 나가고 있는 지도자들에게 최고의 경의를 표하였다.

도노반 장군이 잠시 숨을 돌리는 사이에, 김구 주석이 다시 일어난다.

"도노반 사령관님의 과찬에는 몸둘 바를 모르겠습니다. 우리 조선 인민은 아메리카합중국의 역사를 통하여, 인류의 장래를 밝혀 주는 위대한 지도자들이 헤아릴 수 없이 많았다는 것을 잘 알고 있습니다.

위대한 나라 아메리카합중국의 초석을 놓으신 초대 대통령 워싱턴, 노예를 해방하고 인간평등을 실현하신 링컨 대통령, 그리고 민족자결의 대원리를 천명하시어 약소 민족의 자주독립을 지원해 주신 윌슨 대통령은 아시아 인민의 존경을 받는 위대한 지도자이십니다. 우리 조선 인민은 특히 루스벨트 대통령을 진심으로 흠모하고 있습니다. 포학한 나치 독일과 일제를 타도하고 카이로 선언에서 조선 독립을 명확히 밝혀 주신 조선 민족의 영원한 은인이십니다.

아시아 인민과 조선인 모두는 아메리카합중국이 인류의 평화와 발전을 위하여 제창한 평등, 박애 사상과, 그리고 자유주의 민주주의를 최고의 이념으로 신봉할 것입니다."

한미 합동전략회의에 참석한 미군 수뇌들과 장교들은 김구 주석의 해박한 식견에 모두 놀랐다. 아메리카의 건국 이념과 건국 지도자들에 대한 진심 어린 찬양은 미군 모두를 감동시키고도 남음이 있었다.

도노반 사령관이 더 기다릴 수 없는 듯이 선언한다.

"오늘부터 대한민국 임시정부와 아메리카합중국 사이에는 군사동맹이 정식으로 체결되었음을 선포합니다. 이 시각부터 미군과 광복군은 인류 공동의 적인 일제에 대하여 합동 군사작전에 돌입하였음을 엄숙하게 선언합니다.

예로부터 조선은 동방예의지국으로 칭송되어 왔습니다. 미국의 동맹국인 조선은 예의도덕을 숭상하는 나라이고, 신의를 목숨보다 중시하는 민족임을 잘 알고 있습니다. 여기서 우리가 더 무엇을 주저할 필요가 있겠습니까?”

자리를 메우고 있던 광복군 간부들은 뜨거운 눈물을 흘렸다. 이제 비로소 대한민국은 세계 최강의 미국과 대일 군사동맹을 맺게 된 것이다. 대한광복군은 엄청난 국력을 보유한 미국의 지원을 받아서, 일본군을 격퇴할 수 있는 강력한 군대로 성장할 수 있는 계기를 마련한 것이다.

아! 이 얼마나 기다리던 순간이었나!

광복군 간부들은 상대를 감복시키는 김구 주석의 외교 수사에 다시 한번 감탄하면서, 고난과 시련 속에서도 시종일관 꿋꿋하게 민족을 이끌어 나가는 용기 있는 지도자를 다시 한번 우러러보았다. 그들의 눈물과 탄성 속에는 오직 조국이 있었다. 조국의 광복과 독립이 있었을 뿐이었다. 그들 광복군 간부들 중에는 김준엽 대위도 말석에 참석하는 영광을 누리고 있었다. 회의록을 열심히 기록하면서….

다음날이 되자, 김구 주석과 도노반 사령관 등 한미 양측의 수뇌들은 다같이 광복군 유격대 생도들의 훈련 성과를 시찰하기 위해 나섰다. 우의를 돈독히 하기 위한 배려였다. 또 교육 훈련을 맡았던 미군 장교들의 요청도 있었다.

일행은 비밀 교육장으로 향했다. 두곡에서 동남 방향으로 40여 리를 지나면 한시(漢詩)의 명소로 유명한 종남산(終南山)이 나오고, 입구에서 도보로 5리쯤 가면 오래된 절이 나타난다. 이곳이 비밀 교육 훈련장의 지휘소이다.

특수부대 생도들이 익혀 온 교육 훈련의 시범에 최선을 다한다. 사격술, 저격술, 폭파술, 연막 및 엄폐술, 낙하 시범, 도강술, 적진에로의 침투술, 무전 타전 기법 등을 펼쳐 보인다. 또한 유격대의 조직 및 확대 전술, 그리고 주민에 대한 선전선동 공작 등 준비된 작전술 등을 발표하기도 한다.

마지막으로 사젠트 지휘관이 직접 나서서, 어려운 테스트 과정을 실시하였다. 50명의 생도들 중 대표로 7명을 선발하여 한 조로 묶었다. 이미 조선 8도 침투조가 결성되어 있고, 각 침투조에 조장이 선정되어 있었기 때문에, 조장들이 대표로 선정된 것이다. 명실 공히 O.S.S. 조선인 유격특전대 제1기생 50명의 대표였다.

7명 전원에게 밧줄 한 다발씩을 메게 하고 수십 길 낭떠러지 가에로 나간다. 사젠트 소령이 명령을 내린다. 7명 전원이 낭떠러지를 내려가서 밑바닥에 있는 나뭇잎 하나씩을 가져오라는 것이다. 낭떠러지 밑에는 이미 시험관인 미군 장교가 지키고 있다. 참으로 난감한 테스트 과제였다.

7명 생도는 머리를 짰다. 작전회의에 작전회의를 거듭했다. 마침내 돌파구가 나왔다. 고된 훈련 속에서도 틈틈이 '제단(祭壇)'이라는 잡지를 만들고 있었던 장준하(張俊河) 대원이 나섰다.

"우리에게 내려진 문제는 우리의 단결력을 테스트하는 시험 같습니다. 7명 전원이 나뭇잎을 가져오기만 하면 목표는 달성되는 것입니다. 각자가 단독으로 행동하면 절벽 밑으로 내려갈 수도 없습니다.

그런데 한 방법이 있습니다. 7명이 가지고 있는 밧줄을 한데 모읍시다. 하나의 밧줄로 묶읍시다. 그러면 그 총 길이가 절벽 밑에 닿고도 남을 것입니다. 그런 다음 대원 7명이 차례대로 밑에 내려가서 나뭇잎을 따 오면 될 것입니다."

기발한 아이디어였다. 전 대원이 찬성하였다. 테스트 과제는 순식간에 해결되었다. 대성공이었다.

사젠트 박사가 놀라움을 금치 못한다. 만족하여 큰소리로 외친다.

"조선 생도들은 참으로 장합니다. 내가 중국 학생 수백 명에게 이 과제를 출제하였으나 해내지 못하였습니다. 오늘 조선 생도들 7명이 해결하였습니다. 그것도 지체 없이 말입니다. 정말 조선은 전도가 매우 유망한 나라입니다. 조선 인민은 두뇌가 뛰어납니다. 김구 주석 각하, 감축드립니다."

교육 훈련 성과를 평가하기 위하여 나와 있던 미군 지휘관이나 장교 들이 모두 박수로 환영하였다. 김구 주석은 흐뭇하였다. 이범석 장군을 쳐다보는 주석의 눈가에는 이슬이 맺히고 있었다.

그날 오후부터 새로운 상황이 서안 두곡에까지 미치기 시작하였다. 일본 히로시마에서 폭발한 원자폭탄의 여파가 밀려들기 시작한 것이다.

중경 임시정부 본부로부터 중요한 정보가 김구 주석에게 즉각 보고 되었다. 특히 신형 폭탄의 위력과 일본에 대한 최후통첩 내용이 트루먼 대통령의 육성으로 발표된 것은 전 세계에 충격을 던져 주었다. 중경이나 임시정부, 그리고 이곳 두곡의 야전지휘소도 예외가 될 수 없었다.

점심 식사가 끝나갈 무렵 커피를 마시며 담소할 여유가 있자, 이범석 장군이 사젠트 소령에게 넌지시 물었다.

"박사님, 일본 히로시마에 엄청난 위력의 신형 폭탄이 폭발하였다는데요. 미국이 폭발시킨 신형 폭탄이라니, 그 영향이 얼마나 큰 것입니까?"

옆에서 도노반 장군이 신경을 곤두세우고 있다.

"신형 폭탄에 관해서 적지 않은 정보가 수집 되었습니다만, 아직 정확한 판단이 내려지지 않았습니다. 어제 대통령 각하가 발표하신 그대로입니다."

사젠트 박사가 아는 대로 대답하면서, 도노반 사령관의 얼굴을 쳐다본다. 원자폭탄의 비밀에 관해서는 미군 내에서도 극비 사항이다. 미군전략정보처라고 할지라도 도노반 사령관 이외에는 원자폭탄에 대해서 알 수가 없었다.

도노반 장군이 무겁게 입을 연다. 김구 주석을 쳐다본다.

"엊그제 우리 미군은 일본의 히로시마에 신형 폭탄을 투하했습니다. 그 신형 폭탄은 원자폭탄입니다. 그 위력은 이미 알려지기 시작한 대로, 폭탄 한 발로 히로시마 도시 전체가 괴멸될 정도입니다.

아마도 며칠 안에 또 하나의 원자폭탄이 일본의 군수 도시에 투하될 예정입니다. 제 생각으로는 일본 군부가 존재하는 한 항복하지 않을 것으로 보입니다. 그러나 전쟁 의지는 현저히 꺾일 것입니다. 뿐만 아니라 원자폭탄의 위력이 전 세계에 퍼져나갈 것입니다. 조선에도 확산될 것입니다. 그렇게 되면, 우리 O.S.S. 유격특전대의 조선 침투 활동도 수월해질 것입니다. 전기가 매우 유리하게 무르익어 가고 있습니다."

반가운 소식이었다. 두곡으로 돌아오면서 김구 주석은 말없이 바깥 풍경을 쳐다보고 있었다. 옆에 자리한 이범석 장군이 말을 건네기가 어려울 정도였다. 털털거리는 창밖으로부터 불안한 생각이 엄습하고 있다. 김구 주석은 점점 불안해졌다.

'원자폭탄이 일본의 도시에 또 폭발된다…? 일본의 큰 도시 하나가 날아간다…?

만약 이러다가 정말 왜적이 미국에 항복하는 것은 아닐까…? 그러면 우리 광복군의 조국 탈환은 어떻게 되나…?

아, 이거 보통 문제가 아니구나. 큰일 났구나! 우리 광복군이 한양으로 진격할때 까지 왜적이 항복해서는 안 되는데….'

갑자기 김구 주석이 큰소리로 지시했다.

"이청천 사령관, 두곡에 가면 즉시 중경 본부에 연락하여 원자폭탄의 위력과 왜적의 피해 상황에 대하여 상세한 보고를 올리도록 조치하시오. 이범석 장군, 홀리웰 중령이나 사젠트 박사의 협조를 얻어서, 원자폭탄 투하와 미국의 무조건 항복 요구에 대하여 일본이 어떻게 대응하고 있는지 자세한 정보를 입수하도록 하시오."

두곡 지휘부에 가까울수록 김구 주석의 불안은 점점 커져 갔다. 전장에서 수십 년간을 살아온 김구의 예감이 불안을 더욱 가중시켜 나가고 있었다.

(4)

"김구 주석! 어서 오십시오. 이렇게 누추한 자리를 찾아주시어 광영이옵니다."

"성주(城主) 각하, 이렇게 환대해 주시니 감읍할 뿐입니다!"

대한민국 임시정부 주석 김구가 중국 서안(西安)에서 섬서성(陝西省) 주석인 축소주(祝紹周)의 사저에 들어서자, 문간에 나와 있던 축 주석이 달려와 끌어안는다. 방으로 들어서니 환영객들이 일어나 박수를 치면서 함성을 올린다.

축소주는 대일항쟁에서 용명을 떨치고 있는 역전의 용사이다. 장개석 총통과 각별한 관계에 있고 신임이 두터워, 전략적 요충지인 섬서성의 주석 자리를 맡고 있다. 평소부터 조선의 거인 김구 주석을 존경해 왔으며, 막역한 우정을 나누고 있는 사이이다. 김구도 광복군 제2지대 사령부와 훈련장이 이 곳 서안 교외에 있으며, 대일 독립투쟁에서 군사령관인 호종남(胡宗南) 장군과 축소주 성주석(省主席)의 신세를 적잖이 지고 있어서 감사하게 생각해오고 있다. 서안에서는 호장군이 전선에 나가있어서 만나지 못했는데, 축 주석이 이렇게 시간과 자리를 마련해 주니 반가웠다.

방안의 손님들과 반갑게 인사를 나누며 회포를 풀었다. 축 성주의 자당을 위시하여 부인 자녀들까지 모두 나와 환영하는 성의가 고마웠다. 진수성찬이었다. 음식 하나하나에 정성이 가득하였다. 분위기가 화기애애하였다. 김구는 두곡에서의 땀을 씻으면서 모처럼 긴장을 풀었다. 술기운이 퍼지자 지쳐있던 심신이 겨우 쉴 자리를 찾는다. 강철 같은 의지의 화신 김구도 70살이 넘고 있다.

만찬이 끝나갈 무렵, 시원한 수박이 먹음직스럽게 나온다. 왁자지껄한 담소 속에서, 방안의 벨이 요란히 울린다. 축 주석의 서재에 있는 전화소리인 듯싶다.

"누가 이 밤에 전화를 거는가? 백범 선생, 잠깐 결례를 하겠습니다."

"원 별말씀을. 급한 용무인지도 모르지요. 다녀오십시오."

축 성주가 전화를 받으러 서재로 들어간 후 좀처럼 나오지 않고 있었다. 30여 분이 지나도 돌아오지 않자, 방안에 있는 사람들도 긴장한 듯 말소리가 잠잠해졌다.

서재의 문이 화들짝 열리면서 축소주 성주가 튀듯이 밖으로 나왔다. 다시 방문이 꽝하고 닫혔다. 모든 사람이 놀란 듯 성주를 쳐다보았다. 얼굴이 벌겋게 상기되어 있다. 흥분한 채 축 주석은 김구 앞으로 달려온다.

"백범, 백범 선생, 왜적이 항복을 한답니다. 일제가 무조건 항복을 한다고 합니다!"

김구가 자리에서 벌떡 일어났다. 놀란 듯 눈을 크게 뜨면서 물었다.

"축 성주, 무슨 말씀이십니까? 왜적이 항복을 하다니요?"

축 주석은 김구의 손을 덥석 잡고 자기도 모르게 소리 높여 말했다.

"마지막까지 발악을 하던 일제가 포츠담 선언을 받아들여 무조건 항복을 하겠다는 요청을 중립국 스위스를 통하여 우리 연합국에게 통지해 왔다고 합니다. 우리나라에서도 이 내용을 재차 확인하고 바로 전국 각지에 알리고 있는 중이라고 합니다. 확실합니다."

"아! 마침내 왜적이 항복을 한단 말입니까!"

축 성주의 손을 놓은 김구의 몸이 부르르 떨기 시작하였다. 거인 김구의 눈에서 눈물이 뚝뚝 떨어진다. 축소주 주석이 김구의 몸을 왈칵 껴안았다. 김구도 감격에 겨워 축 성주를 포옹한다. 갑자기 방안이 떠나갈 듯이 박수소리가 터져 나왔다. 누가 먼저인지, 만세소리가 울렸다.

"중화민국 만세!"

"조선민국 만세!"

"김구 주석 만세!"

축 주석이 정신을 차리고 방안을 둘러보면서 입을 열었다.

"여러분, 오늘은 내 생애 최고로 기쁜날 입니다. 정말 절묘한 날이기도 합니다. 나는 평소 세계에서 가장 존경하는 한 분인 김구 주석을 직접 만나 위로해 드릴 수 있기를 원했습니다. 그리하여 오늘 이 자리를 마련했던 것입니다. 그런데 오늘 밤 이 소찬이 왜적이 멸망하고 백범의 조국 조선이 독립하는 축하연이 되었으니, 이렇게 통쾌하고 광영스러울 수가 있겠습니까?"

축 주석은 감격에 겨워 한동안 말을 잇지 못하다가, 부인을 쳐다보면서 말했다.

"여봐라, 여기 술을 다시 내 오너라! 우리의 영웅 백범을 위하여 모두 축배를 들기로 하자!"

축 주석이 잔을 높이 들었다.

"왜적과 싸우다 산화해 간 수많은 전사들의 원혼을 위로하고, 조국의 자주독립을 위해 일제와의 투쟁에 평생을 바쳐 오신 김구 주석 각하의 승전을 경하하면서, 건배!"

김구도 잔을 높이 들었다. 단숨에 잔을 비웠다. 감격적인 순간이었다.

다시 잔에 술이 찬다. 김구 주석이 받아든 술잔을 자리에 놓는다. 김구가 뚜벅뚜벅 걸어나온다. 축 주석의 자당이 계신 자리에 가 마루에 엎드려 큰절을 올린다. 눈물이 거인의 뺨을 타고 흘러내린다. 김구는 다시 자리에 돌아왔다. 잔을 높이 들었다.

"부족한 소인 김구와 우리 조국 대한민국을 위해 물심양면으로 지원을 해 주신 축소주 성주님께 진심으로 감사를 드립니다. 그리고 왜적과 사생결단으로 싸워온 조선 민족을 끝까지 지원해 주시고 성원해 주신 중화민국 장개석 총통 각하와 중국 인민에게 중경 망명정부를 대신하여 뜨거운 사례의 정을 올립니다.

왜적의 패망이 결정된 오늘, 저는 만감이 교차되고 있습니다. 이곳 중국 땅은 저에게는 제2의 고향입니다. 일찍이 마흔세 살에 상해로 망명한 이래 이제 칠십이 되니 27년간을 이 대지 위에서 살아오며 왜적과 싸웠습니다."

거인 김구도 목이 메었다.

"오늘 저는 축소주 선생의 분에 넘친 은혜를 입으면서, 축 성주의 자당님을 뵙는 광영을 받았습니다. 저의 어머니는 조국의 독립을 보지 못하시고 5년 전 돌아가시어 이곳 중국 땅에 뼈를 묻었습니다. 저의 아내도 독립투쟁을 하다가 역시 이곳에서 죽어 상해에 잠들어 있습니다. 바로 얼마 전에는 저의 큰애도 유명을 달리하여 이 땅에 묻혔습니다. 이렇게 나 한 몸을 제외하고는 우리 식구 모두가 중국 대지에 몸을 묻은 것입니다."

김구가 흐르는 눈물을 삼킨다. 축 주석을 향하여 고개를 숙이면서 말을 잇는다.

"성주 각하, 김구와 조선 민족은 각하의 성은을 평생 못 잊을 것입니다. 역사가 이어질 때까지 자손만대에 걸쳐서 중화민국의 은혜에 보답하도록 하겠습니다. 다시 한번 감사의 말씀을 올립니다."

얼마 후 김구 일행은 캄캄한 밤길을 달리고 있었다. 광복군 2지대 사령부가 있는 두곡으로 향하는 중이다. 축 성주의 집에서 어떻게 나왔는지도 생각나지 않는다. 두곡사령부와 긴급 통화를 하고 광복군 간부들을 대기시켜 논 채 이렇게 급거 귀환하고 있는 것이다.

8월의 밤하늘에 별들이 반짝이고 있다. 달리는 차창에 밤하늘을 응시하고 있던 김구가 주머니에서 회중시계를 꺼낸다. 고이 간직해 오고 있는 시계이다. 김구는 시계를 한동안 바라보다가 다시 하늘의 별을 쳐다본다. 동쪽 하늘에 샛별이 밝게 빛나고 있다. 김구가 갑자기 그리움에 복받쳐 울부짖는다.

"윤봉길 의사! 드디어 왜적이 망했어! 항복을 했단 말이여! 조국이 해방되고 우리 조선 민족이 다시 강토를 찾았어!

아… 24살에 왜적을 도륙내고 산화했으니, 금년 37살이 되는구먼. 자네가 떠날 때 내게 준 시계가 지금도 잘 가고 있어. 바로 이것이 그 시계일세."

거인 김구는 윤봉길 의사가 남겨 준 시계를 가슴에 안고 울었다. 광복군사령부를 향하여 이국의 산하를 밤에 달리면서 울었다. 조국을 찾겠노라 왜적들을 죽이고 먼저 간 동지들이 그리워 울었다. 일제와 싸우다 죽어 간 수많은 선구자들의 넋이라도 있다면, 혼백이라도 계시다면, 해방되고 독립된 조국으로 모셔 가고 싶었다.

"윤 의사(義士), 다행스런 일이야. 의사의 후배들이 광복군 유격대가 되어서 조국으로 진공하게 되어 있었어. 왜적과 싸워 장렬하게 죽고 조국을 찾게 되어 있었어. 이번에는 윤 의사처럼 혼자가 아니라, 수백 수천의 조선 젊은이들이지.

그런데 왜적이 멸망했으니, 이제는 그 후배들이, 조선 청년들이 죽지 않아도 되게 되었어. 해방된 조국에, 독립을 되찾은 강토에 살아서 돌아갈 수 있게 되었어.

아… 이 모두가 윤 의사의 살신성인 덕분이 아니겠는가!

윤 의사, 난 참으로 부끄럽구먼. 젊은 윤 의사가 살아서 조국에 가야 하는데, 늙은 나 혼자 목숨을 부지하여 돌아가게 되었으니, 이 얼마나 못난 짓인가! 윤 의사, 이 못난 늙은이를 용서해 주게. 용서해 주어! 흑 흑 흑…”

일제의 패망으로 조선 해방이 확정된 그날, 거인 김구의 소리 없는 통곡이 중국의 밤하늘에 메아리치고 있었다.

(5)

장준하(張俊河) 대위가 사무실로 들어선다. 군복을 입은 어깨 위에는 대위 계급장이 빛나고 있다. 지난 8월 1일 대한민국임시정부 광복군사령부에서는, 미군 전략정보처의 지원 아래 국내로 침투하는 특수 유격대원 50여 명을 일 계급 특진 시켜 대위로 승진 발령하였다. 광복군 유격대의 핵심 간부요원들이다.

동지들이 돌아가자 장준하 대위는 주변을 정리하기 시작했다. 보자기를 펴고 일기장을 밑에 놓았다. 모두 일곱 권의 노트이다. 그 위에 자기 스스로 만들어 왔던 잡지 ‘등불’ 다섯 권과, 새로이 만들기 시작한 잡지 ‘제단’ 1호 2호를 챙겼다. 몇 가지 유품도 넣었다. 보자기를 묶고 소포로 만들었다. 보자기 위에는 유서를 써 넣었다.

사용하던 물건들을 한데 모았다. 대엿새 정도 쓸 것만을 남기고 나머지를 밖으로 옮긴다. 사오일 후에는 왜적이 점령하고 있는 조국으로 침투해 들어갈 것이다. 목숨을 부지해 돌아오거나 살아생전 해방된 조국을 보리라고는 생각지 않는다. 독립투쟁의 선구자가 되어 민족을 위해 전사하게 될 것이다. 고향에 있는 부모형제 그리고 꽃 같은 아내는 나라를 다시 찾게 되리라…. 이것만도 얼마나 다행스런 일인가!

마당 한구석에 쌓은 물건들에 불을 붙였다. 이제는 필요 없는 것들이다. 삼사 일 후에는 이곳을 떠나 출동할 것이다. 며칠 간 사용할 일용품들은 사무실 안에 챙겨 놓았다. 나머지들을 깨끗이 청소하고자 불태우고 있다. 불꽃이 타오르고 연기가 하늘로 솟는다. 연기 따라 눈길이 먼 하늘을 본다. 저 너머 서산 위에 저녁노을이 붉다.

갑자기 고향이 그리워진다. 두고 온 산하, 남겨 논 아내, 늙으신 부모님, 어떻게 있는지 정말 보고싶구나! 눈에 눈물이 고인다. 가슴이 저리다.

장 대위는 머리를 흔들었다. 고향을 지웠다.

'안 된다. 약해져서는 안 된다. 감상적인 기분은 죽음이다. 죽음을 두려워하는 것이 아니다. 조국 해방의 큰일을 망치는 실패가 두려운 것이다. 정신을 차려라!'

김구 주석의 외침이 귀에 쟁쟁하다.

"쳐라! 복수하라! 왜놈의 무리를 한 놈도 남김 없이 쳐부숴라!"

칠순의 거인, 조선민족의 지도자 김구 주석이, 전장으로 떠나는 젊은 사자들을 찾아오셔서 마지막으로 선물하신 명령이다. 50여 명의 선발 유격대는 용약하며 함성으로 노지도자에게 답해드렸다.

"필생즉사(必生卽死) 필사즉생(必死卽生)! 가자 조국으로!"

광복군 총사령관 김구 주석을 그리며 붉게 타오르는 저녁노을을 응시하던 장준하는 급히 흰 종이를 꺼내어 떠오르는 시상을 적어 나간다.

내 영혼 저 노을처럼 번지리
겨레의 가슴마다 핏빛으로
내 영혼 영원히 헤엄치리
조국의 역사 속에 핏빛으로

시가 적힌 종이를 접어서 유언장 위에 끼워 넣는다.

소포를 든 장준하 대위는 말없이 김준엽(金俊燁) 동지의 숙소로 향했다. 생각한 대로 김 대위의 집에는 그의 부인인 민영주(閔泳珠) 여사 혼자 있었다. 민 여사는 장 대위를 반갑게 맞이했다. 장 대위는 민 여사에게 보통 사람이 아니다. 김준엽 동지가 부대 내에서 민 여사와 결혼식을 올릴 때 장준하가 주례를 선 일이 있는 것이다. 소중한 인연이 아닐 수 없다.

민 여사가 반갑게 맞아주었다. 장준하는 말없이 소포를 내밀었다. 의아해하는 민 여사에게 조용히 말한다.

"우리는 곧 이곳을 떠납니다. 여기 광복군 본부를 떠나 조국으로 갑니다. 왜놈들과 싸워서 나라를 다시 찾을 겁니다. 조국 강토를 찾지 않고는 살아서 돌아오지 않을 겁니다.

이 소포는 내 유품입니다. 유품과 함께 부모님께, 제 처에게 보내는 유언장이 있습니다."

장준하가 목이 멘다. 품 안에서 종이를 꺼내어 내밀었다.

“여기에 주소가 있습니다. 위의 것은 제 부모님 주소이고, 아래 것은 제 처가의 주소입니다. 어느 집이 살아계실지 모르니, 두 곳을 모두 적어 보내 주십시오. 제가 떠난 다음 즉시 부쳐 주시면 고맙겠습니다.”

장준하 대위는 말을 마치자 돌아서 걸어 나갔다. 뒤를 돌아보지 않았다.

민영주 여사는 손으로 얼굴을 가리고 흐느끼고 있었다.

내무반 숙소에 돌아오니 분위기가 어수선하다. 거의 모든 대원들이 술렁이고 있다. 장준하 대위가 들어서자 대원들이 우르르 몰려들었다.

“어디에 갔다가 이제 오는 거야? 상황이 급박해지고 있어. 곧 출동할 것 같아. 지금 짐들을 싸고 있는 중이야. 장 대위도 빨리 군장을 꾸리는 것이 좋을 거야. 밤에, 출동 직전에 허둥 대지 말고.”

노능서 동지가 다급하게 일러준다.

어수선한 분위기가 사실로 나타나기 시작하였다. 그 이튿날 아침 조회 시간에 이범석 장군이 연단에 올라 대원들에게 지시했다.

“지금부터 모든 대원들은 특별 대기하라! 명령이 떨어지면 즉각 출동할 수 있도록 만반의 준비 태세를 갖추기 바란다. 이상.”

식사 후 내무반에 김준엽 대위가 들어왔다. 이범석 장군의 부관이기 때문에 본부의 상황을 누구보다도 잘 알고 있다.

김준엽 대위가 대원들에게 조용히 말한다. 궁금증을 풀어 주기 위한 배려인 것 같다.

"엊그제 일본의 군수도시 히로시마에 미국의 신형 폭탄 한 발이 투하되어 폭발했다고 합니다. 무시무시하게도 이 폭탄 한 방으로 히로시마가 지구상에서 사라졌습니다. 십여만 명 주민이 일순간에 몰살되었답니다. 또한 미국 트루먼 대통령이 방송에 직접 나와서 왜놈들에게 최후통첩을 보냈습니다. 만일 무조건 항복하지 않는다면 이 신형 폭탄을 동경 등에 계속 투하하겠다는 것이지요. 이렇게 하여 전쟁 상황이 급전하고 있습니다. 일제의 패망이 의외로 빨라질지 모르게 되었습니다.

따라서 우리 광복군의 진공도, 유격부대의 침투도 즉시 결행될 것으로 예상됩니다. 만반의 준비를 갖추지 않으면 낭패를 당할 수도 있으니 모두 정신을 차립시다."

장내가 숙연해졌다. 내무반에 숨소리 하나 들리지 않는다. 삼천리 금수강산이 전쟁터로 변하고, 마침내 최전선으로, 그리고 광복군 유격대 선발로 출정하는 것이다.

장준하 대위는 빈틈없이 군장을 꾸렸다. 조금의 실수도 있어서는 안 된다. 이미 유품과 유언장까지 고향 부모님께 부치고 오지 않았는가!

전투복을 갈아입은 대원들 몇 명이 자연스럽게 장준하 대위 주위에 모여들었다. 장 대위를 중심으로 모여 앉아 작전 숙의를 하고 있는 이들은 경기도 지구를 담당하게 된 대원들이다. 경기 지구는 중요한 심장부이다. 경성(서울)이 있지 않은가! 일당백(一當百)의 전사들이 선발된 것이다. 노능서(魯能瑞) 대원은 무전송신의 일인자이다. 이계현(李啓玄) 대원은 권총의 명사수로서, 그의 실력에는 미군도 혀를 내두른다. 대학시절 권투선수로 명성을 날린 김성환(金聖煥) 동지가 가세하고 있다. 힘이 장사다. 이들 4인 1조를 지구대장 자격으로 장준하 대위가 관장한다. 간부 요원들 중에서도 핵심이다.

그날 오후 상황은 더 급박해져 갔다. 점심 식사가 끝나고 얼마 후, 노태준(盧泰俊) 안춘생(安椿生) 두 구대장을 대동하고 이범석 장군이 내무반으로 들어선다. 대기하고 있던 대원들이 모두 일어난다. 이 장군은 국내에 잠입하는 유격대원들에게 필수적인 물품을 지급해 주었다. 곤명 미군 부대에서 공급된 것이다. 무기와 장비는 물론이고 무전기, 조선은행권의 화폐, 금괴 등이었으며, 여러 종의 가짜 신분증이나 위조 증명서도 들어 있다. 이렇게 하여 출동 준비가 완료되었다. 명령이 떨어지는 순간, 광복군 유격특공대의 국내 진격이 개시되는 것이다.

유격대원 막사는 군장 정리 등으로 부산하였지만, 그러나 병영은 조용하였다. 김구 주석 일행이 서안을 방문하고 있었기 때문에 별다른 행사는 없었다.

해가 서산으로 기울 무렵, 미군 지프 한 대가 정문을 통과하여 지대 본부로 들어오고 있다. 아직 땅거미가 내리지 않았는데도 이 지프는 급한 용무가 있는지 전방 라이트를 켜고 달려온다. 밖을 내다보던 유격대원들이 우르르 창가로 다가와 차에서 내려 사령관실로 급히 들어가는 미군을 응시하였다.

갑자기 내무반이 술렁거린다. 긴장하기 시작한다. 차에서 내려 본부로 직행한 미군이 사젠트 소령이었기 때문이다. 광복군 유격대의 조직 훈련을 책임지고 있는 미군 전략정보처의 핵심 간부, 바로 그 사람이다. 즉시 출전 명령이 하달되고 있는 것으로 보인다.

초조한 시간이 흐르고 있었다. 그러나 얼마 동안 조용하였다. 고요한 긴장이 병영을 감싸는 듯하였다.

30여 분이 지난 후 사젠트 소령은 사령관실을 나와서 지대 본부 옆에 있는 미군 막사로 향하고 있다. 그 뒤를 이어 이범석 장군 부관으로 있는 김준엽 대위가 나오더니 내무반을 향해 뛰어온다. 김 대위가 내무반으로 들어와 군화를 신은 채 침상으로 올라선다. 김 대위가 흥분되어 있다.

"동지 여러분 중대한, 중대한 소식을 말씀드리겠습니다. 참으로 중요한 뉴스입니다."

김준엽이 침을 삼킨다.

"왜놈들이 무조건 항복을 하였답니다. 방금 일제가 연합군에게 항복을 했다고 합니다."

유격대원들은 어안이 벙벙했다. 자기 귀를 의심하였다. 서로들 옆 동지의 얼굴을 쳐다보면서 확인이라도 하는 듯 눈을 끔뻑거린다.

노능서 대원이 소리쳐 묻는다.

"김 대위, 지금 무슨 말을 하는 거야! 우리가 출동하는 것이 아닌가? 그런데, 왜놈들이 항복했다는 것은 무슨 얘기야? 다시 말해봐! 자세히…."

김준엽 대위가 자기도 답답하다는 듯이 큰소리로 말한다.

"일본놈들이 더 견디지 못하고 투항했다는 것이야! 오늘 아침 중립국 스위스를 통해 포츠담 선언을 수락하고 무조건 항복을 하겠다고 연합국에게 통보해 왔다는 거야. 미국은 다시 한번 확인한 후, 일제의 무조건 항복 사실을 모든 연합국 장병들에게 알리고 있어. 방금 사젠트 소령이 통보해 준 것이야. 틀림없이 왜놈들이 무조건 항복했다!"

갑자기 '와!' 하는 함성이 일고 박수 소리와 함께 만세 소리가 터져 나왔다. 누가 먼저라고 할 것 없이 모두가 침상 위로 올라서서 애국가를 부르기 시작하였다.

"동해물과 백두산이 마르고 닳도록
하느님이 보우하사 우리나라 만세
무궁화 삼천리 화려 강 - 산
대한 사람 대한으로 길이 보존하세"

노래가 끝나자 50여 명의 광복군 선구자들이 서로 엉켜서 뒹군다. 환희의 절정이었다.

'엉 - 엉' 소리 내어 통곡하는 대원, '흑 - 흑' 울음을 삼키며 눈물을 거두는 동지, 침상 위에 벌렁 드러누워 천장을 쳐다보며 미친 듯이 웃어 대는 친구, 삽시간에 내무반이 환희와 통곡으로 뒤덮였다.

장준하는 정신을 차리고 조용히 밖으로 나왔다. 고향이 있는 먼 하늘을 바라보니, 엊저녁처럼 서산 위에 저녁노을이 붉게 타고 있다. 기쁨과 슬픔이 한꺼번에 복받친다. 주먹으로 눈물을 훔친다. 뒤에서 소리가 나면서 누가 다가 왔다. 돌아다보니 얼굴에 웃음을 가득히 머금은 김준엽이다. 둘은 다시 한번 온몸을 끌어안았다.

김준엽이 농담한다.

"장 형, 어제 우리 집에 왔었다면서? 혼자 있는 신부를 그렇게 울려 놓는 사람이 어디 있소! 이제는 유품들을 집에 보내지 않아도 되겠지…."

장준하가 멋쩍은 듯이 대답한다.

"아닐세. 그래도 소포는 부쳐 달라고 하게. 주석의 말씀대로 나는 왜적들을 죽이고 복수하러 가야 되네. 왜놈들은 우리 불구대천의 원수일세!"

김준엽 동지가 웃으면서 말했다.

"장 형의 심정, 잘 알겠어. 그런데 장 형. 참으로 애석하네. 우리 유격대원들이 진격하여 조국을 직접 탈환하고 독립을 쟁취했어야 하는 건데…. 연합국의 힘에 만 의존하여 해방을 맞게 되었으니, 그들의 영향에서 벗어나기가 어려울 것 같아. 또 간섭은 오죽하겠어?

무엇보다도 시급한 문제가 공산주의자들의 발호일 것으로 보여. 스탈린의 명령에 따라 소련 적군(赤軍)이 만주와 조선을 석권할 듯이 남하하고 있다니 큰 걱정이야."

장준하가 꿈에서 깨어난 듯이 고개를 번쩍 들었다.

"아, 그런 문제가 있었나? 이거 잘못하면 큰 일이 또 나겠군!

이범석 사령관님은 어떻게 하고 계신가?"

“왜놈들이 항복했으니, 조국이 독립될 것을 아시고 매우 기뻐하시지. 그러나 한편으로 무척 안타까워하시네. 이 장군님은 소련 군인들을 잘 아시지. 스탈린 같은 소련 지도자들이나 공산주의자들을 전혀 믿지 않지.

내가 나올 때도 걱정을 하고 계셨어. 그래서 서안에 수소문하여 김구 주석을 찾고 있어. 연락이 되는 대로 주석님이 돌아오시지 않을까? 다행스러운 것은 백범 어른이 이렇게 중대한 시기에 우리들 옆에 계시다는 사실이야.”

장준하가 김준엽의 손을 다시 잡는다.

“김 동지, 우리가 감격에 겨워 기뻐하고만 있을 때가 아니야. 뭉치고 단결하여 김구 주석과 임정(臨政)을 도와드려야 하겠네. 우리의 의견도 말씀드리고.”

장준하와 김준엽은 정신을 차리고 돌아섰다. 김준엽 대위는 사령관실로 향하고, 장준하 대위는 내무반으로 걸어갔다.

병영이 온통 난리다. 미군들이 있는 막사 근처에는 기쁨과 함성으로 떠나갈 듯하다. 마당에 나와 뛰어다니며 춤을 추는 장병으로 가득하다. 파티가 준비되는 모양이다. 야외에 술상이 차려지는 것 같다. 먼저 샴페인을 터트리는 미군들이 법석이면서, 일제의 패망과 종전을 기념하는 캠프 화이어의 불길이 치솟기 시작하고 있었다.

김구 주석 일행이 서안에서 40리 밤길을 달려 두곡에 도착한 것은 한밤중이었다. 제2지대 본부로 직행하였다. 대장실에는 이범석 장군과 부관 참모들이 대기하고 있었다. 이청천(李青天) 사령관과 함께 김구 주석이 들어섰다. 김구는 이범석 장군과 굳게 포옹하였다. 자리에 앉자 김구가 무겁게 입을 열었다.

"마침내 왜적이 망했소. 통쾌한 승리요. 우리 민족은 독립을 쟁취하였습니다. 참으로 기쁜 일이오. 이 모두 조상님들의 도우심이며, 일제와 싸우다 먼저 산화해 가신 독립투사들의 거룩한 희생 덕분입니다.

그러나 대한 광복군이 조국으로 진격하여 국토를 탈환하지 못한 것은 유감이 아닐 수 없습니다. 특히 우리의 유격특공대가 국내 진공을 목전에 두고 일제가 항복함으로써, 우리 손으로 왜적을 타도한다는 큰 뜻을 실현하지 못한 것은 애석한 일이오. 중국인들 앞에서 내색은 할 수 없었으나, 정말 통탄스럽기 한이 없소. 그렇지만 한편 생각하면 대한의 청년 건아들이 더 이상 피를 흘리지 않고, 살아서 독립된 조국으로 돌아갈 수 있게 되었으니 다행스런 일이기도 하오. 이 모두 여러 동지들의 노고가 한량없이 크오!"

노 지도자의 말은 장중하였다. 한마디 한마디가 폐부에 와 닿았다.

이범석 장군이 일어나 김구 주석에게 고개를 숙이면서 말하였다.

"주석 각하. 죄송하기 이를 데 없습니다. 천인공노할 왜적이 멸망한 것은 사필귀정이오나, 오랫동안 각하께서 피땀으로 육성해 오신 광복군과 유격선발대가 왜적과 싸워 조국강토를 찾아 왔어야 하는데, 이렇게 일제가 투항함으로써 그 웅지를 펼 기회를 잃게 되어 죄송하옵니다."

김구가 손을 저었다.

"이 장군, 그 무슨 말이오? 죄송하다니, 천부당만부당합니다. 이 장군을 비롯하여 우리 독립군들이 얼마나 충성스럽게 왜적과 싸웠소? 그 결과 왜적이 망한 것이 아닙니까?

일제와의 세계전쟁에서 우리 정부와 광복군이 연합국의 일원으로서 더 큰 공을 세울 수 있었는데, 다만 그것이 아쉬울 뿐입니다."

한동안 침묵이 흘렀다.

김구가 다시 입을 열었다.

"이범석 대장, 무슨 특별한 진전이라도 없었는지요?"

이범석이 대답했다.

"오후 늦게 사젠트 박사가 일제의 무조건 항복을 통보해 온 이후 별다른 정보나 움직임은 없었습니다. 여기에 오실 때 보신 대로, 미군들의 축하연이 아직 끝나고 있지 않은 상태입니다. 사젠트 박사는 오늘 저녁 이곳 두곡에서 묵게 될 예정입니다."

광복군 제2지대 대장 이범석이 야전사령관의 위치에서, 오늘 밤 구수회의(鳩首會議)의 본론을 제기하였다.

"주석 각하, 그리고 광복군사령관님. 지금은 중대한 시기입니다. 일제가 패망하고 조국이 자주독립을 찾게 되는 하루하루는 이제 절체절명의 시간이 아닐 수 없다고 생각됩니다. 우리 광복군이 어떻게 전략을 수립하고 행동해야 할지 주석 각하께서는 하명을 내려주셔야 할 것 같습니다. 광복군 동지들이 대기 태세에 있습니다."

천금의 무게를 갖는 귀중한 발의이다. 두곡의 밤은 깊어가고 있었다. 그러나 광복군 야전사령부에는 무거운 긴장감이 더해 가고 있다. 일제의 패망이 확정되던 날, 이곳 두곡에는 공교롭게도 대한광복군 최고 지도자 삼 인이 모였다. 망명정부 주석이며 광복군 통수권자인 김구, 광복군 최고사령관 이청천 장군, 그리고 야전사령관이며 특수 유격대 지휘관인 이범석 장군이다.

조국의 운명이 이 심야 전략회의에서 좌우될지도 모른다. 일제가 패망하고 모든 나라가 역사의 방향을 찾지 못하고 우왕좌왕할 때, 결단으로 한 발 먼저 내딛는 민족만이 미래를 장악할 수 있게 된다. 귀중한 시간이다.

김구 주석이 좌중을 둘러보면서 말했다.

"이 장군의 말씀은 현하 사태의 정곡을 지적하고 있습니다. 좋은 복안이라도 생각하셨습니까?"

김구가 이범석을 똑바로 쳐다보았다. 이범석은 입을 열지 못하였다.

김구가 다시 말했다.

"우리가 전략적 결단을 내리기 위하여서는 먼저 정황을 정확하고 자세히 파악하고 있어야 합니다. 내외의 정보가 중요하다는 말입니다.

손자병법에서도 지피지기백전불태(知彼知己百戰不殆)라고 하지 않습니까? 특히 우리는 자력으로 나라를 탈환한 것이 아닙니다. 미국이나 소련 등 타국의 힘을 빌려 조국 해방을 맞이한 것입니다. 그러므로 미국, 소련 등 연합국의 정세나 움직임을 면밀히 주시하지 않으면 안 됩니다. 정확한 정보에 근거하지 않는 전략은 매우 위험합니다.”

김구 주석은 타국의 힘을 빌렸다는 사실과 소련이라는 말을 강조하였다. 역시 독립전쟁의 백전노장이다. 간교한 일제가 제일 두려워하는 인물이 아닌가.

이범석 장군은 감탄하였다. 중국에서 육군사관학교를 나오고 평생을 전장에서 지샌 자기도 생각해 내기 어려운 전략의 핵심을 한마디로 요약하고 있다. 역시 위대한 지도자이며 탁월한 전략가이다. 국토와 국민을 잃고 외국의 땅을 빌려 독립전쟁을 수행해 오면서, 이렇게 임시정부를 이끌어 최후의 승리를 쟁취할 수 있었던 것은 뛰어난 통찰력이 있었기 때문일 것이다.

이범석은 김구 주석에게 다시 한번 감복하면서 입을 열었다.

“각하, 하문해 주십시오. 준비되어 있는 대로 말씀드리겠습니다.”

김구가 물었다.

“이 장군. 소련이 대일전에 참전했다는데 현재 전황은 어떻습니까? 내외의 주요 정세를 간명하게 요약해서 말씀해 주시요.”

이범석이 준비된 자료를 펼치면서 보고한다.

“해외 정세 중에서 우려되는 것이 소련 군대의 대거 남하 사태입니다. 지난 8일 새벽 연합국 일원으로 대일전에 참전한 스탈린 군대는 외몽고, 만주, 사할린, 그리고 우리 조선에서 대규모 병력으로 전면전쟁에 돌입했습니다. 미군의 첩보 분석에 따르면, 스탈린의 전략 목표는 만주와 조선의 점령에 있습니다. 지금 상황으로는 소련 적군의 남하를 저지할 아무런 수단이 없다는 사실입니다.”

김구 주석이 깜짝 놀란다.

"아니, 그러면 미국이 만주와 조선의 점령을 좌시합니까? 일제가 무조건 항복을 한 지금도 소련군은 전쟁을 계속하고 있다는 것입니까?"

이범석은 두곡에 파견된 사젠트 소령 휘하의 미군에 의뢰하여 유용한 정보를 수집하였다.

또한 중국군 정보참모부 내의 인맥을 통하여 일본군의 움직임과 특히 스탈린 군대의 남하 사태의 진상을 파악할 수 있었다. 정세는 시시각각으로 변하였다. 이범석은 소련 공산군의 전략 목표와 병력 전개를 예의 주시하면서, 매우 불안해하고 있었다.

"각하, 사태가 심각해지고 있는 것으로 보입니다. 소련 공산군은 200만 대군입니다. 히틀러 군대를 격파한 스탈린 군대가 그대로 동쪽으로 이동하여, 지금 이 시각에도 전투를 그치지 않고 계속 남하하고 있습니다. 그들의 전쟁 목적은 자명합니다. 일제의 타도가 아닙니다. 극동의 전략 요충지인 만주와 조선을 차지하는 것입니다. 일제가 이미 무조건 항복을 하였는데, 무엇 때문에 전쟁을 그치지 않고 대군을 그대로 전진시키고 있겠습니까?"

김구가 답답해한다.

"소련 공산당의 야심을 미국이 모른단 말입니까? 아니, 중국도 있지 않아요? 장개석 정부가 만주 점령을 저지할 것이 아닙니까? 도저히 이해가 되지 않아요."

이범석이 침착하게 설명한다.

“올 봄 독일이 패망한 이후에 소련군은 대병력을 극동으로 이동하였습니다. 그러나 스탈린은 즉시 대일전에 참전하지 않고 기다려 왔습니다. 미국과 일본이 사투를 벌여 일제가 쓰러지고 미국이 지치기를 기다린 것입니다. 그런데 원자폭탄으로 일제가 항복할 기미가 보이자 스탈린은 재빠르게 참전하였습니다.

동아시아에는 엄청난 전리품이 놓여 있습니다. 스탈린은 이 전리품들을 챙기기 위해서입니다. 죽어 가는 일제에 일격을 가하여 공을 세운 후, 외몽고와 만주와 사할린과, 그리고 조선 등 광대한 지역을 소련 공산당이 지배하겠다는 야심입니다. 이미 동구라파를 석권한 스탈린은 다시 만주, 조선 등 극동을 차지하여, 소련 공산제국을 수립함으로써 세계 강대국이 된다는 전략입니다.”

김구는 한숨을 쉬었다.

이범석이 말을 계속하였다.

“각하가 지적하신 대로 중국이 있습니다. 그런데 바로 이 중국이 문제입니다.

각하께서도 잘 아시는 바와 같이 내전에 돌입한 중국은 지금 힘이 없습니다. 만주를 돌아볼 정신이 없습니다. 또 한 가지 중요한 사실은 얄타 회담에서 루스벨트 대통령이 스탈린에게 터무니없이 양보를 했다고 알려지고 있습니다. 얄타에서 이미 만주와 조선을 소련에게 넘겨주었다는 소문입니다.”

김구가 물었다.

“이러한 사태를 사젠트 박사도 알고 있나요? 중국 정부나 군부에서는 어떤 대응 방책을 갖고 있습니까?"

"미국이나 중국에서도 예의 주시하고 있으며, 매우 우려하고 있습니다. 그러나 의외의 돌발 사태이고 갑자기 벌어지고 있는 일이라, 뚜렷한 대책은 아직 없는 것으로 보입니다. 만주와 조선의 북부가 소련군의 인접 지역이기 때문에, 또 일제 관동군의 작전 지역이기 때문에 손을 쓸 여지가 없는 것 같습니다."

"이거 큰일이구먼!"

김구가 걱정을 하면서, 그러나 단호한 표정으로 말한다.

"왜적이 패망하고 조선이 독립된 것만은 사실입니다. 이는 연합국도, 미국, 중국 만이 아니라 소련도 인정한 명명백백한 사실임에 틀림없습니다. 이제부터는 우리가 직접 나서야 되겠습니다. 중경에 있는 우리 정부가 빨리 귀국하여 국토를 인수하고 인민들과 함께 국권을 수립해야 합니다. 물론 미국, 중국, 소련 등 연합국과 긴밀히 협의하면서 말이오. 그렇지만 남을 의지해서는 안 됩니다. 그런데 이 장군, 국내 정세는 어떻습니까? 소상한 정보가 있습니까?"

이범석이 대답하였다.

"예, 각하. 상세한 움직임이 계속 들어오고 있습니다. 국내에는 왜적의 강압이 극도에 달해 있기 때문에 지금은 암흑의 세월입니다. 독립 지도자들이 감옥에서 옥사하거나 지하에 숨어 독립투쟁 활동이 거의 중단된 상태입니다. 어려운 문제는 지금부터 발생할 것으로 예상됩니다. 소련 군대가 진주하면 그 뒤를 따라서 소련 공산당이 장악하게 되고, 그러면 점령 지역에 조선인 공산주의 세력이 발호하게 됩니다. 그 결과 중국의 국공분쟁(國共紛爭)과 같은 위험한 내전 상황으로 휩쓸릴 가능성이 매우 커집니다.

저희가 수집한 정보에 의하면, 각하께도 이미 말씀드렸습니다만, 지금 남진하고 있는 소련 극동군 산하에는 벌써 '국제연합군'이라는 이름 아래 조선인 공산주의자들이 대거 참여하고 있습니다. 뿐만 아니라 연안에 있는 중국 공산당과 홍군(紅軍) 속에는 김두봉이나 무정 같은 공산주의자들이 적지 않은 무장 세력을 조직하고 있습니다. 이들 조선인 공산주의 세력들이 스탈린 군대와 함께 조선으로 들어가, 백성을 현혹하면서 국권을 장악하려 들 것입니다. 심각한 상황이 전개되고 있습니다."

이범석은 누구보다도 공산주의자들에 대하여 많이 알고 있다. 이범석 스스로가 소련 공산군에 억류되어 고초를 겪었기에 소련공산당이나 소련군에 밝다. 김구도 임정(臨政)을 이끌어 나가면서 사회주의 세력이나 혁명주의자들에게 여러 차례 어려움을 당해 왔기 때문에 그들의 전략 전술을 어느 정도 간파하고 있다. 국내에 이미 공산주의 사상이 적지않게 전파되어 있으며, 좌익 세력의 혁명전선이 소련 적군의 빨지산 활동이라든가 연안의 중공파와 연결되어 있다는 사실도 잘 알고 있다.

그날 밤 심야 구수회의에서는 몇 가지 주요 사안이 결정되었다. 무엇보다도 광복군이 유지되어야 하며, 오히려 미군의 협조를 얻어 강화되어야 한다. 뿐만 아니라 소련군이 조선 전체를 점령하기 이전에, 가능한 한 시급히 광복군이 서울에 진주하여 일본군 무장 해제를 맡고 임시정부가 환국해 독립정부를 수립할 때까지 행정과 치안을 담당하지 않으면 안 된다.

이러한 정책 수행이나 군사 활동은 연합국의 협조가 있어야 가능하다. 다행히 미군의 동아시아 전략 계획에서 조선은 중국전구(中國戰區)에 소속되어 있다. 중국전구의 사령관은 장개석 주석이며 미군 사령관 웨드마이어 장군이 명목상 참모장으로 되어있다. 따라서 중국전구 내의 연합군에서는 장개석의 영향력이 매우 클 수밖에 없다. 또한 미군 내에서도 광복군 유격대를 지원하고 있는 전략정보처의 힘이 크다. 이러한 여건들은 김구 주석과 광복군의 서울 진출에 유리하게 작용할 것이다.

다음날 8월 11일, 김구 주석은 서둘러 중국 민간 여객기를 타고 중경으로 귀환하였다.

이범석 장군은 두곡에 남아서 미군과 긴밀히 작전을 협의하도록 하였다.

(6)

중경 임시정부에서는 갑작스러운 일제의 패망을 맞이하여 감격 속에서도 우왕좌왕하며 하루를 보내고 있었다. 지도력의 결핍이 원인이었다. 김구 주석이 두곡 전선에 나가 있기 때문이다. 작년에 부주석에 오른 김규식으로서는 좌파 세력 등 일부 혁명 성향의 국무위원들을 설득하여 국론을 통일하기에 벅찼다.

김구 주석이 급거 귀환하자, 중경은 활기 있게 움직였다. 김구 주재하에 국무회의가 개최되고, 임시의정원이 소집되어 국무위원들과 연석회의도 열렸다.

김원봉(金元鳳) 군무부장 집무실에 젊은 차장들이 모여들었다. 민족혁명당 출신인 김약산, 장건상과 무정부주의자연맹 소속인 유림 등은 임시정부의 해산을 주장하고 나섰다. 소련 공산군 대병력이 일제 관동군과 북조선 주둔군을 석권하면서 무서운 기세로 남하하고 있다는 전황을 이미 들어 알고 있었다. 그들은 스탈린의 적화전략(赤化戰略)을 등에 업은 조선인 공산주의 세력이 소련 점령군을 따라 조선의 권력을 차지할 것을 예견하고, 좌익 세력의 선봉이 될 것을 자임하고 나섰다.

의정원은 이들 좌익 세력들의 정부 해산 등 선동 발언으로 소란하였다. 민족혁명당의 이정호 의원과 신한민주당 강홍대 의원 등은 국무위원의 즉각적인 총사직을 주장했다. 그러나 김구 주석의 단호한 결심 앞에 의정원의 분란은 가라앉았다.

김구가 분연히 나선다.

"우리 임시정부는 정식으로 대한의 법통을 승계한 유일무이한 정통 정부입니다. 지금까지 세계 각국에 대해 국민을 대표하여 국권을 행사하여 왔습니다. 이렇게 혁혁한 업적을 자랑하는 임시정부를 해산하자는 의견은 용납될 수 없는 망언입니다.

더욱이 지금은 조선 민족에게 엄중한 시기입니다. 왜적이 패망했으니 조국 강토를 다시 찾고 나라를 세워 나가야 할 막중한 국사가 쌓여 있습니다. 오히려 유능한 애국지사들을 모셔서 국무위원회를 더욱 강화해야 할 터인데, 이러한 때 국무위원이 총사직해야 한다는 말은 얼마나 어리석기 짝이 없는 주장입니까?"

김구는 주석을 맡은 이래 강경 발언을 삼가해 왔다. 여러 당파로 분열된 의정원을 조화시키기 위한 노력의 일환이었다. 그러한 김구가 오늘은 선동 의원들을 일갈로 질타하면서 정부의 정책 방침을 강력히 천명하고 있는 것이다.

해방동맹의 박건웅 의원이 질문한다.

"주석의 말씀대로 하면 자주독립 정부는 언제 수립할 것입니까? 또 임시정부는 언제쯤이나 해산하게 됩니까?"

김구의 억양이 높아진다.

"조국 강토에 환국하여 전체 국민 앞에 임시정부를 도로 바친 다음에 해산하고 끝이 날 것입니다. 그때에는 국민의 총의에 의하여 정부가 새로이 조직될 것입니다. 그때까지는 우리 임시정부가 국민을 대표할 수밖에 없습니다.

박건웅 의원, 만약 임시정부가 없었다 하더라도 일제가 망한 지금, 국민의 대표를 뽑아서 독립정부 수립 준비를 해야 할 것이 아닙니까? 아직도 미국이나 중국이나 소련 등 연합국의 지시 명령을 받아서 건국 사업을 처리하자는 말입니까? 말도 안 되는 주장입니다.

또한 임시정부가 시급히 처리해야 할 대사들이 산적해 있습니다.

무엇보다도 환국 준비가 급합니다. 중국이나 미국이나 소련 등 해외에 피난 나가 있는 우리 동포들의 수습과 귀국도 현실적으로 어려운 일입니다.

그 가운데에서도 급박한 막중대사는 당장 조국에 들어가 왜적의 무장을 해제하고, 건국하여 새 정부가 들어설 때까지 질서를 유지하며 백성들의 생명 재산을 보호하는 일입니다."

주석은 정부의 최고 수반이다. 임시정부라고는 하나, 최고 지도자 김구 주석의 조리 있는 주장과 신념에 찬 설득에 정부 요인들은 한결같이 승복하였다. 좌익 세력들도 따를 수밖에 없었다.

회의가 끝난 후 김원봉 군무부장 집무실에 젊은 차장들이 다시 모였다. 김약산이 볼멘소리로 말한다.

"부장님, 이건 너무한 것 아닙니까? 아무리 주석이라 하더라도 이렇게 일방적으로 몰아붙일 수 있습니까?"

김원봉이 무겁게 입을 연다.

"여보게들, 지금은 초비상시국이네. 우리가 참아야지 어쩌겠나? 더욱이 김구 주석이 저렇게 강경하게 나오니 말일세."

그러자 장건상이 대든다.

"그래도 그렇지만은 않습니다. 우리는 국제 사태를 중시해야 합니다. 지금 스탈린 원수의 붉은 군대가 물밀 듯이 만주와 조선으로 밀려들고 있습니다. 아무리 임정이라 하더라도 이런 정세를 외면할 수는 없는 것입니다.

부장님께서는 적극 나서셔서 김구의 주장을 반박해야 하지 않았습니까?"

김원봉이 언성을 높인다.

"건상이, 자네 지금 무슨 말을 하나? 내가 김구 주석이 무서워 반박 발언을 안했다는 말인가? 철없는 사람 같으니라구.

국제정세를 잘 살펴야 한다는 말은 공감이네. 일제가 왜 갑자기 항복하는가? 그것도 무조건 항복을 하는가 말일세. 미국의 원자폭탄이야. 미국의 원자폭탄이 무서워서야! 언제 미국이 소련의 도움을 받아 일제와 싸웠는가? 미국 혼자서 싸워 이겼고, 지금은 미군이 조선과 일본 본토에 상륙하게 되어 있어. 사태를 면밀히 파악해야 하네.

그리고 김구가 누구인가? 장개석 송미령 부부와 절대적 친분을 가지고 있지 않은가? 일제가 패망한 지금에, 이 동아시아를 지배할 세력은 중국이야. 물론 연안에 모택동의 홍군이 크게 활동하고 있다고는 하나, 그것은 앞으로 더 봐야 할 일이고. 더욱이 어려운 문제는 그 중국군 배후에 미군이 있다는 사실이야. 중국전구에 나와 있는 웨드마이어 장군 휘하의 미군이 장개석 군대를 전폭 지원하고 있어. 이런 세력 분포를 우리는 과소평가해서는 안 되네."

유림이 나선다.

"부장님, 물론 미군을 경시할 수는 없습니다만, 그래도 소련 대군이 있잖습니까? 소련 공산군이 조선을 먼저 점령할 것이 아니겠습니까?"

김원봉이 타이르듯이 말한다.

"그건 나도 숙지하고 있네. 그러나 조선은 미국의 입장에서 보면

독립국가 지역이네. 더욱이 중요한 사실은 조선이 바로 이 중국전구에 소속된 전장일세. 작전 상 중국전구를 지휘하는 웨드마이어의 지시를 받게 되는 지역이란 말일세. 소련이 대군을 남하시키고 있다고는 하지만, 그러나 미국과 소련은 연합국일세. 또 미국의 큰 원조를 받고 있다는 소련이 과연 미국의 요구를 일방적으로 무시하고 조선을 독차지할 수 있겠나? 아마 모르면 몰라도 미국과 소련은 소련 적군의 대일전 참전에 임하여 모종의 협의가 있었을 걸세.

따라서 우리는 앞으로의 사태를 주시하면서, 우리의 태도를 정해야 할 것이야. 이제 조선이 자주독립국가로 다시 태어나네. 여태껏 고생한 우리가 경솔히 움직여서는 잘못하면 낭패일세.

장개석이 적극 지원하고 있는 김구와 임정을 외면해서는 안 되네. 게다가 미군까지 광복군을 특별 지원하고 있지 않은가. 오늘 김구의 주장은 어찌 보면 당연한 논리일세. 특히 우리 정부와 군대가 들어가 왜놈들의 무장을 해제하고 치안 질서를 맡는다는 것은 맞는 말일세. 때를 보아서, 시기를 보면서 우리의 진로를 설정하기로 하세."

김원봉은 노련한 혁명투사이다. 그의 주장은 시의에 맞는 생각이었다. 김원봉의 방에 모였던 젊은 좌파 세력들은 차기를 기약하기로 하고 흩어졌다.

김구 주석은 광복군의 국내 진공을 명령하였다. 미군의 협력을 받아서 국내에 있는 왜군의 무장을 해제하고 치안을 유지하여 건국의 토대를 다지도록 지시하였다. 대한광복군 국내 정진군 사령관에는 이범석 장군이 임명되었다.

잔인무도하고 간악한 일본제국주의가 망했다. 조선 민족이 건국을 향하여 일어서고 있다.

바야흐로 새로운 세상이 출현하고 있었다.

7. 김일성(金日成), 하바롭스크에서 모스크바까지

(1)

김일성(金日成)은 포플러 나무 그늘 아래서 땀을 닦고 심호흡을 했다. 정신이 조금 맑아지는 것 같다. 방금 전 강의를 마치고 나오는 길이다. “동아시아에 조성된 새로운 군사 정세에 관하여”라는 주제로, ‘88여단’ 대원들에게 극동의 정치와 군사 등 신정세를 자세히 설명해 준 것이다.

보아츠크의 7월은 무더웠다. 보아츠크는 소련의 극동 연해주에 있는 도시 하바롭스크 근처에 있는 병영촌이다. 이곳에 소련 극동군사령부 산하의 ‘88국제연합군’ 본부가 자리하고 있다. 이 88국제연합군을 줄여서 ‘88여단’이라고 부르기도 한다. 88여단의 단장은 중국인 주보중(周保中)이고, 김일성은 제1대대장을 맡고 있다.

거의 매일 하는 강의이지만, 요사이는 숨이 턱턱 막힐 정도로 더위가 기승을 부리기 시작하여 힘이 든다. 그래도 김일성은 열성을 다하고 있다. 88여단 내에는 조선인 대원들이 꽤 많으며, 이 대원들이 곧 소련 적군(赤軍)과 함께 시작될 조국 해방전쟁의 핵심 간부들이기 때문이다.

시야에는 시원스런 들판이 저 멀리 펼쳐져 있다. 그러나 김일성의 가슴은 들판처럼 시원하지 못하다. 요사이 김일성은 동아시아 군사정세를 생각하면서 답답한 마음을 지울 수가 없다.

지난 5월 나치독일이 망하고 나자, 스탈린은 나치독일과의 전쟁에서 결정적인 공을 세운 소련군의 정예 부대를 극동으로 이동시켰다. 이제 마지막 남은 추축국인 일본과 최후의 결전을 준비하는 것이다. 소련의 대일 참전을 바라는 미국의 요청이 성화같았다. 뿐만 아니라, 일본은 러시아 민족의 숙적이다. 스탈린과 함께 소련 국민들은 50여 년 전 일본에게 패한 노일전쟁의 복수를 결코 잊지 못하였다. 나아가 일제만 항복시키면, 동아시아에는 엄청난 전리품이 있어 스탈린의 탐욕을 만족시켜 줄 수 있게 되는 것이다. 참으로 절호의 기회가 아닐 수 없었다.

1945년 6월 크레믈린은 극동의 군사 요충지 하바롭스크에 소련 극동군총사령부를 설치하였다. 유럽의 대독전쟁에서 용명을 떨친 역전의 맹장 바실레프스키 원수가 사령관으로 부임하였다. 소련 극동군에는 '제1전선군', '제2전선군', '자바이칼전선군'의 3개 군이 편성되어 있는데, 이 제1전선군사령부 산하에 88국제연합군이 소속되어 있었다. 제1전선군 사령관은 역시 유럽전선에서 이름을 떨친 메레츠코프 원수였다. 이렇게 하여 소련군의 대일전이 박두한 것으로 보이는 7월경에, 스탈린은 극동지역에 150만이 넘는 대병력의 배치를 거의 완료하기에 이른 것이다.

먼 하늘을 쳐다보면서 김일성은 한숨을 쉬었다. 소련군의 배치나 움직임으로 보아서 일제와의 최후의 결전이 임박해 있다. 그러나 조선인 독립군은 어떠한가? 매우 어려운 상태이다. 물론 임시정부에 광복군이 있기는 하다. 그러나 김일성은 공산주의 진영이다. 공산주의 자들로서 그나마 남아 있는 것은 보아츠크에 있는 88여단의 조선인 부대뿐이 아닌가….

중국인, 조선인, 소련군, 그리고 소수의 몽고인으로 구성된 88여단에서 제1대대장을 맡으며 88국제연합군의 일각을 차지하고 있다고는 하나, 일본 정규군과 대적하는 소련 붉은 군대에 비할 때에 빈약한 숫자가 아닐 수 없다. 이래서야 어떻게 큰소리를 낼 수 있겠는가? 이 지경으로서야 조국이 해방된 후에 무슨 발언권이 있을 수 있나? 김일성은 바로 이 점을 근심해 오고 있었던 것이다.

그때 바로 등 뒤에서 인기척이 났다.

"김 대장, 여기 있었구먼. 그걸 그렇게 찾으러 다녔으니…."

김일성이 돌아다보니 최용건과 김책 두 사람이 다가온다. 숨이 차 있는 것을 보니 꽤 찾아다녔던 모양이다.

"아니, 형님들이 웬일이십니까? 두 형님이 함께 오시다니요?"

"아, 김 대장 이 사람아. 이 중대한 시기에 대원들에게 교육만 하고 있으면 되갔어? 무슨 대책이 있어야 하디!"

최용건이 앉지도 않고 서서 내뱉는다. 최용건은 성질이 괄괄한 무골 출신이다. 급한 성미로 이곳 88여단에서도 소련 군관들과 자주 마찰을 빚고 지낸다.

김일성은 어렴풋이 알 것 같았으나, 옆에 있는 김책 얼굴을 쳐다보았다. 김책이 조용히 입을 연다.

"김 대장, 이제 며칠 있으면 소련 군대와 함께 조국 해방전쟁에 나서기 시작할 것 같네. 우리 88여단이 만주에만 주력할 수는 없지 않은가 ? 우리가 만주로 갈 필요는 없다는 말일세. 우리는 조선 전선으로 출정해야 할 것이 아닌가?

그렇다면 지금쯤은 여단 내에서 별도의 군사계획이 짜져야 하지 않겠는가? 일이 시급하여, 최용건 동지와 상의하고 김 대장에게 이렇게 달려오는 길일세."

김일성은 정신이 버쩍 들었다. 두 사람이 거기까지 생각하고 있었다니 고맙기도 하다. 최용건이 누구인가. 오랫동안 만주 벌판에서 일본군과 싸워 온 애국전사가 아닌가! 김일성보다 12살이나 위였고, 항상 형님으로 모시고 지내왔다. 만주에 있을 때는 항일 중국군에서 높은 지위에 있었다. 이곳 88여단 내에서도, 비록 소련인들과 사이는 좋지 않으나 군당(軍黨)위원장이라는 높은 직책을 맡고 있다. 김책은 신중하고 침착한 사람이다. 김일성보다 9살이나 나이가 많으나, 최용건과 함께 김일성을 조선인 지도자로 받드는 충실한 동지이다. 김일성도 형님으로 생각하고 가까이 지내며 항상 고마워하고 있다.

김일성이 최용건을 향해서 진지하게 묻는다.

"참으로 절박한 말씀입니다. 하루 빨리 대책을 마련하지 않으면 일이 낭패될까 걱정입니다. 형님, 무슨 좋은 방법이 없겠습니까? 의례적으로 드리는 얘기가 아닙니다. 제가 할 수 있는 방안이 있으면 구체적으로 말씀해 주십시오."

"아우님, 볼 거 없디 않갔어? 지금 즉시 아우님이 나스시라우요. 로스케 아이들은 김 대장 말이라면 무조건 믿고 있으니까, 아우님이 단번에 만나서 우리의 뜻을 설명하고 군사계획 수립을 요청하시라요."

김책이 끼어든다.

"최용건 동지의 의견대로, 김 대장이 소련군 지도자와 상의해 보는 게 좋을 듯하오. 망설이지 말고 직접 요구해 봅시다. 우리의 군사계획을 말이오."

김일성이 잠시 생각을 다듬었다.

"좋습니다. 더 지체할 시간이 없습니다. 그런데 소련군 누구에게 부탁하는 것이 효과적일까요?"

김책이 대답한다.

"내 생각으로는 두 사람이 적격일 것 같습니다. 한 사람은 우리 88여단의 직속 상급으로 볼 수 있는 극동군사령부 정찰국장 솔로킨 소장입니다. 또 한 사람은 제1전선군 정치위원 스티코프 중장입니다. 그러나 역시 솔로킨 국장이 적격입니다. 우리 김 대장하고도 매우 친하지 않습니까?"

김일성이 결론을 내린다.

"그렇게 하십시다. 즉시 솔로킨 소장을 만납시다. 조선 진격을 위하여 88여단내에 별도의 조직을 만들 군사계획을 요청합시다. 오늘 저녁에 형님들도 같이 자리를 해서 솔로킨 소장을 만나기로 합시다."

김일성, 최용건, 김책 3인은 군사계획을 마련하기 시작하였다.

그날 저녁 김일성은 최용건, 김책과 함께 소련 극동군 정찰국장 솔로킨 소장을 찾았다. 솔로킨 소장의 숙소에서 회동하였다. 간단한 술도 곁들였다.

김일성은 솔로킨 소장과 매우 친했다. 솔로킨 소장 뿐만 아니라, 소련 극동군사령부 수뇌 군관들과 가깝게 지냈다. 그 때문에 88여단 내에서, 크레믈린 비밀경찰 군사요원으로 오해받는 일까지 있었다. 그러나 김일성은 그러한 비난이나 시기를 개의하지 않았다. 김일성은 평소부터 소련 적군의 힘에 의지하고 있었다. 일제 관동군이나 조선주둔군을 격파하고 조국을 해방시키기 위하여서는, 이 소련 극동군을 의지하는 수밖에 없는 현실을 김일성은 뼈저리게 통감하고 있었다.

모든 결정은 크레믈린 주인인 스탈린 대원수가 쥐고 있다. 크레믈린과 스탈린 대원수를 움직이기 위하여서는 스탈린에게 영향력을 행사할 수 있는 소련극동군 사령부 수뇌 장성들과 친하게 지내는 수밖에는 없는 것이다. 특히 정보를 취급하고 정보망을 장악하고 있는 크레믈린 비밀경찰 두목 베리아가 가장 중요한 인물이다. 그 베리아가 신임하는 일선 책임자가 솔로킨 소장인 것을 김일성은 일찍부터 주시하여 왔다. 현실이 중요하다. 현실만이 제일이다. 현실을 떠나서 어떻게 조국 해방의 길이 열릴 것인가!

김일성은 솔로킨과의 교제에 평소부터 많은 공을 들였다. 솔로킨도 젊고 유능한 조선인 지도자 김일성을 주목했다. 나아가 김일성을 통하여 88국제연합군의 움직임을 파악하고 동정을 수집하기도 하였다. 1945년 6월 이후 소련의 극동 군사정세가 긴박해지면서, 이곳의 첩보는 크레믈린의 비밀경찰 본부에서 그 중요성이 크게 증가하고 있었다. 김일성에 대한 솔로킨의 주목은 마침내 김일성에 대한 베리아의 주목으로 이어졌다. 나아가 베리아의 보고에 따라, 김일성이라는 조선인 인물이 스탈린 대원수의 뇌리에 각인되기 시작하였다. 솔로킨 소장은 김일성이 제출한 군사계획서를 면밀히 검토하였다. 또한 김일성의 설명도 경청하였다. 다행히 솔로킨 소장은 연해주에 오래 있었기 때문에, 중국어에 달통하고 있었다. 또한 만주뿐만 아니라 조선의 정치, 군사, 민정에도 많은 정보를 갖고 있었다. 조선의 중요성도, 전략적 요충지로서의 역사성에도 밝았다.

"김일성 동지, 참으로 요긴한 군사계획을 건의해 주었습니다. 물론 늦은 감이 없지는 않습니다. 그러나 지금부터라도 즉시 실행하는 것이 좋겠습니다."

"소장 각하. 이렇게 조선의 전략적 중요성을 바르게 이해해 주시니 존경스럽습니다. 잘 아시는 것처럼, 지금 미국은 장개석 국민당과 가까운 조선 임시정부를 내세워 조선 점령을 계획하고 있습니다. 우리 조국을 자본주의 세력인 미 제국놈들에게 빼앗겨서는 안 됩니다. 꼭 스탈린 대원수께 말씀하셔서, 우리 조선을 소련 적군이 해방시켜 주셔야 합니다. 조국 해방전쟁에 위대한 소련극동군과 함께, 우리 88여단이 조선인을 대표하여 출정할 수 있도록 조치해 주셔야 하겠습니다."

김일성의 한마디 한마디는 외교적 수사에 충실하면서 상대방을 만족시켜 주었다. 이 점이 김일성의 커다란 장점이었다. 김일성의 친화력은 천부적이었다. 그 덕분으로 약관의 나이에 조선인 빨치산 그룹의 지도자로 부상하고 있었다.

솔로킨 소장이 결론을 내린다.

"조선은 대단히 중요한 자리입니다. 동해와 대한해협을 제압하면, 일본을 제압할 수 있습니다. 또 일본을 감시하는 데 조선은 전략적 요충지입니다. 우리 러시아는 전통적으로 부동항(不凍港)을 중시해 오고 있습니다. 조선의 남반부에는 태평양과 동남아시아로 나아갈 수 있는 좋은 부동 항구가 많습니다. 어찌 조선의 가치를 만주에 비할 수 있겠습니까? 또 이렇게 중요한 조선을 미 제국주의자들이 차지하도록 놔 둘 수 있습니까? 소련 극동군은 왜 있습니까? 88국제연합군은 무엇 때문에 고난의 훈련을 계속해 오고 있습니까? 이 모든 것은 조선을 해방시키기 위한 군사 준비입니다.

88국제연합군에 조선인 지도자 키미쎙(김일성) 동지가 건재하고 있다는 것은 정말 든든합니다. 더구나 키미쎙 지도자와 함께, 이렇게 두 동지가 자리를 함께하고 있으니 반가운 일입니다.

내일 즉시 사령관 각하와 협의하겠습니다. 또한 모스크바에도 보고를 올려서 재결을 받도록 하겠습니다. 걱정하지 마십시오."

결정적인 답변이다. 역시 비밀작전 책임자다운 결단이다. 김일성이 마지막 부탁을 하면서 자리에서 일어선다.

"우리는 소장 각하만 믿고 있겠습니다."

밖으로 나오자 캄캄한 밤하늘에 별이 반짝이고 있다. 김일성, 최용건, 김책 세 사람은 누가 먼저랄 것도 없이 서로 얼싸안는다. 그들의 눈에는 기쁨의 눈물이 흐르고 있었다. 일제를 타도하고 조국을 찾는데 세계에서 제일 강대한 소련 적군을 동원할 수 있게 되었다는 감격에, 조국해방 전쟁에 88국제연합군의 조선인 부대로 김일성 빨치산 군이 선봉에 서게 되었다는 감격에 복받치는 눈물을 억제할 수 없었다.

그 다음 다음날, 결정이 떨어졌다.

소련 극동군사령부 산하의 88국제연합군 안에 '조선공작단'이 창설되었다. 그 단장에는 김일성이 선임되었다.

(2)

스탈린 대원수의 호출이 떨어졌다. 즉시 들어와 보고하라는 불호령이 내린 것이다. 소련 비밀경찰 K.G.B. 의장 베리아는 보따리를 챙겨서 급히 사무실을 나섰다. 첩보 서류는 벌써 준비되어 있다. 걱정할 것 없다. 그런데 요사이 대원수의 심기가 몹시 불편하다. 불똥이 어디로 튈지 모른다. 그럴수록 베리아는 정보 수집 내용에 신경을 쓰고 있었다.

"어서 오시오, 베리아 의장. 이리 와 앉으시오."

스탈린이 화를 참으며 베리아를 쳐다본다.

"예, 각하. 찾으셨습니까?"

대원수가 답답한지 소파에 나와 앉아 있다.

"루불린 아이들은 잘 있습니까? 무슨 연락이라도 왔습니까?"

"각하, 아직 특별한 문제는 없는 것 같습니다. 오숍카나 고물카의 생각에 의하면, 머지않아 런던 망명정부에 관여했던 인물들은 제거될 것이라고 합니다."

"체코나 헝가리는 어떠합니까?"

"체코는 고트발트가 잘 이끌어 나갈 것같이 보입니다. 헝가리의 나지정권도 잘하고 있습니다. 문제는 체코 대통령 베네시입니다. 베네시의 주위에 반동들이 모이고 있는 것으로 파악됩니다. 미국이나 영국의 앞잡이들이 베네시를 이용하려고 점점 혈안이 되고 있습니다."

말을 마치고 베리아가 첩보 보고와 함께 동유럽 공산화에 대한 계획서를 스탈린에게 제출하였다. 보고서를 훑어본 스탈린은 탁자 위에 팽개치며 식식거렸다.

"도대체 트루먼이라는 작자는 뭐 해 먹던 놈이야. 어디서 미국 국회의원이나 해먹던 자가 굴러 들어와서 엉뚱한 수작을 부리고 있는 거야? 이거 어디 화가 치밀어 견딜 수 있나…."

베리아는 한숨을 돌렸다. 혹시 보고서가 잘못되어 역정을 내는지 가슴이 철렁했었다.

"미제 양키들의 반동들이 트루먼 주위에 들끓고 있습니다. 시간이 지날수록 양키 쪽에는 어려운 문제들이 불거질 것으로 예측됩니다."

"나도 그것을 의심하는 거야. 루스벨트 대통령이 죽고 나니까, 영국의 모리배들까지 나서서 날뛰고 있으니…. 배은망덕한 자들 같으니라구….

내가 엊그제 홉킨스(H.L. Hopkins)에게 알아들을 만큼 얘기했잖아 ! 개인 사이도 마찬가지이지만 국제사회에도 기본 원칙과 거래 질서가 있는 법이야. 우리 소련은 엄청난 피해를 입었어. 수천만 명의 피의 대가를 지불하고 겨우 나치독일을 몰아 낸 거야. 우리가 진주한 지역을 우리 영토로 편입하자는 것이 아니지 않은가 말이야. 소비에트연방 군대가 장악하고 있는 지역에서는 소련 정부에 적대하는 정부가 들어설 수는 없는 것 아닌가. 최소한으로 소비에트연방에 대하여 우호적인 정부, 협력적인 정부가 만들어져야 한다는 것은 최소한의 기본 원칙이 아닌가? 아니, 가장 기본적인 예의가 아니냐 말야?

그러한 우리의 생각이 무엇이 문제란 말이야? 그것이 현실이잖아? 자유선거라는 선전을 내세워, 미제들이 뒤에서 돈으로 매수하며 조종하겠다는 심산은 무슨 심보야!"

스탈린은 독일이 패망한 후 전후 처리 문제에서 불만이 많았다. 특히 패전국인 프랑스, 일부이지만 독일에 협조한 프랑스를 독일 배상위원회(賠償委員會)에 소련과 대등한 자격으로 참가시키자는 주장에 대해 크게 분개하였다. 그래도 스탈린은 동맹국으로서의 예우를 고려하여 꾹 참았다. 그런데 영국과 특히 미국은 갈수록 요구 조건을 높였다. 이제는 소련 적군이 목숨을 걸고 점령한 폴란드나 루마니아 같은 동유럽에 대하여 간섭하기 시작하였다. 미제국주의자들의 야심과 음모가 꿈틀거리기 시작한 것이다.

"각하. 영미를 수괴로 하는 국제자본주의 세력들은 처음부터 우리 소련의 존재를 말살시키려고 획책하여 왔습니다. 시초에 나치독일과 군국주의 일본을 선동한 것도 그자들이 아니었습니까? 국가 존망의 위기에 처하여 대원수 각하의 지도와 용단으로 위대한 승리를 거둔 것이 아닙니까? 이제는 새로운 방식으로 소비에트사회주의연방의 존립을 위협해 올 것으로 판단됩니다."

스탈린이 한숨을 쉰다.

새로이 조성되고 있는 위기는 예전과는 다르다. 스탈린은 자신이 있었다. 이제 조국 러시아도 세계적 강대국으로 성장하였다. 유럽에서뿐만 아니라 전 세계에 소련의 군사력을 능가할 나라는 존재하지 않는다. 그러나 한편으로 스탈린은 일말의 불안을 떨쳐 버릴 수 없다. 그것이 바로 미국의 존재다. 스탈린은 미국의 저력을 잘 알고 있다. 그 엄청난 자원과 동원 능력을 생각하면 소름이 끼칠 정도이다.

루스벨트가 조금만 더 살아 있었다면…. 스탈린은 아쉬웠다. 그러나 트루먼이, 그리고 다시 고개를 쳐들기 시작한 양키 반공주의자들이 현실인 것을 어찌하랴!

현실주의자인 스탈린은 항상 힘, 실력을 중시하여 왔다. 그 결과 그는 크레믈린의 권력투쟁에서도 이겼다. 나아가 히틀러와의 건곤일척의 쟁패전에서도 통쾌하게 승리했다. 스탈린은 소련제국을 반석 위에 올려놓을 백년대계를 구상하기 시작하였다. 그 출발은 지금 눈앞에 와 있다. 곧 동유럽의 공산화이다. 바로 동유럽의 소비에트화인 것이다. 스탈린이 생각에 잠겼다가 다시 눈을 뜨고 입을 연다.

"의장이 제출한 전략계획서는 잘 되었으니 그대로 실행하도록 하시오. 조금의 실수도 있어서는 안 되오.”

“예, 각하. 그리고 극동의 군사 상황도 긴박합니다. 미제와 일본 간에 한창 사투가 벌어지고 있습니다. 하는 소행으로 보아서는 미제가 수렁에서 헤어나지 못하도록 참전을 늦추는 것이 어떻겠습니까?”

갑자기 스탈린의 목소리가 높아진다.

“아니 이 사람. 제 정신으로 하는 소리야! 우리가 대일 전쟁에 참여하려는 것이 양키들을 위해서인가! 러시아제국 이래 연래의 숙원인 동아시아에서의 팽창에 목적이 있는 것이야. 이 사람, 정신 차리게. 절호의 기회가 왔어. 일제가 점령하고 있던 동아시아 지역을 우리가 차지해야 돼. 미제가 점령하기 전에 소련 군대가 먼저 진주해야 돼. 이건 사활을 건 쟁탈전이야. 만주나 사할린, 그리고 조선 등은 일제가 패망하면 주인 없는 땅이야. 법질서에서도 주인 없는 물건은 먼저 차지하는 사람이 갖게 되어 있어.

베리아 의장. 절대 잊어서 안 될 것은 만주와 조선이야. 이 두 지역은 지정학적으로 보거나 역사성으로 보아서, 러시아에 사활이 걸린 전략적 요충지야. 특히 이 두 땅덩어리는 현재 소유주가 없을 뿐만 아니라, 폴란드의 동부 영토처럼 우리 소비에트제국의 영토로 직접 편입해도 크게 문제될 것이 없는 곳이야. 명심하게!”

소련제국의 동방 대전략(大戰略)이다. 참으로 무시무시한 복안이다. 소비에트사회주의 제국을 창설한 스탈린 대원수의 원대한 포부임에 틀림없다.

크레믈린 비밀경찰 두목 K.G.B. 의장 베리아는 스탈린의 극동 전략을 간파하고 있었다. 오히려 그는 원동(遠東)으로 향하는 스탈린의 포부를 실천하는 충실한 사도였다. 베리아가 가방에서 또 하나의 서류를 내놓는다.

"각하. 극동군사령부에서 새로운 보고서가 제출되었습니다. 극동군사령부 정찰국장 솔로킨 소장의 건의서입니다.

극동군사령부 산하에 있는 제88국제연합여단에 조선 진격 문제를 특별히 다룰 '조선공작단'을 설치하겠다는 의견입니다. 중요한 안건인지라 대원수 각하의 재결을 원하고 있다고 합니다."

스탈린이 서류도 보지 않고 대답한다.

"그거야 좋은 작전 아닌가? 사령부에서 조선 진격을 그만큼 중시하고 있다는 것이니, 즉시 허락하도록 하게. 그런데 그 조선공작단의 책임자는 누구로 한다는 건가?"

"예 각하. 88여단 조선인 대원 중에는 소련군에 대한 충성심이 강하고 열성적인 대원들이 많다고 합니다. 그 중에서도 '까피딴 키미쎙'(대위 김일성)이 가장 충직하다고 합니다. 키미쎙은 또 젊고 유능한 것으로 알려져 있습니다. 키미쎙이 적임자로 보입니다.

키미쎙에 관하여는 대원수 각하께도 한두 번 말씀드려서 이미 기억하시는 것으로 알고 있습니다."

스탈린이 보고 문서에 첨부된 김일성의 경력서를 유심히 본다.

"의장. 소련의 업무를 대신할 지역 인민 통치자를 잘 골라야 하네. 신중하게 선발하지 않으면 안 돼. 비록 공산주의 지도 경력이 출중하다고 해도, 소비에트연방에 대한 충성심이 박약한 인물은 절대 금물이야. 민족주의심이 강한 자들은 소용없어. 논리에 밝은 공산주의 이론가도 적격이 아니야. 국제사회에 널리 알려진 명망가라는 자들은 더욱 안 좋아. 우리에게 아무런 실익이 없어.

가장 중요한 기준은 소비에트사회주의연방에 대한 충성심이야. 이것이 절대적 기준이야. 이 원칙은 조선뿐만 아니라, 현재 우리가 심혈을 기울이고 있는 동유럽에서도 마찬가지야. 그러한 시각에서, 폴란드의 고물카나 유고의 티토 등은 적지 않은 문제점을 안고 있어서 하는 말이야."

베리아가 이미 검토 분석을 진행하고 있다는 듯이 말한다.

"예 각하. 외무성과 일본이나 중국에 나가 있는 정보요원들에게 지시하여, 키미쎙 이외에 적격자가 있으면 비밀보고하라고 지시해 놓았습니다. 우선은 조선공작단 단장으로서 키미쎙이 무난한 것으로 판단됩니다. 수년 동안 소련극동군 까피딴으로 복무해 오고 있을 뿐만 아니라, 극동에 진출해 있는 군 수뇌들과도 교우 관계가 제일 원만한 것으로 알려져 있습니다."

스탈린이 결정을 내린다.

"베리아 의장이 면밀히 관찰해 오고 있다니 키미쎙으로 정하지.

그런데 의장은 그 젊다는 키미쎙을 직접 만나본 일이 있는가?"

베리아는 당황했다. 아직까지 상면한 일이 없기 때문이다. 그러나 한편으로 생각하면, 스탈린 대원수의 낙점 없이 함부로 불러 본다는 것은 매우 난처한 결과를 낳을 수도 있다. 베리아 의장이 사실대로 말한다.

"각하. 아직 만나 본 일은 없습니다. 지금까지 대원수 각하께 보고 말씀 드린 그대로입니다."

"이 사람, 중요한 일을 소홀히 다뤄서야 되겠나? 이번 조선공작단 단장 선임을 계기로 키미쎙을 직접 모스크바로 불러 확인해 보도록 해. 나에게도 한번 데려와 볼 텐가?"

"예 각하. 이곳으로 부르겠습니다. 직접 만나보시는 것은 아직 빠른 것으로 사료됩니다. 다른 지역과의 균형 문제도 있을 것으로 보입니다. 조선 점령이 이루어진 다음에 부르셔도 늦지 않을 것으로 생각됩니다."

스탈린이 잠시 숙고한다.

"음, 그래…. 그렇다면 그렇게 하지. 그런데 이곳 모스크바에서는 누가 공식적으로 만나는 것으로 할 텐가?"

베리아가 말이 없다. 스탈린의 성격을 잘 알기 때문이다. 대원수는 건방지게 나서는 것을 제일 싫어하는 체질이다.

"말렌코프가 나서야 하겠으나…. 그 자는 좀 날카롭고 까다롭게 보일지 몰라. 실은 그렇지 않은데…. 아, 그래. 쥬다노프가 적격이겠어. 대인관계가 부드럽고 상대방에게 호감을 주는 사람이지.

베리아 의장. 아까 말한 대로 조선 문제도 동아시아 전략에서 대단히 중요하지. 신중하고 치밀하게 처리하도록 해. 이렇게 중차대한 사안에 조금의 방심이나 실수가 있어서는 안 되네. 즉시 시행하도록 하게."

세계 제일의 강대국인 소련의 대일 총공격이 임박하고 있었다. 그에 따라서, 조선 문제의 윤곽도 점점 그 모습을 형성해 가기 시작하고 있었다.

솔로킨 소장의 부관이 김일성 집무실을 직접 방문하였다. 마침 최용건, 강건, 안길, 김책 등 빨치산 출신 88대원 간부들이 모여 있었다. 김일성이 조선공작단장으로 선임된 데 대하여 축하하던 참이었다.

김일성과 부관이 옆방으로 들어갔다. 장내는 긴장하였다.

곧 이어 전화 통화 소리가 옆방에도 들린다.

"예, 국장 각하. 잘 알겠습니다. 즉시 준비하고 내일 출발하겠습니다. 나머지 일은 안길 위원에게 일임하겠습니다."

솔로킨 소장도 흥분한 목소리이다.

"키미쎙 대장, 중요한 일입니다. 키미쎙 동지를 위해서, 그리고 조선의 해방 독립을 위하여 두번 다시 돌아오지 않을 기회입니다. 베리아 동지도 만나보게 될 것이며, 존경하는 스탈린 대원수와의 상면 기회도 주어질지 모르겠습니다."

김일성의 목소리도 떨리고 있다. 어린 나이부터 독립 전장을 누빈 김일성도 감격하고 있다. 그럴 수밖에 없지 않은가…. 조국 조선의 해방전쟁을 앞두고 소련극동군 산하 88여단의 조선공작단 단장이 되었으며, 또 그 즉시 모스크바에서 김일성을 초청한다니 정말 반가운 일이 아닐 수 없는 것이다.

"국장 각하. 정말 감사합니다. 저를 후원해 주신 각하의 은혜에 꼭 보답하겠습니다. 모든 것을 실수 없도록 준비하겠습니다."

"키미쎙 동지, 그렇게 생각하고 있다니 고맙소. 또 고생한 보람이 있소. 이번 여행에는 나도 동행합니다. 상부의 지시요. 다시 연락하겠소."

솔로킨 소장의 부관은 돌아갔다.

김일성을 중심으로 빨지산 출신 88여단 간부들은 밤새 회의에 회의를 거듭하였다. 김일성의 크레믈린 방문은 역사적 사안이 아닐 수 없었다. 김일성과 조선인 간부들은 이 역사적 변화의 중심에 자기들이 우뚝 자리하고 있다는 사실에 모두 감격하고 있었다.

다음날 김일성은 솔로킨 소장과 함께 모스크바로 향했다. 극동으로 군수물자와 병력을 실어 나르는 열차의 행렬이 꼬리를 물고 이어지고 있었다. 소련 전체가 대일전쟁으로 향하는 비상시국임이 분명했다. 김일성은 모스크바에 도착하였다.

크레믈린이 김일성을 성대히 환영한다. 김일성 스스로 놀랄 정도로 예우가 극진하다. 김일성을 영접한 사람은 스티코프 상장이었다. 소련 극동군 군사회의 정치위원이다. 레닌그라드 공산당 주위원회 서기로 근무한 전력이 있어서, 조용하고 학자풍인 실무형 군인이었다. 주위에 호감을 주는 타입이기 때문에, 하바롭스크에서부터 김일성과 잘 알고 지냈다.

마침 모스크바에서는 소련군 참모본부 주재로 극동군 전략회의가 열리고 있었다. 김일성은 이 전략회의에 참석하게 되었다. 자연스러운 회동이었다. 영광스러운 자리였다. 회의에 참석한 모두에게 김일성의 위치가 급상승하는 느낌이 들고 있었다. 그러나 어느 누구도 어색한 표정을 나타내는 사람은 없었다. 상층부로부터 이미 지시가 내려진 것으로 보였다.

김일성은 극동군사령부의 수뇌들과 반갑게 재회하였다. 극동군 총사령관 바실리에프스키 원수를 비롯하여, 88국제연합군여단이 소속되어 있는 제1전선군 사령관 메레츠코프 원수, 제25군 사령관 치스챠코프 대장 등등이었다. 연해주에서 생활한 수년 동안 김일성은 누구보다도 소련군 지휘관들과 친하게 교제해 왔기 때문에, 모스크바에서의 재회동에 어색함은 없었다.

그러나 김일성에게는 두 사람과의 만남이 각별한 의미를 갖고 있었다. 스티코프 상장과 이그나체프 대좌였다.

대일작전과 관련된 전략회의는 당일 끝났다. 소련 극동군 수뇌들은 서둘러서 모스크바를 떠났다. 그러나 김일성은 시찰과 관광여행 명분으로 계속 모스크바에 체류하고 있었다. 다음날 틈을 내어 김일성은 대독전선에서 용명을 떨친 제2차세계대전의 영웅 쥬코프 원수를 만났다. 소문으로만 듣던 쥬코프 원수도 김일성을 환대하며, 특히 빨치산 투쟁을 높이 평가한다고 찬사를 아끼지 않았다.

그날 저녁 김일성은 솔로킨 소장의 안내로 베리아 의장을 만났다. 처음 만나는 자리였다. 김일성은 긴장하면서, 범사에 예의를 잃지 않았다. 또한 위대한 소비에트사회주의연방과 스탈린 대원수의 은혜에 대한 조선인의 충성심을 강조하였다. 베리아는 만족했다. 나이에 비하여 침착하고 기품 있는 자세에 호감과 신뢰를 표하였다.

그 이튿날, 김일성은 크레믈린궁 심장부로 향했다. 이번에는 스티코프 장군이 안내하고 있었다. 마침내 김일성은 스탈린 대원수를 대신하여 크레믈린 주인으로 나타난 쥬다노프와 접견하게 되었다. 쥬다노프는 소련공산당의 정치국원이며 서기이다. 스탈린의 후계자로 지목되는 떠오르는 지도자이다. 김일성은 솔로킨을 통하여 크레믈린 수뇌들의 면면을 익히 알고 있었다.

쥬다노프의 친화력은 특출하였다. 역시 소문 그대로 자신에 가득 찬 당당한 인품의 소유자였다.

"키미쎙 지도자 동지, 어서 오십시오. 참으로 반갑습니다."

쥬다노프가 자리에서 일어나 김일성과 반갑게 포옹한다. 십년지기를 만난 분위기이다.

"쥬다노프 동지. 이렇게 뵙게 되어 큰 영광입니다. 극동에 있는 조그만 나라의 보잘것없는 사람을 이렇게 환대해 주셔서 정말 몸둘 바를 모르겠습니다."

김일성은 진심으로 감사한 마음을 표시하였다.

쥬다노프도 예상보다 훨씬 젊어 보이는 김일성에 대하여 크게 호감을 내 보인다.

"무슨 말입니까? 우리 소비에트러시아 인민은 키미쎙 지도자와 조선인 동지들이 보여 준 조국애에 존경심을 드립니다. 20여 년 동안의 간난 속에서 변함없이 전개한 빨치산 투쟁에 찬사를 보냅니다.

조선인 지도자 키미쎙 동지를 오늘 만나 보니, 이렇게 젊은 데에 다시 한번 놀랐습니다. 잔인무도한 일제는 나치독일보다 더 악독합니다. 그런 어려움 속에서도 이러한 건강과 젊음을 유지했다는 것은 놀라운 일입니다."

김일성은 눈물이 핑 돌았다. 침착하려고 이를 악문다.

"이렇게 격려해 주시니 용기가 솟아납니다. 일본놈들에 대한 원수를 갚지 않고는 늙을 수도 없고 죽을 수도 없습니다. 그때까지 조선인들은 늙을 수 없습니다."

"하 하 하, 농담도 잘하십니다. 조선 애국자들의 심정, 이해합니다."

쥬다노프는 통쾌하게 웃었다. 웃음이 그치자 그는 군사작전에 관하여 김일성의 견해를 진지하게 물었다. 김일성은 88여단의 조선인 간부들과, 그리고 솔로킨 소장과 미리 준비한 대로 소상하게 피력하였다. 정보와 작전에 관한 자신의 생각을 밝혔다. 끝으로 새로이 조직된 '조선공작단'의 군사 역할에 관하여 재차 강조하였다.

"88조선공작단 특수부대는 낙하산이나 선박을 이용하여 해안으로 침투한 후 조선 북부의 내륙에서부터 게릴라전을 전개하겠습니다. 이와 병행하여, 이미 국내에 잠입해서 활동하고 있는 빨치산 소부대와, 그리고 독립투사들이 가세한 정치공작원들과 연합함으로써, 전투 조직 및 활동을 대대적으로 확대시키면서 전 조선인민 항쟁을 불러일으키겠습니다.

최후의 결전이 벌어지면, 외부에서 조선으로 진격해 들어오는 위대한 소련 붉은 군대와 함께 일거에 일제를 타도하게 됩니다. 해안선에 구축된 일본군의 요새나 진지 들이 남아 있으면 소련 적군의 폭격이나 함포사격으로 파괴하고, 마침내 위대한 소련 적군이 기갑부대를 앞세워 노도와 같이 밀려들면 소련 조선 연합군의 승리는 필연일 것입니다."

쥬다노프가 큰소리로 말한다.

"좋습니다. 좋습니다. 참으로 절묘합니다. 정말 과감한 작전입니다. 평생을 빨치산 투쟁으로 군에서 살아온 동지이기에, 전략전술에 탁월하십니다."

쥬다노프가 다시 조용히 묻는다.

"일제가 망하고 조선이 해방된 후에, 키미쎙 지도자가 민주주의 독립국가를 세우자면 기간이 얼마나 걸리겠습니까?"

"소련의 지원이 있으면 2년 내지 3년이면 됩니다."

"우리 소련이 어떤 지원을 하면 되겠습니까?"

김일성이 자신 있게 대답한다.

"쥬다노프 동지 각하, 무슨 특별한 지원을 요청하는 것은 아닙니다. 소련공산당과 스탈린 대원수께서 우리 조선공작단이 민주주의 독립국가 건설의 지도 세력이 될 수 있도록 정치, 군사적으로 지지만 해주시면 됩니다. 쥬다노프 동지와 소련공산당이 소련 적군을 지도하셔서 우리를 밀어주시면 족합니다."

쥬다노프는 김일성의 발언이 무엇을 뜻하는지 잘 알고 있다. 쥬다노프가 단호하게 말한다.

"소련은 키미쎙 동지와, 그리고 동지를 따르는 조선공작단 간부성원들을 전적으로 지지하고 후원합니다. 특히 키미쎙 지도자를 절대 믿습니다. 이 점은 스탈린 대원수께서도 이미 강조하셨습니다. 스탈린 대원수께서도 키미쎙 지도자 동지에 대하여 여러번 말씀하셨습니다. 안심하십시오."

김일성의 모스크바 방문은 대성공이었다.

소비에트러시아의 심장부인 소련공산당 중앙위원회 정치국 회의실을 나오면서 김일성은 감회에 젖었다. 모스크바 하늘을 쳐다보는 그의 눈에는 하바롭스크의 동지들 얼굴이 어른 거렸다. 노심초사, 얼마나 자기를 기다릴 것인가….

"최용건, 김책 형님, 그리고 동지들. 우리는 성공했습니다. 이제 조국은 해방됩니다. 독립국가가 건설됩니다. 우리가 책임을 맡았습니다. 우리 모두가 정말 지도 세력이 되는 것입니다. 모스크바 일을 내가 해냈습니다. 이 부족한 동생이 실수 없이 잘 해낸 것입니다."

김일성은 조국이 자리한 먼 서쪽 하늘을 쳐다보면서 외쳤다.

다음날 김일성은 모스크바를 떠나 하바롭스크로 향했다. 모스크바로 올 때에는 불안하였으나, 하바롭스크로 돌아갈 때에는 용기백배하였다. 그는 어제의 김일성이 아니었다. 조선인 독립투쟁 빨치산 소부대의 부대장이 아니었다. 그는 이제 동아시아의 전략적 요충지에 자리한 조선이라는 한 나라의 정치, 군사 지도자의 한 사람으로 우뚝 서게 되었다. 그것도 세계 최강의 군대를 보유한 소련, 만주와 조선을 석권하여 이 지역에 소비에트제국을 건설하려는 야심에 가득 찬 스탈린 대원수의 강력한 지원을 받는 지도적 인물로 우뚝 선 것이다.

(3)

소련 극동군총사령부에 제1급 비상이 발령되었다. 바실레프스키 사령관이 모스크바에 출타 중이었기 때문에, 참모장 이바노프 대장이 명령을 하달하였다. 총사령부 작전상황실에서 최고지휘관 회의가 소집되었다. 참모장을 중심으로 제1전선군 사령관 메레츠코프 원수, 제2전선군 사령관 브르가예프 대장, 자바이칼전선군 사령관 말리노프스키 원수, 각 전선군 산하 주요 군 지휘관들, 그리고 정찰국장 솔로킨 소장 등이 참석하였다.

모스크바에 나가 있는 극동군총사령관의 직접 명령이 전달되었다.

"소비에트러시아 극동군총사령관은 극동에 주둔하고 있는 모든 소련군 장병들에게 명령한다. 지금부터 소련과 일본은 전쟁상태에 돌입한다.

모든 장병들은 만반의 준비를 갖추고 대기하라! 전투 개시의 명령이 내리면 일본군에 대하여 총공격을 개시한다.

북중국과 만주와 조선, 그리고 사할린 등 모든 전선에서 동시에 진격할 것이다. 명령된 목표 지역을 최단 시간 내에 점령하여야 한다.

내일 중으로, 소비에트러시아군 총사령관 스탈린 대원수의 전투 명령이 내려질 것이다. 공식적인 대일선전포고가 그 뒤를 따를 것이다. 전 장병은 전투 준비에 만전을 기하라!"

뒤를 이어서 소련군 참모부의 작전 지시가 계속되었다. 안토노프 참모장의 직접 지시가 있었다. 참모부로부터 전통이 계속 이어졌다.

88국제연합군에도 총사령관 명령이 지체 없이 하달되었다. 88여단장을 중심으로 김일성을 위시한 각 대대장들과 정치위원 등이 참석하여 간부회의가 열렸다. 대일 공격을 위한 전투 준비가 내려졌다. 그런데 왜 이렇게 갑자기 대일(對日) 전쟁이 시작되는지 그 이유가 알려지지는 않았다. 88여단의 간부들이 김일성에게 급전의 배경을 물었으나, 김일성도 알 길이 없었다. 궁금한 것은 마찬가지였다. 모스크바를 방문하면서 전쟁 준비가 완전히 끝나 있는 것을 감지할 수 있었으나, 이렇게 갑자기 전쟁이 선포될 것은 몰랐다.

이튿날 아침, 김일성은 직접 솔로킨 소장 집무실을 방문하였다. 정찰국도 전쟁 준비에 소란스러웠다. 김일성은 솔로킨과 단독 대좌하였다.

"소장 각하, 이처럼 급작스럽게 대일 전쟁에 돌입하게 된 까닭이 무엇입니까?"

솔로킨 소장이 간단하게 대답한다.

"키미쎙 지도자 동지, 스탈린 대원수의 결정입니다. 직접 지시입니다."

김일성이 이해하기 어렵다는 듯이 묻는다.

"소장 각하, 각하의 예상에 따르면 11월 초에 미군이 일본 본토에 상륙할 것이기 때문에 소련 적군은 그보다 한 달 정도 앞선 10월 초에 일본에 선전포고를 하게 되어 있지 않았습니까 ? 또한 우리 88여단과 조선공작단은 9월에 들어서서 조선에 침투하여 게릴라전을 전개하기로 예정되었던 것이 아닙니까?"

솔로킨 소장이 잠시 생각을 다듬어 설명한다.

"수집된 첩보에 의하면, 어제 아침 일본 히로시마에 미국의 신형 폭탄이 폭발하였습니다. 원자의 분열 원리를 이용하였으므로 원자폭탄이라고 부를 수 있습니다. 이 원자폭탄 한 발로 히로시마 도시 전체가 궤멸되었다고 합니다. 약 20만 명이 살상된 것이지요. 미군은 이 원자폭탄을 더 보유하고 있는 것으로 추축됩니다.

일본이 지쳐 있는 상태에서 원자폭탄 세례를 받음으로써, 이제 더 이상 견디기가 어려울 것으로 판단되었습니다."

김일성이 중간에서 말을 자르고 묻는다.

"소장 각하. 그렇다면 소련은 그 원자폭탄을 보유하지 못하고 있습니까?"

솔로킨 소장이 담백하게 말한다.

"내가 알기로는 아직 가지고 있지 못합니다. 그러나 스탈린 대원수가 계시는 한 조만간 우리 소련도 원자폭탄을 보유하게 될 것입니다."

솔로킨 소장이 말을 계속한다.

"일제가 미국에게 항복하거나 미국과 협상하면 우리 소련에게 불리합니다. 스탈린 대원수는 이 점을 고려하신 것 같습니다.

따라서 소련 극동군을 총출동시켜, 전략적 요충지인 만주와 사할린, 그리고 키미쎙 지도자 동지의 조국인 조선을 점령하려는 것입니다. 조선의 해방과 독립에는, 그리고 동지들을 위해서는 오히려 잘된 일 같습니다."

김일성이 아픈 점을 지적한다.

"그렇다면, 미제가 이번 참전을 좋아할까요?"

"아, 그 문제는 염려할 필요가 없습니다. 미국은 인명 손실을 가능한 한 줄이기 위하여 소련의 대일 참전을 눈 빠지게 기다려 왔습니다. 또한 얄타 회담에서도 미국은 이미 만주와 사할린을 우리 소련에게 넘겨 준 셈입니다. 조선은 독립시키기로 했구요."

김일성은 소장 집무실을 나왔다. 다리에 힘이 빠지고 있는 것을 느꼈다.

'이래서는 안 되는데…. 우리 조선공작단이 먼저 조국에 진격하여 큰 공을 세웠어야 하는데…. 지금 상황으로서는 88여단이나 조선공작단의 군사 활동 여지가 거의 없어지는 것이 아닌가?'

힘없는 발걸음으로 김일성은 대대 사무실로 향하고 있었다.

8. 여운형(呂運亨), 때를 만나는 영웅(英雄)들

(1)

경성부 계동 140번지, 몽양(夢陽) 여윤형(呂運亨)의 뒷담 쪽문을 두드리는 소리가 들렸다.

시국이 어수선하여 여운형은 일찍 일어났다. 아침을 먹는 둥 마는 둥 하고 안방에 앉아서 정국 구상에 잠기고 있었다. 여운형이 일어섰다. 주위를 살피면서 뒤뜰로 나갔다.

"선생님, 선생님, 접니다. 손웅입니다."

여운형은 정신이 번쩍 들었다.

"아, 손 군인가? 이른 아침에 웬일인가? 어서 들어오게."

손웅이 들어와 큰절을 한다. 급한지 더듬거린다.

"선생님. 큰일이 터진 것 같습니다. 드디어 일제가 망하게 된 것같이 보입니다."

손웅은 안방에 들어와 있는 것도 잊어버린 듯이 주변을 둘러보며, 품안에서 종이 한 장을 꺼내어 여운형 앞에 내밀었다. 거기에는 미국 대통령 트루먼의 성명이 적혀 있었다.

손웅이 말을 계속한다.

"선생님. 어제 아침, 일본 본토 히로시마에 미국이 새로이 개발한 신형 폭탄이 폭발하였다고 합니다. 무시무시한 신무기인 것으로 보입니다. 오늘 새벽, 미국 트루먼 대통령이 라디오방송에 직접 나와서 육성으로 일제에 대하여 최후통첩을 보냈습니다. 이것이 통첩 내용입니다."

8월 6일, 히로시마에 투하된 폭탄은 전쟁에 혁명적인 영향을 끼치게 될 것이다. 일본이 항복을 시인하지 않는 한 또 다른 장소에도 투하하게 될 것이다.

무시무시한 협박이 아닐 수 없다. 세계 최강의 미국, 그 미국의 트루먼 대통령이 육성으로 직접 방송한 것을 보면, 단순한 공갈 협박은 아닌 것 같다.

여운형은 잠시 눈을 감았다. 호흡을 가다듬고 생각을 정리한다. 일제의 최후가 이제 막 다가오고 있는 것이 틀림없다. 여운형이 눈을 떴다.

"음, 이제야 끝이 날 모양이구먼. 왜적들의 명줄이 곧 끊어지겠구먼. 손 군, 정말 수고했네."

여운형이 문밖을 향해서 소리친다.

"거기 누구 없느냐? 빨리 오너라!"

아침에 안방에서 큰 소리가 나, 부인이 놀라 달려온다.

"부르셨어요? 무슨 일이에요? 차를 올릴까요?"

여운형이 큰소리로 말한다.

"오늘부터 잔치 준비를 하시오. 한 삼사 일 동안 계속될 것이오. 동네 알 만한 부인들을 불러서 도와 달라고 하시오."

부인이 어안이 벙벙하여 되묻는다.

"갑자기 무슨 잔치입니까? 경사라도 생겼나요?"

"원, 사람이 이렇게 무관심해서야 섭섭해 살겠나…. 금년 내 나이 육순이 아닌가! 나도 육순은 찾아 먹어야지. 내가 지금부터 손님들을 연락하고 부를 것이니 차질 없도록 하시오."

말을 마치면서, 계면쩍은 듯이 여운형은 마누라를 쳐다보고 껄껄 웃었다. 부인도 어이가 없어서 덩달아 웃는다.

"아침 손님이 식사를 안 했을 테니 상을 들이시오. 그리고 아우 근농한테 연락하여, 계수씨와 같이 빨리 오라고 하시오."

말을 마친 여운형이 휑하니 방으로 돌아 들어간다.

그날 오후부터 계동으로 사람들이 모여들기 시작하였다. 여운형 집에는 안방, 건넌방 등 손님들이 몇 패로 갈라져 모여서, 술상을 앞에 놓고 정담을 나누고 있다. 주방에서는 음식을 장만하고 나르느라 바삐들 움직인다. 주위 동네와 골목에는 냄새가 퍼지고 사람 소리가 왁자지껄하면서, 몽양 댁에 잔치가 벌어지고 있는 것을 느낄 수 있다. 못 보던 사람들이 계속 여운형 집을 들락거리고 있다. 젊은 청년들이 많다. 마고자 조끼를 빨갛게 차려입은 주인 남자가 이 방 저 방 돌아다니는 것이 열어 놓은 대문 밖에서도 보인다.

안방에는 여운형을 중심으로, 현우현 김진우 최근우 김세용 이상백 김기용 이만규 등 조선건국동맹(朝鮮建國同盟) 중앙부 간부들이 둥그렇게 앉아 있다. 방 가운데에는 안주가 소담스럽게 차려진 술상이 마련되었다. 누가 보아도 푸짐한 잔칫상으로 보였다.

그런데 어찌된 일인지 분위기가 심상치 않아 보인다. 방 주인인 여운형이 무겁게 입을 열었다.

"여러분, 건국동맹 중앙간부 동지들. 기뻐하십시오. 어제 아침 일본 히로시마에 미국의 신형 폭탄이 떨어졌습니다. 상상할 수도 없는 엄청난 위력을 가진 폭탄이랍니다. 미국 대통령이 직접 나와서 무조건 항복을 요구하였습니다. 최후통첩이었습니다. 이 신형 폭탄의 내용이나 이름은 하루 이틀 안에 밝혀지겠지요.

물론 왜놈들은 별것 아니라고 헛소리하고 있습니다만, 그러나 이 폭탄 하나로 히로시마 도시 전체가 날아가 버린 모양입니다. 이 신형 폭탄이 일본 동경에 떨어지면 일본이나 천황 모두가 끝입니다. 일제가 더 견디지 못하고 며칠 안에 항복할 것입니다."

와 - 하고 모두가 입을 벌렸다. 그리고 다시 긴장하였다. 대문이 활짝 열려 있다. 동네 사람들이 들락거리며 쳐다보고 듣고 있다. 조심해야 한다. 일본 순사들이 감시하고 있다. 밀정들의 눈이 번득거린다. 조금도 방심해서는 안 된다.

여운형이 말을 계속한다.

"결정적인 시기가 왔습니다. 2천만 민족이 학수고대하던 해방 독립의 날이 오고 있는 것입니다. 우리가 일어설 때가 되었습니다. 이 날을 위하여, 그동안 우리는 꾸준히 준비하여 왔습니다. 건국동맹이

나서서, 민중을 지도하고 함께 궐기하여 우리 손으로 국권을 찾아야 합니다."

여운형이 잠시 호흡을 가다듬는다.

"곧 중요한 소식이 올 것입니다. 우리 대원들이 결정적인 정보를 수집하고, 계속해서 이곳으로 보고할 것입니다. 세상이 급변하고 있어요. 그 변화 계기를 놓쳐서는 안 됩니다. 단 한 번의 기회라도 놓치며는 해방 독립의 기회가 함께 사라집니다. 옛말에 영웅이나 현자는 기회를 보아 일어난다고 했습니다.

여러 동지들은 짐작하시겠지요? 오늘이 내 생일이 아닙니다. 또 육순 잔치도 아닙니다. 나라가 없어지고 백성이 신음하는 이 시기에 육순 잔치가 있을 법한 일입니까? 일제의 눈을 속이기 위한 위장입니다. 경기도 경찰부나 종로서의 고등계 순사들이 우리 주위를 감시하고 있어요. 이것을 피하기 위해 궁리한 것이지요. 오히려 허를 찔러 대문을 열어 놓은 것이지요. 손자병법에도 허허실실법이 있지 않습니까? 왜놈 순사들이 제 마음대로 들락거리면, 우리 동지들도 마음대로 들고 날 수 있는 이치입니다. 여러 날 계속 회합을 가져야 하겠기에 위장 잔치를 차린 것이지요. 그러나 음식과 술은 충분하게 준비하였으니, 계제에 맘껏 먹고 취합시다 그려. 허 허 허…."

방 안을 가득 메운 건국동맹 간부들도 여운형을 따라서 파안대소한다. 모처럼 웃어대는 동지들의 눈에는 지도자 여운형에 대한 신뢰가 가득 넘치고 있다. 웃음소리가 밖에까지 들렸다. 그렇지만 밀담 내용은 들리지 않았다. 용의주도한 여운형의 지시에 따라 이미 민첩한 청년 대원들이 대문이나 뒤 울타리 주위에서 망을 보고 있다.

독립투쟁의 백전노장 몽양 여운형이 예상한 대로, 일제 경찰의 눈귀가 계동으로 쏠리기 시작하였다. 순사 끄나풀들의 첩보가 경찰서 고등계에 올라갔다. 새로운 얼굴들이 많이 들락거린다는 정보가 들어왔다. 또한 여운형의 육순 잔치가 벌어지고 있는 것 같다는 내용도 들어 왔다. 고등계 형사들의 면도날 같은 머리도 혼란스러웠다. 그러나 감시망을 강화하라는 지시가 떨어졌다.

경기도 경찰부 고등계 주임 사이가 경부가 심복 시바다 형사를 계동으로 급파하였다. 시바다 형사는 조선인이다. 그러나 악질 사이가 경부의 충실한 주구이다. 다음날 저녁나절, 시바다 형사는 홀몸에 여운형 집 대문으로 들어섰다. 당찬 걸음걸이다. 주위를 훑어보는 눈초리가 예사롭지 않다.

마당을 쓸고 있는 듯 빗자루를 틀어쥐고 있던 총각이 달려온다. 공손히 인사한다. 머리가 땅에 닿을 듯하다.

"어서 오십시오. 주인어른의 육순 잔치에 이렇게 왕림해 주시니 감사합니다. 어디서 오신 누구시라고 말씀 올릴까요?"

시바다는 기분이 나쁘지는 않았다. 마당쇠 아이의 예절이 깍듯한 것 같아서 그런대로 마음이 조금 누그러졌다. 사실 혼자 몸으로 적지에 들어서기에는 망설여지기도 했다. 그러나 중요한 첩보를 얻기 위하여, 그리고 종로경찰서를 앞지르기 위하여서는 기밀 유지가 중요하다. 혼자 몸은 또 결단하기에 빠른 장점이 있다. 그러나 시국이 어수선하다. 요사이는 일본의 패색이 짙어지면서, 조선인들이 이를 알아차리고 준동하기 시작하는 것으로 보여 일제 경찰부에서도 경계령이 내려져 있다.

시바다 형사가 도리우치 모자를 벗고 땀을 닦으면서 입을 연다.

"수고가 많구먼. 몽양 선생님은 안에 계신가?"

"예, 안방에 계십니다. 먼저 오신 손님들과 담소를 나누십니다. 안으로 드시지요."

"음, 그러신가? 경기도 경찰부에서 시바다라는 사람이 왔다고 전하여라. 조용히 뵈었으면 좋겠다만…."

총각이 웃으면서, 부엌에 들릴 정도로 큰소리로 말한다.

"예, 경기도 경찰부에서 나오셨다고 말씀드리겠습니다. 조용한 방이 비어 있으니 우선 올라오시지요."

시바다 형사는 총각을 따라서 부엌 뒤편에 있는 별실로 안내되었다. 바라던 대로 장독대가 바로 보이는 깨끗한 방이다.

"음, 조용해서 맘에 드는군. 기왕에 들어와 앉았으니 잔칫술이나 한잔 얻어먹어 볼까…."

시바다 형사는 긴장되었던 마음을 풀었다. 부엌이 떠들썩하는 것 같더니 여운형이 방문을 연다.

"아, 시바다 형사님. 반갑습니다. 이거 얼마만입니까? 제 육순 잔치에 경기도 먼 곳에서 예까지 오셨으니 고맙습니다."

시바다는 여운형을 잘 알고 있다. 일본과 조선 천지에 소문난 몽양의 배포를 익히 듣고 있다. 잠시 낯이 뜨거워 오는 것을 느꼈으나, 곧 직업의식이 발동되면서 안정을 찾았다.

"몽양 선생님. 안녕하셨습니까? 지난번에는 결례가 많았습니다. 물론 윗분의 지시가 있었습니다. 그렇지만 평소부터 존경하는 몽양 선생님이었기에 두말없이 달려왔습니다. 무엇보다도 육순을 축하드립니다. 이렇게 건강하신 육순은 드문 일이십니다."

지난번의 결례란 말은 농민동맹(農民同盟) 간부들의 검거사건을 말한다.

여운형은 일제의 패망이 가까워 오자 여러 곳에서 비밀결사를 조직하였다. 농민동맹도 그 비밀결사의 하나이다. 작년 10월 초 여운형은 양평 용문산에서 농민동맹을 결성하였다. 양주의 김용기, 양평의 이장호, 최용근, 권중훈, 최용순, 여주의 신홍진, 고양의 박성복, 홍천의 주한점 등이 농민동맹의 간부들이었다. 그런데 올 봄 경기도 경찰부 고등계 사이가 경부가 냄새를 맡고, 일부 간부들을 체포하고 고문을 자행하였다. 그때 여운형이 나서서 항의하고 또 위에 손을 썼다. 사건은 더 확대되지 않았지만, 검거된 간부들은 고생을 많이 했다. 그 당시 사이가 경부와 여운형이 다툼을 할 때 시바다 형사가 몇 차례 배석한 일이 있었던 것이다.

여운형은 한편으로 반가웠다. 이렇게 왜경 형사가 앉아 있으니, 이제는 맘이 더 놓인다. 잔치 허가가 난 거나 진배없지 않은가?

금방 쩍 벌어진 잔칫상이 들어 온다.

"시바다 형사님, 술은 무엇으로 할까요? 정종으로, 아니면 소주로?"

"소주로 하겠습니다. 전쟁으로 다 고생하는데, 귀한 정종을 먹을 수야 있겠습니까? 저는 평소에도 소주를 즐겨 먹습니다."

여운형이 농을 친다.

"고맙습니다. 이 여운형이 가난한 것을 아시고 이렇게 술에서부터 도움을 주시니…."

시바다는 술을 잘한다. 몽양도 주량에는 자신이 있다. 순식간에 술잔이 몇 번 돌았다. 여운형은 주기가 올랐다. 전주가 있기 때문이다.

시바다가 먼저 입을 연다.

"몽양 선생님. 제가 일본 경찰에 몸을 담고 있습니다만 젊어서부터 저는 선생님을 존경해 왔습니다. 조선 청년들치고 선생님을 우러러보지 않는 사람이 있겠습니까?"

여운형이 싫지 않으면서도 속으로 생각한다.

'이자가 무슨 말을 하려고 이렇게 거창하게 시작하나….'

시바다가 계속한다.

"몽양 선생님. 저는 일본 경찰부에 몸을 담고 있습니다. 윗분들의 부탁도 있고 해서 한두 가지만 여쭈어 보겠습니다. 귀에 좀 거슬리시면, 그저 농담이려니 하고 생각해 주십시오."

예절이 깍듯하면서, 보기보다는 똑똑한 것 같아 맘에 든다. 술잔을 건네면서 여운형이 말한다.

"아니, 무슨 말씀이시오? 이 여운형이 졸장부가 아니란 것은 천하가 다 아는 사실이오. 무슨 얘기든지 오불관언이오.

나는 조선 젊은이들을 좋아합니다. 시바다 선생이 비록 일본 순사이나, 역시 조선 청년이 아닙니까? 오히려 반가운 일입니다. 우리 조선 사람끼리 무슨 말인들 못 하겠습니까? 아마도 사이가 경부님이 그 점을 알고, 이렇게 시바다 님을 우리 집 잔치에 보낸 것 같습니다."

몽양이 기분좋게 웃는다. 시바다 형사도 유쾌하게 따라 웃었다.

"선생님, 사이가 경부님의 얘기로는 몽양 선생님의 생신일이 8월이 아니라고 하시던데요? 이미 지났다고 하던데…."

몽양이 파안대소하며 소리친다.

"역시 사이가 경부는 세밀한 사람이오. 이 못난 여운형의 생일 날짜까지 꿰고 있으니.

시바다 형사님, 나도 사람이오. 자기 목숨을 아까워할 나이가 되었다는 말입니다. 아시는 것처럼, 내 명이 조선에 나와 있는 일본 군인 아이들 손에 있다고 하더이다. 나에게도 일본 사람 지인이 많이 있소. 지인들이 자주 와서 일러주지요. 조선인 학살자 명단 제1호가 이 몽양이라고 합디다.

전쟁 말기가 되면, 죄송한 표현이오나 일본의 패색이 짙어지면, 명부에 올라 있는 조선인 악질분자들은 처형한다는군요. 솔직한 심정으로는 중국이나 미국으로 나가고도 싶었습니다. 그러나 총독부 당국에서 허가하지도 않을 거고…. 또 도망치는 것 같아 비겁하기도 해서 그대로 눌러 있기로 했습니다.

그랬더니 며칠 전 내 아우 근농이 와서 집사람과 상의했던 모양입니다. 내년 환갑잔치를 당겨서 한다나요? 뭐, 말리지 않았습니다. 먹고 죽은 귀신은 때깔이 좋다니까요…."

시바다가 따라 웃는다. 웃음 뒤에 허전함이 서리는 것을 느꼈다.

여운형의 말은 사실이다. 조선 지도자 학살 1호에 누가 뽑혔는지는 정확히 모른다. 시바다가 생각하기에도 여운형 정도면 처형자 명부 맨 첫머리에 기록될 만하다. 시바다가 화제를 돌리려는 듯 농담을 건넨다.

"몽양 선생님. 그러시면 오늘은 육순 잔치가 아니라 환갑잔치이군요. 다시 한번 경하드립니다."

"육순이면 어떻고, 환갑이면 어떻습니까? 그동안 살아온 것이, 이렇게 건강하게 견뎌 온 것이 감읍할 뿐이지요. 여하튼 잔치는 시작됐으니까, 먹고 봅시다. 시바다 님도 우리 집에 오셨으니, 잠시 근무를 잊어버리고 실컷 마셔 봅시다."

여운형이 다시 잔을 넘긴다. 독한 소주가 여러 잔 돌았으니, 둘은 점점 취해 갔다.

시바다가 반쯤 남은 소줏잔을 상 위에 놓으면서 다시 말을 꺼낸다.

"몽양 선생님, 환갑잔치라 하더라도 선생님 잔치라면 많은 사람들이 몰려듭니다. 그 중에는 불온한 조선인들도 적지 않게 됩니다. 혹시 관할 서에는 알리셨습니까?"

여운형이 어이없다는 투로 말한다.

"시바다 형사님, 우리가 좀 더 차분해질 필요가 있습니다. 아무리 전쟁 통이라 해도 동네 사람이나 주위 친한 몇몇이 모여 육순잔치 하는 데까지 허가를 받아야 할까요 ? 우리 조선인도 어엿이 신민입니다. 황민입니다. 차별을 해서는 안 됩니다.

지난달에도 엔도 정무총감이 만나자고 하여 총독부에 들어갔었습니다. 그때도 분명히 충고해 드렸습니다. 몇 사람이 모여 상포계 같은 것을 조직해도 난리입니다. 유언비어성 발언을 해도, 무슨 큰 음모가 나타난 것처럼 대검거를 단행하고 공포심을 조장해 버립니다. 이래서야 어떻게 관민이 일치되겠습니까?

엔도 총감에게도 말했습니다. 민(民)이 관(官)을 따르게 해야지요. 그래야 조선으로 미군 아이들이 상륙했을 때도 향토 방위가 가능해집니다. 그러자면 관이 민을 믿어야 합니다. 오히려 관이 적극 나서서 민을 위해 주고 보호해 주어야 합니다. 그렇지 않고, 육순잔치에까지 형사를 파견하고 감시한다면 어떻게 일치단결하여 적과 싸우겠습니까?

내가 정식으로 통보를 한 것은 아닙니다. 그러나 종로서 고등계 미와(三輪) 경부에게는 알렸지요. 육순잔치에 오시라고 사람을 직접 보냈지요. 그런데 모를 일은 무슨 큰 사건이 터졌는지 정신들이 없습디다. 그래서인지 아직 들르지 않았습니다. ”

여운형은 슬며시 히로시마에 터졌다는 신형 폭탄을 암시하였다.

시바다 형사가 술이 깨는지 갑자기 몸을 턴다. 그리고는 말없이 술만 들이킨다. 여운형이 슬며시 일어섰다.

“시바다 형사님, 안에 손님들이 많이 와서 잠시 다녀오겠습니다. 안주를 더 보내드리지요. 술도 같이 보내겠습니다.”

시바다가 술이 취하는 듯 손을 젓는다.

“아닙니다. 여기 아직 많이 남아 있는데요. 나가셔서 손님을 맞으셔야지요.”

여운형이 안방으로 들어갔다. 모두들 여운형의 안색을 살폈다. 혹시 시바다 형사와 언짢은 일이나 없었는지 걱정하는 눈치들이다. 좌중에 있는 아우 근농을 쳐다보며 여운형이 말했다.

"여, 아우님. 잠시 틈을 내게. 뒤 별실에 시바다가 혼자 술을 먹고 있네. 내 대신 아우님이 가서 잠시 대작을 좀 해 주지."

근농이 일어서면서 대답한다.

"예, 알겠습니다. 그런데 형님, 뭐 그자한테 그렇게까지 대접할 필요가 있을까요?"

여운형이 웃으면서 말을 받는다.

"나도 잘 알지. 그럴수록 매사에 조심하는 것이 좋아. 시바다는 지금 많이 취했어. 자네가 가서 조금만 더 권하면 견디지 못할 거야. 아무리 독한 사이가 경부의 심복이라도 이 여운형 집에서 술 취해 쓰러지지는 못할 것 아닌가? 그러면 제 발로 걸어 나가겠지. 우리가 대접이 소홀했다고 고등계에 보고는 못 하겠지."

방 안에 가득한 독립동맹 간부들이 허리를 잡고 웃는다. 근농이 나간 뒤, 여운형이 몇 마디 더하고 자리에서 일어선다.

"나는 사랑방으로 건너가 보리다. 우리 젊은 동지들이 여럿 와 있을 겁니다. 이제부터는 독립동맹의 행동 방안에 대하여 구체적으로 생각해야 됩니다. 당장 내일부터라도 움직이지 않으면 안 될 것으로 봅니다. 아마 나의 예감으로는 오늘 밤이나 내일 사이에 중요한 정보가 또 들어올 겁니다. 토의하며 기다려 보십시다."

안방을 나선 여운형이 사랑방으로 들어섰다. 큰방에 사람이 꽉 찼다. 술상이 세 개로 나누어져서, 둥그렇게 모여 술과 안주를 들고 있다. 여운형이 들어서자 모두 일어서서 반가움에 겨워 소리를 지르고 인사를 한다.

안방에 있다가 몽양이 시바다를 만나러 갔다는 소식을 갖고 사랑방 젊은이들 모임으로 건너온 이상백이 물었다. 육척장신이다. 농구 선수여서인지 일어서 있으니 더 커 보인다.

"몽양 선생님, 왜 이렇게 늦으셨습니까? 시바다 놈이 혹시 시비라도 걸었습니까?"

여운형이 웃으면서 큰소리로 대답한다.

"아닐세. 내 집 육순잔치에 온 손님인데, 잘 접대해야지. 술 좀 대작하느라고 늦었네. 별 일 없었어. 술은 많이 마셨으니까, 대접이 소홀했다고 고등계에 보고하지는 않겠지…."

모두들 따라 웃는다.

장권(張權)이 앞으로 나선다. 어깨가 떡 벌어지고 등판이 바위 같다. YMCA 유도사범을 지냈다. 힘이 장사다.

"선생님, 시바다라는 자가 지금 여기에 와 있습니까? 시바다라면 그놈이 아닙니까? 얼마 전에 양평에서 우리 농민 지도자들을 연행 해다가 모진 고문을 가하고 감옥에 가둔 경기도 경찰 고등계가 맞지 않습니까? 그놈이 여기가 어디라고 제 발로 기어들어 옵니까? 제가 나가서 당장 때려죽이겠습니다. 우리 선배님들의 원한을 갚겠습니다."

갑자기 방 안의 분위기가 험악해졌다. 무슨 일이 터질 것만 같다.

시바다가 일본 경찰로 몸을 단련했다고는 하나, 장권 앞에 오면 한 주먹 거리도 안 된다. 여운형이 나서면서 말린다.

"이 사람아, 서둘지 말고 참게! 시바다가 경기도 경찰부 고등계에 있는 그 시바다는 맞네. 그러나 시바다도 우리 조선 청년일세. 시바다가 나쁜가? 그 위에 있는 사이가 경부라는 자가 악질이지.

장권 동지, 나도 아직은 힘이 있어. 내가 나서도 시바다쯤이야 이 팔로 목을 조를 수는 있어. 자네까지 나설 필요는 아직 없으니까 앉도록 하세."

그러면서 여운형이 팔뚝을 걷어붙이고, 알통이 나오도록 힘을 써 보인다. 와- 하고 방 안의 젊은이들이 웃어 댄다. 그 통에 분위기가 가라앉는다. 여운형을 중심으로 모두 자리에 앉았다.

얼마 지나지 않아서 방 밖이 시끄러웠다. 누가 온 모양이다.

"선생님, 이 방에 계십니까? 저 이강국(李康國)입니다."

"아, 이강국 동지인가? 기다리고 있었네. 어서 들어오게."

이강국이 최용달과 박문규를 데리고 방으로 들어선다.

이강국, 마흔 살이 된 장년이다. 얼굴에 웃음이 가득한 동안이지만, 자신 넘치는 몸가짐에 예리한 눈이 빛을 발한다. 경기도 양주 출신으로, 약관에 경성제대를 졸업한 후 독일 베를린대학에서 공부하고 돌아 온, 당대 최고의 유학파 지식인이다.

여운형이 들어서는 이강국을 향하여 먼저 말을 꺼낸다.

"그래, 어떻게 알아보았나? 좋은 소식이 있었나?"

이강국이 여운형 앞에 자리를 하면서, 자신 있게 대답한다.

"예, 선생님. 소상하게 알아보았습니다."

이강국이 주위를 둘러보면서 여운형의 안색을 살핀다.

알아차린 여운형이 말한다.

"괜찮네. 모두 우리 동지들뿐이네. 왜경 순사 한 놈이 있으나, 부엌 건넌 방에서 술에 만취되어 지금쯤은 정신을 못 차릴 걸세. 여기서 보고하게."

"엊그제 히로시마를 강타한 신형 폭탄은 원자폭탄으로 확인되었습니다. 미국의 국내 방송을 통하여 원자폭탄이라는 사실이 이미 미국 국민들 앞에 발표되었으며, 국제 통신사들을 통하여 세계 각국에 전파되었습니다. 어리석게도 일제 대본영의 통제로 일본 국민들만 모르고 있습니다."

이강국이 물을 한 모금 마시고 신이 나서 보고를 계속한다.

"일본 도메이 통신 기자의 현지 보도에 의하면, 원자폭탄 한 발이 폭발되는 순간 히로시마가 완전히 괴멸되었읍니다. 히로시마에 있던 주민 30여만 명이 거의 살상되었다고 합니다. 사망자만 약 17만 명에 이를 것으로 추측되고 있습니다.

미국 대통령 트루먼의 직접 성명도 있었습니다만, 일본이 무조건 항복을 하지 않으면 제2, 제3의 원자폭탄이 일제의 주요 도시에 투하될 것으로 보입니다. 도쿄에 투하될지도 모른다고 합니다. 그러면 천황 이하 대본영, 그리고 일제의 수뇌부는 전멸할 것입니다.

지금 조선총독부에도 난리가 났습니다. 정신이 나갔으며 완전히 얼이 빠진 것 같습니다. 이곳 경성에 있는 통신사나 신문사가 온통 들끓고 있습니다. 머지않아 일제 수뇌부가 중대한 결정을 내릴 것으로 신문쟁이들이 예상하고 있습니다."

방 안이 갑자기 조용해졌다. 아무도 먼저 말을 꺼내려고 하지 않는다. 일순간 시간이 정지된 것 같다. 얼마 후 여운형이 입을 열었다.

"동지들, 드디어 때가 왔네! 조선 민족이 국권을 다시 찾을 시기가 도래하였네! 자, 정신을 차리세. 모두 잔을 채우세. 그리고 건배하세."

모두가 술잔을 높이 들었다. 여운형이 말한다.

"내가 선창을 하겠네. 그러나 따라서 합창을 하지는 말세. 아직 왜적들이 살아 있네. 건국을 앞장서서 실천해야 할 우리들은 자중자애하여 몸을 중하게 보존해야 하네.

대한독립 만세! 조국광복 만세! 조선민족 만세!"

혼자 외치는 여운형의 눈에서 뜨거운 눈물이 주르르 흐른다.

속으로 따라 외치는 젊은이들의 눈에도 감격의 눈물이 그득하였다.

(2)

8월 9일 오후가 되자 경성의 분위기는 더 어수선해져 갔다. 계동 여운형의 집도 시끄러워졌다. 잔치가 3일째 계속되고 있지만 사람들이 더욱 들락거리며 손님들이 들끓고 있다. 방마다 손님들이 삼삼오오 짝을 지어 술상을 앞에 놓고, 때로는 격하게 때로는 소곤소곤 좌담을 나눈다.

그런데 눈여겨보면 방 안 공기가 심상치 않다. 단순한 잔치 같지만은 않은 모양이다. 시간이 지날수록 집 주인인 여운형을 찾는 사람들이 많아지고 있다. 거의 여운형과 단 둘이 만나서 밀담을 나눈 뒤에, 무엇인가 지시를 받고 밖으로 나선다.

여운형은 총독부의 동향에 촉각을 집중하였다. 종로경찰서 고등계의 움직임에도 신경을 기울였다. 그날 오후부터 총독부에 정무총감이 보이지 않는다고 한다. 경무국장도 자리에 없다고 들린다. 총독은 아예 관저에 들어 박혀 있는 모양이다. 아마도 총감과 국장이 총독 관저에서 무슨 일인지 머리를 맞대고 있는 것으로 추측되었다.

여운형은 짚이는 데가 있어서, 종로서 고등계 미와 경부에게 사람을 보냈다. 인편으로 다시 정중하게 잔치에 초대해 보았다. 마침 경기도 경찰 시바다 형사가 9일에도 계동에 들어와 귀찮게 하고 있었다. 엊저녁 술에 취해 몸을 가눌 수 없게 되자, 시바다는 경기도 경찰부 고등계 사이가 경부의 소실 집에 가서 눈을 붙였다. 아침에 사이가 경부의 별다른 지시가 없자, 시바다는 다시 여운형 집의 뒷방을 차지하고 들어앉아 있었던 것이다. 장권 같은 젊은 동지들이 화가 치밀어 요절을 내겠다고 떠들었으나, 여운형의 만류로 참고 있었다.

해가 계동의 언덕을 지나 가회동으로 넘어가자 계동에 자동차 한 대가 들어섰다. 여운형 집 앞에서 멈추었다. 보아 하니 종로경찰서 관차인 것 같다. 사복을 입은 한 고관이 내렸다. 부하들이 주르르 뒤를 따른다.

고관이 손을 들어 휘저으며 말한다.

"아닐세. 자네들은 여기서 기다리게. 내가 잠시 다녀 나오겠네."

집 마당에서 대기하는 듯한 마당쇠 청년이 내닫는다. 허리가 땅에 닿도록 절을 한다.

"어서 오십시오. 누구시라고 말씀 올릴까요?"

준수한 외모를 가진 청년이 예의가 깍듯하다. 미와가 한숨을 쉬면서 혼자 중얼거린다.

'단순한 마당쇠가 아니구먼…. 몽양은 역시 보통 인물이 아니야…!'

미와가 입을 연다.

"종로서에 있는 미와가 선생님을 뵙고자 왔다고 전하게."

"예, 알겠습니다. 경부님. 잠간만 기다려 주십시오."

마당쇠가 안방으로 달려갔다. 일부러인지 큰소리로 고한다.

"선생님, 종로서 미와 경부님이 당도하셨습니다."

방문이 화들짝 열리면서 여운형이 소리친다.

"무어라고, 경부님이 오셨다고!"

여운형이 눈짓을 한다. 안 방에 모여 있던 건국동맹 간부들이 모두 일어선다. 마루로 나오더니, 사랑방 건넌방 등으로 뿔뿔이 흩어져 들어간다. 부엌에서 여자들 서너 명이 달려와 술상을 내가고 방을 치웠다. 그 사이에 여운형이 마당으로 나아가 미와 경부의 손을 덥석 잡는다.

"왜 이리 늦으셨습니까? 저는 잔치가 끝날 때까지 안 오시나 하고 고대하며 안달하고 있었습니다."

미와 경부가 머리를 숙이며 인사한다.

"황송한 말씀이십니다. 저는 일개 경찰에 불과합니다. 조선 민중들의 최고 지도자이신 몽양 선생님께서 육순 잔치에 초대해 주신 것만으로도 큰 광영이 아닐 수 없습니다. 급한 일들이 연발하여 짬을 낼 수가 없었습니다. 몽양 선생님의 술 한잔 받잡고 즉시 돌아가 보아야 할 형편입니다."

여운형은 속으로 놀랐다. 미와가 평소에 이렇게 공손한 자가 아니다. 종로서 경부로서 고등계를 대표하는 미와는 조선 독립투사들을 전율하게 하는 일본 경찰 악질의 상징이다.

그러나 한편으로 여운형은 기뻤다. 미와가 이제 최고의 경어를 써가며 인사하고 있지 않은가! 그리고 급한 일이 연발하고 있다고 하면서, 어느 정도 진실을 나타내 보이려고 하지 않는가! 어떤 큰 변화가 감지되고 있는 것은 사실이었다.

안방에서 여운형은 미와 경부와 술잔을 주고받았다. 또 얼마 동안 단 둘이서 밀담을 나누었다. 미와 경부가 여운형에게 양해를 얻고 자리에서 일어섰다. 두 사람은 안마당을 지나 대문 쪽으로 나왔다. 여운형의 웃음소리와 발자국 소리를 듣고, 사랑방에 앉아서 노심초사하던 젊은이들이 따라나왔다. 평소에 미와 경부와 안면이 많은 이상백과 장권이 미와 경부에게 인사를 건넨다. 미와 경부도 반가운 듯이 두 손을 잡는다. 오늘따라 미와 경부의 태도가 사뭇 다르다.

미와 경부가 밖에서 대기 중이던 부하들을 부른다.

"어서 방에 들어가 경기도 경찰부 시바다 형사를 데리고 나오라!"

종로서 형사 둘이서 대답한다.

"예, 알겠습니다. 즉시 데려오겠습니다."

마당쇠의 안내를 받은 두 형사는 즉시 부엌 뒤 별실에서 시바다 형사를 앞세우고 나왔다.

시바다 형사는 술이 많이 취해 있었다. 몽양의 아우 근농이 술 대작을 하다가 함께 따라나왔다. 시바다가 미와 경부를 보고 깜짝 놀란다. 죄인처럼 고개를 들지 못하고 말한다.

"경부님께서 와 계신 줄을 몰랐습니다. 죄송합니다."

미와가 얼굴을 찌푸리면서 언성을 높였다.

"시바다, 이게 무슨 짓인가! 일본 경찰로서 이 무슨 추태인가!

조선인 지도자 몽양 선생님 댁에 왔으면, 몸가짐을 조심해야지!"

화가 가시지 않은 투로 미와가 지시한다.

"시바다를 이 차에 태워라. 종로서로 데리고 간다!"

난감해하는 여운형을 향하여 미와가 돌아섰다. 여운형에게로 다가온 미와는 절을 크게 한다. 그리고 여운형의 손을 잡는다.

"일본인들이 모두 존경하는 몽양 선생님의 육순을 다시 한번 축하드립니다. 아까도 말씀 올렸습니다만, 이제 곧 몽양 선생님께서는 참으로 큰일을 맡으실 것입니다. 며칠 안으로 다시 찾아뵙도록 하고, 오늘은 이만 돌아가겠습니다.

몽양 선생님 잔치에 와서 결례를 한 시바다 형사는 제가 혼을 내겠습니다. 너그러이 용서해 주시기 바랍니다."

몽양이 만면에 웃음을 띠고 있다. 그의 뒤에는 아우 근농과 이상백과 장권 등이 서 있다. 그들도 다 같이 미와 경부의 인사말을 귀담아 듣고 있다. 미와 경부의 오늘의 갑작스런 자세 변화와 몽양을 향한 아침 발언이 무엇을 의미하고 있는지 어렴풋이 알 것 같았다.

그날 저녁 황혼이 지고 계동에 어둠이 깔릴 무렵, 손웅이 여운형 집으로 들어섰다. 뒤에는 낯선 사람을 대동하고 있다. 여운형을 모시고 삼 인이 별실에서 조용히 대좌하였다.

손웅이 낯선 인물을 여운형에게 소개한다.

"선생님, 이 사람은 경성일보사 정치부 기자입니다. 중요한 정보가 있어서 이렇게 직접 동행하여 왔습니다. 고(高) 동지, 몽양 선생님이십니다. 인사 드리십시오."

낯선 청년이 일어나서 큰절을 하면서 입을 연다.

"몽양 선생님, 처음 뵙겠습니다. 경성일보사에서 기자 생활을 하고 있는 고준석(高峻錫)이라고 합니다. 선생님 댁으로 이렇게 찾아뵙게 되어 큰 광영입니다."

여운형이 악수를 나누면서 말한다.

"경성일보사에 조선 청년들이 많이 근무하고 있다는 사실을 들어 왔습니다. 이렇게 만나게 되어 정말 반갑습니다."

"아닙니다, 선생님. 제가 정치부 기자로 근무하는 동안 몽양 선생님의 함자를 우뢰같이 들어왔습니다. 또한 먼발치에서나마 몽양 선생님을 몇 차례 뵈었습니다. 평소부터 선생님을 존경하고 있었습니다."

여운형이 손을 젓는다.

“과찬의 말씀입니다. 비록 왜놈의 녹을 먹고 있지만, 많은 조선의 청년들이 각자의 처지에서 애국애족을 잘 실천하고 있다는 것을 이 여운형도 잘 알고 있습니다. 나도 그러한 조선인의 하나에 불과할 뿐입니다.

고 동지께서는 경성일보사에서 중요한 직책을 맡고 있으니 얼마나 활동적인 조선 청년입니까? 그러한 고 동지가 손 동지와 함께 나를 찾아오셨으니, 조국을 위하여 참으로 다행스러운 일이 아닙니까?”

여운형과 고준석 기자 사이에 수인사가 끝나자, 손웅이 조용히 말을 잇는다.

“선생님, 고 동지가 비록 경성일보사 정치부에 근무하고 있지만, 민족의식이 투철합니다. 조선인으로서의 자긍심을 잃지 않고 지내 왔습니다. 저와는 오래전부터 교우 관계를 맺어 오고 있었습니다. 독립투쟁의 뜻을 같이하는 믿을 수 있는 동지입니다.

선생님, 이번에 중대한 정보가 있어서 이렇게 찾아뵙게 되었습니다.”

고준석이 자리를 고쳐 앉으며 말한다.

“선생님. 거두절미하고 본론부터 말씀드리겠습니다. 존경하는 몽양 선생님께 전해 드리는 것이 미력이나마 조국에 보탬이 될 것으로 사료되어 이렇게 급하게 나서게 된 것입니다. 선생님. 오늘 새벽, 그러니까 8월 9일 0시를 기하여 소련이 일제에 대하여 선전포고를 하였습니다. 같은 시각에 만주와 조선 북부와 사할린 등 전 전선에 걸쳐 스탈린 붉은 군대가 총공격을 개시해 왔습니다.”

여운형이 소스라치게 놀랐다. 고 기자의 손을 덥석 잡는다.

"고 동지, 고맙소! 만약 그것이 사실이라면 일제는 끝났소. 그런데 소련군의 규모는 어느 정도입니까? 일본군의 저항은 어느 정도가 될 것으로 예상합니까?"

고 기자가 안주머니에서 수첩을 꺼내들고 상세히 보고한다.

"선생님께서는 국제 정세에 밝으시지 않습니까?

우리 신문사가 수집한 자료에 의하면, 소련 극동군 산하의 정규군은 150만 명이 넘는 것으로 파악되고 있습니다. 구라파에서 히틀러 나치스군대를 격파한 정예부대가 대거 극동으로 이동하였습니다. 지난 3개월 동안 이동을 완료한 것입니다.

이에 비하여 일본군은 매우 취약합니다. 특히 관동군이 빛 좋은 개살구가 되어 버렸다고 합니다. 조선 주둔군은 처음부터 보잘것없었습니다."

중간에 여운형이 말을 끊는다.

"고 동지, 관동군의 명성은 자자했지 않아요? 아직 과소평가할 수는 없는 것이 아닐는지요?"

고준석이 자신 있게 대답한다.

"만주 특파원들이 많은 정보를 보내오고 있습니다. 또 신문사 기자 중에 군사문제 전문가들이 분석하고 있습니다. 그에 의하면, 관동군의 정예부대는 벌써 동남아 전장으로 빠져 나갔습니다. 만주에 남아 있는 관동군의 병력은 60여만 명으로 추산됩니다. 비록 숫자로는 많은 것 같으나, 거의 예비병력 수준에 불과합니다. 특히 군수 장비가 빈약합니다. 세계 최강의 소련 적군에 대항하기에는 거의 불가능한 것으로 판단되고 있습니다.

선생님, 그 문제에 대해서는 제 말씀을 믿으셔도 됩니다. 안심하십시오. 자랑이 아니라 경성일보사의 분석은 일본군 참모본부의 판단보다 더 정확할 것입니다."

여운형이 아직 불안한 듯 손웅을 쳐다보며 말한다.

"왜놈들이 워낙 악질이라 더 버티겠다고 나서지 않을까…? 더군다나 대본영이 아직 건재하고 아나미 육군상 등 강경파들이 옥쇄를 주장하고 있어서…."

고 기자가 설명한다.

"몽양 선생님, 저희 경성일보사에 나가야쓰 주필이 있습니다. 비교적 양심적인 일본인입니다. 그저께 총독부에 들어가서 아베 총독 임석하에 조선군사령관 등과 함께 전략회의를 하였답니다. 돌아와서 한탄하는 것을 들었습니다.

나가야쓰 주필은 이미 그때 소련 적군의 참전을 예상하고, 일제의 마지막 궁여지책으로 항복을 권유했다고 합니다. 그의 예측은 이틀을 넘기지 않고 들어맞았습니다. 일본에도 아직 인물들이 남아 있습니다. 나가야쓰 같은 지식인들이 일본 민족과 천황제의 보존을 위하여 남은 방도는 포츠담 선언을 수락하는 길밖에 없다고 단언하고 있습니다. 오늘 아침 기자실에 나온 나가야쓰의 예상에 의하면, 이제 천황이 직접 나서지 않을 수 없다는 것입니다. 또 그렇게 될 수밖에 없다는 것이었습니다."

여운형이 탄식조로 말한다.

"그렇게만 된다면야 조선 사람도 좋고 왜놈들도 용서받을 수 있고 다 좋겠지요…."

옆에서 두 사람의 대화를 듣고 있던 손웅이 끼어들었다.

"선생님, 일본 놈들에게 엄청난 비극이 또 터졌습니다. 거의 마지막 철퇴가 내려진 것 같습니다."

눈이 휘둥그레진 여운형이 묻는다.

"무슨 사태가 발생했는데 그러나? 뭐, 원자폭탄이 또 투하되기라도 했다는 말인가?"

손웅과 고 기자가 마주보며 웃는다. 고 기자가 입을 연다.

"몽양 선생님의 직감은 놀랍습니다. 예, 제2의 원자폭탄이 일본에 또 투하되었습니다. 오늘 오전, 그러니까 8월 9일 오전 11시, 일본의 군수산업 도시인 나가사키에 원자폭탄이 터졌습니다. 지금 일본 천지가 뒤집혔습니다. 거의 마지막에 도달한 것 같습니다.

경성일보사에서 비상회의를 하고 빠져나오는 길이었습니다. 결론은 무조건 항복이 곧 결정될 것이라는 것입니다."

여운형이 고개를 번쩍 쳐들었다. 눈이 빛난다. 얼굴에 광채가 인다.

그때 방문이 열리면서 주안상이 들어왔다. 여운형이 손웅을 쳐다보면서 말한다.

"손 군, 정말 수고가 많네! 이제는 끝이 나겠구먼. 경성일보사의 분석이나 고 기자의 예상이 맞을 것 같아. 오늘은 늦었으니 내 집에서 편히 쉬도록 하세. 반가운 손님도 오셨으니, 자네가 대접을 하면서 술이

나 마시도록 하게. 나는 안방으로 나가서 이 반가운 소식을 우리 동지들에게 전하도록 하겠네. 그리고 우선 급한 대책을 몇 가지 조치해야 하겠네. 내 좀 나가 있다가 다시 옴세."

말을 마치고 여운형이 급히 나갔다. 사태가 급변하면서, 세상이 소용돌이치기 시작하고 있었다.

(3)

내실 큰방에 사람이 가득 찼다. 건넌방, 사랑방, 문간방 등에 흩어져 있는 건국동맹 대원들과 청장년 동지들이 모두 안방으로 모여들었다. 자리가 좁아서 방으로 들어오지 못하는 사람들은 대청으로 모였다.

현우현, 김진우, 최근우, 이만규 등 건국동맹 중앙간부들이 앞에 앉았다. 김용기, 이장호, 신홍진 등의 농민동맹 비밀결사 인물들이 다음에 앉았다. 이상백, 장권 등 젊은 동지들이 그 뒤에 자리하였다. 많은 독립지사와 청년 들이 대청에 무리를 지어 서 있었다.

앞으로 나선 여운형이 뒤편을 보면서 말한다.

"장 동지, 집 주위에서 청소들은 잘 하고 있나?"

장권이 대답한다.

"예, 선생님, 각별히 조심하고 있습니다. 방금 전에도 한 바퀴 돌아보며 청소 상태를 점검하였습니다."

여운형이 웃으면서 말한다.

"허긴 그래. 이제 와서 제 놈들이 무슨 정신이 남아 있겠어…. 고등계 대부인 미와 경부도 도망갈 궁리를 물어오는 판인데."

잠시 후 여운형이 다시 정색을 하고 엄숙한 목소리로 선언을 한다.

"동지들, 기뻐하십시오. 방금 중대한 소식이 들어왔소. 우리가 고대하고 기다리던 긴급 뉴스요. 동지들과 기쁨을 같이 나누고 싶어 이렇게 모이라고 한 것이오.

오늘 새벽 0시를 기하여 소련 군대가 일본에 대하여 정식으로 선전포고를 하고 대일 전쟁에 가담하였소. 스탈린 군대는 히틀러 나치스 군대를 격파한 세계 최강의 군대요. 비록 일본의 관동군이 남아 있기는 하나, 지나 주둔군이나 조선 주둔군을 합쳐도 소련 군대에게는 상대가 되지 않을 것이오. 지금 이 시각에도 소련 스탈린 군대가 만주와 조선 북부와 사할린 등지에서 총공격을 감행해 오고 있소. 이제부터 일제의 패망은 시간문제일 뿐이오."

여운형이 잠시 숨을 고른 후 말을 계속한다.

"여기에 왜놈들에게 최후의 타격이 가해졌소. 마지막 결정타임에 틀림이 없는 것 같소. 오늘 오전 11시, 일본의 군수산업 도시 나가사키에 제2의 원자폭탄이 투하되었소. 히로시마와 마찬가지로 나가사키가 일본 지상에서 사라져 버렸소. 만약 일본이 포츠담 선언을 수락하여 무조건 항복을 하지 않는다면, 다음에는 도쿄가 불벼락을 맞고 지상에서 사라질 것이오. 이러한 사실을 일본 천황도 잘 알 것이오.

이제 일제가 살아남을 수 있는 마지막 방도는 무조건 항복밖에는 없게 되었소. 내가 천황이라도 더 늦어서 일본 민족이 씨가 마르기 전에 무조건 항복을 택하겠소."

와! 하는 탄성 소리와 함께 박수 소리가 터져 나온다.

여운형이 급히 손을 들어 제지한다.

"내가 어제도 말한 것처럼, 우리 동지들은 행동을 조심해야 합니다. 조국과 민족을 위하여 우리들이 해야 할 역사적 임무가 산같이 쌓여 있소. 대의를 위하여 자중자애합시다!

지금부터 일제가 패망하고 물러간 이후의 대비를 해야 합니다. 건국 준비를 해야 합니다. 참으로 중차대한 과업이 아닐 수 없습니다. 할 일은 산적한데 사람이 없습니다. 조선 천지에 우리밖에 없습니다. 잘났다는 독선이 아니라, 왜놈들이 죽이고, 왜놈들을 피하여 숨어 버려서 인재들이 부족하다는 말입니다.

지금도 가슴 아픈 일은 민족 신문의 폐간 조치입니다. 동아일보, 조선일보, 중앙일보 등이 일제의 총칼 아래 문을 닫음으로써, 인재를 키우는 장소가, 인재를 깨우치는 종소리가 사라진 일입니다. 인재들 양성뿐만 아니라 지도자들도 절개를 버렸거나 도피해 버렸습니다.

보성전문학교는 조선의 수재들이 모이는 요람입니다. 보성전문학교의 창설자이며 지도자인 인촌(仁村)도 연천 농장으로 피신하여 연명하고 있습니다. 일제의 핍박하에서도 사회주의 조직은 항상 독립투쟁에 앞장서 왔습니다. 그러나 지금은 조선공산당도 와해되어 버렸습니다. 박헌영도 지하로 숨어들어가 어디에 있는지 연락 두절된

지 오래입니다.

일제의 협박과 회유에 못 견디어 춘원(春園) 같은 선각적 지식인들이 변절해 버린 지는 오래되었습니다. 민족의 동량지재로 성장하고 있던 수많은 조선의 청년학도들이 왜놈들의 총받이가 되어 전쟁터에 끌려 나갔습니다. 남아 있는 몇몇 학도들마저 지리산 골짜기 등에 피신해 버리고 말았습니다.

동지들, 이제 살아남은 것은 우리들뿐이오. 조선 천지에 조직을 유지하고 단결하여 독립과 건국을 준비할 수 있는 것은 우리들 조직 뿐이오. 건국 사업이 완결될 때까지 동지들 모두는 몸을 귀하게 여기고 조직을 중하게 보존해야 합니다. 살아남은 우리가, 우리 조직이 조선 건국을 준비해야 할 시기가 도래한 것입니다."

여운형의 말이 끝나자 장내가 숙연해졌다.

여운형은 젊은 동지들을 불러 별도의 지시를 내렸다. 계동 집은 매우 좁고 또 찾아오거나 불러야 할 대원들이 많을 것이기 때문에, 젊은 동지들은 운니동 송규환(宋圭桓)의 집을 아지트로 하여 독립 건국의 사업을 구상하도록 하였다. 특히 이상백, 양재하, 이동화, 이정구, 김세용 등 젊고 학식이 풍부한 동지들에게는, 일제 패망 이후에 필요한 정치, 경제, 문화, 농업 등 각 분야의 긴급한 정책들을 연구하도록 부탁했다.

일제의 패망과 조선의 독립은 이제 시간문제이다. 그러므로 조선 건국을 위하여 가장 시급한 일은 과도정부의 수립이다. 과도정부는 독립투쟁 단체와 독립투쟁을 이끌어 온 지도자들이 연합하여 세워야 한다. 독립투쟁 세력은 크게 보아서 국내와 국외로 양분될 수 있다. 여운형은 우선 국내 세력과 지도자들이 과도정부를 수립하고, 해외 애국투사들이 귀국하는 대로 과도정부를 확대 재편해야 할 것으로 구상하고 있었다.

여운형이 생각한 또 하나의 절실한 문제는 외국 세력에 의한 해방 사실이다. 일제가 패망하는 대로 조선 땅에는 미군과 소련군이 진주해 올 것이다. 일제를 타도하고 들어온 연합군에 대하여 과도정부는 조선의 독립과 새 국가의 건설을 위하여 원칙을 제시해 주어야 한다. 이 경우에 대비하여 여운형은 오래전부터 '외교강령'을 구상하여 왔다. 네 가지의 골격을 다듬어 이만규에게 넘겨주고 체계를 다듬어 완성하도록 지시하였다.

여운형의 외교강령의 네 가지 골격은 아래와 같았다.

(1) 조선의 해방은 연합군의 선전의 결과라고 보아서 감사한다. 그런데 조선 민족도 합병 전후부터 지금까지 계속 투쟁해 왔으며, 이러한 사실은 조선 민족 독립투쟁사에 잘 나타나 있다. 조선인들이 피흘린 공을 연합 세력에게 인식시켜서 조선인의 정당한 권리를 주장하여야 한다.
(2) 독립정권 수립에 있어서는 연합군이 내정간섭을 하여서는 안 될 것이다. 미국과 소련 등 연합 세력 간에 파벌을 형성하지 말고, 엄정중립 자세를 견지하는 것이 중요하다.
(3) 국내 각 공장이나 시설, 그리고 일제가 남기고 간 재산은 일

본인 소유였다고 하여 적산(敵産)으로 돌려서는 안 된다. 조선 인민과 조선 노동자들의 피와 땀으로 형성된 것이기 때문에, 당연히 조선인의 재산으로 귀속되어야 한다.

(4) 치안 문제는 중요하다. 치안은 처음부터 조선인이 담당하도록 해야 한다.

여운형은 안방에서 이여성과 김세용, 그리고 이만규를 불렀다.

"과도정부는 국민의 각 계층과 각 정파가 모두 참여하여 어떤 한쪽에 치우치지 않도록 해야 되네. 또 광범한 대중의 지지를 받아야 하네. 그것도 전폭적인 지지를 받지 않으면 안 되지.

그러므로 자주독립으로 새로이 건국될 국호(國號)의 제정은 시급하고도 중차대한 문제야. 이 국호 제정은 이여성과 김세용 두 동지가 맡아 주게.

이만규 동지는 독립선언문을 기초해 주게. 각계각층의 대중을 포용하고 설득할 수 있도록 심혈을 기울여 주게. 원래 조동호 동지가 초안을 잡아 나가고 있었는데, 며칠 전 일제에게 구금되었으니 어쩔 수 없지."

여운형은 청년 대원들에게 계속 지시를 내렸다.

경성제대 의학생인 김종결, 정두희, 문규영 등에게는 각급 학교 및 학생들의 조직 임무를 맡겼다. 조윤환, 서재필, 여용구, 홍성철 등 철도국에 근무하고 있는 동지들에게는 경성역과 청량리역을 중심으로 하여 전국 철도의 장악과 종업원 조직체의 결성을 지시하였다.

가장 중요한 과제인 치안문제의 연구와 치안대의 조직 과제는 여운형이 각별히 신임하는 장권 동지에게 맡겨졌다. 장권은 YMCA 유도부를 중심으로 광범한 청년 학생들에게 인기가 높았다.

1945년 8월 10일, 아침 해가 밝게 솟아오르고 있다.

옛 경복궁의 터전, 정문 앞에 자리한 조선총독부에는 동방의 태양이 아니라, 서서히 낙조의 그림자가 드리워지고 있다. 일제의 수도 동경에서 결정되는 종말은 필연적으로 경성에 있는 조선총독부의 종말로 이어질 수밖에 없다.

조선건국동맹이 기지개를 켠다. 긴 겨울잠에서 막 깨어나고 있다. 1944년 8월 10일, 민족지도자 여운형이 독립투쟁을 위하여 조직한 비밀결사체이다. 포악한 일제의 감시를 뚫고 선각적 지도자 여운형이 경성 경운정 삼광한의원 원장 현우현(玄又玄) 집에서 설립한 건국투쟁 지하조직체이다.

조선건국동맹이 잠에서 깨어나 기지개를 켜자, 지도자 몽양 여운형도 긴 꿈에서 깨어났다. 몽양 여운형이 바빠지기 시작하였다.

9. 시골 장터의 만세 소리

(1)

새벽 어둠이 걷히기 직전 검은 그림자 둘이 거북집으로 스며들었다. 동쪽 하늘에는 그믐달이 요염하게 빛을 발하고 있다. 날이 밝기 전, 홍성 시장의 소전 가에서 국밥과 술을 파는 거북집 구항댁의 일이다.

쿵쿵쿵, 대문을 두드리는 소리가 들렸다.

"백부님, 백부님, 문 열어 주세요. 접니다. 태수입니다."

다급한 사내의 목소리가 새벽 정적을 깨우고 있다.

"여보, 여보, 일어나 보세요. 밖에 누가 온 모양입니다."

"뭐라구? 이 꼭두새벽에 누가 온단 말이오. 지금 몇 시나 됐소?"

"새벽 4시가 좀 지났습니다."

김진사가 급히 옷을 추슬러 입고 문 앞으로 다가서며 물었다.

"누구요?"

"큰아버님, 접니다. 태수입니다."

"아니, 태수라고? 이 밤중에 네가 웬일이냐? 어서 들어오너라."

김태수가 동행한 청년을 보고 말했다.

"사연이는 여기 문 안에서 동태를 살피고 있게. 내 빨리 들어갔다

오겠네."

김진사와 김태수는 단걸음에 안방으로 들어갔다. 방 안에는 벌써 거북집 안주인이 이부자리를 정돈하고 앉아 있다.

김태수가 백부와 백모에게 큰절을 하자마자 세 사람은 서둘러 바짝 다가앉았다. 희미한 등잔불에 비추어보아도 태수의 몰골은 알아보기 어려울 정도로 야위어 험상궂게 보인다. 때먼지에 찌들은 군용 잠바는 여기저기 찢어져 있고, 몇 달 면도도 하지 못한 듯 털밤송이 같은 얼굴에 움푹 들어간 눈망울만 빛을 발하고 있다.

김태수는 재작년 부모 형제들이 만주로 이주하여 떠날 때 식구들과 헤어져 고향 홍성에 남았다. 아버지가 그 무서운 징용을 피하려고 만주에 새로운 땅을 찾아 급히 이사하였지만, 태수는 마침 서울에서 유학생활을 하고 있었기 때문에 자연스럽게 떨어져 남을 수 있었다. 더욱이 태수는 공부 잘하는 천재 소년으로 홍성 인근에 소문이 자자할 정도였으며, 경성에서도 유명한 경복중학교에 다니며 장래가 촉망되는 청년으로 성장하였다.

태평양전쟁이 말기에 접어들면서 일제는 최후 발악을 하고 있었다. 미군비행기의 폭격을 받지 않고 온전히 남아 있는 식민지 조선은 원료 공급지로서 물자 착취와 노력 동원이 극에 달했다. 서울에 있는 학교들은 거의 학생 노력 동원으로 수시 휴교하기 일쑤였는데, 태수가 다니고 있던 경복중학교도 마찬가지였다.

재작년 부모 형제들과 피눈물로 헤어진 이후 김태수는 비로소 조국애를 뜨겁게 느끼고 있었다. 김태수는 경복중학교 독립투쟁 지하

서클인 '흑백단'에 가입하고, 이제 학년이 높아지면서 흑백단 중심 회원으로 활동하고 있다.

김태수는 방학이 되거나 학교가 휴교하게 되면 자주 홍성에 내려왔다. 공부 잘하는 조카라고 큰어머니가 귀여워해 주시고 수시로 유학비도 보태 주셨다. 큰아버지인 김 진사와는 의기가 투합되어 시국담을 논하기도 하고, 서울 지하 서클의 움직임과 국내외 정세를 말씀드리기도 했다.

김태수는 경성에 유학하고 있는 이 지방 출신 젊은이들과 비밀리에 항일투쟁학도대를 조직하고 있었다. 이 지하조직은 자연스럽게 형성되었다. 서울에서 유학하는 많은 학생들이 징병을 기피하고 산으로 숨어들었다. 소작농으로 겨우 연명하고 일제에 착취당하며 시골에 남아 있던 청년들도 징용에 끌려가기보다는 차라리 험준한 산속으로 도망하여 자리를 틀고 주저앉았다. 동병상련으로 이들의 조직은 쉽사리 협조 동맹하게 되었으며, 살아남아야 한다는 절박한 일념 속에서 하루가 다르게 강력한 항일투쟁 조직으로 성장하였다. 여기에서 김태수는 경성의 지하 서클로부터 이들에게 독립투쟁의 이념을 전달하는 전령사 역할을 자연스럽게 담당하게 된 것이다.

이 지방에는 다행히 험준한 산들이 적지 않다. 광천, 청양, 보령에 걸쳐 위용을 자랑하는 오서산에는 연전 재학 중에 징병을 도피한 표대기 학생이 애국청년단을 이끌고 있다. 홍성에는 북쪽에 용봉산이 버티고 있는데, 수덕사 배후의 가야산과 연결된다. 여기에는 오늘 새벽 김태수와 동행한 청년 민사연 총각이 일단의 맹원들과 뭉쳐 생활한다. 청양 칠갑산의 신동철 그룹, 그리고 예산의 엄경호 단원 등등 이 애국심에 불타는, 그리고 누구의 도움을 기다리지 않고 거의 자력으로 싸워 나가는 젊은 항일투쟁 세력의 대표들이다. 이들 나이 어린 독립투사들은 지리와 정보에 매우 밝다. 동시에 라디오 단파방송을 청취하면서 서울과 수시로 연락을 취하여 내외 정세에 정통한 것이 장점이다.

오늘도 새로운 정보를 가지고, 홍성의 거점인 이곳 거북집에 김태수와 민사연이 잠입해 든 것이다.

김태수가 한숨을 고른 후 입을 열었다.

"큰아버님 큰어머님, 드디어 조선이 해방되게 되었습니다. 마침내 잔학무도한 일제가 무조건 항복하기에 이르렀습니다."

김 진사가 눈을 크게 뜨면서 물었다.

"일제가 망하게 되었다니 무슨 말이냐? 왜놈들이 항복을 한단 말이냐?"

"예, 그렇습니다. 큰아버님도 어제 들으셨으리라고 생각됩니다만, 오늘 낮 정오에 일본놈 천황이 직접 항복을 발표할 것이라고 합니다."

거북집 안주인 구항댁이 바짝 다가앉으며 말했다.

"아니, 태수야, 일본 천황이 라디오에 나온다고? 나와서 항복한다고? 그 말이 정말이냐?"

태수가 자신 있게 대답하였다.

"큰어머님, 사실입니다. 지금 온통 난리가 나 있습니다. 왜놈들도 내일 정오에 중대한 방송이 있으니 모든 신민은 하나도 빠지지 말고 라디오 앞에 나와서 꼭 들으라고 야단입니다. 우리가 알아본 바에 의하면 일제가 견디지 못하고 전쟁에 져서 내일 무조건 항복을 하게 되었다고 합니다. 틀림없는 것 같습니다."

김 진사가 한숨을 크게 쉬면서 말했다.

"태수 말과 같이 되면 얼마나 좋겠느냐? 일제가 전쟁에 질 것은 명약관화한 일인데, 그렇게 갑자기 왜놈 천황이 두 손을 들고 무조건항복을 할까?"

김 진사가 태수 얼굴을 바로 쳐다보면서 말을 이었다.

"오늘, 중대 방송이 있다는 얘기는 나도 어제 들었다. 그래서 오늘 낮에 군청에 나가려든 참이었지. 그런데 그 중대 방송이라는 것이 천황의 항복이라니 믿기지가 않는구나. 어제들 얘기가 소련에 대한 선전포고가 아닐까 하더라. 일본이 전쟁에서 그렇게 폭삭 망했느냐?"

태수가 차분하게 설명한다.

"며칠 전 미국의 신형 폭탄 두 발이 히로시마와 나가사키에 떨어졌습니다. 얼마나 무서운 폭탄인지 수십만 명이 그 자리에서 즉사하고 도시 두 개가 땅 위에서 사라졌다고 합니다. 그런 데다가 미국 대통령의 최후 경고가 방송되었습니다. 만약 무조건 항복을 하지 않는다면 이 신형 폭탄을 계속 던진다는 것입니다. 도쿄나 오오사카도 신형 폭탄으로 없애 버리겠다는 말입니다.

그런 데다가 소련 붉은 군대가 쳐들어오기 시작했습니다. 사할린, 중국 만주, 그리고 나진, 청진, 함흥 등의 조선 북부에서 스탈린 대군이 물밀 듯이 쳐내려오고 있답니다. 일제가 전쟁을 더 계속하면 왜놈들 씨가 마를지도 모르게 되었습니다. 이제 더 버틸 수 없다는 사정은 삼척동자라도 알아 버렸습니다. 더 늦기 전에 항복한다는 말입니다."

김 진사 내외는 이제야 사태의 진상을 어렴풋이 깨닫는다. 왜놈들이 마침내 망하고 조선 독립이 손에 잡힐 듯이 느껴진다.

김 진사의 본집이 있는 홍성군 구항면에서 왔다고 하여 별명이 붙은 구항댁이 고개를 끄덕이며 말했다.

"조카, 일본이 망하면 우리 조선은 즉시 나라를 찾는 것인가? 독립이 되느냐 말일세."

"예, 큰어머님. 미국 소련 중국 등 연합국들이 카이로 선언과 포츠담 선언을 통하여 이미 우리나라의 독립을 명백히 밝혔습니다.

일본이 망하고 무조건 항복하면, 조선에 나와 있는 일본사람들은 하나도 남김 없이 제 나라로 돌아가게 되었습니다."

그러자 생각난 듯이 남편을 쳐다보면서 말을 받았다.

"아, 그래서 그랬구먼. 어제 낮에 집주인 가네꼬 여사가 다녀갔습니다. 월세 날짜가 아직 멀었는데 들렀더라구요. 그런데 얼굴에 수심이 가득했어요. 웬일인지 정신이 나간 사람처럼 횡설수설하면서, 마침 뛰어나와 인사하는 어린애들한테 오꼬시 사 먹으라고 돈도 주고 갔어요. 평소와 달리 안쓰러울 정도로 기운이 없어 보여서, 오히려 제가 위로해 드리는 형편이었어요. 무슨 까닭인지 내일이나 모래 사이에 다시 오겠다고 하더군요."

거북집은 일본인 가네꼬(金子) 여사의 집이다. 그것을 김 진사와 그 부인이 세를 얻어 국밥집을 하고 있는 것이다. 가네꼬 여사의 남편은 조선에 나와 크게 돈을 긁어모은 일본인이다. 홍성 광천에만 큰 집이 여러 채이며, 예산 들에 옥답 수백 마지기를 갖고 있는 부자라서, 왜놈 고관들과도 긴밀하게 연통을 대고 지낸다.

거북집 구항댁은 집 주인 가네꼬 여사와 평소부터 친하게 지내 오고 있다. 가네꼬 여사도 매우 좋아한다. 매달 하루도 어김없이 집세를 가져오는 구항댁을 크게 신용하면서, 허물없을 정도로 속내를 서로 얘기하기도 한다.

김 진사가 오늘의 용건을 직설적으로 물었다.

"그래, 태수야. 오늘은 무슨 일로 이렇게 새벽에 은밀히 들렀느냐?"

태수가 새로이 정신을 가다듬으면서 말했다.

"백부님, 오늘 일본 천황이 항복을 하고 나면 조선은 독립이 됩니다. 우리는 꿈에도 그리던 나라를 다시 찾게 됩니다. 해방이 되면서 전국 각지에서는 독립만세 시위가 벌어질 계획입니다.

우리 홍성에서도 해방과 독립을 기리는 만세 시위를 거족적으로 일으켜야 하지 않겠습니까? 조선 민족 전체가 전국 방방곡곡에서 일어나는데, 충절의 고장인 홍성이 앞장서지 않아서는 안 되지 않겠습니까?"

잠시 뜸을 들인 후 말을 계속하였다.

"백부님, 마침 내일은 홍성 장날입니다. 광천, 청양, 예산 등 인근 지역에서 장꾼들과 많은 주민들이 모여듭니다. 오늘 라디오방송이 끝나면 세상이 바뀌고 어수선하여 모든 시민들이 거리로 나설 것입니다. 더욱이 장날이 겹쳐서 엄청난 군중이 홍성장터에 모여들 것입니다. 이때야말로 거족적인 독립만세 시위를 벌일 절호의 기회입니다.

백부님, 큰어머님, 기다리고 기다리던 때가 왔습니다. 그래서 우리 지역의 항일투쟁학도대들이 일제히 산에서 나와 만세 시위에 앞장서기로 결심했습니다. 백부님께서 이 만세 시위를 이끌어 주셨으면 감사하겠습니다."

김 진사가 굳게 다물었던 입을 열고 다시 한 번 물었다.

"태수야, 너희 청년학생들이 그런 결정을 했다니 참으로 장하다!

한 번 더 묻겠는데, 왜놈이 오늘 정오에 항복하리라는 것은 틀림이 없겠느냐?"

김태수가 확신에 차서 힘 있게 대답하였다.

"백부님, 거의 틀림없습니다. 이미 우리가 갖고 있는 정보망을 통하여 확인하였습니다. 믿으셔도 됩니다."

마침내 김 진사도 나섰다.

김 진사가 흔쾌히 만세 시위에 합류하기로 하자 김태수는 큰 힘을 얻게 되었다.

김 진사의 본명은 김원회이다. 홍성군 구항면 신곡에서 소문난 부자이고, 얼마 전까지 그곳에서 양조장을 했던 유지이다. 남달리 의협심이 많아서 일찍부터 조선 독립을 위해 고생하는 독립지사나 청년학도들을 물심양면으로 도와주고 있다. 그러면서도 일제 식민지 벼슬아치들과 사이가 가까워, 동네에 어려운 일이 생기면 김 진사가 나서서 관청 일을 해결하곤 한다. 홍성 일원에서는 선각적 식자 계층으로, 또 수완가로 제법 이름이 나 있다.

그런 연고도 있어서, 년전 전쟁 말기에 양조장 경영이 불가능하자 홍성 시장 한복판에 일본인 집을 세내어 부인이 장국밥 식당을 운영하도록 하고 있는 것이다.

김원회는 평소부터 상해임시정부를 받들고 김구 주석을 진심으로 존경해 왔다. 그러나 연통의 길이 없어 심정적으로 매우 안타까워해 왔다. 국내 독립지사로는 인기 높은 여운형을 추앙해 오고 있다. 작년에는 광천의 위병관, 예산의 이숙경과 함께 조선건국동맹에 가입하여 비밀 회원으로 활약하고 있다.

일진도 좋다. 오늘 정오에 일본 천황의 항복 방송이 나오고, 그 다음날인 8월 16일은 홍성 장날이 된다. 닷새마다 돌아오는 정기적인 5일장이 홍성 시장에서 선다. 광천, 청양, 결성, 서부 예산 등에서 장꾼들과 함께 남녀노소가 홍성으로 아침부터 모여든다. 홍성 시장의 중심에 소전이 열리고, 오전 소 거래가 거의 끝나면 넓은 공터가 시장 한복판에 마련된다. 여기에서 바로 독립만세 시위를 하고 해방의 함성을 외치면 된다.

김태수가 구체적인 계획을 내놓았다.

"백부님, 만세 시위 장소는 백부님 집 앞에 있는 소전이 넓어서 좋겠습니다. 군중들이 모이면 만세 시위의 주도는 저희 청년학도대들이 맡겠습니다. 삐라나 플래카드는 우리가 준비를 하겠습니다.

그런데 장꾼들과 군중이 소전으로 모여서 흩어지지 않도록 해야 할 텐데, 어떻게 했으면 좋을까요?"

구항댁이 기다렸다는 듯이 생각을 털어놓았다.

"조카야, 그건 어렵지 않겠지. 풍물패 놀이를 벌이면 장 사람들이 모여들지 않겠니? 꽹과리도 치고 농악을 흥겹게 울리면 구경하면서 흩어지지 않을 거야."

김 진사가 부인을 쳐다보고 웃으면서 말을 받았다.

"청양 여자들이 성질만 사나운지 알았더니 머리도 기발하구먼. 참으로 묘안이로세. 농악을 잘 노는 풍물패를 준비하면 될 것이다.

마침 구바위 신곡에 풍물패가 유명하지. 내가 오늘 저녁나절 구바위에 내려가 위병관 씨를 만나야겠다. 그 사람에게 비용을 주어서 풍물패 준비를 맡기면 틀림이 없다."

태수는 중요한 문제가 해결되어 뛸 듯이 기뻤다.

"백부님, 그 날 독립만세 시위 장소에서 일장 연설할 만한 인기 높은 지도자가 있어야 할 텐데 어찌하면 좋을까요?"

김 진사가 한참 궁리하다가 입을 열었다.

"참 중요한 문제이지. 그 문제도 내게 생각이 있다. 나한테 맡겨 다오."

그러면서 김 진사는 부인을 쳐다보고 다짐하듯이 부탁을 잊지 않았다.

"여보, 내일 당신 할 일이 매우 크겠소. 내일은 해방의 함성으로 나라를 찾는 경사스러운 날이니, 당신이 한번 장꾼들과 고생하는 우리 어린 청년 학생들에게 장국밥을 대접하면 어떻겠소? 술도 크게 한 턱 내고, 시장에서 잔치를 벌여야 하지 않겠소?"

구항댁이 웃으면서 호기스럽게 대답한다.

"그렇게 합시다. 그까지 것 비용이 들면 얼마나 들겠습니까? 내일은 문짝들을 모두 떼어 버리고 아침부터 잔치를 벌여 봅시다.

오늘 당장에 청양에 연락하여 상준이 아낙을 부르고, 이곳 동네에서 일품을 구해 보도록 하겠습니다. 그 일은 저에게 맡기시고, 다른 문제에나 정신 들이세요."

김 진사가 빠진 것이 있는 듯이 태수에게 물었다.

"내일 만세 시위에는 손 태극기가 많이 있어야 할 것인데, 어디 준비하고 있나?"

"백부님, 이미 준비는 시작했습니다만, 거기에는 일손이 모자라서 부족할지도 모르겠습니다. 죽도록 해야지요."

구항댁이 나섰다.

"조카, 일부는 나도 준비를 하도록 하지. 마침 청양각시가 그림 손재주가 있으니 오늘부터 밤을 새워 창호지에 그려서 태극기를 만들겠어. 몇 장 되지는 않겠지만, 십시일반이면 좋지 않겠어?"

세 사람이 모여 숙의를 마치고 밖으로 나왔다. 기다리고 있던 대원 민사연과 합류하여 김태수는 대문을 나섰다.

"조카, 좀 기다려라. 내가 나간다."

구항댁이 급히 뛰어나오면서 내복 옷에 둘둘 만 뭉치를 건넸다. 김태수는 말없이 받아서 날렵하게 허리에 묶었다. 적지 않은 돈이 들어 있다. 높은 산에 숨어 지내는 젊은 지사들이 먹고 쓸 군자금인 셈이다. 김태수는 여러 차례 숙모에게서 활동 자금을 이렇게 지원받아오고 있는 것이다. 먼 하늘을 쳐다보는 김태수의 눈에는 큰어머니에 대한 감사의 눈물이 가득하다.

벌써 시간이 많이 지났는지 새벽 먼동이 밝아 오고 있다. 주위가 훤하게 눈에 잡힌다. 이전과 달리 오늘은 김태수와 민사연의 어깨가 움츠러들지 않는다. 걸음걸이가 당당해지는 느낌이 온몸에 솟구친다.

왜놈 세상은 망했다. 이제는 내 땅이다. 내 조국을 찾는 일을 그 누가 막는단 말이냐!

김태수는 자신도 모르게 화들짝 놀랐다.

"아니, 벌써 이 새벽에 일본 천황이 항복을 했나?"

밝은 해가 힘차게 솟아 충청도 홍성을 비추기 시작하였다. 날이 맑게 개어서 하늘에는 구름 한 점 없다. 무더운 여름 날씨에 벌써 오랫동안 가뭄이 계속되고 있어서 대지는 목이 탄다.

수많은 장꾼들이 아침 일찍부터 홍성 장터로 모여들기 시작한다. 시장 한복판에 있는 소전에서부터 장 흥정이 이루어진다. 홍성 읍내와 변두리에 위치한 홍동, 홍북, 금마, 갈산 등지에서 많은 농민들이 홍성 장터로 찾아든다. 남쪽으로는 광천에서, 동쪽으로는 청양에서, 서쪽으로는 서산, 당진, 해미에서, 그리고 북쪽으로는 예산 삽다리에서 수많은 장사꾼들과, 그리고 장을 찾는 주민들이 남녀노소 남부여대 밀려들고 있다.

해가 동쪽 야산으로부터 한 뼘이나 되게 하늘로 올라서자 홍성 장터는 장 사람들로 들끓기 시작하였다. 평소 장날보다 인파가 눈에 띄도록 많아 보인다. 일제가 망하고 조선이 해방된 어제, 8월 15일의 영향이 금세 나타나고 있는 모양이다.

그러나 아침까지는 별로 다른 점이 없어 보였다. 한 밤 전 경천동지의 대사변이 발생한 것에 비추어 보면, 전혀 아무런 일도 없었던 것처럼 그저 여일할 뿐이다. 노인들을 제외하고 대부분의 남자들은 훈련병처럼 머리를 짧게 깎고, 국민복이라고 불리는 당꼬쓰봉을 입고 있다. 여성은 치마저고리를 입은 사람이 거의 없을 만큼 여성용 바지라는 몸뻬를 걸치고 나왔다. 발에는 너나 할 것 없이 지까다비를 많이 신고 있다. 촌부 아낙네, 그리고 장꾼들까지 아직 악독한 일제의 패망과 조선 민족의 해방을 실감하지 못한지, 복장 옷가지나 표정이 찌들려 펴지지 않은 채 이전 그대로이다. 또한 일제 순사나 헌병 보조가 겁이 나는지 어리벙벙하여 전날의 모습과 변함이 없다.

소와 가축의 거래가 끝나는 오전 11시경이다. 적지 않은 수의 젊은이들이 소전 한가운데로 몰려들기 시작한다. 어디에 있다가 무슨 볼일로 장에 나왔는지, 인파 중간중간에 주로 청소년 중심의 사람들이 떼를 지어 자리를 잡아가고 있다.

갑자기 꽹과리, 징 소리가 요란히 났다. 한 떼의 풍물패들이 농악을 울리고 흥을 돋우면서 거북집에서 나와 소전 한복판으로 들어온다. 언제 마련했는지 제법 구색을 갖춘 풍물놀이패이다. 꽹과리, 징, 장구, 북, 소고에다가 날라리 태평소와 나팔까지 합세하고 있다. 열두발 상모가 뒤를 받치는 것을 보면, 풍장 준비에 정성을 기울인 품이 역력하다.

소전 넓은 마당에 풍물패가 자리를 잡고 흥겹게 농악놀이를 시작하자, 시장을 가득 메운 장꾼들이 일시에 소전 주위로 밀려들었다. 놀이마당 맨 앞자리에서 큰 장대에 휘날리는 사령기가 군중의 시선을 사로잡았다. 붉은 테, 푸른 바탕의 천 위에는 굵고 검은 먹 글씨가 힘차게 달리고 있다.

"朝鮮解放 만세, 朝鮮獨立 만만세"

모든 장꾼, 구경꾼 들의 눈이 사령기를 쳐다보면서 놀란 황소만큼이나 커졌다. 송곳 하나 꽂을 틈도 없이 시장을 꽉 메운 시민들이 너도 나도, 누구도 가릴 것 없이 '아···!' 하고 탄성을 질렀다. 시장 바닥에 앉아 사령기에서 내리비치는 '朝鮮獨立 만세'를 쳐다보고 입을 벌려 토하는 백성들의 탄성이 합쳐지면서, 홍성 하늘이 해방의 함성으로 출렁이고 있다. 사령기 앞 소전 마당에는 해방을 축하하고 기념하는 이름 없던 풍물패 농악놀이가, 민족의 해방을 축하하고 조선독립을 기념하는 감격의 장으로 바뀌어 장꾼들의 환호 속에서 절정에 이르렀다.

농악 한판이 끝나 잠시 조용해졌다. 소전과 이어진 북쪽 신작로 편에서 일단의 젊은이들이 군중 속으로 행진해 들어오고 있다. 행렬 앞줄에서 서양 나팔 트럼펫이 애국가를 불고 있었기 때문에, 구경하는 장꾼들의 시선이 일시에 그 곳으로 쏠렸다. 청년대의 행렬이 풍물놀이가 벌어졌던 소전 중앙으로 향하고 있는 것을 알자, 행렬이 들어올 수 있도록 군중이 옆으로 갈라서 길을 터 준다.

청년대가 소전 가운데에 도착하였다. 앞에는 사각모자를 쓴 대학생 10여 명이 행진해 들어왔고, 그 뒤에는 역시 10여명의 중학생이 따랐으며, 후반부에는 머리에 흰 수건을 질끈 동여맨 청년들이 참가하고 있다. 행렬 맨 앞에는 두 사람의 대학생이 광목을 칭칭 감은 듯이 보이는 긴 장대 두 개를 둘러메고 걸어왔다.

어느 사이에 정돈이 되었는지, 소전 마당 한복판에는 조그만 연단이 급조되고 그 옆에 걸상이 서너 개 가지런히 놓였다.

연단 앞에 다다른 청년대는 삼열 횡대로 서서 군중들을 향하여 허리 굽혀 절도 있게 절을 한다. 앞에서 장대를 메고 온 청년 둘이 장대에 감은 하얀 천을 펼치자, 훌륭한 두 개의 플래카드가 되었다. 긴 광목의 두 플래카드에는 각각 빨강 글씨와 파랑 글씨로 선전 글귀가 적혀 있다.

"일제는 항복했다 조선이여 일어나라!"

"삼천만이 다시 찾은 삼천리 금수강산!"

청년학도대가 연단의 주위에 둥그렇게 도열하였다. 그 가운데 10여 명의 중학생들이 보자기를 끄르고, 종이뭉치를 꺼내들었다. 미리 준비한 선전 삐라들이다. 일부 보자기에서는 손태극기가 쏟아졌다. 학생들은 재빠르게 군중 속으로 돌아다니면서 삐라를 나누어 주었다. 또 장꾼이 모여 있는 곳곳에는 태극기도 선사하였다.

청년학도대가 삐라를 살포하는 동안, 젊은 여자가 부채를 들고 단상에 올라 판소리를 열창한다. 심청이가 눈먼 아버지 심 봉사와 헤어져 뱃사람을 따라 나서는 심청전의 한 대목을 읊으면서 장터 청중들의 혼을 단상으로 이끌고 있다.

이어서, 흰 저고리에 검은 치마를 입고 머리를 곱게 빗은 여학생이 단상에 오른다. 군중의 시선이 한곳으로 집중되면서, 장터는 일순간 침묵으로 가라앉는다. 여학생이 손에 들고 나온 책장을 펴고, 먼 하늘을 바라본 다음, 조용히 시를 읊기 시작하였다.

빼앗긴 들에도 봄은 오는가

지금은 남의 땅, 빼앗긴 들에도 봄은 오는가?
나는 온 몸에 햇살을 받고
푸른 하늘 푸른 들이 맞붙은 곳으로
가르마 같은 논길을 따라 꿈속을 가듯 걸어만 간다.

입술을 다문 하늘아 들아
내 맘에는 나 혼자 온 것 같지를 않구나
네가 끌었느냐 누가 부르더냐 답답해라 말을 해 다오.

바람은 내 귀에 속삭이며
한 자욱도 섰지 마라 옷자락을 흔들고
종조리는 울타리 넘어 아씨같이 구름 뒤에서 반갑다 웃네.

고맙게 잘 자란 보리밭아
간 밤 자정이 넘어 내리든 고은 비로
너는 삼단 같은 머리를 감았구나 내 머리조차 가뿐하다.

혼자라도 가쁘게 나가자
마른 논을 안고 도는 착한 도랑이
젖먹이 달래는 노래를 하고 제 혼자 어깨춤만 추고 가네.

나비 제비야 깝치지 마라
맨드라미 들마꽃에도 인사를 해야지
아주까리기름을 바른이가 지심매든 그들이라 다 보고 싶다.

내 손에 호미를 쥐여다오
살찐 젖가슴과 같은 부드러운 이 흙을
발목이 시도록 밟아도 보고 좋은 땀조차 흘리고 싶다.

강가에 나온 아이와 같이
싸움도 모르고 끝도 없이 닫는 내 혼아
무엇을 찾느냐 어디로 가느냐 우습다 답을 하려무나.

나는 온몸에 풋내를 띄고
푸른 웃음 푸른 설음이 어우러진 사이로
다리를 절며 하루를 걷는다 아마도 봄 신령이 접혔나 보다.

그러나 지금은, 들을 빼앗겨 봄조차 빼앗기겠네.

여학생이 낭랑한 목소리로 시를 읊어 나가는 동안 넓은 장터는 숨소리 하나 들리지 않을 정도로 조용하다. 독립지사 이상화의 '빼앗긴 들에도 봄은 오는가'라는 민족시를 익히 아는지, 고개를 숙이고 눈물을 흘리는 젊은 색시들도 보인다. 왜놈에게 땅을 빼앗기고 봄도 빼앗긴 채 고향산천을 떠나 만주로 간 부모형제 친척이 그리운지, 여기저기서 여인들의 흐느끼는 소리가 들린다.

이름 모를 여학생이 시를 서럽게 낭송하고 내려가자마자, 단상의 바로 옆에 서 있던 대학생이 등단한다. 사각모를 쓰고 체격이 당당하며 늠름한 기상의 열혈청년이다. 오늘 청년학도대의 중심 인물인 표대기, 바로 그 학생이다.

검정 대학생복 안주머니에서 흰 종이를 꺼낸 표대기는 우렁찬 목소리로 시를 읊어 나갔다.

그날이 오면

그날이 오면 그날이 오면은
삼각산이 일어나 더덩실 춤이라도 추고
한강물이 뒤집혀 용솟음칠 그날이,
이 목숨이 끊기기 전에 와 주기만 할 양이면,
나는 밤하늘에 날으는 까마귀와 같이
종로의 인경을 머리로 드리받아 울리오리다,

두개골은 깨어져 산산조각 나도

기뻐서 죽사오매 오히려 무슨 한이 남으오리까

그날이 와서 오오 그날이 와서

육조 앞 넓은 길을 울며 뛰고 뒹굴어도

그래도 넘치는 기쁨에 가슴이 미어질 듯 하거든

드는 칼로 이 몸의 가죽이라도 벗겨서

커다란 북을 만들어 들쳐메고는

여러분의 행렬에 앞장을 서오리다,

우렁찬 그 소리를 한번이라도 듣기만 하면

그 자리에 꺼꾸러져도 눈을 감겠소이다.

표대기는 시 낭송이 끝나자 군중을 향하여 외치기 시작하였다.

"만장하신 동포 여러분, 이 시는 저 유명한 '상록수'의 심훈 선생님이 남기신 유언입니다. 우리 조선 민족이 해방되고 조국을 다시 찾게 되는 날, 바로 오늘, 노래를 부르며 외치라고 지어 주신 예언의 시입니다.

그날이 와서 해방의 날이 이렇게 와서, 바로 오늘 저기에 보이는 우리 홍성의 용봉산, 오서산이 더덩실 춤추고 삽교천, 광천 금마천 물이 뒤집혀 용솟음 치고 있습니다.

해방을 예언하신 위대한 선각자 심훈 애국지사는 가셨지만, 오늘 우리 후손은 이렇게 홍성 장터에 모여 해방의 함성을 외치며 독립의 기쁨에 눈물을 흘립니다."

표대기 학생은 청중을 잊은 채 주먹으로 흐르는 눈물을 닦았다. 안주머니에서 태극기를 꺼내들고 말을 계속했다.

"애국동포 여러분, 지금 경성 등 경향 각지에서는 백의민족이 모두 일어나 독립만세를 부르며 축하하고 있습니다. 우리 홍성도 함께 일어납시다. 제가 만세를 선창하겠으니, 우리 다 함께 목이 터져라 외칩시다."

'조선해방 만세! 조선독립 만세! 백의민족 만만세!'

천지가 진동한다. 해방의 함성이 하늘과 땅을 울리고 있다. 조국을 다시 찾은 환희가 홍성 천지를 집어삼키는 듯하다. 시골 장터의 만세 소리가 삼천리강산에 울려 퍼지고 있다.

손태극기는 많지는 않지만, 군데군데에서 흔드는 태극기에 물결이 울렁이는 듯하다. 장꾼들과 촌사람들은 거의 난생 처음으로 태극기의 물결을 본다. 참으로 장관이다.

백성들이 홍성 장터에서 흥분하기 시작하였다. 어제는 얼떨결에 라디오방송에서, 그리고 방송이 끝나 얼마가 지난 후 누구한테서인가 해방이라는 얘기를 들었다. 그러나 긴가 민가 어안이 벙벙할 뿐 감회를 느낄 겨를이 없었다.

그러나 오늘 비로소 왜놈들이 망하고 조선이 해방되었다는 사실을 뚜렷이 알게 되었다. 군중심리에 앞장선 젊은 대학생들을 따라 독립만세를 부르고 휘두르는 태극기들을 보자 피가 용솟음친다. 내가, 우리가, 장터에 모인 이 장꾼들 모두가 배달민족, 조선사람이라는 긍지에 용기가 치솟고 눌려 있던 울분이 애국심과 함께 폭발하기 시작한다.

걷잡을 수 없다. 홍성 장터는 민족해방과 조선독립으로 활화산이 터져 오르고 있다. 난생 처음 태극기를 흔들어 보고, 목이 터져라 만세를 외쳐 보고, 덩실덩실 춤을 춘다. 생판 모르는 사람을 붙들고 포옹하기도 하고, 서로 얼굴을 비비며 울기도 한다. 누군가는 부끄러운 줄도 모르고 장터 마당을 손으로 치면서 통곡을 하고 있다.

청양각시는 장꾼들에게 열심히 술을 부어 주고 장터에 나온 촌사람들에게 국밥을 말아 주고 있었다. 밀려드는 인파에 정신이 없었다. 돈을 받지 않아서 일손이 빠르고 편하기는 하였다. 엊저녁 구항댁 주인언니와 함께 태극기를 그릴 때, 왜놈들이 폭삭 망하고 우리나라가 해방되었다는 것을 알았기에 신명이 나 있었다.

갑자기 터져 나오는 독립만세 소리에 청양각시는 깜짝 놀라 소전마당을 쳐다보았다. 모두 두 손을 높이 쳐들고 만세를 부른다. 엊저녁 자기가 그려 만든 태극기들이 장꾼들 손에서 휘날리고 있다. 서로들 껴안고 춤을 춘다.

청양각시는 깜짝 놀라서 자기도 모르는 사이에 먼 하늘을 쳐다보았다. 산 위 맑은 하늘에 남편의 얼굴이 떠오른다. 청양 집에서 할머니와 있을 세 살박이 명동이 얼굴도 보인다.

청양각시의 눈에서 눈물이 하염없이 흐르기 시작한다. 그리운 남편, 그렇게도 나를 위해 주던 내 낭군, 지금 어디에 있나…. 그 모질다는 일본 땅에서 죽었나, 살아있나?

왜놈들 위안부로 끌려가게 된 자기를 대신해서 스스로 징용길에 나섰던 남편이 떠나던 날, 두 남녀는 밤새 붙들고 울었다. 애기가 놀던 자기 배를 만지면서 눈물을 쏟던 남편이 자기 다리를 베고 겨우 새벽잠이 들자, 청양각시는 그대로 낭군의 얼굴을 쳐다보면서 날이 샐 때까지 울었다. 집 걱정 마시고 꼭 살아 돌아오라고 흐느껴 속삭였다. 아들을 낳아 꼭 당신의 대를 잇고, 또 훌륭히 키우겠다고 남편의 얼굴을 쓰다듬으며 수없이 되뇌었다. 청양을 떠나 이곳에 나와 홍성역에서 기차를 타고 일본으로 떠나던 날, 청양각시는 기차 정거장에서 피눈물을 흘리며 헤어졌다. 그해 동짓달, 떠나간 남편의 한 점 혈육인 아들을 낳고 시부모 봉양하면서 지금까지 살아왔다. 소작농 찌든 가난으로 겨우 연명하시는 시아버님 도우려고, 홍성 장날이 되면 일가 언니뻘 되는 구항댁 밑에서 설거지 등 허드렛일을 하고 푼푼이 돈을 모아 집으로 가져갔다.

죽을 땅으로 떠난 남편과 헤어지고 삼 년이 흘러간 오늘, 이렇게 조선독립만세를 부르는 홍성 장터에 있지 않은가! 그리운 낭군은 징용으로 끌려 간 지 벌써 여러 해, 죽었는지 살아 있는지 소식마저 끊기지 않았는가!

'아, 보고 싶은 남편이여, 당신은 지금 어디에 있나요? 왜놈들이 망하고 조선이 해방된 것을 아시기나 하신가요?'

청양각시는 감정이 복바쳐 울음이 통곡으로 변했다. 저쪽에서 국밥을 말고 있던 구항댁이 통곡 소리를 듣고 달려왔다. 구항댁도 함성과 감격으로 뒤덮인 소전 장터를 쳐다본 후에 비로소 청양각시를 보았다. 구항댁도 눈물이 왈칵 쏟아졌다. 두 여인은 서로 끌어안았다. 누가 먼저라고 할 것 없이 서로 부둥켜안았다.

36년 동안 억눌렸던 민족의 설움이, 이제 나라를 다시 찾은 해방의 기쁨이 두 여인의 눈물을 통하여 쏟아져 나오고 있었다. 기쁨과 슬픔을 노래하는 두 여인의 통곡 소리가 시골 장터의 만세 소리와 하나가 되고 있었다.

홍성 장터에 해방의 감격과 환희의 일파가 지나가자, 장내가 가라앉는 틈을 타서 표대기 학생이 큰소리로 말했다.

"여러분, 지금부터는 해방에 관하여 상세한 설명 말씀을 듣기로 하겠습니다. 홍성의 터줏대감이시며 항상 우리 젊은 애국학도들을 도와주신 김원회 선생님을 초대하겠습니다. 뜨거운 박수로 환영해 주시기 바랍니다.

특히 김원회 선생님은 경성에 계신 여운형 민족 지도자가 조직한 조선건국동맹의 비밀 회원이시기도 합니다."

박수 소리가 요란한 가운데, 단상 앞 나무걸상에 앉아 있던 김원회가 등단하였다. 장년의 나이에 몸은 커 보이지 않으나 강단이 있어 보인다. 새로운 사람이 등장하자 장터가 조용해졌다.

군중에게 허리를 굽혀 인사하면서 김원회가 입을 열었다.

"친애하는 홍성군민 여러분, 그리고 홍성 장을 찾아 주신 인근 주민 여러분, 대단히 반갑습니다. 저는 구항에 거주하고 있는 김원회입니다. 또 여기 홍성 장터 저곳에서 장국밥집을 여러 해 운영해 오고 있습니다."

손을 들어 구항집을 가리키면서 말을 계속하였다.

"저도 오늘 너무나 감격하고 기뻐서, 제 장국밥집 문을 활짝 열고 무료로 술과 밥을 대접하고 있사오니, 독립만세 시위를 하는 동안 틈틈이 오셔서 잡수시기 바랍니다."

자리에 앉아있던 장꾼들이 이미 알고 있다는 듯이 와! 하고 웃었다.

"제가 보고 말씀을 드리기보다는, 고명한 사람을 한 분 소개할까 합니다. 이곳 홍성이 고향이면서, 오랫동안 홍성, 예산 등 이 고장에서 관청 살림을 맡아 왔기 때문에, 사정을 잘 알고 있는 분입니다.

제가 소개 말씀을 드리지 않아도 이름만 대면 여러분들이 익히 잘 아실 분입니다. 어제까지 예산에서 군수로 있던 정길성 선생을 모시겠습니다. 뜨거운 박수로 맞이해 주시면 감사하겠습니다.

정길성 군수님, 어서 등단해 주십시오."

나무의자에 앉아 있던 정길성 군수가 일어서서 군중을 향해 인사를 하고, 계면쩍은 듯이 머뭇거리며 단상으로 올랐다. 여기저기에서 함성과 박수가 일면서 환영하였다.

정길성 군수가 조심스럽게 말을 시작하였다.

"존경하는 조선 국민 여러분. 저는 어제까지 예산군수로 있던 정길성입니다. 오늘 이 홍성 장터에서 경사스런 독립만세 시위가 열린다기에 군수실 문을 닫아 놓고 이렇게 달려 나왔습니다. 여러분과 함께 태극기를 흔들고 만세를 부르니 참으로 감격스럽습니다."

사방에서 박수가 터져 나온다.

"여러분! 우리 모두가 지금 이 자리에서 보며 느끼고 있는 것처럼, 극악무도했던 일제는 패망하고 조선 민족은 나라를 다시 찾았습니다. 제가 그동안 본의는 아니었으나 왜놈 밑에서 관리 생활을 하면서 그들의 앞잡이 노릇을 해 온 것을 죄송스럽게 생각하면서, 오늘 여러분께 먼저 그 죄를 빌겠사오니 용서하여 주시기 바랍니다."

단상 한 옆으로 비켜서서 정길성 군수가 군중에게 엎드려 큰절을 하였다. 와- 하는 웃음소리와 함께 박수 물결이 일었다.

정길성이 우렁차면서도 차분하게 말을 계속하였다.

그간의 전쟁 상황과 일제가 무조건 항복을 하지 않을 수 없었던 전후 사정을 소상히 설명하였다. 특히 히로시마와 나가사키에 떨어진 미국의 신무기 원자폭탄 이야기도 처음으로 군중들에게 재미있게 들려주었다. 시장을 가득 메운 장꾼들은 무시무시하면서도 신기한 듯이 경청하였다.

"여러분, 특히 여기저기 여러 곳에 섞여 앉으신 부녀 동포 여러분, 그동안 얼마나 고생하셨습니까? 힘 좀 쓰는 남자라고는 징병으로 끌어가고 징용으로 데려가, 보리밟기, 보리베기, 벼심기, 벼베기, 그리고 그 지긋지긋한 솔방울 따기, 솔뿌리 캐기를 도맡아 하시느라고 손톱이 다 달아 없어졌지요? 이제는 그 짓 안 하셔도 됩니다.

제가 왜놈 밑에서 관리 생활을 하는 동안 제일 가슴 아팠던 일은 징병, 징용에 끌려가는 우리 자식 형제들을 전송하는 장행회(壯行會) 참석이었습니다. 생사람끼리 사별하는 정거장이야말로 눈 뜨고 볼 수 없는 조선 민족의 설움이었습니다. 이제는 그 징병 징용도 없어졌습니다.

학교에서나 관청에서나 직장에서 매일매일 조회 시간에 꼭 해야 했던 궁성요배(宮城遙拜)나 황국신민의 서사 등도 이제는 없어져 버렸습니다.

특히 천지신명에게 감사하고 조상님께 감읍해야 할 것은, 우리 조선 글과 조선 말을 찾았다는 사실입니다.

여러분, 이제 학교에서 어린 새싹들에게 우리나라 말과 글을 가르쳐야 합니다. 여러분, 이제 군청이나 면소재지에 오시면 일본말을 쓰지 말고 꼭 조선말을 해야 합니다. 조선말을 안 쓰면 아무 일도 해 드리지 않겠습니다."

박수와 웃음이 터져 나오며 청중들이 함성을 올렸다.

정길성은 고향이 홍성 구항이다. 본래 천석꾼 집안의 맏이로 태어나 각별한 사랑과 기대를 받고 성장하였다. 어려서부터 머리가 영특하였고, 일찍이 뜻한 바 있어 동경에 유학하여 명치대학을 졸업하였다. 부모님의 강권을 뿌리치지 못하고 총독부 관리가 된 후, 특히 자원하여 고향에 부임하였다. 지금까지 관리생활을 해 오는 동안 홍성, 예산 인근에서 소문이 자자할 정도로 열과 성을 다하여 백성을 받들어 왔다.

정길성은 항상 일제 치하 일본 관헌이 된 것을 마음속으로 부끄럽게 생각하였다. 스스로 속죄하는 길은 가난하고 어려운 조선 동포를 도와주고 구제하는 도리임을 절감하고, 일본인 상관의 눈치에 구애받지 않고 선정에 앞장서 왔다. 그 결과 정길성은 모범적인 목민관으로 주민의 사랑을 한 몸에 받았을 뿐만 아니라, 일본인 관리들로부터도 오히려 존경을 받기에 이르렀다.

정길성은 면장이 되어 구항을 위해 불철주야 성심을 기울였고 죽어나가는 고향 사람들을 살리기에 가산을 털어 냈다. 정길성이 새로운 부임지로 떠난 후에는 살아 있는 전설이 되기도 하였다. 구항 주민들은 정길성에 대한 고마움을 송덕비에 담았으며, 정길성의 전설은 지금도 구항 면사무소 앞 선정비에 소상히 담겨 있다.

정길성 군수는 김원회의 죽마고우이다. 김원회가 내밀하게 독립운동을 지원하는 것을 알고 음으로 양으로 친구를 도왔다. 오늘도 친구 김원회의 간곡한 부탁을 받고, 말 그대로 예산군수 방문을 잠근 후 열 일을 제치고 고향인 홍성 장터로 달려온 것이다.

정길성 군수는 일제로부터 행정이나 치안 등을 인수 받는 문제에 대해서도 자기의 생각을 토대로 조목조목 설명해 나갔다. 그는 끝으로 조선 민족의 긍지심을 잃지 않도록 강조하였다. 특히 감정적으로 무질서하게 일본 사람에게 보복하는 것은 자제되어야 한다고 당부하는 것을 잊지 않았다.

장터에서 조선해방 경축행사가 끝나자, 홍성 장에 모인 군중들은 독립만세 시위행진에 들어갔다. 풍물패가 시위군중 맨 앞에서 농악을 흥겹게 울려대었다. 그 뒤에는 사각모를 쓴 표대기 이하 대학생들이 플래카드를 들고 행진하며, 다시 장터를 가득 메웠던 장꾼들과 시민들이 그 뒤를 따라나섰다. 독립만세 시위대는 '해방 독립'이라는 구호를 외치고 만세를 부르면서, 질서정연하게 군청 쪽을 향하여 행진해 나아갔다.

만세 시위는 참으로 장관이었다. 홍성군이라는 근대적 명칭이 생긴 이래, 이렇게 많은 군중이 한곳에 모여 이렇게 질서정연하게 노래를 부르고 구호를 외치면서 행진하기에는 오늘이 처음이다. 시위대 중간 중간에서 장꾼, 촌부, 아낙네들, 청소년소녀들이 손에 손에 태극기를 흔들며 함성을 올리자, 길거리에 나선 노인 어린이 구경꾼들도 기뻐서 춤을 춘다. 조선독립만세를 외칠 때에는 다 함께 눈물을 흘린다. 온 민족이, 온 백성이, 온 시민이, 온 군민이, 모든 조선 백성들이 하나가 되고 한 맘이 되어, 해방의 함성을 기리고 있다.

시위 행렬이 소전 장터를 거의 빠져나가고 있었다. 맨 뒤에 처진 듯이 행렬의 후미를 따라가고 있던 일단의 청년학생들이 성문인 조양문(朝陽門)을 들어서기 전에 조용히 방향을 틀었다. 개울을 건너고 소로를 따라서 남쪽으로 걸어 나갔다.

한 20여 명이 넘어 보이는 학도대가 홍성 읍내의 남쪽에 자리하고 있는 남산으로 향하고 있다. 오늘의 만세 시위의 주인공의 한 사람인 김태수가 앞장서서 이 대열을 이끌고 있다. 처음부터 짜여진 계획인 모양이다. 한동안 가파른 산길을 올라온 학도대는 산 위에 조성된 남산공원에 다다랐다. 뒤에 처진 몇몇 학생들은 보부상 패거리들처럼 뒤에 등짐을 지고 있다. 꽤 무거운지 땀을 흘린다.

남산공원 정중앙에는 일본 신사(神社)가 세워져 있다. 일제가 조선을 강점한 이후 전국 방방곡곡에 건립한 일본인 사당이다. 그 지긋지긋한 신사참배란 바로 여기 세워진 일본인 사당에 공손히 큰절을 하는 일이다. 홍성에도 이곳 남산에 꽤 정성을 들여 신사를 세우고, 이 주위를 공원으로 만들며 성역화해 놓았다. 학도대들이 신사참배하듯이 남산공원으로 모인 것이다.

남산에 오른 학도대들은 신사 주위 여기저기에 주저앉거나 드러누워서 한동안 쉬었다. 예전 같으면 신성한 신사 주위에서 드러누울 수 없을 뿐만 아니라, 저렇게 팽개치듯이 등짐을 벗어던져서도 안 된다.

얼마 후 김태수를 중심으로 대원들이 모여서 둥그렇게 앉았다. 바로 신사 문 앞이다. 공원에는 인적이 끊어진 듯 조용하고, 어찌된 일인지 오늘은 신사를 지키는 관리자마저 안보인 채 고요하기만 하다.

김태수가 큰소리로 말을 꺼냈다.

"대원 동지들, 이제부터 역사적인 임무를 시작해야 합니다. 일제 식민통치의 상징이며 조선 민족 원한의 대상인 신사를 때려부숴야 합니다. 철저히 파괴하여 이곳에서 완전히 없애버려야 합니다.

지금부터 성스러운 작업을 시작하겠습니다. 그런데 문제는 어떻게 부수고 제거해 버리느냐 하는 방법입니다. 빠르고 완전하게, 철저히 파괴해야 합니다. 그 방안을 결정하도록 합시다."

조금도 거리낌이 없다. 일제 치하라면 대역죄에 해당할 것이다.

등짐을 지고 왔던 건장한 학생이 일어나 원한 서린 말투로 내뱉었다.

"방법은 무슨 방법입니까? 어제도 얘기했습니다마는 부술 필요도 없이 불을 놓아 단번에 태워버립시다. 불질러 없애는 것이 신속하고 완전합니다."

태수 옆에 앉았던 젊은이가 일어나 차분하게 입을 열었다.

"임동기 군의 의견도 일리는 있습니다. 그러나 문제점이 있을 것 같습니다. 하나는 산불로 확대될 위험이 있습니다. 오랫동안 가뭄이 계속되어 왔습니다. 십여 일 전 겨우 비가 찔끔 내린 이후 건조한 날씨가 이어지고 있습니다. 신사를 태우는 불똥이 산으로 옮겨 붙으면 남산 전체가 불에 탈 수도 있습니다.

다른 하나는 왜놈들의 동태입니다. 여기 남산공원의 신사를 방화하면 읍내에서 한눈에 보입니다. 화광이 충천하면 큰일이 벌어진 듯 민심이 놀래어 흉흉해질 수도 있습니다. 혹시 일제 경찰이나 헌병 들이 민심을 핑계로 최후 발악을 할지도 모릅니다. 그것이 무서워서가 아닙니다. 일제가 망하고 나라를 다시 찾은 이 경사스러운 때에 모진 고생을 헤쳐 나 온 우리 대원들 중에 희생이 있어서는 안 될 것입니다."

침착하면서도 조리 있는 말이었다.

김태수가 나서서 결론을 내렸다.

"마음 같아서는 당장에 불을 놓아 태워 없앴으면 속 시원하겠습니다. 그러나 이진우 학형의 의견처럼 방화는 위험합니다. 엊저녁 결의대로 때려 부수기로 하겠습니다. 계획대로 진행합시다.

자- 시작합시다."

젊은 학도대 20여명이 일어섰다. 용약 행동을 개시하여 신사를 부수기 시작하였다. 지고 온 등짐을 풀자 무쇠 해머, 도끼, 큰 톱, 쇠망치, 빠루, 곡괭이 등등 준비해 온 도구들이 쏟아져 나왔다. 우지끈 뚝

딱, 신사는 순식간에 무너지고 깨지고 찢어져 나갔다. 무쇠 같은 육체와 산도 무너뜨릴 것 같은 기세와 끓어오르는 원한 앞에 홍성 남산 위의 일본 신사는 일순간에 허물어져 나갔다. 부서지고 떨어져 내린 신사의 기와나 목재나 집기 부스러기 위에 열혈 민족 청년들이 칼과 도끼와 무쇠를 사정없이 내리치고 있었다.

신사가 부숴지고 있는 동안 남산 주위 곳곳에는 만일의 사태에 대비하여 젊은이들이 주위를 경계하고 있다. 어디에서 구해 왔는지 몇몇 대원은 장총을 잡고 엎드려 사격 자세를 취한 채 남산 진입로 등을 노려본다. 치밀한 준비이다.

신사의 파괴 해체가 거의 끝날 무렵, 시위 행진에 참가했던 표대기 등 대학생들이 남산으로 다시 집결하였다. 모두 달려들어 패고 부수어 삽시간에 끝이 났다. 대원들이 일을 마치고 모여서 독립만세를 외치며 춤을 춘다. 해방의 함성이 남산을 진동한다. 통쾌한 민족혼의 발로이다.

신사가 무너져 내린 남산공원은 폐허 그대로이다. 위엄과 신성(神聖)을 뽐내던 신사는 흔적 없이 사라졌다. 참으로 허망하였다.

(2)

무더운 여름, 8월의 긴긴 해가 지리산을 넘어 서쪽 산자락에 걸려 있다. 산 그림자에 벌써 땅거미가 지려는 듯 어둑어둑 해지는 일우정사에 낯선 두 사람이 찾아들었다. 진주군청에 근무하고 있는 김장문과, 그가 타고 온 군수 전용 자동차의 기사이다. 불과 닷새 전에 이곳을 방문했던 진주 군수의 심복, 바로 그 사람이다.

오늘도 군수의 은밀한 지시를 받고 일우정사로 직행하여 이제 막 당도한 것이다.

뜰에 나와 있던 동자승이 안면이 있는 것처럼 반갑게 맞이한다.

"어서오세요, 거사님."

"안녕하셨습니까, 스님? 큰스님 좀 뵈러 왔는데 안에 계십니까?"

동자승이 법당을 쳐다보면서 대답한다.

"예, 계십니다. 방금 저녁 공양을 마치시고 방에서 쉬고 계시지요. 곧 저녁 예불이 있을 예정입니다. 손님 오셨다고 말씀을 올릴까요?"

김장문이 급한 듯이 손을 저으며 말했다.

"제가 직접 가 뵙겠습니다. 저녁 예불 전에 간단히 말씀 여쭈면 될 일입니다. 감사합니다."

동자승이 알았다는 듯이 웃으면서 공양주보살이 예물을 준비하는 부엌 쪽으로 가 버리자, 김장문이 기사를 문간에 대기시키고 혼자 주지 거실로 걸어갔다.

"큰스님, 안에 계시온지요? 진주군청에 근무하는 김장문입니다."

안에서 남천선사의 밝은 목소리가 청아하게 흘러나왔다.

"아, 진주 거사님이십니까? 이 늦은 때에 웬 일이신지요? 어서 들어오십시오.”

김장문이 기다렸다는 듯이 부리나케 들어갔다.

큰절을 올리자마자 김장문이 입을 열었다.

“군수님의 급한 말씀이 있어 이렇게 찾아뵈었습니다. 예불 전에 용무를 마치도록 해 주셨으면 감사하겠습니다.”

남천선사가 반가워하면서 대답한다.

“예불이야 좀 늦어지면 어떻겠습니까? 다 저물었는데 저녁 공양은 하셨는지요?”

“아닙니다. 말씀드릴 일이 워낙 중하고 급해서 막 달려오는 길입니다. 진주에서 군수님이 기다리고 있기 때문에 큰스님께 말씀을 전해 올린 후에 저녁을 먹을 수 있겠습니다.”

두서없이 서두르면서, 김장문이 품에서 편지 한 통을 꺼내 남천선사 앞에 밀어 올린다.

“자세한 말씀은 군수님이 직접 이 서신에 담으셨습니다.

송구하오나 한번 일별하신 후 하회를 주시면 즉시 돌아가겠습니다.”

남천선사가 종이를 펼쳤다. 군수의 친필이 맞는 것 같다.

남천선사가 차분하게 편지를 읽어 내려갔다.

존경하옵는 대사님께

거두절미하겠사오니 용서하시기 바랍니다. 본론 요점만 말씀드리겠습니다.

대사님께서는 이미 알고 계시겠습니다만, 중요한 일인지라 행여나 하여 급히 사람을 보내 말씀드리는 것입니다.
마침내 일본이 항복하기로 하였습니다. 엊그제 천황 폐하 어전 회의에서 카이로 선언을 수용하여 연합국에게 무조건 항복하기로 결정되었다고 합니다. 이러한 결정 내용이 이미 연합국에게 통보되었다고 합니다. 하루 이틀 안에 천황 폐하의 명의로 공개 방송될 것으로 판단됩니다. 조선총독부도 무조건 항복 결정에 따라 통치권을 조선인에게 양도하고 통치를 끝낼 준비를 할 수밖에 없게 되었습니다.
대사님, 며칠 전 대사님께서 보내 주신 비결 말씀은 깊이 명심하였습니다. 또한 불초 소생을 아껴 주시는 대사님의 격려 말씀에 감읍하고 있습니다.
대사님, 이제 일제가 패망하고 나면 조국이 해방되고 국권을 회복하게 될 것입니다. 참으로 감격스러운 일이 아닐 수 없습니다. 그런데 저는 어떻게 해야 과거의 죄를 씻고 살아남을 수 있겠습니까? 새로운 세상이 오면 천인이 공노하여 우리 일제 관리들을 용서하지 않을 터인데, 이러한 위기에서 저는 어떻게 처신해야 목숨을 부지하고 새 삶을 누릴 수 있겠습니까?
대사님께서 육효 팔괘를 짚으시어 방도를 가르쳐 주시는 대로 소생은 최선을 다하여 따를까 합니다. 살 수 있는 큰길을 가르쳐 주시기를 앙망하나이다. 학수고대하고 있겠습니다.
끝으로 조그만 저의 성의를 김장문 인편에 보내옵니다. 대사님

의 대의에 보탬이 되면 감사하겠사오니 부디 거절하지 마시옵기 바랍니다.

진주 군수 김장현 올림

남천선사가 읽기를 마치고 고개를 들자, 기다렸다는 듯이 김장문이 들고 온 보자기를 선사 앞에 내놓았다. 남천선사가 놀라 손을 들어 거절하였다.

"거사님, 이 물건은 받을 수 없습니다. 도로 가지고 가 주십시오. 받지 않더라도 군수님의 성의를 고맙게 생각하고 있다고 전해 주십시오."

갑자기 김장문이 일어나 무릎을 꿇고 말한다.

"큰스님, 이는 뇌물이 아니옵니다. 이는 대사님께서 이끌어 오시는 대의에 미력이나마 보탬이 될 수 있으면 하는 군수님의 정성입니다. 받아 주시옵소서.

또한 부처님 제자인 군수님이 부처님께 올리는 불공 보시로 보아 주셔서 거두어 주시기 바랍니다. 그렇지 않사오면 저는 이 자리에서 죽을 수밖에 없습니다."

김장문의 두 눈에서 눈물이 주르르 흘러내린다.

남천선사는 무릎 꿇고 애원하는 김장문의 얼굴을 물끄러미 쳐다보았다. 진심은 진심으로 통하는 법, 주인을 위해 최선을 다하려는 부하의 결심이 스님의 마음을 움직였다. 한동안 눈을 감고 명상에 잠겼던 스님이 눈을 떴다. 옆에 있는 필묵을 집어 답장을 썼다.

김장문에게 답서를 건네면서 남천선사가 입을 열었다.

"이 서신을 군수님에게 전해 주십시오.

전에도 말씀드렸지만, 군수님은 조선 백성을 어여삐 여기신 송덕비의 주인공이십니다. 비록 세속의 흐름을 거역할 수 없어 왜놈에게 몸을 의탁하셨지만, 이는 범인으로서는 어쩔 수 없는 일이 아니었습니까?"

잠시 숨을 고르다가 다시 말을 이었다.

"보내 주신 재보시(財布施)는 부처님께 잘 공양하고, 뜻에 따라 건국 대사에 보람 있게 쓰겠다고 전해 주십시오.

군수님과 사모님의 사주 운수가 좋으니, 걱정하지 않으셔도 될 것입니다. 다만, 앞으로 조선 백성의 편이 되어, 젊은 청년학도들이 대의를 실천할 때 꼭 그 뒤를 따르라고 전해 주시기 바랍니다. 그 편에 죽음을 벗어나는 생문(生門)이 있기 때문입니다."

김장문은 감격하여 눈물을 닦으면서 일어나 남천선사에게 삼배(三拜)를 올리고 자리에서 물러났다. 붉게 물드는 지리산의 일몰을 쳐다보면서 김장문은 속으로 되었다.

"형님, 살아나셨습니다! 형수님, 이제는 걱정 안 하셔도 됩니다. 군수님과 형수님의 사주 운세가 아직 기울지 않고 앞으로도 좋다고 하십니다.

기뻐하십시오! 모두가 남천선사를 높이 알아보신 형수님의 지혜와 공덕의 덕분이십니다."

그날 저녁 또 하나의 급한 손님이 일우정사를 찾아들었다. 며칠 전

김장문과 함께 남천선사를 만나러 왔던 진주경찰서의 이병훈이다. 군청의 김장문 거사가 떠난 지 얼마 후였지만, 깊은 산속이라 밤이 캄캄하였다.

이병훈 형사도 중요한 정보를 갖고 남천선사와 밀담을 나누었다. 일본이 무조건 항복을 결정했다는 사실과, 천황의 결심과 내각의 결의에 결국 일본 군대가 굴복할 수밖에 없었던 긴박한 전말을 소상히 밝혔다. 남천선사는 위험을 무릅쓴 채 어두운 밤 지리산을 찾아 준 이병훈의 노고를 치하하였다.

"이병훈 거사님, 참으로 수고하셨습니다. 중요한 시국에 보람 있는 거사에 동참해 주시니 훌륭한 결단이십니다."

이병훈이 다가앉으며 입을 열었다.

"선사님, 뒤늦게나마 이렇게 속죄할 수 있게 되니 마음이 후련합니다.

선사님, 다만 일제가 항복하고 시대가 바뀐 후에 제가 살아갈 수 있는 방도를 가르쳐 주십시오. 그동안 저의 잘못을 용서해 주시고 살려 주시기 바랍니다. 지나친 속세의 미련이라고 책하지 말아 주십시오."

남천선사는 그 자리에서 육효 팔괘를 짚고 일진을 찾아서 이병훈의 운세를 살폈다.

"지난번 얘기했던 것처럼, 역시 이 거사의 운은 아직 좋습니다. 걱정 안 하셔도 됩니다.

그러나 아무리 풍요로운 운세라 해도, 본인이 받아들이지 않고 차버리거나 또는 공덕을 멀리해서는 위태롭습니다. 제가 세 가지 방책을 말씀드리겠으니 잊지 마시고 그대로 실천하시기 바랍니다.

첫째는 남은 기간이라도 같은 조선 동포들에게 적극 협력하십시오. 그럼으로써 그간의 업장을 조금이나마 씻을 수 있게 됩니다. 둘째는 행여라도 도피하여 몸을 숨길 생각을 하지 마십시오. 비록 과거의 악연이 있었다 하더라도 이를 고의적으로 숨기려 해서는 안 됩니다. 셋째는 조만간 조선인들의 독립만세 시위가 크게 일어날 것입니다. 이때에 본인도 앞장설 뿐만 아니라, 처자식과 일가친척들을 동원하여 참여시키도록 하십시오. 옛 말에 성인도 종시속이라고 하였습니다. 하물며 목숨을 건 일에 권도를 따르지 않는대서야 이 얼마나 어리석은 짓이 되겠습니까?"

말을 마치면서 남천선사는 껄껄껄 웃었다.

남천선사의 흔쾌한 모습을 보면서 이병훈은 비로소 마음이 놓였다. 큰절을 하면서 일어서는 이병훈을 보고, 남천선사가 한두 가지 부탁을 하였다.

"이 거사님, 앞으로 중요한 정보나 기밀 사항이 있을 것이니, 꼭 필요하다고 생각될 때에는 내일이나 모래에도 이곳으로 소식을 전해 주십시오. 특히 경찰서 내의 동요나, 고등계의 움직임에 주목해야 할 것입니다. 그러나 왜놈 경찰들에게 눈치 채지 않도록 하고 조선인 악질 형사들에게도 기미를 보이지 않도록 주의하는 게 좋겠지요.

진주서의 고등계에 있는 강문선, 김을두 양인의 행방을 살펴 주시고, 또한 합천경찰서장 다케께우라(竹浦)와 합천서의 고등계 형사부장 배철호에 대하여 소재를 내밀히 조사, 감시해 주시기 바랍니다."

이병훈은 한편으로 섬뜩하였다. 친밀한 동료인 강문선, 김을두 양인을 지목하기 때문이다. 그러나 또 한편으로는 고마웠다. 지리산 항일유격대가 자기를 용서해 주고 같은 편으로 생각하여 임무를 부여해 준다는 생각이 들어서이다.

남천선사가 누구인가, 왜놈들도 손대기 꺼려하는 지리산 학도유격대의 대장이 아니던가! 또한 인간의 길흉화복을 족집게같이 맞혀낸다는 고명한 역술인이 아닌가! 그러한 남천선사가 자기에게 내밀한 부탁을 내리는 것을 보면 자기의 운세가 아직 다하지는 안 했는가 보다!

이병훈은 감격하여 일우정사에서 나왔다. 이제는 살 수 있다는 용기가 온 몸에 솟아올랐다. 캄캄한 밤 깊은 산길을 거침없이 달릴 수 있었다.

아침이 되자 지리산 산채에도 상황이 급박하게 돌아가기 시작하였다. 아침 일찍이 배영희 대원이 중대한 단파방송을 청취하여 일우정사로 달려왔다. 남천선사를 중심으로 박광옥, 손삼수, 김용완, 그리고 배영희 담당 대원이 모여 앉아 긴급회의가 열렸다.

채집된 방송 내용을 배영희가 보고하였다.

“오늘 아침 라디오방송을 통하여 미국이 중대한 내용을 발표하였습니다. 그 전모는 다음과 같습니다.

천황의 대권 변경 요구를 포함하지 않는다는 양해하에 포츠담 선언을 수락한다는 일본 측 제의는 받아들일 수 없으며, 일본은 무조건 항복해야 한다. 최종적인 일본 정부의 형태는 포츠담 선언에 따라 일본국 국민의 자유스럽게 표명된 의사에 의해 결정될 것이다. 천황의 지위는 장차 연합군 최고사령관에 종속될 것이다. 연합군은 포츠담 선언의 제목적이 완수될 때까지 일본국 국내에 주둔할 것이며, 필요하다고 생각되는 제반 조치를 취하게 될 것이다. 천황은 즉각 전투 행위를 중지시켜야 하며, 항복 문서에 서명할 수 있는 권한을 위임해야 한다."

배영희가 설명을 계속하였다.

"대장님, 미국 정부의 이 발표 내용은 일본에게 정식 통보되었을 것입니다. 그런데 이해가지 않는 부분이 있습니다. 이렇게 중차대한 미국의 정책이 왜 샌프란시스코 발 단파방송을 통하여 전 세계에 발표되고 있는지 모르겠습니다."

남천선사가 대원들을 돌아보면서 조용히 입을 열었다.

"단파방송에 보도되었다는 사실보다는 먼저 내용을 차분히 검토해야 할 것이야. 이 내용은 일제의 항복에 대한 미국의 조건을 제시하고 있지 않은가? 미국 정부가 수용할 수 있는 무조건 항복 조건의 한계를 설정하고 있는 것으로 보이는데, 손삼수 군 생각은 어떠한가?"

손삼수 대원은 지리산 학도유격대의 제2지대장을 맡고 있다. 일본 명치대학을 다니다가 학병 징집 전날 고향인 합천을 탈출하여 지리산으로 숨어든 학구파 대원이다.

"예, 대장님. 제 생각도 항복의 조건 같습니다.

그런데 발표된 내용으로 보아서는, 미국의 일방적인 결정 사항이 아닌 것으로 보이는데요. 일제의 어떤 제안에 대한 회답으로 생각됩니다. 그렇지 않고서야 미국이, 그것도 정부의 성명 형식으로 이런 중대한 정책 사항을 일방적으로 천명할 이유가 없지 않겠습니까?"

이해가 된다는 듯이, 김용완 대원이 발언하였다.

"바로 그 점입니다. 그것이 중요한 것 같습니다.

미국의 성명 발표는 항복 조건에 대한 일본의 요구에 대해 미국 정부의 회답으로 보입니다. 일제가 포츠담 선언을 수용하기 위해 일정한 조건을 제시했는데, 그 제안에 대해 미국이 답신을 보낸 것으로 생각됩니다."

박광옥 대원이 의문을 나타냈다.

"만약 그렇다면, 미국과 왜놈 간에는 정부 차원의 대화가 진행되고 있다는 말인데요. 그럴 경우라면 미국도 그 대화 채널을 통하여 일본에 통보하면 될 일이 아닐까요?

미국이 그렇지 않고 이렇게 단파방송을 통하여 전 세계에 공표하는 이유가 무엇일가요? 여기에는 어떤 다른 뜻이 개제되어 있을지 모른다는 생각도 듭니다."

남천선사가 박광옥을 쳐다보며 말했다.

"좋은 발상일세. 다양한 가능성을 짚어 보는 것이 필요하지.

그런데 미국의 입장에서라면, 일본에게 통보했다 하더라도 미국 이외의 연합국에게, 그리고 전 세계에 알리는 것이 바람직할지도 모르지. 더욱이 그렇게 하는 것이 미국의 국익에 크게 유리하다면 널리 공표하겠지.

그럴 경우에는 샌프란시스코 단파방송을 이용하는 것이 편리하면서도, 또 중요한 수단이 될 수 있을 거야. 아군이나 적군을 말론하고 전 세계 인민들이 미국의 단파방송을 예의 주시하고 있으니까."

배영희가 생각난 듯이 끼어들었다.

"대장님, 그렇습니다. 미국은 중요한 때마다 단파방송을 통하여 엄청난 사실을 공표하여 왔습니다. 히로시마와 나가사끼에 대한 신형 폭탄 투하 사실과, 그리고 트루먼 대통령의 육성도 이 단파방송을 통하여 전 세계에 알렸습니다."

남천선사가 종합적인 판단을 내렸다.

"지금 청취된 미국의 정책 내용은 미국의 일방적인 선언이 아닐세. 이는 일제의 항복 조건 제시에 대한 회답인 동시에, 항복 조건의 한계 설정이 분명하네. 또한 미국 정부가 일본에 회답을 보낸 후 별도로 샌프란시스코 단파방송을 통하여 미국의 결정을 학수고대하고 있는 전 세계 인민들에게 공표한 것으로 해석해야 할 것이네.

따라서 일본의 항복은 이제 결정된 것으로 판단되네."

그날 오후가 되자 일우정사 신도회 간부들이 어떻게 감지했는지 급박하게 돌아가는 정세를 파악하고 일우정사로 모여들기 시작하였다. 남천선사의 지시가 없었는데도, 오히려 남천선사에게 정보를 보고하려고 급히 지리산으로 올라왔다.

대성리, 중산리, 내원리, 묵계리, 화개, 청암, 시천, 창촌, 청룡, 신안, 사리, 횡촌, 등촌, 성내 등지에서 이동(里洞) 마을 책(責)들이 모였다. 특히 군청이나 경찰서가 소재하는 도회지인 하동, 산청, 합천, 그리고 진주 등지의 신도회 책임자들이 주종을 이루고 있었다.

마침내 남천선사의 지시가 떨어졌다.

지리산 유격대의 대장이며, 지리산 항일투쟁학도대의 스승이며, 지리산 일우정사 신도회의 대사이며, 을유년 일제의 패망을 이미 예언한 당대의 젊은 학승(學僧)이며, 지리산의 정기를 가득 안고 조국광복을 위해 독립투쟁을 계속해온 애국지사 남천선사의 명령이 하달되었다.

아침밥 후 사시(巳時)에, 지리산 산채에서 비상회의가 소집되었다. 지리산 항일청년유격대와 지리산 일우정사 신도회 간부들의 연석 회합이다. 일우정사가 좁고 세간에 너무 알려진 관계로, 산채 본부에서 회의를 열었다.

남천선사가 단상에 올랐다.

"지리산 청년유격대 동지들, 그리고 오랫동안 불초 소승을 믿고 따라 주신 신도회 간부 여러분, 드디어 기다리고 기다리던 경천동지의 기쁜 소식이 들어왔습니다. 극악무도한 일제가 패망하고 우리 조선이 독립한다는 사실입니다."

와! 하고 함성이 일었다. 남천선사는 함성을 제지하지 않았다. 이제는 해방의 함성을 억제할 필요가 없게 된 것이다.

남천선사가 말을 계속하였다.

"앞으로 2 - 3일 내에 연합국에 대한 일제의 무조건 항복이 틀림없이 발표될 것으로 예상됩니다. 우리 단군 자손은 마침내 싸워 이겼습니다. 조국을 다시 찾고 잃었던 국권을 회복할 것입니다.

그런데 환희의 절정에서 우리는 잠시 뒤를 돌아보는 지혜를 가져야 합니다. 죽기 직전에 왜적이 최후 발악할 위험성이 도사리고 있다는 사실을 놓쳐서는 안 됩니다. 왜적은 오래전부터 패망의 날을 예상하였습니다. 옥쇄하겠다고 이를 악물어 왔습니다. 조선 백성 누구나가 이미 잘 알고 있는 몸서리쳐지는 악몽이 아직 남아 있습니다.

일제는 독립지사를 살해할 살생부를 만들어 놓았습니다. 왜적은 불지옥에 떨어지기 직전, 우리 양민을 도륙하고 가겠다고 벌써 계획을 세웠습니다. 미리 짜 놓은 작전이 아니라 하더라도, 세계에서 그 유례가 없는 악독한 왜적들이 죽어가면서 양민 학살, 살인 방화, 강도 강간 등 무슨 짓은 못하겠습니까?

따라서 일제가 이미 패망하고 무조건 항복을 결정했다면, 발표가 나올 이틀 사흘 간이 가장 위험합니다. 내일 모래 글피, 이 2 - 3일간이 정신을 바짝 차리고 우리의 생명 재산을 지켜야 할 절대적 순간입니다."

장내가 갑자기 숙연해졌다. 숨소리 하나 들리지 않는다.

남천선사는 준비된 서류를 보면서 차분히 지시를 내려갔다.

지리산 청년유격부대는 항일투쟁의 핵심이다. 일제가 최후 발악하고 양민을 학살할 때에는 전투를 개시해야 한다. 그러므로 제1지대, 제2지대, 본부지대의 조직 부서에 따라 무기와 장비로 완전 군장하고 전투 준비에 만전을 기해야 한다. 내일부터 비상식량을 갖추고 전투 태세에 돌입해야 한다.

일우정사 신도회는 각 부락 동리 지역 단위로 이미 결성된 조직을 다시 점검한다. 지금 즉시 일제가 패망하고 있다는 사실을 적극 선전한다. 그런 후에 양민 학살과 살인 방화의 위험성을 철저히 주지시키고, 조직적으로 대비책을 강구해야 한다.

요소 요처에 연결 조직된 첩보망은 일본인들의 움직임과 일제 관헌의 동태를 낱낱이 염탐해야 한다. 파악된 첩보는 조직선을 따라 신속하게 일우정사에 보고해야 한다. 또 일우정사로부터의 지시를 하부 조직에 재빠르게 전달해야 한다.

긴급한 지시 사항이 모두 하달되자, 남천선사는 천천히 그리고 조용하게 말을 계속하였다.

"동지 여러분, 왜적이 2 - 3일 뒤 완전히 패망한 후에는, 국권이 탈환된 후에는, 우리가 꼭 처리해야 할 큰일이 하나 있습니다. 그것은 몇몇 왜적 경찰 괴수에 대한, 그리고 그들의 앞잡이 노릇을 자행한 조선인 경찰에 대한 응징입니다. 그들 악질 경찰에 참혹하게 죽어 간 우리 선열들의 원한을 갚아야 합니다."

뒤이어 남천선사는 왜적이 저지른 천인공노할 만행을 열거하였다. 자기가 목격한 순국하신 원혼들의 참담한 자취를 가슴 저리게 얘기해 나갔다.

(3)

1942년 10월 하순, 일제 경찰 특무부대가 경상남도 사천에 있는 다솔사(多率寺)를 기습하였다. 경상도 경찰부 김광호, 강낙중, 하팔

락과 진주경찰서의 강문선, 김을두 등 28명이나 되는 악질 경찰들로 구성된 부대이다. 사천경찰서의 악명 높은 고등계 주임 시마자키(島崎)가 진두지휘하고 있다. 지프차와 트럭에 분승하여 불시에 다솔사에 들어닥쳤다.

왜경 형사들이 무지막지하게 스님들을 다루고, 사찰 경내에 있는 스님이나 보살, 거사 등을 모두 마당 한가운데로 집합시켰다. 스님들 거실 숙소나 공양간, 심지어는 선방까지 수색하기 시작하였다. 구둣발로 짓밟아 경건한 사찰이 수라장으로 변했다. 외부로 통하는 문간이나 산으로 이어진 길목에는 집총한 순사들이 삼엄하게 지키고 있다.

마침 해우소(解憂所)를 나오던 동자승 하나가 왜경들을 보고 약삭빠르게 빠져나와 주지 거실로 달렸다.

"스님, 스님, 크 큰일 났습니다. 일본 순사들 수십 명이 절에 들어왔습니다. 자동차를 타고 지금 들이닥쳤습니다."

마침 원고를 정리하고 있던 주지 최범술(崔凡述) 스님은 깜짝 놀라 일어났다. 문을 화들짝 열어젖혔다.

"뭐, 왜경들이 와?"

밖을 내다보니, 이미 일은 벌어졌다. 총을 든 순사들이 트럭에서 뛰어내리고 있다.

놀라 눈을 동그랗게 뜬 동자승이 주지 스님을 똑바로 쳐다본다.

"큰스님, 어서 피하셔야죠!"

스님이 호통을 친다.

"이놈아, 피하긴 왜 피해. 우리가 무슨 죄를 졌냐?"

그러나 스님은 속으로 당황했다.

'아뿔사! 이거 큰일 났구나. 내가 생각이 부족했구나!'

주지는 돌아서서 흩어진 원고를 한쪽으로 밀어두었다.

밖에서는 호루라기 소리가 요란하며, 사람들 내닫는 소리로 시끄럽다. 순사들이 스님과 사찰 내에 있는 사람들을 불러서 마당 한가운데로 모으고 있다.

지프차에서 내려 대웅전 등을 둘러보던 시마자키가 주지 거실을 확인했는지 동자승과 큰스님이 서 있는 쪽으로 혼자서 뚜벅뚜벅 걸어오고 있다.

최범술 스님이 문밖으로 나와 합장하면서 인사를 하였다.

"어서오십시오. 다솔사 주지 최범술입니다. 시마자키 경부님, 그간 별고 없으셨습니까?"

두 사람은 이미 구면인지라, 시마자키도 손을 모으고 인사를 한다.

"큰스님도 안녕하셨습니까?

스님을 뵈러 이렇게 직접 나왔습니다. 무례를 용서하십시오."

스님이 정중히 답례한다.

"사람을 보내어 불러 주실 걸 그랬습니다. 소승이 경찰서로 찾아뵈어야지요. 이렇게 번거로움을 끼쳐드려서 송구스럽습니다. 기왕 오셨으니 안으로 드시지요."

기다렸다는 듯이 시마자키가 덥석 방으로 들어섰다. 날카로운 눈초리로 방안을 훑는다.

주지 스님이 밖을 보면서 동자승에게 일렀다.

"얘 지선아, 너 부엌에 가서 향긋한 작설차를 내오라고 일러라."

최범술 스님은 우선 예우를 다한다는 자세이다. 그도 그럴 것이 지금 스님은 큰 실수를 저지르고 있었다. 그것은 단재(丹齋) 신채호(申采浩)의 귀중한 유고인 '조선고대사'와 '고대문화사'를 방바닥에 펴놓고 있다가 그만 시마자키 면전에 노출시킨 것이다. 단재의 유고는 나라를 잃은 조선민족에게 역사의식을 일깨워 줄 귀중하고도 역사적인 저술이다. 그만큼 왜적에게는 반역의 증거 문서가 된다. 만약 시마자키가 이를 알아차리고 단재의 유고를 압수한다면, 그는 엄청난 전과를 올리는 셈이다.

최범술은 조선어학회사건이 터져서 일제 고등계의 수사망이 다솔사에도 죄어들고 있다는 첩보를 받았다. 자기뿐만 아니라 김범부나 김법린도 피할 수 없다는 사실을 이미 알았다. 최범술은 이 암울한 민족수난기, 자기의 여력이 아직 있을 때, 다솔사에 보관되어 오는 단재의 유일한 유고인 '조선고대사'와 '고대문화사' 저술을 오래도록 보관하여 후손에게 물려주기로 결심하였다. 유고를 전주 한지에 필사하고 거기에 황밀을 먹여 석탑 안에 저장하는 일이다. 그 작업을 거의 마무리 하는 와중에, 오늘 왜적의 급습이 있었던 것이다.

최범술은 약관 19세에 동경에 건너가 30세에 귀국할 때까지 12년 동안 일본에서 유학한 신진 엘리트이다. 또한 일본 대정대학(大正大學) 불교학과를 졸업한 정통파 학승(學僧)이다. 어린 몸으로 삼일운동에 가담한 이래, 일본 유학시절에도 여러 차례 독립투쟁에 몸을 담았다. 항일투사 박열(朴烈)과 함께 일본 천황 부자를 폭사시키려고 계획한 열혈남아이기도 하다. 프랑스와 일본에 유학한 범산(梵山) 김법린(金法麟)과 일본에 유학한 동양철학의 대가 범부(凡父) 김정설(金鼎卨)과 김범부의 동생인 문학가 김동리(金東里) 등 당대의 신진 엘리트 독립지사들이 일제의 탄압으로 손발이 묶여 지낼 때, 최범술이 다솔사로 모셔와 생활할 수 있도록 후원하였다. 한 해 추수 3백 석이 넘지 않는 다솔사의 주지로서, 최범술은 김법린, 김범부의 가족까지 다솔사에서 지내도록 배려하였다. 특히 일제가 가장 두려워하는 조선의 독립투사이며 당대 최고의 민족지도자인 만해(萬海) 한용운(韓龍雲)의 활동비도 조달하였다. 자연히 사천 다솔사는 한용운 지사를 비롯한 독립투사와 신진 학승들의 회동 장소가 되기도 하고 우국의 장이기도 하였다.

최범술은 다솔사와 조선의 명찰인 해인사를 중심으로 활동하면서, 일부 사안에 대하여는 총독부의 시책에 협력하는 자세를 보이기도 하였다. 특히 일본 불교계를 지배하는 일본의 고승 학승과 교류도 나누고 있었다. 그러나 일제 경찰의 수뇌부는 이러한 최범술의 협조 태도가, 조선의 독립투사들을 후원하고 보호하려는 위장 전술임을 간파하였다. 또한 일본 사회에 큰 영향력을 갖고 있는 일본 불교계와의 돈독한 유대 관계 형성이 항일운동의 요람을 종교활동으로 각색하여 합법적으로 보호하려는 고등 전략임을 깨달았다. 마침내 일제는 최범술을 비롯한 불교계 지도층을, 특히 일본에서 유학한 신진 엘리트 학승들을 일망타진하여 없애 버리기로 결정하였다. 꼭 필요한 경우에는 영원히 격리시키기로 결심하기에 이르렀다. 일제는 중일전쟁의 장기화와 미일전쟁의 격화에 따라 더 지체할 수 없음을 깨닫고, 마침내 '사상보호예비검속법령'의 법적 장치를 만들고, 또한 고문에 의한 옥중병사(獄中病死)라는 잔인한 도구를 활용하기 시작하였다.

오늘의 급습도 그 일환의 하나이다. 마침 이때에 발생한 조선어학회사건은 총독부에게 절호의 명분과 기회를 제공해 주었다. 일제 고등계는 최범술을 비롯한 종교계 학계의 항일 엘리트 계층을 일망타진하기 위하여 총출동한 것이다.

공양주보살이 내온 차를 마시면서 스님이 애써 대화의 물꼬를 튼다.

"경부님께서는 내지의 고향이 어디신가요?"

시마자키가 대답하였다.

"참, 스님은 10여 성상 이상을 일본에서 유학하셨지요. 내 고향은 교토입니다."

교토라는 말을 듣는 순간 영감이 스쳐갔다. 즉시 최범술은 기지를 발동하였다.

"경부님, 제가 보살을 한 분 소개하겠습니다. 내지에서 건너온 지 얼마 안 되는 일본 여인입니다. 지금 산후 조리를 하느라 잠시 저희 사찰에 기거하고 있습니다."

시마자키의 대답을 기다리지 않고, 스님은 큰소리로 동자승을 불렀다.

"지선아, 너 아래채에 가서 구사가(日下) 보살을 오시도록 하여라.

빨리 모시고 와야 한다. 서둘러라."

동자승이 눈치를 살피면서 뛰어갔다.

곧 구사가 여인이 방 안으로 들어왔다. 먼저 스님에게 인사하고 이어서 시마자키에게도 공손히 절을 올렸다.

스님이 큰소리로 말한다.

"구사가 보살, 경부님께서는 교토가 고향이라십니다. 동향이 되시기에 인사 올리라고 불렀습니다. 언제나 소승이 신세를 지는 어른이십니다. 앞으로 인연이 있으면 정성껏 모시기 바랍니다."

구사가 여인이 다시 고개를 숙이면서 목례를 했다.

시마자키가 반갑다고 말한 후 잠시 침묵이 일자, 최범술 스님이 구사가에게 손짓을 하면서 이른다.

"구사가 보살, 경부님이 바쁘시니까 그만 돌아가 보시지요.

그리고 참, 저기 있는 책과 종이는 구사가 보살의 것이지요. 내가 살펴볼 시간이 없을 것 같으니 그대로 가지고 내려가십시오."

구사가는 상황 판단이 빨랐다. 엉겁결에 스님의 눈치를 살피면서 책과 한지 들을 품에 안고 밖으로 나갔다. 급히 아래채 자기 방으로 간 구사가는 원고와 한지를 깊숙이 숨겼다. 혹시 방 수색이 있을지 몰라서 아기 기저귀 더미 속에 파묻었다. 구사가는 소란스런 바깥을 내다보면서 안도의 한숨을 내쉬었다.

얼마가 지난 후 바깥이 조용해졌다. 주지 거실 앞이 소란하면서 형사 둘이 와 문밖에서 말했다.

"주임님, 수색이 모두 끝났습니다. 조치를 내려주십시오."

시마자키가 대답하였다.

“알았다. 즉시 출발 준비하도록 하라.”

그리고 스님을 향해서 말했다.

“스님, 어려우시더라도 서까지 같이 가 주셔야 하겠습니다. 김법린은 이미 연행되어 있습니다. 스님께서야 별일은 없겠지만, 일단 조사는 받으셔야 할 것입니다.”

최범술은 흔쾌히 받아들였다. 대범하게 웃으면서 말했다.

“예, 준비하고 나가겠습니다. 옷을 챙겨 갈아입겠으니 먼저 나가시지요. 즉시 소승도 따라 나서겠습니다.”

다솔사 주지 최범술이 경찰서에 갈 준비를 하고 밖으로 나왔다. 스님은 또 한번 놀랐다. 사찰 경외의 사택에 칩거하고 있던 김범부가 어느 틈엔가 왜경에게 연행되어 트럭 앞에 서 있었다. 절간 내외를 이 잡듯이 수색하여 찾아낸 책이나 서류 문건 등을 싣고, 김범부와 최범술 스님은 화물자동차를 개조한 트럭에 올라 경찰서로 향했다. 절에 남은 스님들과 보살들이 불안하게 쳐다보는 가운데 화물차는 털털거리는 자갈길을 달려 내려갔다.

김범부는 민간인 신분이기에 부산 경남경찰부로 직행하고, 최범술은 다솔사 주지이므로 사천경찰서에 수감되어 조사를 받은 후 경남경찰부로 넘어갔다. 부산 도경 고등계에서는 절호의 기회로 삼아 최범술, 김범부, 기타 관련 사범들에게 갖은 악형을 가했다. 특별한 정보나 물증 확인을 위해서라기보다는, 독립지사들의 조선 혼과 저항 의지를 발본 제거하기 위한 계획적 살인 고문이었다.

최범술이 터무니없는 심문과 모진 고문을 당하고 반죽음이 되어 2호 감방으로 돌아오자, 그는 놀라운 사실에 직면하게 되었다. 유명한 주기철(朱基澈) 목사가 몇몇 야소교 교인들과 방에 수감되어 있지 않은가!

주기철 목사는 얼마나 맞았는지 피투성이 얼굴에 몸이 뚱뚱 부어서 의식을 잃은 채 드러누워 있다. 최범술이 아무리 흔들어도 인사불성이다.

처연한 최범술이 옆에 있는 야소교인에게 물었다.

"이분이 주기철 목사님이 아니십니까?"

"예, 그러합니다."

"그런데 무슨 일로 감옥에 오셨습니까?"

나이가 좀 든 야소교인이 한숨이 그렁한 목소리로 대답한다.

"일이야 무슨 일이겠습니까? 왜놈들이 만들어 붙이면 죄가 되지요.

신사참배를 않는다고 가두고 고문하였습니다. 며칠째 사정없이 두들겨 맞으셨습니다. 소생하기 어려울 것 같습니다."

이것은 심문이나 고문이 아니라, 감옥에서 죽으라고 하는 살인이 아닌가!

최범술은 기가 막혔다.

계획적 고문의 후유증이 골수에까지 침투한 주기철 목사는 살아날 수 없었다. 평양으로 이송을 가자마자 죽었다. 연전(延專)을 거쳐 목사가 되고 조국을 위해 불철주야 기도해온 신진 엘리트 독립투사 주기철 목사는, 해방을 보지 못한 채, 왜적에게 붙들려 겨우 신사를 참배하지 않는다는 죄목으로 한 많은 일생을 마치고 말았다.

조선어학회 사건으로 체포된 종교인이나 지식인들은 각 경찰서에서 모진 고문을 받고도 죽지 않자, 함경남도 홍원(洪原)경찰서로 끌려갔다. 명분은 홍원경찰서가 조선어학회 사건의 담당 서라는 것이나, 실은 옥사시켜도 소문이 덜 날 오지이기 때문이었다. 이윤재, 이극로, 최현배, 이희승, 한징, 이은상, 안재홍, 김도연, 김양수, 이우식, 이인, 이중화, 장현식, 장지연, 정열모, 김법린 등 33명이 거의 죽은 목숨으로 압송되었다.

최범술은 김법린과 김범부의 살신적 증언으로 연루에서 빠져 홍원으로 이감되지 않고 중간에 석방되었다.

그러나 이윤재, 한징 두 독립지사는 홍원경찰서에서 고문 악형을 견디지 못하고 끝내 옥중에서 절명하였다.

1942년 12월, 조선총독부에서는 때 아닌 소동이 벌어졌다. 총독이 해인사를 다녀온 후에, 아직까지도 일본 민족의 선조를 욕보이는 비석이 버젓이 사찰 경내에 서있다고 총독의 질책이 떨어진 것이다. 합천 해인사에 있는 사명대사의 사적비에, '이여두위보(以汝頭爲寶)라는 글자가 보인다. 이는 사명대사가 임진왜란 시에 왜군의 선봉장 가등청정에게 "네 모가지가 조선 사람들에게는 보배이다"라고 호통을 친 일화를 기록하고 있다. 가등청정을 개인적으로 좋아하던 총독이 이를 심히 못마땅하게 지적했다는 것이다.

그날 밤 오노(大野謙一) 학무국장과 단게(丹下郁太郎) 경무국장이 모의하고, 해인사에 있는 사명대사의 사적비를 즉시 파괴할 것을 결정하였다.

이튿날 단게 경무국장이 합천경찰서장에게 지시를 내렸다.

"나 경성에 경무국장인데, 서장 바꾸라!"

"예, 국장 각하. 즉시 연결하겠습니다."

곧이어 합천경찰서장 다케우라(竹浦)가 전화통 앞에 나왔다.

"예, 국장 각하, 서장 다께우라입니다."

단게의 거친 말투가 쏟아진다.

"서장, 일을 어떻게 처리하는 거요? 관내 치안에 이상이 없소?"

다케우라가 당황한다.

"각하, 무슨 말씀인지 지적해 주십시오. 즉시 실행에 옮기겠습니다."

노기가 좀 풀리는 듯 단게가 구체적으로 지적한다.

"해인사에 사명당인가 하는 자의 비석이 아직도 서 있다면서요?

그 비석에 가토 기요마사 장군을 모욕하는 글이 새겨져 버젓이 읽히고 있다는데 아직 모르고 있소?"

다케우라의 다급한 해명이 솔직하다.

"예, 각하. 저희들이 무식해서 아직 모르고 있었습니다. 용서해 주십시오."

단게의 명령이 떨어졌다.

"해인사를 구경하는 많은 불령선인들이 사명당 비석의 문구를 보고 불온한 생각을 꾸민다는 것이오. 그러니 지금 당장 그 비석을 없애 버리시오."

고지식한 다케우라가 한마디 물었다.

"비석을 부수어 버리는 것은 쉬운 일입니다. 그런데 혹시 문화재를 파기한다는 지적이 없지 않을까요?"

단게가 이미 알고 있었다는 듯이 소리 질렀다.

"어제 학무국장하고도 상의하였소. 그 비석은 문화재가 될 수 없소. 없애 버려도 됩니다. 이 일은 바로 총독 각하의 관심 사항입니다. 즉시 파괴하여 버리시오!"

다케우라가 총독이라는 한마디에 부동자세로 대답하였다.

"예, 경무국장 각하. 즉시 사명당 비석을 깨뜨려 없애 버리겠습니다."

이렇게 하여 어처구니없는 악업(惡業)이 다케우라에게 떨어졌다.

합천경찰서 다케우라는 얼마 전 진해경찰서에서 악명을 떨치고 총독부의 고가 점수를 받아 챙긴 후 합천경찰서로 전근하였다. 그는 말단 순사로부터 시작하여 서장에까지 진급한 자로서, 사상 사건이나 조선인 고문 박해 등으로 공을 세워 출세한 왜놈 경찰의 표본이다. 이번 일에 안성맞춤일 정도의 악질인 것이다.

다케우라는 면밀하고 잔인하게 계획을 세운 후 이를 가차없이 실행에 옮긴다. 무엇보다도 먼저 명분을 만들고 죄목을 얽어서 해인사 승려들을 체포, 압송해야 한다. 그런 후에 불시에 사적비를 파괴하면 된다.

다께케우라는 직접 진두지휘에 나섰다. 심복이며 합천서 고등계 형사부장인 조선인 배철호를 앞세우고 10여 명의 형사대를 동원하여 해인사를 급습하였다. 계획대로 해인사 불교 전수강원인 법보학원(法寶學院)에 진입하여, 스님과 원생 들을 한자리에 모아 놓고 좌담회를 열었다.

배철호 형사부장의 능란한 농간에 원생들이 넘어갔다. 사태의 심각성을 깨닫지 못한 채, 원생들은 젊은 혈기에 사명대사나 이순신 장군 등 왜적을 통쾌하게 무찌른 역사상 위인들의 숭배를 구체적으로 발설하기에 이르렀다. 법보학원 교수스님들도 놀랄 정도로 적나라하게 민족 감정을 노출하고 말았다.

다케우라 서장과 형사대는 토론을 중단하고 즉시 원생들의 책가방과 필기장을 뒤졌다. 조선 역사와 순국 열사들의 사적이 쏟아져 나왔다. 특히 일제가 싫어하는 이순신, 사명당, 안중근, 윤봉길 등 왜적과 싸운 위인들의 활약상이 소상히 기술되어 있었다. 계속하여 왜경들은 해인사 경내와 법보학원을 수색하여 임진록(壬辰錄) 등 많은 자료 책자들을 찾아내고, 증거물로 압수하였다.

다케우라는 인정이나 틈을 조금도 주지 않고 법보학원 원장 임환경(林幻鏡) 스님, 전 해인사 주지이며 법보학원 강백(講伯)으로 있는 이고경(李古鏡) 스님, 법보학원 담당 민동선(閔東宣) 스님, 그리고 오제봉, 이원구, 박인봉, 김정태 제씨 등 17명을 체포하여 합천서로 압송하였다.

합천경찰서에는 임시 유치장을 증설하고 특별 심문실을 만든 후에, 다케우라와 배철호가 직접 나서서 심문하고 고문 악형을 가하기 시작하였다.

먼저 심문실에 젊은 스님 민동선이 끌려 나왔다.

배철호가 악을 썼다.

"네가 민동선이냐? 연전에 만당(卍黨) 당원으로 체포되었던 민동선이 맞지?"

"예, 그렇습니다. 민동선입니다."

"네가 학원에서 작문을 담당했느냐? 일본어 작문은 형식으로 넘어가고, 조선어를 위주로 가르쳤다면서?"

"그렇지는 않습니다. 일본어를 중심으로 하면서, 간혹 조선말 작문도 하게 되었습니다."

몽둥이가 사정없이 날아왔다.

배철호가 심문을 계속했다.

"박 모 선생이 조선말 작문을 제지하니까, 뭐라고 욕을 해 댔나?

네가 왜놈의 자식이냐, 왜적의 똥이라도 먹었느냐고 비아냥거렸다면서?"

"박 선생과 몇 번의 다툼이 있기는 했으나, 조선말 작문 때문에 그런 것은 아닙니다."

"이 자식이 어디서 거짓말이야. 맞아 봐야 바른대로 말하겠어?"

배철호의 구두발이 사정없이 스님의 얼굴을 짓밟았다.

임환경 스님은 법보학원 원장에 있으면서, 화엄경 등 주로 불경 강의를 담당했기 때문에 심한 고문을 당하지 않고 넘어갔다.

조선사 강의 등 어렵고 문제성이 있는 과목은 강백이 직접 담당하였다. 강백 이고경 스님이 가장 큰 어려움에 봉착할 수밖에 없었다. 서장과 형사부장은 반역 행위나 반골 기질이 강한 스님 한둘을 문초 과정에서 어육을 내어 죽이더라도 본때를 보이기로 작정하였다. 다케우라가 직접 나섰다. 서장실에 특별 문초 방을 급조하고, 이고경 스님을 끌어 냈다.

다케우라가 물었다.

"그대가 이고경인가?"

스님이 대답한다.

"그렇소, 내가 이고경이오."

언성이 높아지면서, 다케우라의 말투가 반말로 바뀐다.

"네 직책이 뭐냐? 강백이란 무엇을 하는 것인가?"

스님이 눈을 똑바로 뜨고 다께우라를 쳐다본다.

"내가 법보학원의 강백이오. 이전에는 합천해인사의 주지를 지냈소."

다케우라가 소리를 지른다.

"강백이 무엇을 하느냐 말이다?"

"그것도 모르시오? 글자그대로 강백이외다. 교수들을 통괄하고, 중요한 과목을 강의하는 법보학원 교수의 최고 책임자이오."

"뭐야, 이 새끼. 어디서 큰소리야!"

흥분한 다케우라가 사정없이 구타를 시작했다.

먹지 못해 기력이 쇠잔한 스님이 금방 쓰러지자, 서장 보조로 문초실에 있던 왜경 형사가 옆에 있는 물통에서 물을 퍼내 퍼부었다.

이고경 스님이 정신 들어 다시 일어나 앉았다. 눈이 더 매섭게 빛난다. 얼굴에 핏자국이 어리면서 부어올랐다.

다케우라가 입을 열었다.

"야 이 중놈아, 너 오늘 바른대로 말해! 그렇지 않고 횡설수설하거나 반항하면, 너는 오늘 죽는다. 알겠나?"

스님이 입을 굳게 다문다. 자세가 더 의연해진다.

이고경의 모습을 보면서 화가 치미는지 다케우라의 언성이 다시 높아진다.

"네가 원생들에게 사명당 비석에 있는 이여두위보(以汝頭爲寶)를 끄집어 내어, 가등 장군의 대가리로 보배를 삼는다고 설명하였나?"

스님이 빙그레 미소를 지면서 입을 열었다.

"원생들에게 가르친 일이 아니오. 해인사를 찾는 조선인들은 모두 사명대사를 우러러 봅니다. 사명당의 대 사적비를 읽어 주기를 바라지요. 그때 내가 나서서 비문을 읽고 설명해 주었소. 그 비문 중에 '이여두위보'라는 문구가 있어서 해설해 주었소."

다케우라가 눈을 부라린다. 분을 못 이겨 치를 떤다. 무슨 일이 일어날 것 같다. 물통 가에 있던 형사가 다가선다.

일단 분을 삭이고 다케우라가 다시 물었다.

"대일본제국에서는 국어인 일본어만을 가르치게 하고 있다. 또 제국의 역사만을 원생들에게 가르쳐야 한다.

너는 이를 고의로 어겼다. 대역죄를 범했다. 또한 조센징 망국의 역사 임진록을 조선말로 가르쳐 왔다는데 그게 사실인가?"

스님이 타이르듯이 조용히 말한다.

"이보시오, 서장님. 우리는 천황의 신민이나, 한편으로는 조선 백성들이오. 조선 사람이 조선어를 사용하는 것이 무엇이 잘못이오? 또 조선말을 하고 조선어를 가르치는 것이 우리 일본제국에 무슨 큰 해가 된다는 말씀이오? 조선어를 말살하겠다는 것은 참으로 옹졸한 생각입니다.

내가 임진록을 가르친 것은 사실입니다. 그러나 임진록은 하나의 역사책에 불과합니다. 어린 원생들에게 역사를 가르치는 것이 그렇게 대역죄가 되는 것입니까? 나는 그 이유를 잘 모르겠소.

크게 생각하면 조선과 일본이 하나로 합쳐진 이상, 조선의 역사도 곧 일본의 역사입니다. 조선 역사의 이순신 장군이나 사명대사도 일본 역사의 인물이 되었다고 볼 수 있습니다. 그것을 일본 역사다, 조선 역사다 하고 편을 갈아 대역죄로 몰아붙이는 것은 내선일체(內鮮一體)나 동조동근(同祖同根) 정신에 크게 위배되는 것입니다.

소승은 오히려 내선(內鮮)을 구분하고 조선 백성을 핍박하는 것이 제국의 안위를 위태롭게 하는 잘못이라고 생각합니다."

다케우라가 입을 꽉 다물었다. 머리를 홱 돌려 형사를 쳐다보았다. 눈알이 빨갛게 충혈되어 있다.

소리를 질렀다.

"다나카 군, 이 자식 안 되겠다! 이런 자를 살려 두면 제국이 위태롭다. 가차없이 고문을 시작하라!"

마침내 일은 터지고 말았다. 피골이 상접하게 앙상한 스님에게 무시무시한 고문이 시작되었다. 세계에서 제일 악독한 일제가 개발한 각가지의 고문 악형이 사정없이 퍼부어졌다.

악명이 높은 일제의 고문 중에서도 최고의 경지가 '일문십타(一問十打)'이다. 글자 그대로 한 번 문초하고 열 번 타격을 가한다는 것이다. 여기서 열 번 타격을 가한다는 것이 고문의 형태를 말하고 있다.

그 열 가지 형태란 다음과 같다. 첫째 번은 차는 것, 둘째 번은 몽둥이나 채찍으로 갈기는 것, 셋째 번은 머리로 받는 것, 넷째 번은 비트는 것, 다섯째 번은 올라타 짓밟는 것, 여섯째 번은 불로 지지는 불고문, 일곱째 번은 물 퍼붓는 물고문, 여덟째 번은 주리를 트는 고문, 아홉째 번은 거꾸로 매달고 찌르는 고문, 열째 번이 손톱 및 머리카락 뽑는 고문이다.

일본 경찰의 악질 고등계의 전가의 보도인 일문십타 고문을 당하면, 십중팔구는 상하여 평생 병신이 되거나, 아니면 다시는 일어나지 못하고 그대로 죽는다.

이고경 스님은 법력이 높고 기력이 출중하였기 때문에 삼 일 동안 문초를 받고 고문을 당해도 쓰러지지 않고 부도옹같이 다시 일어나곤 하였다.

다케우라가 한참 고민을 하고 있을 때, 배철호가 서장실로 들어왔다.

"서장님, 배철호입니다. 해인사에 걸려있던 사명당의 영정은 걷어서 경찰서로 가져왔습니다. 그런데···"

다케우라가 꿈에서 깨어난 듯이 말을 자르고 물었다.

"아, 그렇지. 그래서 그 사명당 화상인가 하는 것은 어떻게 했나?"

배철호가 신중히 대답한다.

"찢어버리거나 태워 없애는 일은 어렵지 않습니다마는, 좀 더 신중히 다룰 필요가 있는 것으로 생각되어 현재 경찰서 지하 창고에 처박아 놓았습니다. 서장님의 지시를 기다리고 있습니다."

다케우라가 만족해하면서 웃는다.

"역시 배 군이군. 그렇지, 아직은 태워 버릴 필요가 없겠지."

배철호가 조심스럽게 입을 열었다.

"서장님, 이제는 중요한 문제를 처리해야 하지 않겠습니까?"

다케우라가 급히 묻는다.

"중요한 문제라니?"

"서장님, 총독부의 지시 사항 말입니다. 사명당의 사적비를 폐기시키는 일 말입니다."

다께우라가 소곤거리듯이 말한다.

"글쎄, 나도 지금 고민일세. 지금 처리해야 될까?"

배철호가 대답한다.

"서장님, 기왕지사 할 일이면 빨리 해 버리는 것이 좋지 않겠습니까? 혹시 무슨 일이라도 생기면 자꾸 늦어지지 않을런지요."

다케우라가 한참 생각하다가 눈을 뜨면서 말한다.

"자네 말이 맞네. 지금 즉시 끝내 버리세.

먼저 계획한 대로 별동대를 발진시키게. 배 군이 직접 인솔하고 가서 사명당의 비석을 캐서 경찰서 지하창고로 끌고 오게.

해인사 패거리들이 보는데서 비석을 깨트리지는 말게. 혹시나 소문이 나서 불상사라도 생기면 좋을 것이 없지 않은가…. 조심해서 나쁠 것은 없네. 이곳 현지에서 조센징 아이들과 충돌이라도 발생하면 우리가 책임을 지게 되어 있어. 경성 총독부가 성가신 일에 끼어들려고 하겠나? 안 그런가?"

배철호가 감탄한다.

"놀라우신 통찰이십니다. 이런 일은 비밀리에 신속히 처리하는 것이 요체이지만, 마찰이나 후유증이 발생해서는 안 될 것입니다.

비록 학무국장이나 경무국장이 지시했다고는 하지만, 문서로 보낸 것은 아니지 않습니까? 저는 일본제국 정부에서 어떻게 평가할지 모르겠습니다. 특히 말 많은 내지의 지식인이나 기자들이 걱정됩니다."

다케우라는 배철호의 말을 듣는 순간 갑자기 가슴이 답답함을 느꼈다. 꺼림칙하다. 후대에 일이 잘못되면 자기가 몽땅 뒤집어쓰는 것이 아닌가?

특히 사명당은 예부터 영험한 신으로 추앙을 받아 온 대사가 아니던가! 사적비를 깨부수어 사명대사의 노여움을 사서 자기만 천벌을 받아 죽는 것이 아닌가?

다케우라는 답답한 가슴에서 갑자기 기침이 나옴을 느꼈다. '칵, 칵, 칵' 흰 종이에 가래를 뱉어 보니 피는 보이지 않는다. 요사이 다케우라는 격무에 시달리며 여러 가지 문제에 스트레스를 받아서 몸 상태가 아주 나쁘다. 몸이 천근이고 피곤에 지쳐 있다. 병원에서 진단은

폐결핵이라고 한다. 의사는 좀 요양하라고 권유하지만, 어떻게 차지한 경찰서장 자리인데 내놓고 쉬고 있단 말인가?

다케우라는 망상을 떨쳐버리려고 머리를 좌우로 흔들며 배철호에게 큰소리로 지시했다.

"지금 즉시 끝내세. 하던 일을 중단하고 별동대를 데리고 출발하게. 준비를 단단히 하여 실수 없도록 처리하게.

비석을 운반할 때에는 종이나 포대로 싸서 안 보이도록 하고, 경찰서 지하 창고로 직행하여 우선 비밀히 보관하도록 해야 하네."

해인사 법보학원 강백 이고경 스님이 세 번째 일문십타 고문을 당하고 초주검이 되어 유치장 감옥으로 실려 간 그날 저녁때 배철호가 이끄는 합천경찰서 고등계 별동대가 트럭을 끌고 해인사 경내에 들이닥쳤다.

경내에 있는 승려와 보살, 거사 들을 널찍한 공양간으로 집합시켜 놓고 훈시를 하고 있는 사이에, 일단의 왜적 일꾼들이 해인사 유서 깊은 홍제암(弘濟庵)에 있는 사명대사의 사적비를 캐어 냈다. 누가 볼세라 포대로 둘둘 싸서 삽시간에 트럭에 싣고 해인사를 빠져 나갔다. 실수 없이 작업을 마쳤다는 통보를 받자, 배철호는 위장으로 진행하고 있던 훈시를 마치고 급히 트럭의 뒤를 쫓아서 경찰서로 달렸다. 저녁 어둠이 해인사에 짙게 내리고 있었다.

저녁나절 늦게 거적에 실려 들어온 이고경 스님은 자시(子時)가 훨씬 지나 새벽 4시경에야 깨어났다. 옆에서 극진히 땀을 닦아 주며 간호한 민동선에게 물었다.

"지금 몇 시나 되었는가?"

민동선이 깨어난 스님을 보면서 반가워 말했다.

"좀 있어야 날이 밝을 것 같습니다. 새벽 4시가 지났습니다."

스님이 한숨을 한번 크게 쉬고, 한동안 눈을 감았다. 다시 눈을 뜨면서 입을 연다.

"민 교무, 한밤에 유정대사(惟政大師)를 뵈었네. 비몽사몽간에 사명당께서 해인사에 오셔서 나를 부르시기에 만나 뵈었네. 참으로 흉몽이로고…!"

한동안 말이 없다가 다시 잇는다.

"민 교무, 내 말 잘 듣게. 아무리 생각해도 내가 살아날 수 없을 것 같으이. 이러한 때 사명대사께서 현몽하시니 이 어찌 근심이 안 되겠나? 아무래도 무슨 일이 일어난 것 같아.

우리를 무고하게, 그리고 갑자기 잡아가둔 것도 홍제암에서 망측한 일을 꾀하느라고 한 짓이 틀림없네. 내 생각에는 왜적들이 대사 사적비의 내용을 트집 잡았으니, 아마도 사명대사의 사적을, 비문을 크게 훼손한 것으로 보여.

내가 먼저 가더라도 민 교무는 낙심하지 말고 몸을 보존해야 하네. 자네는 젊으니까, 반드시 오래 살아야 되네. 일제가 망하는 것을 두 눈으로 확인해야 돼. 연후에 대사의 사적비를 홍제암에 복원시켜야 할 것이야. 꼭 부탁하네!"

민동성은 눕지 않고 겨우 벽에 기대어 말씀하시는 이고경 스님의 손을 붙들고 흐느껴 울었다. 이후 스님은 한마디 말이 없었다.

그날 새벽 여명이 틀 무렵, 이고경 스님은 그대로 앉은 채 절명하였다. 왜적의 악형을 이겨 내지 못하고, 세 번에 걸쳐 당한 일문십타 고문의 후유증으로 가부좌 자세를 한 채 입적하였다. 조국의 독립과 해인사의 보존을 위하여 육신공양(肉身供養), 몸 보시(布施)를 한 후 조용히 열반 왕생한 것이다.

다음날, 합천경찰서는 혼란에 빠졌다. 해인사 주지를 지낸 고명한 스님을 문초 과정에서 때려죽였으니 조용할 수가 없을 것으로 불안해했다.

경찰서장 다케우라와 고등계 배철호 주임은 당황한 나머지 더 지체하지 못하고 지하실로 달려갔다. 정신 나간 듯이 쇠망치를 들어 사명대사의 사적비를 사정없이 내리쳤다. 마침내 비석이 여러 동강으로 깨져나갔다. 고등계 형사들을 시켜 깨진 비석 조각들을 지하실 입구에 파묻고 그 위에 흙을 덮었다. 출입하는 왜적들이 밟고 다니게 했다.

소문은 소리없이 퍼져나갔다. 사명대사의 혼령이 합천경찰서의 지하실에 계시다는 것이다. 지하실의 출입문을 지킨다는 것이다. 이 소문을 전해 들은 왜경들은 그후 지하실에 발길을 끊었다. 사적비를 캐오고 부순 다케우라조차 어찌된 일인지 지하실 근처에 얼씬하지 않았다. 다만 임진왜란 시에 조선을 구원한 사명대사의 깨어진 비석 조각들이 합천경찰서의 지하실 입구에 오래도록 쓸쓸이 널려 있었다.

(4)

남천선사는 왜적의 만행을 낱낱이 지적한 뒤 처연하게 결론을 지었다.

"저의 스승이신 이고경 큰 스님을 구하지도 못하고, 나는 이렇게 수삼 년 목숨을 연명하였습니다. 합천경찰서 왜적에게 빼앗긴 사명대사의 사적비를 아직 찾지도 못하였습니다. 또한 저의 선배이신 최범술, 김법린 두 스님은 일제의 악형에 몸을 상하고 옥고를 치른 후 간신히 몸을 보존하여, 지금 다솔사와 범어사에서 요양 중이십니다.

부처님의 가피와 조상님의 보살핌으로 이제 조국을 찾고 독립을 하게 되었습니다. 일제가 패망하면 저에게는 또 다른 원이 하나 있습니다. 합천경찰서에 쳐들어가 왜적 다케우라를 붙잡아 스승의 원수를 갚는 일입니다. 진주경찰서에 있는 왜적의 앞잡이들을 놓치지 않는 일입니다."

일우정사 신도회원들은 숙연하였다. 지리산 청년유격대원들은 피가 끓어올랐다.

8월 14일 오후 점심식사가 끝나고 미시(未時)가 지나면서부터 놀라운 소식이 속속 일우정사에 들어오기 시작하였다.

낯모르는 촌부 두 여자가 일우정사에 들어와 남천선사를 은밀히 뵙기를 청했다. 남루한 몸뻬 차림에 머리에는 수건을 쓰고 걸망태를 메고 있는 품이, 영락없이 솔방울 송근 채취를 나왔거나 약초를 캐는 아낙네같이 보인다.

동자승을 따라 거실에서 남천선사와 상면하였다.

"어서 오십시오. 무슨 일이 있어 저를 찾으셨나요?"

그 중 젊고 기품 있는 여인이 공손히 절을 하면서 입을 연다.

"대사님의 말씀은 오래전부터 익히 들어왔사옵니다. 오늘 이렇게 뵙게 되어 부처님의 은덕이 저희에게 내리신 것으로 아옵니다."

잠시 말을 끊은 채 문밖을 내다본다.

남천선사가 알아차리고 안심을 시킨다.

"보살님, 걱정하지 마시고 말씀을 계속하시지요. 맘을 놓으셔도 괜찮습니다."

여인이 품 안에서 서신을 꺼내 선사에게 올리면서 말한다.

"저는 진주경찰서에 있는 이병훈의 안사람입니다. 매우 중하고 급한 일이라 하시어 위험을 무릅쓰고 소첩이 직접 가지고 왔습니다."

스님이 매우 반가워하며 서신을 열어보았다.

대사님, 이병훈입니다. 제가 직접 찾아뵈어야 하오나, 이곳 사정이 워낙 심상치 않아서 자리를 비울 수 없겠습니다. 제 처가 나선다기에 안심하고 서신을 보냈습니다.

거두절미하옵니다. 일본 천황이 직접 나서서 내일 정오에 중대 방송을 한다는 첩보가 입수되었습니다. 관내 모든 신민에게 반드시 경청하라는 교시가 내려진다는 것을 보면 절대로 헛된 정보는 아닙니다. 틀림없이 일제의 항복 방송인 것으로 보입니다. 이곳 경찰서에서도 항복 방송으로 판단하고 이미 사전 준비를 진행시키기 시작하였습니다.

하명하신 말씀은 조사 감시하고 있습니다. 합천경찰서 다케우

라 서장은 얼마 전 병이 들어서 합천에 있지 못하고 진주도립병원에 입원하고 있다고 합니다. 진주서 고등계의 강문선과 합천서 고등계 형사부장 배철호는 전전긍긍하고 지내지만 도피하지는 않을 것 같습니다. 그러나 일본인 경찰들은 모두 도피할 궁리에 몰두하고 있는 실정입니다.

전하실 일 있으시면 제 처에게 직접 말씀해 주십시오.

이병훈 상서

남천선사는 두 여인에게 다과를 대접한 후 대원을 딸려 지리산 밑까지 배웅하였다. 이병훈에게는 고맙다는 인사와 함께, 가능하면 진주도립병원에 사람을 보내서 다케우라의 동태를 확인해 주었으면 좋겠다고 부탁하였다.

두 여인이 떠난 지 얼마 안 되어, 진주군청의 김장문이 숨을 헐떡이면서 일우정사에 들어섰다. 내일 정오에 천황의 중대 방송이 있다는 예정과, 일제가 항복하게 되었다는 사실을 남천선사에게 보고하고, 일제 항복 후에 어떤 움직임이 있으며 군수 일행이 어떻게 행동했으면 좋을 것인가를 물어 왔다.

그날 오후 지리산 산채에는 비상회의가 소집되었다. 군청에서 나온 김장문도 자연스럽게 비상회의에 동참하였다. 지리산 일원의 일우정사 신도회 간부들과 청년유격대원들에게 남천선사의 특별 지시가 떨어졌다.

신도회 간부들은 지금 즉시 하산하여 각 지역에 일제의 항복 소식을 전파시킨다. 기존 조직을 강화하고 확대시키며, 내일 이후 당분간은 혼자 나다니지 말고 3인 이상 모여 움직여야 한다. 만약의 사태에 철저히 대비하면서, 일우정사로부터의 지시를 기다려야 한다.

한편 각 이동(里洞) 부락 책임신도들은 내일 오전 11시까지 빠짐없이 지리산 일우정사로 집합하여야 한다. 산채 본부에서 왜적 천황의 특별 방송을 함께 들은 후, 대사의 지시에 따라 일사분란하게 행동을 해야 한다.

산채 긴급회의가 끝나자, 군청 서기 김장문은 급히 하산하였다. 긴박하게 돌아가는 산채의 분위기에 몹시 상기되어, 자신도 이미 독립투사의 일원이 된 듯 환상에 빠져들었다. 군청에 도착하는 즉시 산채의 비상사태를 군수에게 은밀히 보고하였다.

지리산 산채 본부 토굴 앞 펀펀한 마당에 수백 명의 대원들이 집결하였다. 지리산 청년유격대원과 신도 지역 책임자 등이 긴장 속에서 질서정연하게 모여 앉아 있다. 사기가 충천하고 승전의 기개가 산채를 뒤덮고 있다. 맨 앞 상좌에 지리산 대장이며 일우정사 주지 스님인 남천선사가 장중하게 앉아 있다. 드디어 정오가 가까워 오자 배영희 대원이 미리 준비된 라디오를 방송에 맞추어 중앙 단상에 놓았다. 낮 12시 정각이 되자 일본 히로히토(裕仁) 천황의 항복 방송이 흘러나오기 시작하였다. 숨소리 하나 들리지 않는다.

짐은 깊이 세계의 대세와 제국의 현상에 감하여 비상조치로서 시국을 수습코자 여기 충량한 그대들 신민에게 고하노라.

짐은 제국정부로 하여금 미 영 소 중 4국에 대하여 그 공동선언을 수락할 뜻을 통고케 하였다. 생각건대 …
그대들 신민은 짐의 뜻을 받들라.

라디오방송이 맑지 못하고 지글거려서 보 통사람으로서는 정확한 뜻을 즉시 알아듣기가 쉽지 않아 보였다. 그래서 방송이 끝난 후, 남천 선사가 일어서서 천황 방송의 핵심 부분을 부연 설명하면서, 무조건 항복 내용을 확실히 밝혀 주었다.

남천선사의 말이 끝나기가 무섭게 자리에 앉아 있던 대원들과 신도들이 모두 함께 일어나 두 손을 높이 들고 외쳤다.

"조선해방 만세! 조선독립 만세! 조선민족 만만세!"

남천선사 옆에서 대장을 모시고 앉았던 각 지대 대장들의 선창에 따라 애국가를 부르기 시작하였다.

동해물과 백두산이 마르고 달도록,
하느님이 보우하사 우리나라 만세.
무궁화 삼천리 화려 강산,
조선 사람 조선으로 길이 보전하세.

남천선사의 눈에서 눈물이 흘러내린다. 진주, 하동 쪽으로 내리뻗는 먼 지리산 자락을 내려다보면서 남천선사는 감격에 겨워 기쁜 눈물을 쏟는다. 모든 대원들이 환희와 통곡에 파묻혀 있다. 지난날의 울분과 통한을 생각하고 서로 껴안은 채 목 놓아 울고 있다.

얼마가 지나자, 유격대 제1지대장 박광옥 대원이 일어섰다.

"동지 여러분, 이제 그만 진정해 주십시오. 지금부터는 국권을 찾으러 일어섭시다.

지리산 유격대 대장이신 남천선사께서 중요한 말씀이 있으시겠습니다."

남천선사가 힘찬 걸음으로 중앙 단상에 올랐다.

"신도 회원 여러분, 그리고 지리산에서 청춘을 불태우는 청년유격대 동지들!

방송을 들은 바와 같이 일제는 패망했습니다. 이제 조선은 독립하게 되었습니다. 우리 모두가 나라의 주인이 된 것입니다."

감격에 겨워 말을 멈췄다. 진정한 후 다시 입을 열었다.

"우리는 그동안 열심히 싸웠습니다. 조국의 해방과 독립을 위하여 목숨을 바쳐 왔습니다.

그동안은 악독한 일제와 싸웠지만, 이제는 나라를 바로 세우기 위하여 나서야 합니다. 삼천리 금수강산의 주인인 우리 모두가 분연히 일어서야 합니다!"

와! 하고 함성이 일었다. 천지가, 지리산이 떠나갈 듯이 울린다.

남천선사의 지시가 계속된다.

"지리산 청년유격대 제1지대는 내일 정오 진주군청 앞 대로에 집합하여 해방 축하 독립만세 시위를 합니다. 제1지대장 박광옥 동지가 앞장을 서서 시위대를 인도하시오.

제2지대는 대장 손삼수 동지 지휘하에 내일 정오 합천군청 앞 대로에 집결하여 만세 시위를 감행합니다.

본부지대는 제1지대와 합세하여 진주에서 시위합니다. 나도 진주로 갈 것입니다.

각 신도회 회장들은 산채의 지시 사항을 갖고 어둡기 전에 하산하여 지역 주민에게 기쁜 소식을 전하고, 내일의 만세 시위 행사에 모두 참여하도록 만반의 준비를 갖추도록 해 주십시오.

특히 청년유격대는 각 지역 신도회와 긴밀히 연락 협조하여 만세 시위 행사가 거족적으로 진행되도록 열과 성을 다하기 바랍니다.

기타 자세한 계획 사항과 사전 준비 내용은 김용완 본부지대장의 지시에 따라 주십시오."

마침내 조국이 해방되었다. 조선이 독립되었다. 나라를 다시 찾았다. 여러 해 동안 지리산에서의 피나는 투쟁과 인내가 꽃을 피웠다. 결실을 맺었다. 천우신조이고, 조상의 음덕이며, 독립지사들의 투쟁과 희생의 결과였다.

바쁘게 움직이면서도, 본부지대장 김용완은 지나간 날을 회상하며, 자기를 대신해서 일제에게 희생당하셨을 아버지를 생각하고 눈물에 젖어 있었다.

8월 16일, 정오가 가까워지자 수많은 군중들이 군청 앞 대로에 운집하기 시작하였다. 진주가 생긴 이래 처음 보는 엄청난 규모의 인파이며 백성들의 자발적인 회합이다. 어제 이미 일제가 망하고 조선이 독립되었다는 소식이 진주 일원 방방곡곡에 퍼졌다. 아침부터 곳곳에 벽보가 나붙고 삐라가 뿌려졌다.

'일제는 패망했다, 조선이여 일어나라'
'조선은 해방됐다, 동포여 궐기하자!'
'논개의 붉은 절개, 모이자 진주 시민!'
'금일 정오에 군청 앞에서 해방 기념과 조선 독립만세 시위가 있다! 진주에 사는 조선 동포는 굳게 뭉쳐 한 사람도 빠짐없이 시위에 동참하자!'

일우정사 신도회와 지리산 청년유격대를 중심으로 진주가 조직적으로 움직이기 시작하였다. 오전 10시가 넘어서자 농악 풍물패가 꽹과리와 징을 울려 대고 사령기를 휘날리며 진주 시내를 신이 나서 돌아다니고 있다. 그 뒤에는 플래카드를 받쳐 들고 젊은 청년학도들이 보무도 당당히 행진한다. 진주 시내를 몇 바퀴 돌자마자 인파가 농악놀이패와 청년학도 행진 대열에 합류한다. 시내 거리는 온통 환희에 들뜨기 시작한다.

군청 앞 대로에는 순경들에 의해 자동차 통행이 차단된 채 연단이 가설되고 벌써 마이크 확성기가 설치되어 있다. 연단 주위에는 의자 걸상이 여러 개 나란히 놓여 있다. 군청과 경찰서의 지원을 받고 있음이 확실하다. 수천의 군중이 연단을 중심으로 인산인해를 이루고 있다. 어디 학교에서 나온 듯, 학생들이 검정 교복을 단정히 차려입고 질서를 정돈한다. 사전 준비가 잘 되었는지 군중들에게 손태극기까지 나누어 준다.

인파 앞부분에 모여 앉아 있는 부녀자들이 특별히 눈에 띈다. 많은 수의 여성이 나와 일찍부터 자리하고 있다. 이색적이고도 놀라운 사실은 이들 여성들이 어느 겨를엔가 한복을 차려입은 정경이다. 왜정 시절 그 지긋지긋했던 회색 빛 몸뻬를 집어치우고 검은 치마 흰 저고리를 입고 있다. 또 적지 않은 부인들이 시집올 때 입었던지 때깔도 고운 치마저고리를 곱게 차려 입고 있지 않은가…. 아, 얼마 만에 보는 조선 여인의 한복인가!

인파 중간중간에는 서너 명의 짝을 이룬 청장년들이 태극기를 흔들고 주위를 돌아보면서 흥을 돋우고 있다. 오늘 만세시위 주체 측의 선전대원이거나, 아니면 세를 과시하며 백성들을 안심시키려는 중심 당원 같기도 하다.

정오가 되자 남천선사를 중심으로 지리산 청년학도유격대원 간부들이 연단 옆 걸상에 앉았다. 해방 축하 대회가 시작되었다.

갑자기 군청의 정문이 열리면서 일단의 사람들이 만세시위장으로 몰려나왔다. 군청 직원들이 틀림없어 보인다. 군수로 보이는 나이든 장년이 단상 앞으로 와서 남천선사와 반갑게 악수를 하고 남천선사 옆 자리에 나란히 앉는다. 나머지 군청 직원들은 예정된 듯이 앞마당 빈자리에 나란히 자리한다.

조선 해방 축하 장내는 온통 환희로 뒤덮였다. 함성이 진주 시내에 가득하고 만세 소리가 천지를 진동시킨다. 사회자 소개의 뒤를 이어, 오늘 만세의 주최인 지리산 젊은 독립투사들의 대장인 남천선사가 등단하였다. 동경 명문대학에서 유학한 신진 엘리트이며 항상 힘없는 백성의 편에 서서 위로 격려해 준 일우정사의 큰스님 바로 그 사람이다.

"조선 동포 여러분, 진주 시민 여러분, 악독한 일본은 망하고 우리 조선은 해방되었습니다. 3년 전 카이로 선언 이후 연합국들과의 약속에 따라 조선은 독립되었습니다.

일만 년에 빛나는 단군자손 백의민족이 빼앗겼던 나라를 다시 찾고 국권을 회복하게 된 것입니다!"

함성이 터지면서 만세 소리가 천지를 뒤흔들었다. 울긋불긋한 태극기 물결이 파도치고 있다. 감격에 넘치는 남천선사의 외침이 만세 군중의 환희와 함께 진주 하늘에 메아리치고 있다.

남천선사가 큰소리로 말한다.

"오늘 축제의 자리에 반가운 손님 한 분을 모시겠습니다. 진주군청 군수님을 소개합니다. 어서 올라오십시오."

김장현 군수가 감격하며 단상에 올랐다.

"존경하는 진주 시민 여러분, 그리고 인근 지역 조선 동포 여러분.

여러모로 부족하고 못생긴 저를 불러 주시니 참으로 고맙습니다. 죄 많은 이 사람을 용서하여 주시고 이 성스럽고 기쁜 자리에 찾아 주시니 정말 감읍합니다."

군수는 진심으로 감격하였다. 흐르는 회한과 기쁨의 눈물을 두 손으로 문질러 닦는다. 떨려오는 목소리로 말을 계속하였다.

"그동안 일제 앞잡이 노릇을 하면서 우리 관공리들이 지은 죄는 죽어 마땅합니다. 하늘을 대신하는 백성들의 처분을 고대하고 있겠습니다."

장내가 숙연해졌다.

"저를 비롯한 진주 관아 내의 관원들 모두는 지은 죄의 십분의 일이라도 씻기 위하여 이렇게 만세 시위에 나왔습니다. 앞으로 조선의 독립과 건국에 남은 목숨을 다 바칠 것을 맹세합니다. 그때까지만 거두어 주시고, 그후 벌을 내리시면 후대를 위하여 죄를 씻는 마음으로 달게 받겠습니다."

박수 소리가 요란하다. 군수의 사죄가 진심으로 보이는지, 해방 축하대회에 참석한 청중들이 매우 기꺼이 환영한다.

곧 이어 만세 시위가 시작되었다. 행진대가 진주 시가를 누비기 시작한다. 그 뒤를 헤아릴 수 없는 군중 인파가 질서정연하게 따르고 있다. 남녘에 있는 조선 동포 모두가 진주에 모여든 것 같다. 만세를 부르고 독립을 외치며 춤을 추고 기쁨의 눈물을 주체하지 못한다.

만세 군중이 진주 시내를 활보행진하고 있는 동안, 일단의 청년학도대가 돌연 방향을 틀어서 진주경찰서로 향했다. 가히 100여명은 되어 보인다. 박광옥이 지휘하는 지리산 유격대 제1지대 핵심 대원들이다. 모두 맨손으로 태극기를 들었지만, 뒤에 일부는 흰 보자기에 싼 등짐을 지고 있다. 그 등짐 속에는 만일의 경우에 대비하여 총과 실탄 등 무기가 가득하다.

경찰서에 도착하자, 어찌된 영문인지 정문 수위들이 거수경례를 하면서 학도대원들을 환영한다. 어느새 나와 있었던지 이병훈 경찰이 앞에 나와 박광옥 지대장과 반갑게 손을 잡으면서, 대원들을 넓은 회의실로 안내한다. 회의실에는 경찰 간부들로 보이는 10여 명이 이미 도열해 앉아 있다. 지리산 학도유격대원들은 언제인가 벌써 '학도 치안대'라는 완장을 왼팔에 착용하고 있다. 즉시 학도대 간부들과 연석회의가 시작되었다.

이병훈이 경찰을 대표하여 앞으로 나와 보고한다. 현재 일본인 경찰들은 도피하여 없고, 조선인 경찰들만이 자리를 지키고 있다. 앞으로 정부가 구성되어 별도 지시가 있을 때까지는 학도치안대와 함께 진주 치안을 유지할 계획이다. 박광옥 지대장이 진주시민 치안대장을 맡아서 이병훈 경찰과 함께 활동하기로 하였다.

연석회의가 끝나자 박광옥, 이병훈 두 지휘자는 즉시 다음 행동으로 돌입하였다. 먼저 일제 치하에서 악질 왜경의 앞잡이 짓으로 악명이 높았던 진주경찰서 강문선, 김을두 경관이 체포되고, 경찰서 유치장에 수감되었다. 체포 수감 소식을 접한 진주 시민들은 환호하였다. 해방이 되고 국권을 다시 찾은 변혁을 비로소 실감한다.

남천선사의 진두지휘 아래 이병훈을 포함한 특별수색조가 다른 목적지로 향했다. 왜놈 경찰의 악질 두목인 다케우라 경찰서장을 체포하기 위하여, 그가 누워 있다는 진주도립병원을 향해 달렸다.

다케우라 서장은 히로시마에 원자폭탄이 투하되던 그 이튿날, 충격을 받고 서장실에서 쓰러졌다. 전부터 있던 지병인 폐병이 악화되었다고 한다. 본인의 요청에 따라 진주도립병원으로 후송되어 입원하였다. 그런데 일제 패망의 공포에 떨고 있던 다케우라는 무서움에 지친 나머지 진주에도 있지 못하고, 엊그제 일본에 좀 더 가깝다는 제주도 병원으로 도망쳤다.

남천선사는 진주 도립병원에 이르러서야 제주도로 도망친 사실을 알고 허탈하였다. 남천선사의 심정을 헤아리고, 이병훈 경찰이 나섰다.

"여보 원장, 나 진주경찰서 고등계에 있는 이병훈입니다. 매우 중요한 사건이니, 지금 즉시 제주도립병원을 전화로 대 주시오."

일본인 병원장이 공손히 대답한다.

"예, 걱정하지 마십시오. 제주도 병원은 바로 연결됩니다."

제주도도립병원이 연결되고 서무부장이 전화에 나왔다.

이병훈이 위엄 있는 목소리로 물었다.

"여보세요. 나 진주경찰서 고등계 이병훈 형사입니다. 긴급 사항이 있어 다케우라 전 합천경찰서장을 만나러 진주병원에 나왔습니다.

엊그제 그 곳으로 후송된 다케우라 서장이 지금 그곳에 있습니까?"

제주도도립병원 서무부장이 대답한다.

"예, 잘 알겠습니다. 여기 있습니다. 그런데 어제 밤 죽었습니다. 쇼크로 사망하여 현재 그 시신이 시체실에 안치되어 있습니다."

이병훈이 재차 확인한다. 옆에서 남천선사가 통화 내용을 같이 듣고 있다.

"사망 병명은 무엇입니까? 죽은 원인이 무엇인가요?

그리고 상부에는 보고하였습니까?"

서무부장이 상세히 답변한다.

"서장은 폐결핵 중환자였습니다. 여기 제주병원으로 왔을 때에는 소생이 거의 어려운 상태였습니다.

직접 사망 원인은 쇼크사입니다. 아마도 일본 천황의 항복 방송으로 충격을 받고, 이겨내지 못한 것 같습니다.

경성 총독부에는 보고를 아직 못했습니다. 혼란의 와중인지 전화가 잘 연결되지 않했습니다. 죄송합니다. 더 물어보실 사항이 있습니까?"

이병훈이 남천선사를 쳐다보면서 말했다.

"아닙니다. 이제 되었습니다. 차후 더 필요한 경우에는 다시 한번 전화하거나, 찾아가겠습니다."

"예, 잘 알았습니다. 그럼, 이만."

남천선사는 하늘을 보며 두 손을 합장하였다.

"천벌이다! 부처님의 벌을 받아서 죽었구나!"

한숨을 쉬는 남천선사의 눈가에는 이슬이 맺혔다. 왜적의 고문 악형을 받고 억울하게 돌아가신 이고경 스님의 용안이 떠올랐다.

"스승님, 평안히 열반하소서. 원수는 이제 죽었습니다. 그렇게 바라시던 나라도 다시 찾았습니다. 편안히 극락왕생하시옵소서."

한편 합천으로 출동한 지리산 학도유격대 제2지대는 조국해방과 조선독립의 만세 시위를 성황리에 마쳤다. 일우정사 신도회들의 조직 및 사전 준비에 큰 도움을 받았다.

제2지대장 손삼수는 유격대원들을 이끌고 합천경찰서로 행진해 들어갔다. 비록 서장이었던 다케우라는 없어졌지만, 악질 고등계 형사 잔당들을 체포하기 위해서이다. 고등계 형사부장 배철호는 조선인이면서도 기미를 눈치 채고 경찰서에서 도망쳤다. 해인사의 고승인 이고경 스님을 고문해 죽이고, 사명대사 사적비를 파괴하는 데 앞장선 바로 그 원흉이다.

합천서에 남아서 조선인 편에 가담, 협조하는 경찰들의 도움을 얻어, 유격대는 그날 밤 배철호의 집을 급습하여 다락방에 숨어 있던 배철호를 체포하는 데 성공하였다. 지리산 유격대 제2지대는 배철호 뿐만 아니라 배철호를 숨기고 거짓 행각을 자행한 그의 처도 함께 압송하여, 일단 진주로 나와서 진주경찰서에 수감하였다.

남천선사의 지시에 따라 임시 편성된 또 하나의 특별 기동조는 만세시위가 있던 그날, 사천경찰서로 직행하였다. 다솔사를 파괴하고 최범술, 김법린 스님 등을 고문한 사천경찰서 고등계 주임 시마자키를 체포하기 위해서이다. 그러나 시마자키는 신변의 위험을 느끼고 도피계획을 세운 지 이미 오래였다. 8월 14일 밤 바닷가로 도피하였다가, 천황의 항복이 발표되자 그대로 일본으로 밀항하고 말았다.

10. 불타는 신사(神社)

(1)

동렬이가 안방으로 뛰어든다.

"아저씨, 아저씨, 크 큰일이 난 모양입니다. 빨리 나가보셔야겠어요."

오영진(吳泳鎭)이 얼굴을 찌푸리며 소리친다.

"웬 소란이냐! 그렇잖아도 뒤숭숭해서 머릿속이 어지러운데…"

왜적 치하에서 찌든 지 오랜 평양, 그 가운데에서도 치외법권적 철옹성을 자랑하는 오윤선(吳胤善) 장로 댁이다. 집 주인 오 장로는 왜적이 미워 피신하고, 그 아들 오영진이 혼자 지키고 있다. 일제 조선군사령관 이타가키(板垣) 대장이 평양을 초도 순시하면서, 평안남도 지사 니시가와(西川)를 대동하고 오 장로 댁을 방문하여 고당(古堂) 조만식(曺晩植)과 대담하기를 청한 일이 있었다. 그렇잖아도 시국이 어수선하고 일제의 최후발악이 염려되던 차에, 고당은 오 장로와 상의한 후 일부러 몸을 피하였다. 고당은 강서군 반석으로, 오윤선은 대동군 고평으로 몸을 숨겼다.

민족지사 조만식과 산정현(山亭峴)교회 장로인 평양의 터줏대감 오윤선은 평양 고등계에게는 눈의 가시였다.

왜경 평양경찰서 고등과장 시미즈가와(淸水川)가 오 장로 댁 사랑방에서 눈을 부라리며 독백하고 떠난 일도 있었다.

"우리 일본인들이야, 도지사를 포함해서 뭐 알겠습니까? 다 무식한 데다 식민지 관리밖에 더 됩니까? 모든 일은 당신들이 더 잘 알고, 또 이 오 장로 댁 사랑방에서 결정하니까요.

그러나 이 치외법권 지대의 성소(聖所)라는 오 장로 사랑방이 언제까지 견디나 두고 봅시다!"

왜적들이 화를 낼 만도 하다.

오윤선 장로 집은 평양에서 항상 민족지사들이 모이는 독립투쟁의 요람이었다. 도산(島) 안창호(安昌浩) 지사가 대전 감옥에서 출옥한 이후 한동안 2층 서재에서 요양하였다. 이 집 사랑방은 서북에서 가장 명망 높은 민족지도자 조만식 선생의 사무실이었다. 조선물산장려회 (朝鮮物産奬勵會), 관서체육회(關西體育會) 등이 조직된 곳이다. 남강(南岡) 이승훈(李昇薰) 지사의 유해 문제, 순교자 주기철(朱基澈) 목사 사건 등이 처리되었으며, 전국적인 기독교도의 무저항 투쟁으로 발전한 신사불참배운동(神社不參拜運動)이 지도되기도 하였다.

그러니 왜경의 입장에서는 '불령선인(不逞鮮人)'의 소굴인 오 장로의 집이야말로 제1급 감시의 대상이며, 비상시 긴급 척결의 목표가 아닐 수 없다.

그러한 집에 방금 왜경 감시망을 뿌리치고 젊은이가 급히 들어오면서 이상한 소리를 떠들어 대고 있는 것이다.

오영진의 조카뻘이 되는 오동렬은 물러서지 않는다.

"아저씨, 이번에는 정말 큰일인가 봐요.

바깥에, 대로변에 벽보가 나붙었어요. 대문짝 만한 글자가 사방에 붙어져 있어요."

품에서 종이 한 장을 꺼내어 오영진에게 내민다. 잔글씨로 벽보 내용을 적어 왔다.

고금미증유(古今未曾有)의 중대 방송이 오늘 정오에 있으니
일억국민(一億國民)은 개청(皆聽)하라.

오영진은 화들짝 놀라 방바닥을 차고 일어섰다.

밖으로 뛰어나갔다. 동렬이의 말대로 난리가 난 것 같다. 건물 벽에, 전선주에, 사람이 모이는 장소나 눈에 보이기 쉬운 곳에는 빠짐없이 급고문이 나붙어 있지 않은가!

'아, 이거 정말 무슨 일이 터지고 말려는가?'

오영진은 길가에 털썩 주저앉았다. 불현듯 뇌리를 스쳐가는 선배의 말이 생각났다.

며칠 전 도청 산업과장으로 있는 한복(韓宓)이 누가 들을세라 눈치보면서 자기에게만 귀띔한 일이 있다.

"여보게 영진이, 내 말 잘 듣게. 행여 한 귀로 흘리지 말고 정신 차리게.

일제는 곧 망하네. 앞으로 며칠 견디기가 어려워! 그렇게 되면 최후의 발악이 현실화될지도 모르지. 다른 사람이야 무슨 문제 있겠나?

고당 어른과 자네 아버님이 위험하시지."

이후 오영진은 거의 매일 집에 찾아오는 왜경 고등계 형사와 헌병 정보원에게 인사를 깍듯이 하고 대접을 후하게 하였다. 무슨 효과가 있으랴마는, 그러나 고당과 아버지의 안위를 걱정하여 지푸라기라도 잡는 심정이었다.

오영진은 벌떡 일어섰다.

'일제의 중대한 발표가 있는 것만은 확실하다. 여하튼 들어는 보자.'

오영진이 사방을 둘러본다. 무더운 한여름, 하늘에는 구름한 점 없이 태양이 이글거리고 있다. 거리에는 사람의 움직임이 벌써 끊어진 것 같다. 적막이 깃들어 보이는 평양 거리에는 전차와 우마차마저 보이지 않는다. 평양 시가가 온통 어떤 불안과 초조와 공포에 휩싸인 듯하다. 그러나 그 정적 안에 일말의 신비로운 기대가 움트고 있는 것 같기도 하다.

오영진의 두 주먹에 힘이 솟는다.

'조선의 새로운 탄생일 수도 있다. 자, 보아라! 저 징조들을!'

전쟁은 최후의 결전을 향하여 달려가고 있다. 며칠 전 소련의 대일선전포고가 있은 후, 소련 대군이 만주와 회령과 청진 방면에서 물밀듯이 남하하고 있다고 한다. 미국의 비행기 B29가 요사이는 하루 걸러 평양 상공에 나타난다. 그래서 그런지 만주와 청진 쪽에서 오는 난민 열차가 매일같이 수천 명의 일본인들을 평양 거리에 쏟아놓고 있다.

오영진은 급히 집으로 돌아왔다. 그 사이에 사랑방에는 젊은 친구 후배들이 십여 명 들어와 있다. 동렬이가 벌써 차를 끓여 내온 모양이다. 오영진은 말없이 안방으로 들어갔다. 벽장에서 숨겨 논 라디오를 꺼내들고 사랑방으로 건너갔다.

오영진을 중심으로, 성능은 시원치 않지만 라디오를 가운데 놓고 사람들이 빙 둘러앉았다. 시간이 정오에 가까워진다. 그 사이 많은 사람들이 사랑 앞에 있는 마당에 모여들었다. 촌부(村婦), 어리게 보이는 학생도 끼어 있다.

정오가 되자, 마침내 일본 천황의 육성이 울려 퍼졌다. 연합국에 대한 무조건항복 발표이다. 내외 일본 군대에게 즉시 전쟁을 끝내고, 천황의 지시에 복종하라는 명령이다.

"와! 일본이 항복했다! 우리 민족이 해방되고 조선이 독립되었다."

너 나 할 것 없이 서로 껴안고, 방안이 온통 난리이다. 사랑방 대문 밖에 모여든 백성들도 항복 소식을 듣고 소리 지르며 춤을 춘다.

방에 들어와 있던 동네 청년 김광식이 벌떡 나선다. 언제 준비해 왔는지 품속에서 태극기를 꺼내들며 외친다.

"여러분, 우리 조선 민족이 다시 살아났습니다. 제가 선창을 할 테니까, 우리 모두 만세를 부릅시다."

모두들 팔을 걸어 붙이고 손을 잡는다.

"조선독립 만세!"

"조선해방 만세!"

"조선민족 만만세!"

독립만세의 환희 물결이 지나간 후 두 대의 자전거가 오 장로 댁으로 들어온다. 먼발치에서 눈치를 챈 오영진이 급히 밖으로 나가 안내를 한다. 이번에는 헌병보조가 아니라, 왜놈 헌병조장과 조선인 헌병오장이 직접 나왔다.

안방으로 들어와 앉자마자, 조장이 입을 연다. 눈에는 벌겋게 핏발이 서 있으나, 말투는 예전 같지 않고 풀이 많이 죽어 있다.

"방송… 들었습니까?"

"네, 모든 백성이 꼭 들어야 한다기에 방금 들었습니다."

"감상이 어떠시오?"

오영진이 뭐라고 대답해야 할지 망설이고 있다.

헌병조장이 말한다.

"일본은 천황 폐하의 선언으로 연합국에게 항복을 하였소. 그러나 아직 대본영(大本營)의 공식 발표가 없었소. 따라서 전쟁이 끝난 것은 아니오."

오영진은 의아하였다.

'이 무슨 뚱딴지 같은 잠꼬대인가. 천황의 명령을 거역이라도 하겠다는 건가? 정신 나간 미친놈이구먼!'

조장이 악을 쓰듯이 한마디하고 돌아선다.

"우리 일본은 만주군과 조선군이 연합하여 소련과 일전을 불사할 것이오. 만주 관동군과, 그리고 조선군이 일본 육군의 주력 부대라는 것은 오 선생도 잘 알 것이오.

승패는 두고 볼 일이니, 너무 좋아 날뛰지는 마시오!"

따라나서던 헌병 오장이 돌아서서 오영진 옆으로 오더니, 조용히 말한다.

"이제는 전쟁이 끝났습니다. 그동안 오 선생이 고생 많았소. 미안하오.

이제부터 잘 해 보시오. 중국에는 임시정부와 김구가 있고, 미국에는 이승만이 있으며, 소련에는 김일성이 있지 않소? 연합국의 도움을 받아서 나라를 다시 세우고 잘 해나 가시기 바랍니다. 모두 잘 될 것입니다."

왜놈 헌병으로 있지만, 그래도 조선 사람이라고 호의를 보인다. 둘은 자전거를 타고 돌아갔다. 오영진은 다시 환희에 넘치는 사랑방으로 나갔다.

그날 밤, 일단의 사람들이 평양에 있는 산정현교회로 모여들었다. 산정현교회의 옛 신도들이다.

그들은 참으로 감회가 깊었다. 오늘 같은 감격의 날이 오리라고 미처 생각하지도 못하였다. 왜적들이 못질하고 폐쇄시킨 지 5년 만에, 한밤중 교회 문을 다시 열고 먼지를 털어 내면서, 신도들은 쏟아지는 눈물을 주체하지 못하였다.

평양경찰서는 신사참배거부 투쟁의 중심인 산정현교회와 지도자 주기철 목사에게 최후통첩을 보냈다.

첫째, 교회 직원 전부가 매주 한 번씩 신사참배를 이행하라. 둘

째, 설교와 교회 사무는 본 교회의 직원들만이 집행하고 선교사나 외부 사람들은 관여치 못하게 하라. 셋째, 금일 오후 3시까지 그 실행 여부를 회답하라. 만약 불응 시에는 교회를 폐쇄한다.

그러나 하나님에 대한 믿음과 조국 조선에 대한 사랑과, 그리고 신도들의 성원에 의지하여, 주기철 목사와 교회는 신사참배를 거부하며 끝까지 저항해 나갔다. 마침내 1940년 4월 23일, 교회는 왜적의 강압으로 폐쇄당하고 말았다. 이후 왜적의 밤낮 없는 감시를 받으며 오늘에 이르고 있는 것이다.

떨어져 버려진 십자가 예수의 상을 다시 세워 모셨다. 민족 해방의 날 깊은 밤, 은은히 타오르는 촛불의 밝은 빛이 어둠을 헤치고 예수의 상을 비추기 시작한다.

눈물을 흘리며 기도하던 신도들이 모두 깜짝 놀라 눈을 떴다. 예수의 상 앞에, 주기철 목사 생전의 모습이 영롱하게 나타나고 있지 않은가!

주기철 목사는 산정현교회의 목회자로 오면서, 비로소 연래의 숙원을 실천에 옮길 수 있었다. 그것은 바로, 왜적들이 강요하는 신사참배거부 국민운동의 전개이다. 왜적의 심장부에 대한 필살의 저격을 의미하는 거족족인 이 저항이야말로, 하나님의 믿음에서 출발하지 않으면 안 된다. 조선 민족 하나님의 역사에서 이보다 더 성스럽고 위대한 교회의 사명은 없다.

평양은 민족주의 전통이 빛나고 왜적에 대한 저항 정신이 깊으며 독립투쟁의 요람이다. 또한 산정현교회에는 신도들이 한결같이 믿고 따르는 세 장로가 우뚝 받치고 있다. 조만식, 오윤선, 김동원 지도자들이다.

주기철은 어린 나이에 오산학교에서 민족주의 정신을 배우고, 조선 민족혼(民族魂)을 가슴 깊이 새겼다. 다시 평양신학교를 다니는 동안 독립투쟁 에너지를 기독교 신앙으로 승화시켰다. 주기철은 조선을 사랑하고 독립운동의 성소(聖所) 평양을 그리워하는 우국사상가(憂國思想家)가 되어, 절망의 광야에서 길 잃은 조선 민중에게 피어린 설교를 읊었다.

간다, 간다, 나는 간다. 임을 두고 나는 간다. 임은 나를 버리어도 나는 임을 못 잊으리.
임을 두고 가는 몸이 간다 한들 아주 가랴.
하나님의 해방 날에 임을 다시 찾아보리.

아! 내 주 예수의 이름이 땅에 떨어지는구나.
평양아, 평양아, 조선의 예루살렘아, 영광이 너에게서 떠났도다.
우뚝 솟은 모란봉아, 통곡하여라! 대동강아, 나와 같이 울자!

목사 주기철은 '일사각오(一死覺悟)'라는 주제로 평양신학교 설교에서 외쳤다.

"예수를 버리고 사느냐, 예수를 따라 죽느냐. 예수를 버리고 사는 것은 정말 죽은 것이요, 예수를 따라 죽는 것은 정말 사는 것이다… 예수를 환영하던 때도 지금 지나가고 수난의 때는 박두하였나니 물러갈자는 물러가고, 따라갈 자는 일사를 각오하고 나서라!"

평양경찰서 고등계가 주기철 목사를 강단에서 끌어내리려고 협박할 때에도 목사는 꿋꿋이 저항해 나갔다.

"설교권은 하나님께 받은 것인데 그만두라고 해서 그만 두겠느냐? 설교는 내가 할 일이요, 체포는 당신들이 할 일이다…. 일본헌법은 종교의 자유를 허용했다. 당신들이 신사참배를 안 한다고 우리 예배를 방해하면 이는 헌법을 위반하는 것 아니냐?"

그러나 왜적은 주기철 목사를 살해하기로 계획하였다. 결국 주 목사는 1940년 5월에 제4차로 체포, 구속되었다. 이곳저곳 형무소로 끌려 다니며 온갖 고문을 한 몸에 받아오다가, 1944년 4월 21일 오후 9시 평양감옥에서 순사하였다.

주기철 목사의 환영을 보면서 산정현교회의 신도들은 오열하였다.

"목사님, 목사님, 왜적이 망하고 민족이 해방되었습니다.

환희의 날을 보시려고 부활하셨습니까? 목사님, 목사님!"

신도들은 밤새 기도를 드리기 시작한다. 철야기도를 올린다. 촛불이 밝혀진 산정현교회에는 점점 신도들이 늘어나기 시작하였다.

첫 닭이 홰를 치며 울기 시작한 다음날 새벽, 일단의 청년들과 검은 치마저고리를 단정히 차려입은 부녀자들이 교회로 들어왔다. 신도들이 기도하는 마루를 지나 앞으로 나가 차례로 나란히 섰다. 신도들의 시선이 이 새벽의 손님들에게 모였다.

한 젊은이가 십자가 아래 단상으로 올랐다.

젊은이는 조용히 입을 열었다.

"신도 여러분, 해방의 날에 철야기도하는 산정현교회 하나님의 자손 여러분. 저는 평양신학교 학생의 한 사람입니다. 왜적들의 우상숭배인 신사참배를 거부하였다고 1938년 9월 왜적에 의해 폐교된, 저 피어린 평양신학교 말입니다."

신도들의 눈길이 집중된다.

"하나님을 받들고 이곳 산정현교회를 지켜 오셨던 주기철 목사님, 그리고 신사참배를 반대하면서 왜적에게 저항하다가 끝내 작년 감옥에서 옥사하신 권원호 전도사님이 우리 학생들을 이곳으로 보내셨습니다."

젊은이가 절규하기 시작한다.

"목사님께서는 항상 저희들에게 이렇게 가르쳐 주셨습니다.

참된 믿음, 여호와 하나님의 길은 애국애족의 정신입니다. 왜적은 내부적으로는 천황제와 군국주의를 지키기 위하여, 외부적으로는 조선 등의 식민지를 착취 지배하기 위하여 우상숭배 제도를 만들어 내었습니다. 그것이 바로 신사참배입니다.

그러므로 신사참배가 무너진다는 것은 군국주의 일본의 통합이 깨어지는 것이며, 이는 곧 천황제와 일본제국주의의 붕괴를 의미합니다. 따라서 우리 조선 민족 기독교인들의 신사참배 거부운동은 왜적의 체제에 대한 부정이며, 조선 민족 말살정책에 대한 저항 정신인 것입니다. 그러기에 이곳 산정현교회의 저항에 놀란 왜적들은, 신사참배 거부운동을 일본제국 국체의 변혁까지도 초래할 천황에 대한 반역죄 등으로 탄압하였던 것입니다."

교회 안은 물을 끼얹은 듯이 조용하다.

젊은이는 결말을 향해서 나아간다.

"여러분, 왜적의 온갖 박해와 처형에도 불구하고, 우리 산정현교회는 승리했습니다. 왜적은 마침내 멸망하였고, 우리는 오늘 이렇게 교회의 십자가에 새로이 촛불을 밝혔습니다.

신도 여러분, 자 그러면 이제부터 우리가 할 일은 무엇입니까? 주기철 목사님과 권원호 전도사님의 성스러운 유지를 받들어 산정현교회를 다시 일으킨 오늘, 우리 신도들이 이룩해야 할 역사는 무엇이겠습니까?"

젊은이는 잠시 말을 멈추고 신도들을 두루 쳐다본다.

감격하는 신도들이

"오 주여, 오 하나님"을 외친다.

젊은이가 다시 입을 열었다.

"신도 여러분, 산정현 교회와 우리 신도들의 남아 있는 역사는 오직 하나입니다.

그것은 바로, 저 왜적의 신사를 파괴하는 일입니다. 침략자 일본놈들이 협박으로 조선 민족에게 강요한 거짓 우상, 왜적의 신사를 없애버리는 것입니다.

왜적 신사의 철거야말로 산정현 교회 신도들에게 내려주신 하나님의 역사입니다!

왜적 우상숭배의 파괴야말로 주기철 목사님과 권원호 전도사님의 유언이십니다!"

"옳소! 옳소! 지금 즉시 때려 부수고 없애 버립시다!"

와! 하는 함성과 함께 모든 신도들이 일어선다. 누가 먼저랄 것도 없이 산정현교회 식구들은, 왜적에게 죽임을 당하지 않고 살아남은 신도들은, 십자가를 앞세우고 교회 밖으로 달려 나간다.

해방 다음날 새벽, 평양에 세워져 있던 왜적의 신사가 불타고 있다. 캄캄한 밤 하늘, 평양 동산의 하늘 아래, 붉은 화염이 하늘로 치솟고 있다. 평양 시민 모두가 밖으로 뛰쳐나와 불타 회진되는 왜적 신사의 말로를 보면서, 해방의 환희를 마음껏 누리고 있다.

일본제국주의 침략의 상징이던 악의 우상숭배 신사가 마침내 조선 땅에서 사라지고 있었다. 한때의 잘못으로 잠시 짓밟혀 있던 조선 민족혼의 찬란한 봉화가 평양의 새벽 하늘을 밝히고 있었다.

(2)

갑자기 천지가 진동하는 함성이 터졌다.

"와! 해방이다!"

"조선독립 만세!"

"민족해방 만세!"

"광주 시민 만만세!"

광주의 전라남도 도청회의실 밖 넓은 마당을 가득 메웠던 군중들이 조선독립 만세를 외치고 있다.

일제 침략으로 주권을 빼앗긴 이래, 광주 시민들이 맘을 놓고 이렇게 한자리에 모여 보기는 처음이다. 아니, 되레 도청 직원이나 군청 면서기들이 중대 방송을 들으러 나오라고 선전하며 돌아다닐 정도이니, 살다가 별일도 다 있다고 생각할 정도였다.

처음에 일본인들이나 조선 백성들은 그저 그러려니 생각도 했다. 그런데 황궁에 높이 계신 '천황폐하'가 직접 나와 옥음으로 방송한단다. 말깨나 하고 사는 사람들은 '소련놈들에 대한 일본 천황의 선전포고일 것이다'라고도 한다.

그러나 일부 도청 직원들이나 도청 회의실 마당에 운집한 조선의 열혈남아 몇몇은 무거운 긴장감을 감추지 못하고 있었다.

금일 정오, 국민에게 알리는 천황의 중대 발표가 있으니 전 직원은 한 사람도 빠짐없이 회의실에 집합하라!

아침부터 청내 방송이 계속되어 긴장된 분위기가 고조되었다. 또한 단파방송을 몰래 청취하거나 비밀 정보 취재원을 접하고 있던 조선 독립투사들은 일제의 최후가 다가오고 있다는 사실에 고무되고 있었다.

긴장 공포로 무겁게 뜸을 들이다가, 천황이 떨리는 목소리로 무조건 항복한다고 발표했으니, 조선 백성들의 감격과 환희는 경천동지(驚天動地) 그대로였다.

항복 발표가 있은 후 도청회의실에는 일본인 지사 야기(八木)가 눈물을 흘리며 나가고, 뒤따라 일본인 직원들이 풀이 죽어 흩어졌다. 오직 조선인 도청 직원들만이 남게 되었다.

회의실 뒤편에 서 있던 양보승(梁寶承)이 앞에 있는 김창선(金昌宣)의 옷소매를 끌면서 입을 열었다.

"김 선생님, 우리가 이렇게 있을 수는 없지 않습니까?"

김창선이 돌아서면서 대답한다.

"그렇지요. 이렇게 기쁘고 중차대한 시기에 그대로 있어서는 안 되지요. 우선 어떻게 움직였으면 좋겠습니까?"

"제 말은 즉시 무슨 일을 하자는 뜻은 아닙니다.

우리가 나라를 찾았으니까, 앞으로 할 일이 많아질 것입니다. 그럴수록 광주 시민이 하나같이 움직여 나가야 할 것입니다. 이때에 앞장서서 민중을 이끌어갈 조직이나 지도자가 필요하게 됩니다.

어떻습니까? 학력으로 보나 지명도에서 김 선생님이 앞장을 서야 하지 않겠습니까?"

김창선이 심각하게 생각한다.

"참으로 지당한 얘깁니다. 그런데 내가 앞장설 만한 자격이 될까요? 또한 남들이 볼 때 기회주의자로 욕심이 많다고 손가락질하지 않을런지요?"

양보승이 한마디로 자른다.

"김 선생님, 지금이 남의 눈치 볼 때입니까?

일제 식민치 치하에서 식민지 관료들은 고생한 백성들에 비하여 양지에서 편히 지내왔습니다. 그렇다면 이 어려운 시기에 우리가 앞에 서서 조국과 민족을 위하여 조금이라도 헌신한다는 생각이면 되지 않겠습니까? "

김창선은 크게 깨달았다.

"양 선생, 훌륭한 말씀입니다. 그러면 지금 이 자리에서부터 움직입시다. 즉시 도청 직원을 중심으로 조선인 조직을 만들면 어떻겠습니까? 그럴듯한 조직 이름이 없겠습니까?"

양보승이 기다렸다는 듯이 말한다.

"조선인청년단이 어떻겠습니까? 물론 나이 든 사람을 제외하지 않고 말입니다."

김창선이 즉석에서 결단을 내렸다.

그 즉시 도청 회의실에서 떠날 줄 모르고 모여 있던 조선인 도청 직원들을 중심으로 전라남도청 조선인청년단(全羅南道廳 朝鮮人靑年團)이 결성되었다. 단장에는 김창선이, 부단장에는 양보승이 뽑혔다.

사무실로 내려온 김창선은 양보승을 불러 단 둘이 대좌하였다. 일본인 직원들이 모두 자리를 비워 업무가 마비되고 텅 빈 채였다.

김창선이 입을 열었다.

"양 선생, 참으로 좋은 조직을 만들었습니다. 이제는 역사에 남을 만한 일을 해야 하지 않겠습니까?"

양보승이 대답한다.

"회의실 밖에서 독립만세를 부른 민중들이 지금 충장로에 나갔습니다. 아마 오늘부터 연일 광주 시내에서 독립만세 시위가 벌어지겠지요."

김창선은 가슴이 벅찬 듯 말한다.

"정말 감격스러운 일입니다. 언제 우리 민족이 해방을 맞이하여 독립만세를 속 시원하게 부르게 될지 알았습니까?

양 선생 말대로; 만세 시위행진은 자연발생적인 백성의 뜻입니다. 그렇다면 시위행진 말고 시급한 과제는 무엇이 있을까요?"

양보승의 눈이 빛을 발한다.

"단장님, 꼭 해야 할 과업이 하나 있기는 합니다."

"그것이 무었입니까?"

양보승이 힘주어 설명한다.

"해방 정국이 어떻게 돌아갈지는 좀 더 지켜봐야 하겠지요. 하루 이틀 지나면 중앙으로부터 급박한 소식이 계속 답지하겠지요.

그런데 그 전에 우리 광주시민이 나서서 해치워야 할 큰일이 있습니다. 그 일만은 우리 광주시민 손으로 해결하지 않으면 안 됩니다.

왜적들의 신사(神社)를 치워 없애 버리는 일입니다. 저기 광주 공원에 버티고 있는 신사를 파괴하는 것입니다."

김창선이 급하게 묻는다.

"아, 그렇군요. 그런데 왜적들이, 군이나 경찰이 아직 버티고 있는

데, 어떤 충돌이나 부작용은 없을까요? 혹시 불상사라도…"

양보승이 한 방법을 제시한다.

"광주경찰서나 면 주재소를 인수하는 것 등은 물리적 충돌이 일어날 수 있습니다. 거기에 비하여 신사를 파괴하는 것은 별 문제가 없을 것입니다.

그러기 위해서는 민중의 힘을 동원하는 것이 필요합니다. 독립만세 시위를 하다가 군중심리로 신사를 없애 버리게 되었다고 한다면, 왜적들도 그리 크게 문제 삼지는 못할 것입니다.

단장님, 그러기 위해서는 우리가 나서서 만세 시위대들을 신사참배 했던 곳으로 인도해 나가야 합니다. 그리고 군중심리에 의거하여 민중의 힘으로 단숨에 파괴 없애 버려야 합니다."

김창선 단장은 무릎을 쳤다. 참으로 조선 민족혼을 드높이는 대사이며, 또한 방법이 절묘하기도 하다.

"그러나 어떻습니까? 우리 도청 조선인청년단이 앞장설 수 는 없지 않은가요? 야기 도지사의 눈도 있고…"

양보승이 대답한다.

"단장님, 그렇겠지요. 또 우리 식민지 관료들이 앞장선다면 의미도 작아질 수 있습니다. 그보다는 새로운 조직을 하나 더 만들어서, 앞에 서면 될 것입니다."

김창선 단장은 크게 깨달은 바가 있었다.

그 즉시 양보승의 도움을 받으면서, 김창선은 사방에 연락하기 시작하였다.

8월 15일 해방된 그날 오후 5시, 광주고등보통학교, 곧 광주서중(光州西中) 학교 강당에는 백여 명의 졸업생들이 모여들었다. 연락을 받은 졸업생들은 거의 빠지지 않았다. 해방된 조국에서 건국을 위해 무엇인가 기여하자는 데 빠질 동창들이 없었다. 재학생들도 모였다.

강당에서 그 즉시 화랑단(花郎團)이 조직되었다. 단장에는 역시 김창선 도청 조선인청년단장이 선출되었다. 부단장에는 광주고보 졸업생인 이창업이 뽑혔다.

새로이 화랑단을 조직한 김창선과 단원들은 그 자리에서 광주서중 정문을 박차고 나가 "조선독립만세"를 외치며 시위행진에 들어갔다. 처음 학교를 출발할 때에는 백여 명밖에 지나지 않았지만, 충장로를 지나 도청 앞 광장에 이르러서는 이미 시가에 나와 있던 다른 시위대와 합세하면서 숫자가 급격히 불어났다.

날이 어두워지면서 시위행진은 한층 열기를 더해가고 있었다. 그때, 앞장서서 시위대를 이끌어가고 있던 일단의 젊은이들이 걸음을 멈추고, 뒤따르던 군중을 향하여 새로운 제안을 하며 외쳤다.

"여러분, 광주 시민 여러분!

우리 민족은 해방되고 조선은 독립되었습니다. 36년 동안 조선에서 군림한 왜적은 패망하여 일본 섬으로 쫓겨가게 되었습니다.

일본제국주의 침략의 상징인 신사참배는 오늘 이후 없어졌습니다.

여러분, 조선 백성 여러분!

저기 광주공원에는 아직도 일제 천황의 분신이라는 신사가 그대로 서 있습니다. 지금 즉시 광주공원으로 행진하여, 그렇게도 조선의 민족혼을 괴롭히던 일본 신사를 때려 부숩시다! 왜적들이 도망할 때 신사를 싸 들고 가겠지만, 먼저 조선 광주학생독립운동의 성지인 광주에서 우리 민족정신을 짓눌러 왔던 신사를 파괴하고 없애 버립시다!"

시위행진 리더의 호소는 광주 시위군중을 감동시키고 조선의 민족혼을 흔들어 깨웠다.

"와! 옳소! 옳소!"

함성이 천지를 진동한다.

시위대는 즉시로, 그리고 자연스럽게 방향을 틀었다.

광주공원의 신사는 삽시간에 산산조각이 나서 사라졌다. 무너진 나무판자 더미와 헝겊 조각 등에 불이 일었다. 광주공원 붉게 피어오르는 불길 위에, 조선의 민족혼이 새로이 찬란한 빛을 발휘하기 시작하고 있었다.

벌교귀향군인동지회(筏橋歸鄕軍人同志會) 특보대원(特保隊員) 한 명이 사무실에 들어와 호소한다.

"대장님, 태극기를 게양하려고 하는데 누구한테 소식을 들었는지 주재소 순사가 나타나 제지하여 대원들이 주춤하고 있습니다. 어떻게 하면 좋을지 몰라 이렇게 들어왔습니다."

대장 서민호(徐珉濠)가 웃으면서 말한다.

"알았네, 같이 나가세. 아니, 그 독한 왜놈 군대에 끌려갔다 살아 돌아온 조선 장병들이 시골 순사 하나 무서워해 큰일을 못한대서야 말이 되는가?

에이, 나약한 사람들 같으니라구!"

오늘따라 한복에 두루마기를 입고 나온 서민호가 의젓이 기개를 갖춘다. 벌교특보대 대장이며, 또한 벌교건국준비위원회(筏橋建國準備委員會) 위원장이기도 하다.

국기 게양대 앞에서 특보대 대원들과 언쟁하고 있던 일본인 순사가 서민호를 보자 차례 자세를 취하며 거수경례를 붙인다.

서민호가 일본인 순사와 악수하고 손 등을 만지면서 타이른다.

"나 서민호일세. 자네들도 익히 들어서 나를 잘 알고 있겠지?

나는 오늘부터 이곳 벌교, 순천, 보성, 고흥 지구의 건국준비위원일세. 또한 자네들이 보다시피 일본 군대에 있다가 귀향하는 특보대의 대장일세.

태극기 게양은 내가 지시한 일이야. 조선을 건국하는 데 국기를 내다는 것은 당연한 일이 아닌가? 조선의 국기는 저 태극기일세."

서민호는 부드러운 말로 타이르면서 한마디 침을 놓는다.

"태극기 게양을 막는 짓은 누가 시켜서 하는 일인가? 벌교주재소 순사가 스스로 판단하여 하는 짓이라면 그만두게.

저 장병들 험악한 분위기 좀 보게. 전쟁터에서 죽다가 살아 돌아온 군인들인데, 무슨 일을 벌일지 아는가? 만약 불상사라도 발생한다면 자네만 불쌍하게 돼. 알겠는가? "

일본인 순사는 몸이 떨린다. 서민호가 왜정시대 형무소를 몇 번씩이나 갔다가 온 독립투사이며, 백성들의 존경을 받는 조선호랑이라는 것을 잘 알고 있다. 젊어서 힘이 장사로 씨름 대장이라는 것도 익히 들었다.

일본인 순사는 재빠르게 꼬리를 내린다. 빠져나갈 명분을 찾는다.

"예, 잘 알겠습니다. 그러나 일단 상부에 보고는 한 후, 지시가 있으면 다시 오겠습니다."

서민호가 철없다는 듯이 안쓰러워하며 다시 입을 연다.

"그래, 알겠네. 언제든지 다시 나오게. 그러나 이 사람아, 지금 이 난리 통에 보고할 데가 어디 있고, 또 자네에게 지시할 상부는 어디 있나? 일본이라는 나라가 망해 버렸는데, 이 조선 천지에서 일본 순사가 할 일이 남아 있다는 말인가?

참, 철딱서니 없는 사람이로군. 여보게, 내가 다시 한번 충고하네만, 자네들 살길이나 찾게. 그리고 빨리 살아서 일본 부모형제들 곁으로 돌아갈 준비나 하게!"

일본 순사에게는 정말 가슴에 와 닿는 말이다. 눈물이 핑 돈다.

갑자기 순사 둘이 무릎을 꿇는다.

"서 대장님, 고마우신 말씀 명심하겠습니다. 이제 돌아가겠습니다.

그리고 지금 이후에는 벌교 주재소의 경찰 임무를 중지하겠사오니, 대장님께서 관내 치안을 살펴주시기 바랍니다."

서민호가 웃음을 띠며 순사를 일으켰다.

"고맙네. 이렇게 말을 알아들으니까 반갑네. 앞으로 자네들의 신분은 내가, 그리고 내 산하에 있는 특보대가 보호하겠네. 잘 가게."

왜적 순사들이 물러간 후에 벌교 읍사무소 위에 태극기가 게양되었다. 태극기가 펄럭인다. 일제히 함성과 박수 소리가 터져 나온다.

서민호 옆에 서있던 특보대 부대장이 소리친다.

"대원 일동, 차려!

태극기에 대하여 경례!"

태극기를 게양하고 거수경례를 하는 서민호의 눈에서 눈물이 쏟아진다.

서민호 대장의 결단성과 담력으로 벌교, 순천 일대의 치안과 질서는 조금도 흐트러지지 않고 안정되었다. 특히 특보단의 활동에는 사기가 충천하고 있었다. 서민호 대장의 한마디에 벌교주재소 일본 순사가 무릎을 꿇었다는 소문이 인근에 퍼지면서, 보성, 벌교, 순천 일대에 있던 귀향 군인들이 벌교특보대 산하로 모여들었다. 처음 100여 명으로 시작했던 특보대가 얼마 안 되어 300여 명으로 확대될 정도였다.

마침 순천의 건국준비위원회 위원장 김양수(金良洙)도 서민호와 절친한 사이였다. 이렇게 하여 벌교에서 시작하여 순천만(順天灣)을 통해 바다로 나가는 해안 경비는 물샐 틈이 없었다.

예로부터 벌교는 남해를 거쳐 일본으로 향하는 뱃길의 중요한 요충지였다. 일본 내지로 향하는 미곡의 반출이 이곳에서 성행하였다. 그래서 왜정 말엽에 일본인들이 어느 지역보다 벌교, 순천 일대에 많이 거주하고 있었다.

8월 15일 일제의 항복 당일부터 벌교에서 빠져나가는 밀항선이 줄을 잇기 시작하였다. 그런데 조선을 떠나는 일본인들에게 벌교특보대의 검문은 골칫거리가 되었다. 벌교특보대는 조선을 떠나 일본으로 향하는 일인들이 조선의 쌀을 무단 방출하여 갖고 가는 것을 허용하지 않았다. 뿐만 아니라 호별세(戶別稅)를 납부하지 않은 체납자에게는 출항을 금지시켰다. 벌교면사무소 행정을 접수한 서민호 건준위원장(建準委員長)으로서는 당연한 조치였다.

8월 19일 전라남도 경찰부장 사카모토(坂本)는 광주 주둔 일본군 참모장 나카이(中井) 소장에게 전화를 걸어 호소하였다.

"안녕하십니까? 나, 도경의 부장 사카모토입니다. 순천 일원, 특히 벌교에서 탄원이 빗발쳐 어떤 비상조치를 취해야 하겠습니다. 도와주셔야 하겠습니다."

나카이 소장이 얼굴을 찌푸린다. 그렇잖아도 골치 아픈 일이 많다.

"아, 그거 우리도 들어 알고 있소이다. 관내 경찰 병력으로 해결하면 되지 않습니까? 꼭 우리 군까지 나서야 합니까?"

경찰부장이 실상을 하소연한다.

"병력의 숫자가 문제가 아닙니다. 건준위원장 서민호 휘하 특보대가 우리 경찰을 무시하고 말을 듣지 않습니다."

나카이 소장이 짜증스런 목소리로 말한다.

"그러면 어찌해야 좋겠소?"

"예, 참모장님. 위압을 가하기 위해서라도 군 병력 일개 중대는 있어야 할 것 같습니다."

나카이 참모장이 버럭 화를 낸다.

"아니, 그 무슨 얘깁니까? 이 어려운 판에 벌교에 일개 중대를 보낸단 말이요?

안됩니다. 딴 방도를 찾아보시오."

사카모토가 애원한다.

"참모장님, 이번 한번만 도와주십시오. 벌교에서 원활하게 빠져나가야 내지 수송이 빨라집니다."

한참 생각하던 나카이가 대답하였다.

"그렇다면 내 말대로 하시오! 중대 병력은 안 되고, 소대 병력을 군트럭 2대에 나누어 보내겠소. 그런데 지휘는 누가 할 거요?"

사카모토가 급작스런 질문에 우물거렸다.

나카이가 소리를 버럭 지른다.

"사카모토 부장, 내 말 잘 들으시오.

벌교의 서민호가 호락호락한 인물이 아니라는데, 조심해서 다루시오. 만약 불상사나 충돌이 일어나면, 지금 광주 일원의 공기로 보아서 엄청난 사태로 비화될 수 있소.

그럴 경우 우리 휘하에는 그에 대처할 군 병력이 턱없이 부족하오. 알겠소?

내가 믿을 만한 책임자를 딸려 보내겠으나, 경찰부장이 직접 나가시오. 절대 지금 조선 민중들과 충돌이 발생해서는 안 되오. 명심하시오!"

아침에 광주에서 출발한 군 병력이 낮에 벌교주재소 마당에 도착하였다. 벌교 순사가 경찰부장의 지시에 따라, 서민호 사무실에 달려갔다.

순사가 어렵게 입을 열었다.

"위원장님, 도 경찰부장의 지시를 받고 왔습니다. 저와 함께 주재소로 가주 셨으면 좋겠습니다."

서민호가 어렴풋이 짐작을 하고, 웃으면서 말한다.

"무슨 일 때문에 왔소이까? 혹시 특보단의 귀국 일본인 검문 때문에 그렇소?"

순사가 대답한다.

"예, 그런 걸로 알고 있습니다."

서민호가 다시 묻는다.

"경찰부장 혼자 왔습디까? 아니면 광주에서 파견한 군대도 같이 왔나요?"

서민호가 이미 알고 있는 양 같아서 사실대로 말했다.

"예, 예상하시는 대로입니다. 광주에서 30여 명의 군인들이 같이 와 있습니다."

서민호가 일어서면서 특보단 대원들에게 지시를 하고 말한다.

"그렇다면 나도 특보단을 인솔하고 가야겠구먼."

서민호와 수십 명의 특보단원이 주재소에 도착하였다.

서민호가 뚜벅뚜벅 걸어 나가 장병들이 도열해 있는 마당 한가운데서 경찰부장 사카모토와, 그리고 일군 장교와 마주하였다.

경찰부장 사카모토가 서민호를 보자 칼을 빼 들고 칼끝으로 벌교면사무소 위에 펄럭이는 태극기를 가리키면서 소리친다.

"아니, 저게 뭐냐 말이야? 누가 저걸 게양했나?"

서민호가 점잖게 말한다.

"경찰부장님은 조선의 국기도 모르십니까? 내가 게양하라고 시켰습니다."

"무엇이라고? 지금 당장 내려라!"

"말씀이 지나치시오. 여기는 조선 사람이 살고 있는 조선 땅이오. 못 내리겠소"

사카모토가 침을 튀기면서 말한다.

"우리는 아직 항복하지 않았다. 따라서 이 벌교는 아직 일본 영토다."

서민호도 화가 치미는지 큰소리로 따진다.

"그러면 경찰부장은 천황 폐하의 명령을 거역하는 거요? 도 경찰부장이 언제부터 불충한 역신이 되었소?"

불충 역신이라는 말에 속이 뒤집히는지 사카모토가 옆에 서 있는 일군 장교에게 눈짓한다. 장교가 부하들에게 명령하자, 왜군들이 일제히 서민호를 향해서 거총을 한다. 당장이라도 사격을 가할 분위기이다.

그러자 서민호가 웃는 낯으로 한 걸음 나서면서, 두루마기를 벗는다. 가슴을 내밀면서 말한다.

"잘됐소이다. 이제야 내가 죽을 장소를 찾은 모양이오. 어디 나를 쏘아 보시오."

잠시 침묵이 흘렀다.

서민호가 큰소리로, 그러나 군 장교와 사카모토를 쳐다보며 타이르듯이 말한다.

“당신들이 여기서 나를 죽일 수는 있을지 모르나, 여기를 빠져나가지는 못할 것이오. 저 뒤에 도열해 있는 특보단이 그대로 보내지는 않을 것이며, 벌교 주민들이 당신들을 살려 두지는 않을 것이오.

이보시오, 경찰부장. 당신은 알만한 사람이 왜 그리 엄청난 일을 저지르려고 그러시오? 만약 당신과 일본군이 조선의 건국준비위원장을 총 쏴 죽였다는 소문이 전국으로 퍼져 나가면, 조선 팔도가 어찌 되겠소? 당장 벌교, 순천, 보성 일대에 있는 일본 민간인들이 어떻게 될 것인가 생각해 보았소?

조선 2천만 백성들이 총칼을 들고 모두 일어서면 조선 안에 있는 백만 일본 민간인들은 살아남을 수 없소. 지금 조선 지도자들이 나서서 보복을 막고 있는 것이 다행인 줄 알고 감사나 하시오!”

벌겋게 달아오른 얼굴을 하고 있는 사카모토가 할 말이 없는지 눈만 껌벅거리고 있다.

이때까지 차안에서 두 사람의 대화를 듣고 있던 일군 장교 한사람이 차에서 내려 서민호 앞으로 걸어 나왔다.

서민호에게 공손한 자세로 인사를 하고, 뒤를 돌아보면서 소리친다.

“이게 무슨 짓들인가? 당장에 총을 내려!”

다시 서민호를 향하며 입을 연다.

“나는 광주위수사령부에 있는 참모장 부관 오다케(大竹) 대좌입니다. 내 부하들이 위원장에게 결례를 저질렀습니다. 용서하십시오.”

서민호도 웃으면서 말한다.

“천만에요. 사람은 일을 하다 보면 실수가 있는 법이지요. 일부러야 그러했겠습니까?"

일군 대좌는 아까부터 서민호의 유창한 일본어에 감탄하고 있었다.

"위원장님, 고급 일본말을 잘 말씀하시는데, 일본에서 유학이라도 하셨는지요?"

서민호가 통쾌하게 웃으면서 말한다.

"원, 대좌님도 별걸 다 말씀하십니다. 내 자랑 같아서 부끄럽습니다만, 나는 어려서부터 일본에 유학했습니다. 일본 와세다대학 정경학부를 졸업했습니다. 후에는 미국에 건너가서 공부를 계속해, 위슬리언대학을 거쳐 콜럼비아대학 정치사회학부를 졸업했습니다."

오다케 대좌는 깜짝 놀란다.

"이거 몰라 뵈어 죄송합니다. 우리는 즉시 돌아가겠습니다. 용서하십시오."

서민호가 태연한 자세로 대좌의 손을 잡으면서 설명한다.

"대좌님, 지금은 조선 일본 사람들 모두에게 어려운 때입니다.

조선 땅에 살기 위해 나와 있던 일본 민간인들이야 무슨 죄가 있습니까? 패전 국민으로 불쌍한 처지에 있는 민간인들은 보호를 받아야 하고, 무사히 일본 내지로 돌아가야 할 것입니다. 지금 가장 시급하고 중차대한 일은 조선 백성들이 일본인들에게 보복하지 않도록 막고 감시하는 일입니다.

그 일을 하려고, 내가 건국준비위원장을 맡고 특보단을 조직한 것입니다."

사카모토 이하 일본군인들 모두가 감격하는 듯 고개를 숙이고 있다.

대좌가 떠나면서 한마디 부탁한다.

"위원장님, 혹시 배고픈 일본 민간인들이 쌀을 가질 수 있도록 해주실 수는 없겠습니까?"

서민호가 즉시 대답한다.

"대좌님, 그 풍문은 와전된 것입니다. 광주에 가시거든 참모장님께 사실대로 보고해 주십시오. 일본인들의 소유 물건은 하나도 건드리지 않았으며, 또 우리 특보단이 그런 불상사가 발생할까 하여 경계하고 있습니다.

그런데 일부 불량스런 일본 사람들이 창고에 보관된 미곡을 훔쳐가져가려고 하기에 막았습니다. 내지로 나가는 민간인들이 소지한 자기 쌀은 응당 가져가야죠. 우리는 그걸 막은 일이 없으며, 앞으로도 시장에서 정당하게 쌀을 구입하여 갖고 가는 것은 우리가 보장하고 지켜 드리겠습니다."

크게 깨달은 대좌가 두 손을 비비면서 고마워한다.

"감사합니다. 그동안 우리 일본인들이 조선 사람들에게 죽을죄를 지었습니다. 모든 잘못을 이렇게 용서하여 주시니 다시 한번 감사드립니다. 안녕히 계십시오."

"잘 돌아가시오."

자동차를 타고 먼지를 내며 일군이 돌아가고 있었다. 서민호 위원장과 특보단원들이 오랫동안 손을 흔들며 전송하고 있었다.

11. 불안한 서울의 표정

(1)

부영사(副領事) 샤브쉰, 서울 정동에 있는 소련총영사관 최고 책임자인 그가 경성중앙전화국에 들어섰다.

직원에게 말하는 일본어가 유창하다.

"안녕하십니까? 나, 소련부영사 샤브쉰입니다. 스즈키(鈴木) 국장님을 만나러 왔습니다. 연락 바랍니다."

8월15일 늦은 오후이다. 천황 항복 방송이 있었고, 뒤이어 아베 총독의 패전유고(敗戰諭告)가 발표된 직후라, 이곳 중앙전화국 직원들도 일손을 놓은 채 얼이 빠져 있었다.

직원이 귀찮다는 듯 대답한다.

"사전 연락이 있었습니까?"

"예, 그렇습니다. 전화 통화가 있었습니다."

"잠깐만 기다려 주세요. 연락하겠습니다."

안에서 전화국장 스즈키가 부리나케 내닫는다.

"어서 오세요, 샤브쉰 영사님. 기다렸습니다. 자, 들어가시지요."

대접이 융숭하다.

그도 그럴 것이 소련은 일본을 패망시킨 승전국이다. 또 소련 대군이 북조선을 거쳐 경성으로 물밀듯이 쳐내려오고 있지 않은가!

게다가 '아나또리 이바노비치 샤브쉰'이 누구인가? 경성에 주재하며 소련 정부를 대표하는 부영사이다. 일본에 오랫동안 있었고 1940년 이래 경성에 주재하고 있었기 때문에, 일본어에 능통하며 일본과 조선 사정에 통달한 전문 지식인이다. 일본이 무조건 항복한 해방 정국에서는 무시무시한 존재임에 틀림없다. 스즈키는 자기도 모르는 사이에 고개가 움츠러든다.

샤브쉰은 데리고 온 여비서를 대동하고 국장실로 들어섰다. 여비서를 문간 의자에 앉히고, 국장과 소파에 마주앉는다. 샤브쉰을 수행한 여비서는 미모에다가 반짝이는 눈에 지혜가 서려있다. 이름이 샤브시나, 비서인 동시에 부영사의 부인이다.

샤브쉰이 용건을 말한다.

"국장님, 부탁말씀 드린 대로 함경도 원산에 있는 철도역장과 전화통화를 하고 싶습니다. 지금 연결해 주시면 좋겠습니다."

스즈키가 준비된 듯이 대답한다.

"예, 연결하겠습니다. 자리에서 그대로 통화하십시오."

스즈키 국장도 들으라는 듯 샤브쉰이 유창한 일본어에 큰소리로 대화한다.

"원산역장님, 저 경성 소련 영사입니다. 우리 소련의 붉은 군대가 열차편으로 원산역을 통과하였습니까?"

아직 통과하지 않았다는 대답이 나오자, 샤브쉰이 당부하듯 말한다.

"아마 조금 늦어지는 모양이군요. 오늘 저녁 안으로 원산을 통과하여 경성으로 올 것입니다. 아무리 늦어도 내일 16일 오후 1시까지는 경성역에 도착할 것입니다. 만약 원산역을 통과하거든 경성 소련영사관으로 연락해 주시기 바랍니다. 기다리겠습니다."

통신정보를 담당하고 있는 중앙전화국장 스즈키는 소스라치게 놀라는 표정이다. 어느 정도 예상은 하고 있었지만, 이렇게 빨리 그 악명 높은 스탈린 군대가 경성에 들이닥칠 줄은 몰랐다. 더욱이 경성의 소련 최고책임자가 직접 하는 말이 아닌가!

"소련 군대가 지금 경성으로 오게 되어 있습니까?"

샤브쉰이 일어서서 어깨를 쫙 펴며 내뱉는다.

"일본이 연합군에게 무조건 항복을 했습니다. 전쟁은 끝났습니다. 소련 적군(赤軍)의 경성 진주는 이제 열차 수송에 불과할 뿐입니다."

스즈키는 얼굴에 경련이 일었다. 소련 부영사의 뒷모습을 정신 나간 사람처럼 쳐다보다가, 황망히 전화를 집어 상부에 보고했다. 또한 주위 사람들과 알 만한 친지들에게 알리면서 대비를 서두르라고 당부했다. 통신정보 일선 책임자인 경성중앙전화국장 스즈키의 정보 보고와 뉴스 전파는 주위에 큰 파문을 일으키기 시작하였다.

샤브쉰은 정동 대사관에 들어와 의기양양하게 입을 연다.

"샤브시나, 어떻소? 일이 잘돼 나가겠지요?"

부인 샤브시나가 감탄조로 대답한다.

"참 멋진 일이었어요. 내 생각에도 파급 영향이 매우 클 것 같아요."

경성 주재 소련 총책 샤브쉰은 여기에서 멈추지 않았다. 그는 즉시 정보망을 가동시키기 시작했다. 지하로 연결되어 있는 극비 조직망을 통해 조선공산주의 독립투사들에게 선전 활동을 개시하였다.

샤브쉰이 직접 조심스럽게 전화한다.

"여보세요, 홍남표 동지. 나 정동대감입니다.

긴급 소식을 전합니다. 영용한 소련 붉은 군대가 16일 오후 1시경 열차편으로 경성에 들어옵니다. 지연이 되더라도 16일 오후 3시까지는 경성역에 도착할 것입니다. 평생 조국 해방에 목숨을 바쳐온 붉은 독립투사들은 즉시 해방군을 맞을 준비를 합시다."

홍남표(洪南杓)가 누구인가? 조선공산주의 운동의 거물이며 독립투쟁의 맹장이다. 여러 차례 왜놈들에게 체포 고문을 당하고, 평양감옥과 신의주형무소 등지에서 10년 이상 징역살이를 한 불굴의 애국지사이다.

홍남표가 자기를 잊지 않고 중대한 기밀을 통지해 주는 샤브쉰에게 고마워한다. 또 세계 최강 소련 적군의 경성 입성에 감격한다.

"아, 그렇습니까? 우리 조선 민족은 해방자 스탈린 대원수에게 감사하며, 즉시 붉은 군대를 영접하기 위해 만반의 준비를 갖추겠습니다. 정동대감, 정말 고맙습니다."

해방 정국을 강타하는 이 엄청난 풍문은 즉시 서울 일원에 퍼지고 순식간에 전국으로 확산되었다. 조선공산주의자들은 조직을 재가동하고 해방군 소련 군대를 환영할 준비를 서두르기 시작했다. 해방군 붉은 군대를 환영하는 플래카드를 준비하며, 형형색색의 깃발을 제작한다. 위대한 지도자 레닌과 대원수 스탈린 사진을 붙여서 피켓을 만든다. 군중을 효율적으로 동원하기 위해 청년학생을 선봉에 내세우는가 하면, 만세시위대를 경성역 해방군 환영장으로 유도하기 위해 극적인 선전 활동에 심혈을 기울여 나간다.

마침내 소련 공산군의 입성 뉴스로 서울 시내가 발칵 뒤집혔다. 지하에 숨어 지내던 조선공산주의자들도 일시에 지상으로 나와 도약하기 시작하였다.

경성일보 정치부 기자 고준석이 눈을 떴다. 엊저녁 밤늦게까지 해방을 축하한다며 친구들과 술을 통음해 머리가 아프다.

"아니, 벌써 9시가 넘었잖아? 출근이 늦었구먼. 뭐, 오늘이야 특별한 일이 있겠나. 새로운 세상이 왔는데···"

고준석 기자는 옷을 주워 입고 경성일보사로 향했다. 사무실에 들어서니 썰렁하다. 사람이 하나도 보이지 않는다. 고 기자는 의아해하며 소파에 앉았다.

그때, 문이 열리면서 신문사 직원 대여섯 명이 우르르 몰려온다. 고 기자 앞에 선다. 그 중 '조선인종업원 자치위원회'라는 완장을 찬 대표자가 나서며 입을 연다.

"고준석 기자님. 이거 미안하게 되었소이다. 당신은 우리 자치위원회에서 친일파 간부로 판정되었습니다. 따라서 오늘 이후 당신은 경성일보사에서 떠나 줘야 하겠습니다."

고 기자는 깜짝 놀랐다.

"아니, 무슨 말을 하는 겁니까? 내가 친일파 간부라니요?"

대표의 말투가 거칠어진다.

"이유는 묻지 마시오. 우리도 충분히 토론하고 검토하였소이다. 오늘 이후 이 경성일보사는 조선인 자치위원회에서 접수하였소. 친일파 간부는 용인할 수 없소이다. 여기에서 즉시 나가주시오."

고 기자도 언성이 높아진다.

"조선인종업원 자치위원회는 누가 만든 것이며, 누구로부터 권한을 받은 것이오? 또 왜 나에게는 통지도 하지 않았소?"

대표자가 육두문자로 자른다.

"친일파는 배제되는 게 당연하오. 당신은 친일파 간부이기 때문에 자격이 없소. 결정된 사항이니 이곳을 떠나시오. 좋은 말로 할 때 조용히 끝냅시다."

고준석은 억울하고 통분하였다. 경성일보사에 들어와 어용기자라고 손가락질을 받으며 평기자로 고생해 오다가, 종전 바로 직전인 엊그제 차장대우라는 '부참여(副參與)' 직에 올랐다. 이것이 화근이 되어 간부로 판정되면서, 도매금에 친일파로 낙인찍힌 모양이었다.

고준석은 허탈하였다. 참으로 우스운 신세이다. 자기가 친일파 간부라니…. 고준석은 총독부 기관지이며 어용신문인 경성일보 정치부 기자 생활을 하면서도, 독립운동에 일찍부터 눈을 떴다. 그래서 얼마 전에도 손웅 후배와 함께 독립지사 여운형 선생을 찾아가 주요 기밀사항을 넘겨주며, 또 자기 의견도 말하지 않았는가….

고준석은 더 다툴 의욕이 나지 않는다. 벌떡 자리에서 일어섰다.

"그렇다면 나는 가겠소. 부디 해방된 조국을 위하여 최선을 다해 주기 바라오. 잘 있으시오."

밖으로 나오니 8월의 아침 해가 눈부시다. 오히려 홀가분한 생각이 든다. 조국이 해방되고 민족이 독립한 기쁨으로 자위하며, 고준석 기자는 경성일보사를 떠났다.

광화문 사거리를 지나 종로 쪽으로 걸었다. 상념에 잠겨 하염없이 걷는 걸음이다. 오전 일찍이라서 그런지, 아니면 일제 항복으로 인해 관청이나 회사 들이 모두 일손을 놔서 그런지, 도심이 한가하여 사람들이 별로 눈에 띄지 않는다.

'오늘은 집에나 일찍 들러볼까?'

고 기자의 걸음이 빨라진다. 화신백화점이 나타난다. 적지 않은 인파가 운집해 있는 것이 먼발치로 보인다.

'오늘 같은 날 웬 사람들이 모여 있나?'

고 기자는 걸음을 재촉하였다.

화신백화점 옆에 있는 장안빌딩에서 집회가 열리고 있다. 빌딩 앞길에까지 군중들이 모여 소리치며 흥분하고 있는데, 보아하니 무슨 정치 집회가 개최되고 있는 모양이다. 호기심이 발동되고 또 정치부 기자라는 직업의식이 몸에 배어, 고 기자는 인파를 헤치고 장안빌딩 안으로 들어갔다. 빽빽이 들어찬 군중들은 8월 중순 한여름 무더위에 땀을 흘리면서 웃옷은 흠뻑 젖어 있고, 손으로 계속 이마에 흐르는 땀을 씻어 낸다. 숨 쉬기조차 어려워 헉헉거리면서도, 단상에 나선 사람의 선창에 따라 구호를 외치고 있다.

단상 정면을 바라보니 오늘 모임의 성격을 알 수 있겠다. 공산주의 열성자대회가 분명하다. 하얀 벽에 빨간 글씨의 플래카드가 붙어 있는데, '조선민족 해방 만세', '조선공산당 만세', '위대한 스탈린 대원수 만세' 등의 구호가 선명히 드러나 있다.

얼마 후 청년 연사 하나가 단상에 나가 손을 높이 들고 외친다.

"가자! 서울 혁명자대회장으로!"

갑자기 분위기가 바뀌며 웅성거리기 시작한다. 앉아 있던 사람들이 일어서면서 모두 밖으로 뛰어나간다. 군중들이 대열을 이루면서 화신백화점 앞을 돌아 안국동 쪽으로 행진해 나간다. 만세를 부르고 구호를 외치며 떼 지어 행진해 나가는 군중의 위세가 주위를 압도한다. 고 기자도 덩달아 군중에 휩쓸렸다.

장안빌딩에서 행진해 온 군중 대열의 선두가 안국동에 있는 덕성여자중학교 교정으로 몰려 들어간다. 중학교 운동장에는 수천 군중이 모여서, '공산주의 혁명자대회'를 개최하고 있다.

주최자 홍남표가 단상에 올라 열변을 토한다.

"여러분, 동지 여러분. 일제는 패망하고 조선은 해방되었습니다. 연합국의 승전, 소비에트 붉은 군대의 승리가 조선 해방을 가져왔습니다. 우리 조선공산당 혁명가들의 피나는 투쟁이 조국을 해방시켰습니다. 나는 조선공산당의 선두에 서서 조국 해방투쟁을 위해 목숨을 바쳐 왔습니다.

이제 우리의 피와 땀으로 새로운 세상이 온 것입니다. 노동자와 농민이 주인이 되고, 프롤레타리아 계급이 주동하는 혁명으로 조국을 새로이 건설합시다.

조선공산당 만세! 조선공산주의 혁명자대회 만세!"

운동장을 가득 메운 관중들이 열광하며, 만세 소리가 진동하고 구호가 하늘을 찌른다.

대회가 절정을 향해 나아갈 때, 갑자기 학교 교문 쪽이 소란하다. 일단의 사람들이 만세를 부르며 열을 지어 교정으로 들어온다. 서대문형무소와 마포감옥에서 출옥하고 서대문 광화문 종로 일대에서 만세시위를 하던 인파의 일부가, 출소자들을 앞세우고 공산주의 혁명자대회에 합류하러 입장하는 것이다. 출옥한 독립지사와 지하에 잠복했다가 나온 혁명투사들이 단상으로 초대된다. 홍남표를 위시한 대회주최 측 간부들과 포옹한다. 만세가 터진다. 구호를 외친다. 적기가(赤旗歌)가 울려 퍼진다. 교정은 완전히 흥분 도가니에 빠져들고 있다. 혁명자대회가 절정에 달할 무렵, 청년 하나가 등단하여 마이크를 잡았다.

"동지 여러분, 혁명가 여러분! 중대한 긴급 뉴스를 전해드리겠습니다. 금일 오후 1시에 도착한다고 하던 소련군 선발대가 조금 늦어져서 오후 3시경에 열차로 경성역에 입성한다고 합니다. 우리 혁명가 모두는 조선을 해방한 소련공산당의 붉은 군대를 환영하기 위하여, 지금 즉시 경성역으로 나갑시다. 나가서 소련 해방군을 영접합시다!"

"와!"

함성이 하늘을 찌른다.

군중들이 다시 교문으로 나와 대오를 정비하며 안국동 로터리를 지나 화신 앞을 거쳐서 서울역으로 행진해 간다. 언제 준비되었는지, 플래카드와 피켓 등 선전 도구가 일사불란하게 등장하여 앞장을 서고, 군중을 흥분시키며 이끌어 간다.

플래카드의 구호가 화려하다.

"위대한 스탈린 대원수 만세!"

"조선해방군을 환영하자!"

"노동자 농민의 친구 조선공산당 만세!"

"위대하다 소련공산당, 장하다 붉은 군대!"

광화문에서 서울역으로 나가는 서울 한복판 대로를 꽉 메운 군중들의 시가행진이 장관이다. 국운이 쇠잔하기 시작한 조선조 말에서 오늘에 이르기까지, 언제 이런 엄청난 백성이 한자리에 나선 일이 있었으며, 또 이처럼 흥분되어 궐기한 적이 있었나!

군중들이 태극기와 적기(赤旗)를 흔들고 함성을 지르며 행진해 간다. 독립군 노래를 부르고 적기가를 합창한다. 선도자의 선창에 따라 구호를 외친다. 독립만세와 해방자 소련 적군의 만세를 외치기도 한다.

남대문에 이르자 이미 인파가 꽉 들어차서 서울역으로 진입하기가 불가능하다. 서울역 주변에 수만 명의 군중이 운집해 있어 인산인해 그대로이다. 남대문, 서울역 일대는 구호가 적힌 수많은 플래카드와 형형색색의 깃발과 태극기와 적기 물결로 뒤덮여 있다. 환호성과 만세 소리와 노랫소리가 천지를 뒤흔든다.

오후 3시가 넘어도 소련 군대는 도착하지 않고 있었다.

조선군참모장 부관실장 간자키(神崎) 대좌가 흥분해 가쁜 숨을 몰아쉬며 소리지른다.

"아니, 이게 무슨 얘기야? 경성에 조선인 신정부가 수립되었다는 건가? 이 정보 보고를 누가 수집했어? 작성한 자가 누구야?"

보고서를 올린 부관이 부동자세로 답변한다.

"서류에도 명기되어 있듯이, 오늘 오후 3시 신정부로 보이는 조선 건국준비위원회가 경성방속국 라디오방송을 통해 공식적으로 발표하였습니다."

간자키가 서류를 뚫어지라고 들여다본다. 간자키의 입이 더 벌어진다.

"이런 개자식들이 있나! 아니 총독부에서, 정무총감이란 자가 조선인들에게 행정권을 넘겨줬단 말이야?"

부관을 쳐다보면서 눈을 부라린다.

"야, 이 병신 같은 자식들아! 그걸 통 모르고 있었단 말이야? 아니 총독부에서 우리 조선군에게 상의나 연락이 있었을 것 아니야? 똑바로 말해 봐. 첩보대나 헌병대에 사전 연락이 있었는지 알아보았나?"

"예, 실장님. 총독부에서 군부대에 사전 협의나 사후 통보가 전혀 없었습니다. 또한 첩보대도 이 낌새를 포착하지 못했습니다. 다만 헌병사령관에게는 형무소 수감자 중 조선인 정치범 석방 문제만 통보가 있었다고 합니다."

간자키 대좌는 어이가 없다. 생각할수록 분통이 터진다.

부관실에서 올린 정보 보고서는 매우 세밀하다. 오늘 오후 3시 경성방송국을 통해 신조선정부의 정책 발표가 있었고, 다시 오늘 저녁

6시, 9시에 재방송된다고 안내 방송이 반복되고 있다. 조선인 신정부로 보이는 조선건국준비위원회가 경성에 수립되어 이미 활동을 개시했다는 것이다. 오늘 아침 전국 형무소에서 조선인 정치범들이 석방되었으며, 건국준비위원회 산하 치안대가 경찰 조직을 접수하고 치안을 담당하기 시작했다고 한다.

첩보에 의하면, 천황의 종전 조서가 발표되기도 전인 8월 15일 새벽에 조선 독립지사 여운형과 총독부 정무총감 엔도 사이에 총감 관저에서 회담이 열렸으며, 총독부는 행정권을 여운형 등 조선 민족 지도자들에게 넘겼다고 한다. 그에 근거해서 조선건국준비위원회가 수립되고, 오늘 정책발표까지 있었다는 것이다.

해괴한 일은 이렇게 중차대한 국사를 조선주둔군과는 일언반구 상의하지도 않고 총독부 자의로 결행하였다. 뿐만 아니라 사후에 통보해 주지도 안 했다. 라디오방송으로 온 나라가 발칵 뒤집힌 지금까지 한마디 말도 없다. 헌병사령부에 전화한 것도 정책 협의가 아니라, 조선인 정치범 석방에 대한 사후 언급에 지나지 않았다고 한다.

간자키 대좌는 정신이 번쩍 들었다.

"이거 큰일났구먼! 더 지체되면 내가 죄를 뒤집어쓰겠구나!"

참모장 부관실장 간자키는 조선주둔군의 현재 분위기를 잘 알고 있다. 패전의 멍에를 쓰고 전전긍긍한다. 일부 강경파 장교들은 무조건항복을 비탄해하며 화가 치밀어 할복자살 직전에 있다.

보고서를 챙긴 간자키는 이하라(井原) 참모장실로 뛰었다. 다행히 조선군 참모장이 집무실에 있었다.

전속부관을 밀치고 노크도 없이 들어갔다.

"참모장님. 중대한 사고가 발생했습니다."

서류를 보고 있던 이하라가 놀라며 쳐다본다.

"무슨 일이야? 사고가 발생하다니…"

보고서를 이하라에게 건네면서 결론부터 말한다.

"경성에 조선인 신정부가 출범하고, 이제 막 경성 라디오방송으로 정책 포고가 있었다고 합니다."

이하라가 자리를 박차고 일어선다.

"아니 이게 무슨 소리야? 조선인 신정부가 나타나다니! 어느 불령선인(不逞鮮人)이 조선인 정부를 만들어?"

간자키도 내키지 않는지 더듬거리며 대답한다.

"조선인 독립지사 대표라는 여운형 일당이 총독부로부터 치안권과 행정권을 정식으로 인수받아서 조직했다고 합니다.

여기 보고서에 상세한 내용이 기술되어 있습니다."

이하라 참모장이 보고서를 뒤적인다. 대충 훑어보고 난 이하라는 화가 머리끝까지 치밀어 오른다.

"정무총감 이 자식, 정신 나간 놈 아니야? 야, 부관. 즉시 총독부에 전화 걸어서 엔도를 바꿔!"

부관이 총독부에 전화를 여러 번 시도했으나 엔도 총감이 연결되지 않는다. 격노한 이하라가 집무실 안에서 길길이 뛴다.

간자키가 갑자기 전율을 느낀다. 잘못되면 군과 총독부가 싸우고 그 책임을 부관실장인 자기가 질것이 아닌가…. 일제가 전쟁에서 패망하고 천황 자신이 무조건항복한 이 마당에 조선에서 자중지란이 발생한다면, 다 죽는 목숨이 아닌가 ...

간자키가 앞으로 나선다.

“참모장 각하. 제가 직접 나서보겠습니다. 정무총감이 전화를 기피하는 것으로 보입니다. 제가 총독부에 직접 찾아가 총감을 만나보겠습니다. 항의를 하고 일단은 엔도 총감의 해명 내용을 들어보겠습니다. 그 다음에 잘못이 드러나면, 우리 군에서 직접 나서는 것이 좋을 듯합니다. 지금 즉시 출발하겠습니다. 허락해 주십시오.”

이하라가 간자키를 뚫어지게 쳐다본 후에 책상 서랍을 열고 권총을 꺼내며 말한다.

“그렇게 하라! 조선군과 나를 대신해서 총독부에 가라. 엔도 개자식을 만나서 죄가 명백하면 현장에서 즉결 처분하라!”

간자키는 이하라가 주는 권총을 마지못해 받아들고 참모장실을 나왔다. 다리가 후들거린다. 겁이 나기도 한다.

집무실에 돌아오니 부관들이 대기하고 있다. 한 부관이 보고한다.

“실장님, 긴급 상황을 말씀드리겠습니다.

경성역 부근에 조선인 만세시위자들 만여 명이 집결하고 있습니다. 첩보에 따르면 그 수가 헤아릴 수 없을 정도라고 하며, 특히 서대문형무소와 마포형무소에서 출옥한 불령선인 죄수들이 앞장서고 있습니다. 조선인 사이에 퍼진 소문에 의하면, 오늘 저녁때 소련 적군 선발대가 경성역에 도착하는데 환영하러 모인다는 것입니다.

조선군 경비대의 보고로는 분위기가 매우 불온하여 어떤 돌발사태가 발생할지 모른다고 하며, 더욱이 경성역과 이곳 용산 군사령부와는 지호지간이라 극히 위험하기 때문에, 군사적 대비가 있어야 한다는 건의입니다."

간자키가 깜짝 놀라며 두서를 못 차린다. 우선 비상전화로 북조선 평양과 원산에 있는 군부대와 통화를 했다. 그 결과 소련군 경성 입성은 낭설인 것으로 판명되었다. 그러나 경성역에 운집하여 용산에까지 미치고 있는 불온한 사태는 위험천만하다. 당장 긴급조치가 요구되는 비상사태이다.

간자키는 또다시 참모장실로 향했다.

"참모장님. 지금 경성역에 비상사태가 발생했습니다. 군 경비대로부터 특별조치에 대한 건의가 올라왔습니다."

간자키가 소상히 보고하였다. 또한 소련군 입성이라는 낭설 확인도 자세하게 설명했다.

이하라가 예리한 촉각을 회전시킨다.

"실장 생각에는 어떤가? 내가 보기에는 조선공산주의자들이 고의로 허위정보를 유포시켜 소련군대의 입경을 선전하는 것일세. 그 배후에는 틀림없이 경성주재 소련영사관이 개재되어 있을 것이야.

그렇지만 우리 조선군은 만일의 사태에 대비해야 하네. 더욱이 경성역과 용산은 붙어있지 않은가…. 즉시 병력을 동원하게. 전차부대도 준비시켜. 병력이 갖춰지는 대로 기회를 타서 무력시위를 하도록 해."

간자키가 긴장하면서 묻는다.

"조선인들이 저항하는 비상사태가 발생할 경우, 발포할까요? 아니면 최대한 자제하도록 할까요?"

참으로 어려운 질문이다.

이하라가 눈을 가늘게 뜨고 입을 굳게 다물면서 답한다.

"간자키 군. 정신을 똑바로 차려야 하네. 사태의 핵심을 놓쳐서는 전략이 아닐세. 조선 군중들과 정면충돌하고 발포하게 되면 사태는 걷잡을 수 없이 확대되네. 만약 사상자가 발생하고 불상사가 터지면, 일본 민간인들에게 엄청난 위험이 확대될 것이야. 그렇게 되면 경찰 조직과 무기가 조선인들에게 넘어가면서, 우리 군이 전면에 나서도 승산이 없게 되네. 알겠나?"

날카로운 현실 분석이다. 역시 참모장은 다르다. 이하라의 불안감이 계속된다.

"두려운 점은 소련 공산군의 입성이야. 스탈린 붉은 군대의 잔인성은 이미 정평이 나 있어. 거기에 조선 공산주의자들의 조직력과 선전 선동이 소련 붉은 군대와 결합되면 조선에 갇힌 일본인과 우리 군은 움치고뛸 수 없게 되네.

우리가 참아야 하네. 자제해야 돼. 조선인들과 직접 충돌하거나 발포하는 것은 절대 금기사항일세. 이것은 사령관의 명령이야! 전군에 특별 지시를 내리게!"

간자키가 마지막으로 질문한다.

"병력이 준비되는 대로 출동시킬까요?"

이하라가 잘라 말한다.

"당연하지 않은가? 전술상 예방 차원에서 출동시켜야 해. 매사에 조심하도록!"

간자키가 집무실로 돌아왔다. 병력 동원 지시가 떨어졌으며, 추후 명령이 내리는 대로 병력 시위 출동이 하달되었다. 용산 조선군사령부에 비상사태 대기 명령이 발령되면서, 간자키도 움직일 수 없게 되었다. 총독부 방문은 다음날로 순연되었다.

그날 저녁 경성역 부근에 어둠이 깔리기 시작하였다. 오후 3시에 경성역으로 입성한다던 소련 붉은 군대는 올 기미가 보이지 않았다. 군중들 사이에 김이 빠지고 지친 기색이 역력했다.

일본군 첩자들이 잽싸게 경성역 분위기를 참모장실에 보고했다. 대기하고 있던 간자키 대좌가 군부대 출동 명령을 내렸다. 탱크 부대를 앞세운 1개 대대 전투 병력이 완전무장하고 군사령부 정문을 통과하여 경성역 시위 군중들을 향해 돌진하기 시작하였다.

갑자기 용산 쪽에서 전차를 앞세우고 병력을 가득 태운 군용차들이 사이렌을 울리며 경성역으로 진입하기 시작했다. 무시무시한 전차부대의 위용이 먼발치로 경성역 군중의 시야에 들어온다.

누군가가 소리친다.

"일본군이 완전무장하고 발포하려고 한다. 탱크 부대가 돌진해 온다!"

와! 하는 함성과 함께 군중들이 도망하기 시작한다. 뒤에 앉아있던 시민들도 놀라고 혼비백산하여 사방으로 흩어진다. 일본군 무장부대는 도로 가운데를 유유히 지난다. 경성역 정면을 통과하여 남대문 쪽으로 들어선다. 쫓겨 달아나는 군중들을 향해 총구를 겨눈 채 일촉즉발의 험악한 분위기를 과시하면서 무력시위를 한껏 감행한다.

경성역을 지나고 남대문을 통과한 일본 군대는 광화문 네거리를 넘어서 총독부로 들어갔다. 조선 군중과의 충돌은 없었다. 일본군 무력시위대가 사라지자 군중들이 다시 모여들었다. 그러나 그날 밤 늦게까지 기다려도 입성한다던 소련 해방군은 나타나지 않았다.

한편, 조선주둔군 참모장 부관실장은 작전이 무사히 성공한 것을 확인하고 가슴을 쓸어내렸다.

(2)

전투복 차림에 권총을 찬 간자키 대좌가 부관을 대동하고 총독부 정무총감실에 들어섰다. 아침 업무가 막 시작된 시각이다.

비서실장이 앞으로 나선다.

"누구십니까? 어디서 오셨습니까?"

간자키가 언짢은 표정으로 대답한다.

"나, 조선군 참모장 부관실장 간자키요. 정무총감을 만나러 왔소. 들어갑시다."

"사전에 연통이 있었습니까?"

"총감전화가 연결이 안 되어 사전연락은 못했소이다."

비서실장이 눈을 치켜뜬다.

"그러면 여기서 잠깐 기다리십시오. 총감님께 말씀드리고 나오겠습니다."

엔도의 승낙을 받았는지, 비서실장이 안에서 나오며 말한다.

"권총을 차고 들어갈 수 없습니다. 총은 풀어서 여기에 보관하십시오."

간자키가 권총밴드를 풀어 책상 위에 집어던진다.

엔도 앞에서 거수경례를 하자마자 간자키가 본론을 꺼낸다.

"총감님, 어제 참모장님께서 직접 전화를 걸었으나 총감님과 연결이 되지 않았습니다. 그래서 제가 이렇게 직접 방문하게 됐습니다.

경성에 조선인 신정부가 들어선 경위를 설명해 주시고, 총독부에서 행정권을 이양하게 된 전말을 말씀해 주십시오."

엔도의 얼굴이 일그러진다. 옆에 따라 들어온 비서에게 소리친다.

"야, 니시히로 경무국장에게 전화해서 바꿔라."

니시히로와 통화하고 난 엔도가 간자키를 쳐다보며 짜증 투로 말한다.

"대좌, 지금 들은 대로 니시히로 경무국장에게 지시했으니 내려가 상의하세요. 더 필요한 사항이 있으면 군에 돌아가 참모장과 직접 통화할 수 있도록 연결하시오."

비서에게 경무국장 방으로 안내하라고 지시한다.

간자키는 어쩔 수 없었다. 일단 경무국장으로부터 자초지종 설명을 듣고 다음조치에 들어가자고 맘을 고쳐먹으며, 비서를 따라나섰다.

간자키가 총감실을 떠나는 것을 확인한 후, 엔도가 비서실장을 쳐다보면서 내뱉는다.

"거만하고 싸가지 없는 어린자식들 같으니라구!

허구헌 날 큰소리만 치다가 싸움에 지고 나라까지 말아먹은 군인 아이들이 무슨 낯짝을 들고 여기까지 찾아와 큰소리야? 조선민족이 다 들고 일어나면 조선 땅에 갇힌 일본인들이 온전할 수 있을 것 같아? 제놈들이야 어차피 연합군에게 항복하면 그만이지만, 조선인 폭도들에게 살상될 일본 민간인들은 어떻게 하란 말이야!

군인 새끼들 중에서 책임진다고 나설 놈이 하나나 있겠어? 개자식들 같으니라구!"

니시히로와 간자키가 대좌한 경무국장 방에서는 마침내 큰소리가 터져나오기 시작하였다. 처음 인내심을 갖고 정중하게 대접하던 니시히로도 참는데 한계가 있었다.

"조선 통치를 해나가고 조선 내 일본인들을 안전하게 보호하는 것은 총독부의 소관사항이오. 군에서는 당신들 일이나 충실히 하시오."

간자키가 벌떡 일어선다.

"뭐야? 영용한 일본군을 모독하는 거야? 임무에 충실하지 못한 게 뭐가 있나?"

니시히로도 흥분되어 막말을 뱉는다.

"아니, 그렇게 책무를 다해 나라꼴이 이 지경이 되었소? 전쟁에 패망하여 무조건 항복한 일이 소임을 다한 것인가?"

간자키가 항복이라는 말에 눈이 뒤집힌다. 허리에서 권총을 뽑아 든다.

"이 새끼 죽고 싶어? 너 말 다했어?"

니시히로도 일어난다.

"이 인간이 어디서 총을 뽑아 들어? 당신 정신 돌았어?"

비서실에서 심상찮은 분위기를 눈치 챈 비서 둘이 뛰어든다. 간자키가 니시히로에게 권총을 겨누고 있는 것을 목격하고, 둘은 동시에 권총을 뽑아 들고 간자키 이마에 들이댄다.

"당장 권총을 내려놓으시오. 그렇지 않으면 발포하겠소!"

경무국이 어디인가? 총독부 경찰의 사령실이 아닌가….

상황은 급반전되어 총을 소지한 무장 경관들이 또 들이닥친다.

간자키가 기가 죽어서 권총을 내린다.

니시히로가 부하들을 보며 소리친다.

"이게 무슨 짓들이야? 모두 나가라!

지금 우리는 협의 중이고, 약간의 충돌과 흥분이 있었다."

경무국장의 호통을 들은 무장 경관들이 흘끔 눈치를 보며 비서실로 나갔다.

경무과에서 쫓아 올라온 마쓰모토 경부가 국장실에 대고 식식거리며 소리친다.

"너 간자키 이 자식 잘 걸렸다. 이마에 피도 안 마른 어린 새끼, 내가 오늘 너 죽인다.

미국, 소련 아이들한테 당하고 어디 와서 행패야? 여기가 어딘 줄 알고 권총을 빼들어? 칸자끼, 넌 오늘 살아서 못 나간다!"

부하들이 흥분하여 뱉어 내는 욕설을 들으면서, 니시히로 경무국장은 속으로 흐뭇하게 생각한다. 간자키는 사색이 되어 후회했으나, 이미 때는 늦었다. 자기 발로 호랑이 굴에 들어온 셈이다.

간자키 대좌의 어깨가 더 움츠려드는 것을 보고 감정이 가라앉은 니시히로가 부드러워진다.

"대좌, 이번 일은 오해에서 비롯되었습니다. 천황 폐하가 포츠담 선언을 수락하시고 전쟁 종결을 하명하셨을 때, 가장 시급한 대사는 반도에 나와 있는 우리 국민들의 안전한 철수입니다. 이를 위해서 조선인 몇몇을 불러 불령선인 폭도들을 막고 일본인 재산을 손상시키지 않도록 치안 문제에 협조하라고 이해를 시켰습니다."

니시히로가 서랍에서 서류를 하나 꺼내들며 말을 계속한다.

"어제 방송 발표만 해도 그렇습니다. 우리도 전혀 몰랐소이다. 안재홍이라는 자가 조선 백성들을 교육시킨다고 하여 방송을 허락한 모양인데, 엉뚱한 말을 해서 파란이 일었습니다. 당장에 불러서 단단히 혼을 내겠소이다."

서류를 손으로 가리키면서 설명한다.

"그러나 여기 보이는 것처럼, 조선인들에게 자중을 호소하면서 일본인들이 무사히 귀국하도록 협조하라고 당부는 하고 있습니다."

간자키가 아직 의심스러운 점을 지적한다.

"총독부의 입장을 이해는 하겠습니다. 그런데 총독부에서 행정권을 정식으로 이양해 주었다는 소문이 나도는데 사실입니까?"

니시히로가 웃는다.

"조선 공산당 아이들이 무슨 소문인들 못 만들어 내겠습니까? 낭설이고 와전이니 절대 오해하지 마십시오. 행정권 이양은 전혀 사실무근입니다."

니시히로가 대화에 쐐기를 박으려는 듯 조선 총독 아베를 거명하며 선을 긋는다.

"조선군 참모부에서도 이 사실은 고려를 해 주어야 합니다.

총독 각하께서 분명히 하교하셨습니다. 지금 어려운 상황에서 조선 백성들을 자극하거나 흥분시켜서는 안 된다는 것입니다. 더욱이 소련 적군이 물밀듯이 내려오고 있는 데다가, 조선 공산주의자들이 지하에서 나와 날뛰게 되면 매우 위험한 사태가 돌출할 수도 있습니다.

총독 각하께서는 이런 선견지명도 말씀해 주셨습니다. 포츠담 선언에 따라 조선은 독립하게 되었습니다. 어차피 조선이 독립한다면, 연합군이 들어와 독립시키는 것보다는 차라리 조선총독부가 먼저 독립이라는 은전을 베풀어야 우리 일본제국에 이익이 될 수 있다는 것입니다."

간자키가 어렴풋이 총독부의 전략을 이해하게 되었다. 또 군의 대선배이며 제국의 원로인 아베 총독의 권위에 더 이상 저항하기가 어려웠다.

간자키는 아무 소득도 없이 무거운 발걸음으로 부대에 돌아왔다. 전후 사정을 이하라 참모장에게 보고하고 자기 생각을 정리해 건의하였다.

조선군 사령부에서는 군부대와 사전 협의가 없었다고 하며 일단 총독부에 항의하였다. 또한 앞으로는 조선의 치안에 군이 직접 나서겠다고 주장하며, 실제로도 군 병력을 동원하였다. 경성 일원에 점차 공포 분위기가 조성되면서 민심이 흉흉해지기 시작하였다.

8월 18일 조선군관구 보도부장 나가야(長屋) 소장은 특별방송을 통해 '관내 일반 민중에게 고함'이라는 포고를 발표하고, 비록 전쟁은 끝이 났으나 일본군은 엄연히 존재하며, 인심을 교란하거나 치안을 해치는 일이 있으면 군은 단호히 무력을 사용하겠다고 협박을 서슴지 않았다.

계속해서 8월 20일에는 경성사관구사령관(京城師管區司令官) 코모다(菰田康一) 중장이 경성경비사령관으로 임명되었다. 그는 예하부대인 경성의 120사단 보병 약 2개 연대 병력을 풀어 시내 요소요소에 진을 치고 기관총좌를 설치하는 등 조선 민중에 대한 협박을 구체화시켜 나갔다.

이렇게 되자 건국준비위원회의 노력으로 진정되어 가고 있던 서울 민심이 악화되었으며, 일본인에 대한 악감정이 폭발 직전까지 이르게 되었다.

엔도가 정무총감실에 들어오는 니시히로를 반갑게 맞이한다.

"경무국장, 어서 오시오. 참 수고가 많았소이다."

니시히로가 겸사한다.

“아닙니다, 총감님. 군인아이들이 오만하고 철이 없어서 총감님께 결례가 많았던 것입니다. 제가 혼내서 돌려보냈으니 화를 푸십시오.”

엔도도 웃으면서 묻는다.

“아니, 그 어린 놈이 국장 앞에서 권총을 뽑아 들었다는데, 그게 사실이오?”

니시히로가 파안대소한다.

“제가 혼이 났습니다. 잘못하면 간자키가 살아 돌아가지 못할 뻔했습니다. 제 부하들이 총을 들고 몰려들어와 간자키를 죽이겠다고 설쳐대서 진정시키느라 혼이 난 것입니다.

못생긴 군 자식들이 나라를 망쳐 먹고, 그것도 부족해서인지 조선에 있는 제국 신민들이 죽는 꼴을 보려고 안달이 나 있습니다. 걱정됩니다.”

엔도가 고맙다는 듯이 거든다.

“참 맞는 얘기입니다. 우리 총독부의 작전이 성공리에 잘 끝나야 될 텐데, 조선군 바보들 때문에 아무래도 맘에 걸립니다.”

차를 한 모금 마시고 말을 계속한다.

“경무국장, 어떻습니까? 국장이 어렵더라도 직접 나서야 하지 않겠어요?”

“무슨 말씀이신지요?”

“내가 몽양과 가까운 경성보호관찰소장 나가사키를 어제 계동에 보냈습니다. 건국준비위원회가 보다 자중하도록 타이르기는 했습니다만, 효과가 있을지 걱정이에요.”

니시히로가 이해가 가는 듯이 다짐한다.

"예, 제가 직접 만나서 주의시켜 보겠습니다. 군 아이들한테 책잡혀서도 안 되겠고…."

그날 저녁때 니시히로는 나가사키와 백윤화 판사를 대동하고 남산 밑에 있는 요정에 안재홍을 초청하였다. 조선건국준비위원회 부위원장 안재홍은 초대를 거절할 이유가 없었다. 흔쾌히 참석했다.

니시히로가 반갑게 맞이한다.

"안 지사님, 어서 오십시오. 다망하실 텐데 이렇게 와 주시니 고맙습니다."

안재홍이 대답한다.

"나보다 오히려 국사에 바쁘실 텐데 어떻게 짬을 내셨습니까? 더욱이 세 분께서 이렇게 합석까지 하셨습니다그려."

인사치레가 끝나 얘기가 본론에 들어갔다.

니시히로가 오늘은 직설적이다.

"안 지사님. 건국준비위원회가 지나친 것이 아닙니까? 엊그제 방송도 그렇습니다. 안 지사님 방송 내용이 국가 정책을 발표하는 것 같았으며, 총독부로부터 행정권을 인수받아 신정부를 이미 수립한 것으로 오해가 많았습니다.

들어 아시겠지만, 조선군에서 항의가 들어오고 경성이 들끓고 있습니다. 이래서는 조선건국준비위원회에 득 될 게 없습니다."

안재홍이 정색을 한다.

"내가 조선 해방으로 흥분된 점이 있었던가 봅니다. 그러나 내 의

도는 조선 백성들의 흥분을 가라앉히는 것이었지요. 그래서 일본인과 선린을 유지하고, 일본 민간인들이 무사히 내지로 돌아가도록 조선인들을 설득시키는 것이었습니다.

내가 좀 지나친 면이 있었다면 앞으로 시정을 하도록 하겠습니다. 너무 신경 쓰시지 마십시오. 시간이 가면 차차 좋아지겠지요."

동석한 나가사키가 거든다. 직업의식을 못 버렸는지 말투가 딱딱하다.

"안 선생. 선생께서는 건국준비위원회 부위원장직을 맡지 않으셨습니까? 확실한 언질을 다짐해 주셔야 합니다.

그렇지 않고 조선건준이 신정부인양 불법을 자행한다면 해산을 시킬 수밖에는 없습니다. 이 점 유의해 주기 바랍니다."

독립지사이면서도 중후한 학자풍으로 소문난 민세(民世 : 안재홍의 호)이지만, 더는 못 참겠다는 듯이 어조가 날카로워진다.

"나가사키 소장님. 조선인이 건국을 준비하는 것도 누구의 허락을 받아야 합니까? 준비 활동에 도가 지나쳤다면 시정하면 되는 것을, 해산 운운하는 것은 지나친 말씀이 아닐런지요? 소장님의 표현에 따르면 일본인들이 아직까지 조선 통치권을 갖고 있는 것으로 들리는데, 그게 맞는 말입니까?"

안재홍이 눈을 크게 뜨고 똑바로 나가사키를 쳐다본다.

좌중 분위기가 갑자기 굳어진다.

니시히로가 웃으면서 급히 말을 바꾼다.

"안 지사님. 그런 의미는 아닙니다. 나가사키 소장님도 일본인과 조선인의 선린을 생각해서 충언한 것이지, 별 다른 뜻은 없을 것입니다. 맘에 두지 마십시오."

안재홍이 안면을 풀면서 말한다.

"몽양과 저는 엔도 총감님과 경무국장님의 도움을 고맙게 생각하고 있습니다.

사실 나도 내지의 와세다에서 대학을 나와, 조선과 일본의 선린을 학수고대하고 있는 사람입니다. 그래서 건국준비위원회의 중책을 사양하지 않았으며, 일본인들의 안녕과 재산 보호에 앞장서고 있습니다.

이제 전쟁이 끝났고 수십 년의 불행한 과거도 지났으니, 조선은 독립을 하고 일본인들은 무사히 내지 본토로 귀환함이 사필귀정이 아니겠습니까? 우리 조선, 일본 지도자들은 앞에 나서서 백성들을 선도하여 이 역사적 과업을 무사히 끝내는 것이 중차대한 일이겠지요."

안재홍의 천금 같은 말에 좌중은 할 말을 잃은 듯 했다. 서로 덕담이 오고갔지만, 안재홍과 니시히로의 요정 만남은 별 성과 없이 파했다.

조선군사령부의 협박이나 병력 동원 과시는 아무런 효과를 나타내지 못했다. 되레 일본군의 단세포적 발악으로 서울 시민의 반발이 점점 격화되었으며, 전국적으로 대일 감정이 험악해지고 있었다.

정보에 접한 조선군 참모부는 새로운 작전을 구상했다. 총독부 경무국이 아니라 경기도 경찰부에 특별히 부탁해서 불온한 조선인들의 기를 꺾어 놓도록 종용하였다. 마침 경기도 경찰부 오카(岡) 부장이 이하라 참모장과 친분 관계가 있을 뿐만 아니라, 또 니시히로 경무국장과는 라이벌 의식으로 사이가 나빴다.

오카는 우쭐하는 심정으로, 경성 일원에 있는 모든 조선인 정당 사회단체 대표들은 내일 모레까지 종로경찰서에 출두하여 집합하라고 지시하였다. 이 기분 나쁜 임무를, 경기도경찰부 고등계 주임으로서 조선인 사이에 악명을 떨쳐 오던 사이가(齋加七郎) 경부에게 하명했다.

그 상전에 그 졸개라고, 사이가 경부는 대담하게도 정당과 사회단체를 직접 찾아다니며 협박하였다. 오카가 전면에 나서고, 악질 사이가가 다시 날뛴다는 풍문이 경성에 파다하였다. 계동에 본부를 둔 원세훈(元世勳)의 고려사회민주당(高麗社會民主黨)과 재동학교에 사무실을 차린 김석황(金錫璜) 중심의 인민정치당(人民政治黨)은 왜경의 협박을 견디지 못하고 일시적으로 간판을 떼기까지 했다.

마침내 악질 사이가가 부하들을 데리고 계동 건국준비위원회로 들어왔다.

총무부장 최근우 앞에 버티고 선 사이가가 눈을 부라린다.

"건국준비위원회도 일개 정당 사회단체에 불과하오. 우리 경찰부의 지시를 따르시오. 언제까지 간판을 내리고 해산하겠소? 구체적 일정을 밝히시오."

최근우가 어이가 없어서 소리를 버럭 지른다.

"이거 어디 와서 협박이오? 우리는 조선 독립과 건국을 준비하는 민족 대표의 모임이오. 정당이나 어느 사회단체와는 차원이 다르오."

사이가도 맞대든다.

"그러한 자격은 제국 경찰에서 결정하오. 우리는 조선건국준비위원회를 승인한 일이 없을 뿐만 아니라 또 당신들이 우리에게 신고한 일도 없었소. 즉시 간판을 내리거나 해산 일정을 말하시오."

최근우가 흥분한다.

"사이가 경부, 당신이 뭐야? 조선건국준비위원회는 총독부와 협의하여 치안권을 위임받았다. 네 상전인 정무총감에게 확인하라."

사이가가 악을 쓰며 대든다.

"이 자식이 어디서 반말이야? 너 죽고 싶으냐? 우리의 지시에 거역하는 자는 즉결 처분이다!"

사이가와 그 부하들이 일제히 총을 빼들고 최근우를 둘러싼다.

최근우가 얼굴에 미소를 띤다. 손을 들어 신호를 보내자 안에서 대기하고 있던 수십 명의 완전무장한 치안대원들이 뛰어나온다. 총검을 겨누고 사이가와 부하들을 포위한다. 치안대는 사전에 준비가 있었던지, 사이가를 제외한 왜경들을 체포하고 총을 압수하였다. 다만 최근우 부장의 지시에 따라 사이가는 돌려보냈다.

무사히 나오는 데 성공한 사이가는 혼이 나간 듯 허둥지둥 경기도경찰부로 돌아갔다. 오카에게 보고하였으나, 이미 경기도경찰부 자체가 아무런 힘이 없었다. 오카에게는 제 한목숨 보존도 어려운 실정이었다. 사이가가 살 길은 삼십육계줄행랑밖에 없었다. 사이가는 다음날 경찰부 고등계에 출근하지 않고 비상시에 대비해 만들어 두었던 아지트에 숨었다.

아침 일찍 최근우는 박석윤을 대동하고 총독부를 방문하였다. 엔도 총감을 만나서 어제의 사태를 설명하고, 특히 사이가 경부의 난동에 항의했다. 또한 향후 사태에 대하여는 건국준비위원회에서도 책임을 지지 않을 것이며, 치안 확보도 포기한다고 선언하였다. 엔도가 즉석에서 전화로 오카 부장을 호출하여 호통을 치고, 최근우에게 사과하였다. 또한 이하라 조선군 참모장을 직접 방문하여 이해를 시켜달라고 부탁했다. 최근우와 박석윤은 조선군 사령부에 들어가 이하라와 간자키를 만나서 담판하고 돌아갔다.

그날 밤, 악질 사이가 경부가 숨어든 원남동 개인 집에 일단의 청년들이 잠입하였다. 총칼로 무장한 청년들은 사이가를 경호하던 두 명의 왜경을 쓰러트린 후, 마침내 사이가를 끌어낼 수 있었다.

건장한 청년이 대장인 듯 지시한다.

"당장에 저자를 결박하라! 묶어서 대들보에 달아매라!"

삽시간에 사이가가 손을 뒤로 묶인 채 대청 대들보에 달렸다.

사이가가 애원한다.

"내가 잘못했소이다. 한번만 용서해 주시오."

키가 작달막하고 탄탄한 체격을 갖춘 청년이 앞으로 나선다.

"이미 늦었다. 너는 어제 계동 현장에서 죽어야 했다. 그러나 본부를 더러운 너의 피로 어지럽힐 수 없어서 뒤로 미뤘을 뿐이다.

자, 이제 너의 죄 값을 받아라! 이 더러운 왜적의 악질아!"

긴 칼이 어둠 속에서 번쩍이며, 사이가의 심장을 찌르고 관통했다. 모든 대원들이 차례로 원한의 비수를 휘둘렀다. 외마디 비명과 함께 사이가의 몸이 축 늘어졌다.

칠흑 같은 암흑시대, 일본 경기도경찰부 고등계 주임으로 수많은 독립지사들을 체포 고문하여 살해한 조선인의 원수 사이가, 일제시대 왜경 중에서 '오니(鬼神)'이라는 별명이 붙었던 최고의 악질 사이가는 이렇게 처참하게 생을 마감하고 말았다.

이튿날 아침, 왜경 사이가 경부가 원남동 비밀 아지트에서 피살되었다는 소식은 삽시간에 경성 일원에 퍼졌다. 총독부 경무국과 경기도 경찰부, 그리고 조선군 이하라 참모장실에는 조선인 애국단 명의하에 전화로 통보되었다.

사이가 경부의 피살은 총독부와 왜경 뿐만이 아니라 조선군사령부에도 충격을 주고 큰 영향을 미쳤다. 간자키 같은 강경파 젊은 장교들도 패망한 일본의 현실을 절감하면서, 빈손 밖에 없게 된 일본인들의 무기력한 처지를 비로소 깨닫게 되었다. 이후로 일본군의 발악도, 왜경의 객기도 급전직하 꺾일 수밖에 없었다.

니시히로 경무국장은 사이가 경부의 피살 소식을 듣고 망연자실했다. 경기도경찰부장 오카를 원망하고 엔도 총감에게 보고하면서, 일본군의 발악을 비난하고 욕설을 퍼부으며 탄식하였다.

그러나 엔도나 니시히로에게는 누구를 원망하거나 탄식할 여유가 없었다. 거대한 검은 구름이 북쪽 하늘을 뒤덮으며 남쪽으로 밀려오고 있었다. 만주와 신의주와 청진 등지에서 소련 붉은 군대를 피해 도망해 내려오는 일본 민간인 피난민들의 성난 물결이 총독부를 집어삼키기 시작하였다. 특히 일본인 피난자 모임인 세화회(世話會)의 구제

호소와 구국편 알선 요청이 쇄도하였으며, 무능과 무책임에 대한 비난 원망이 총독부를 강타하였다. 그러나 엔도나 니시히로에게는, 그리고 주인 없이 버려진 조선총독부에는 이제 아무런 힘도 수단도 남아 있지 않았다.

무더운 여름 오후. 서울 한복판 화신백화점 앞 네거리는 찌는 듯한 더위로 만물이 기력을 못 차린다. 펄펄 끓는 아스팔트가 열을 내뿜어 폭염을 보태고 있다.

해방의 환희와 열기가 한풀 가신 듯, 오후의 종로 도심은 한가하다. 그러나 무더위 속에서도 일본군의 발악이 거세지면서 조선 백성들과의 대결은 긴장을 더해만 간다. 화신백화점 앞 네거리도 살벌한 분위기는 마찬가지이다. 특히 사거리에는 일본 해군무관부(海軍武官府)가 자리하고 있는데, 조선군사령부의 병력 과시가 격해지면서 대로를 향해 기관총좌가 설치되었다. 종로 대로를 활보하고 만세를 부르는 조선 백성들을 표적으로 대여섯 대의 기관총이 거총되어 있으며, 2중 3중의 철조망이 쳐진 바리케이드가 흉물스럽게 공포 분위기를 조성하고 있는 것이다.

청계천 물줄기를 내려다보며 머리를 식히는 애국지사나 청진동 골목 대포집을 찾는 열혈 청년들은 화신 앞 네거리의 왜놈 기관총좌를 응시하면서 통분을 느낀다.

"싸움에 지고 무조건 항복한 왜군이 서울 한복판에서 저렇게 버티고 있는 것을 내버려 둬야 한단 말인가! 야말로 민족의 수치가 아닌가…. 도대체 건준 치안대나 장권 대장은 뭣 하고 있는 거야? 기회를 보아 우리가 나서서 때려부수자."

조선 백성들이 울분을 씹고 있을 때, 철조망 속 바리케이드를 지키고 있는 일본군도 불안한 나날을 보내고 있다.

"미국놈 원자폭탄으로 내지가 폐허되었고, 또 무지막지한 스탈린 군대 수백만이 쳐내려온다는 데, 무조건 항복을 했으면 고향으로 돌아가야지 이게 뭐 하자는 짓이야? 차라리 연합군에게 잡히기나 했으면 이 지긋지긋한 불안 공포도 끝이 나련만…. 이러다가 조선인들의 습격을 받아 목숨도 부지 못하는 거 아닌가?"

이때 갑자기 꽹과리 소리가 나고 많은 인파의 함성이 일어나면서, 무더위 속의 칙칙한 공포 분위기가 깨졌다. 경성부청 앞 광장을 지나 광화문 사거리를 돌아선 일단의 시위대열이 화신백화점 앞을 향해 종로 대로를 행진해 들어오고 있었다. 먼발치에서 어림잡더라도 5백여 명의 군중이다.

시위대가 화신 앞 사거리에 가까이 접근하고 있다. 구경 나온 시민들이 쳐다보다가, 사람들이 놀란 듯 왁자지껄해진다.

"야, 저 앞에서 시위대를 이끌고 가는 저 대장이 누구야? 저 사람, 김두한(金斗漢) 아냐? 왜정시대 종로 일대를 주름잡은 깡패 오야붕, 바로 그 인간 말이야."

"맞다, 맞어! 바로 그 김두한이야. 장군의, 독립지사 김좌진 장군의 아들이라는 그 사람일세. 왜놈 형사들에게 붙들려 갔다고 하더니, 죽지 않고 살아 돌아왔구먼!"

"야,- 대단하다! 오늘은 시위대가 모두 젊은 사람들일세. 새파란 청년들이야.

게다가 웬 체격들이 저렇게도 건장한가? 우람한 주먹잽이들이 모였어. 장관이야!"

정말 그랬다. 오늘 시위대는 건장하고 젊은 청년들로 조직되어 있으며, 맨 앞에서 나아가는 지도자 김두한의 명령에 따라 일사불란하게 행동하고 있다. 김두한 주위에는 험악하게 생긴 어깨들이 둘러싸고 있으며, 그들 인상도 험상궂다. 머리를 박박 깎았고, 얼굴에 칼자국이 시커먼 거한, 어깨가 떡 벌어져 등판이 연자방아같이 넓으며 머리가 곱슬거리는 미남, 키가 작달막하지만 소리 지를 때마다 옥니가 드러나 보이는 독종, 깡마른 체격에 키가 육척장신이고 옴팍눈이 사나운 싸움꾼 등등 다양한 주먹들이 모여들어 행진한다.

그런데 보통 시위대와 다른 점이 한눈에 들어온다. 김두한부터 살벌하다. 자기 몸보다 길게 보이는 일본도를 빼어들고 휘두르며 행진하는가 하면, 따르는 부하들에게 잇달아 무슨 지시인가를 내리면서 주변을 휘둘러본다. 화신백화점 근처에 도달하면서 그의 눈초리가 점점 매서워진다. 시위대 중간중간에 등짐을 진 봇짐꾼들이 걷고 있다. 흰 광목 속에는 긴 몽둥이 십여 개가 포개 있는 듯이 제법 무거워 보이며, 그래서인지 그 주위에는 받쳐 주는 시늉을 하는 청년 여러 명이 붙어 따르고 있다. 자세히 보면 칼날을 빼들지는 않았지만, 일본도를 허리에 차고 호루라기를 입에 물고 걷는 장한들이 곳곳에 많다.

깡패 두목 김두한이 지휘하는 시위대가 화신백화점에 당도하였다.

종로 3가 쪽으로 직행하는 것이 아니라, 사거리에서 좌회전하여 안국동 쪽으로 방향을 튼다. 시위대 앞에서는 여전히 꽹과리, 징, 북 등 농악이 질펀하게 울려 퍼진다.

한낮 더위에 무료하게 졸고 있던 왜병들이 잠에서 깨어 시위대를 쳐다본다. 기관총좌에 기댄 채 새롭고 이상야릇한 젊은이들의 시위 행진에 넋이 빠져 있다. 하루에도 수차례 만세시위대가 이곳을 지나며, 그들의 색다른 모습이 이제는 일본군들의 무료함을 달래 주는 구경거리가 되기도 한다.

기역자로 꼬부라져서 행진하는 시위대가 왜병 해군무관부 앞을 통과한다. 철조망 바리케이드와 기관포 진지를 시위 행렬이 완전히 감싸면서, 지휘자 김두한이 일본군 진지 앞 한가운데에 도달하였다.

그때였다. 갑자기 농악대 소리가 끊어지면서 호루라기 소리가 일제히 터졌다. 두목 김두한의 호통이 시위대를 호령한다.

"돌격하라! 왜놈 진지를 향해 쳐들어가라!"

와! 하는 함성과 함께 시위대 5백여 명이 일본군 해군무관부 진지를 향해서 돌진하기 시작한다. 언제 준비해 왔는지 멍석과 두꺼운 가마니가 철조망 위에 던져지고 험상궂은 청년 거한들이 바리케이드를 짓밟으면서 왜군 진지로 뛰어든다. 벌떼가 벌통을 에워싸듯이 수백 명이 좁은 진지에 몰려 새까맣게 뒤덮어 든다. 해군무관부나 진지에서는 개미새끼 한 마리 빠져나갈 수 없게 되었다.

뇌성벽력의 기습이 끝나자, 일순간 주위가 적막해졌다. 김두한이 이끄는 건국준비위원회 소속 치안특별감찰대(治安特別監察隊)가 해군무관부와 화신 앞 네거리 왜군 진지를 점령했다. 눈 깜짝할 사이이다.

특공선봉대 50여 명이 무관부 및 기관포 진지 등을 접수하고, 시위대로 가장한 건준 기동대 400여 명이 진지 주위를 철통같이 겹겹으로 둘러쌌다. 봇짐 속에서 꺼낸 것으로 보이는 구구식 장총 수십 정이 해군무관부를 겨누고 있다.

무관부 사무실 책상 위에 올라선 김두한이 군도를 높이 쳐들고 호령한다.

"지금 이 순간부터 이곳은 우리가 점령한다. 해군무관부와 왜군 진지는 조선건국준비위원회 치안특별감찰대가 접수한다.

일본군은 하나도 빠짐없이 두 손을 들고 나와서 엎드려라. 지금부터 여기 일본군은 내가 무장을 해제한다. 그러나 목숨은 해치지 않는다. 나의 명령에 순종하면 내가 목숨을 보증한다는 말이다. 알겠나?"

장교 서너 명을 포함하여 20여 명의 일본군들이 두 손을 높이 들고 마룻바닥에 엎드렸다. 신기할 정도로 일본군은 저항이 없었다. 김두한 특공대의 기습을 당하여 처음에는 놀라는 듯했으나, 왜병들은 즉시 평상심을 회복했다. 그들은 기다렸다는 듯이 진지를 포기하고 사무실 안으로 숨어들었다. 총을 들고 반항하는 장병은 하나도 없었다. 특공선봉대가 뒤쫓아 사무실로 뛰어들자, 왜병들은 미리 짜여진 각본에 있는 것처럼 일사불란하게 투항하였다. 그리고 공포 분위기 조성이라는 상부로부터의 명령을 팽개쳐 버리고 쓸모없는 고달픈 짐을 벗어 버렸다.

책임 장교 해군 중좌가 앞으로 나왔다. 김두한의 요구에 전적으로 승복하면서, 중좌는 무관부 안에 있는 군수 창고 열쇠를 김두한에게 주고 필요한 서류 일체도 군말 없이 넘겨주었다. 군수 창고 안에는 전리품이 가득했다. 특히 무기 탄약과 군화 군복 등등은 일본 군대와의 장래 대결을 위해 큰 힘이 될 것이다.

해군무관부를 내주고 종로 진지를 떠나는 왜병들의 표정이 오히려 홀가분해 보인다. 그들을 전송하면서, 김두한 특공대가 박수를 치고 환호하였다. 일본군 강경파의 발악이 한풀 꺾이는 순간이었다. 경성 치안을 둘러싼 바람이 조선인 쪽으로 크게 바뀌고 있었다.

〈2권으로 계속〉